太安万侶（ヤスマロ）の暗号（コード）（五）

～漢家本朝（上）陰謀渦巻く飛鳥～

園田 豪

郁朋社

「太安万侶の暗号（ゼロ）――日本の黎明、縄文ユートピア――」のあらすじ

アフリカで生まれた現人類の祖先は、数万年前の、いまだに氷河期の影響で海水準が下がり、徒歩で渡れた紅海の先のアラビア半島にその一部が移動した。それが人類拡散の始まりだと言われている。そこからアジア大陸に、あるいはヨーロッパにと人類が移動した結果としてアジア人（モンゴロイド）やコーカソイドが分岐した。しかしアラビア半島から船で神の教えを信じて「約束の地」に向かった一団がいた。インド洋を越え、陸だったスンダランド沖を航海し、黒潮に乗って日本列島南岸を北上し、終に青森県に到達した。その地を神が約束した所と判断し、そこで国づくりを開始した。当時の日本列島は東北から関東にかけて食料豊富な照葉樹林帯に属していたし、サケ、マスなどが遡上し、ハタハタやニシンが浜に押し寄せる人口支持力の極めて高い地域だったのである。それに対し近畿以西は人口支持力が低く、後に稲作が導入されるまでは人間が集団として暮らしていける場所ではなかった。例外は大きな宍道湖を抱える出雲地方だけだった。

そして、現在の東北六県に対応する地域に日の本の国を建設したのである。太平洋側をアワの国、日本海側をウの国と呼び、併せて「アワウ」の国とも呼んだ。「アワウ」すなわち「奥羽」という言葉の元である。また脊梁山地の西側を夜見(ヨミ)の国と称した。

石器の原材料としての黒曜石を発見し、港を作り、道を普請し、インフラを整えた。栗の管理栽培なども行い、炭焼きを始め、製鉄も可能となった。その食料、物資の豊富さゆえに個人での富の集積の必要がないためその社会は原始共産制ともいうべきシステム下にあり、いわゆるユートピアであった。

しかし、縄文晩期に入ると気候は寒冷化し、人口支持力が低下し、人口が減少した。野辺地も気温が下がるにつれて冬場には孤立することも生じ、都を南の多賀に遷した。野辺地に建てた建国の碑と同様の光り輝く石柱を多賀の丘の上に建て、西南日本にも国を作りながら発展を期した。

その国づくりの様子を、文化面にも力点を置いて描いている。

「太安万侶の暗号─日輪(アワ)きらめく神代王朝物語─」のあらすじ

いわゆる縄文時代は温暖な時代だった。クリやドングリなどの食料が豊富で、とりわけ毎年大量のサケが遡上する東北地方は縄文時代に一番生活しやすい場所だった。そのため東北地方に人口は集中し、西南日本にはその数分の一から十分の一ほどの人口しかなかった。

その東北地方は日輪(アワ)が支配するアワの国と脊梁山地の西側の夜見(ヨミ)の国の二つに区分されていた。そしてこの区分は脊梁山地という分水嶺に基づいて日本中に適用されていた。

東北地方には鉄餅という鉄資源があり、鉄器の生産が発達した。食料と、人口、そして鉄資源が東北のアワの国を強力にし、日高見の国として日の本の国全体を統治するにいたらしめた。

しかし縄文時代も晩期になると広域にわたる寒冷化が進んできた。そのことが東北アジア、すなわち中国、朝鮮半島などの大きな変動をもたらしたのである。寒冷化によって生活が苦しくなった民族が南下をし始め、もともといた部族との軋轢を生んだのである。

朝鮮半島からの九州北部や山陰地方への異民族の侵入が起こった。これへの対処をその地域の諸国は西南日本で一番強国であった出雲に求めた。出雲もその要請に応じているうちに周辺諸国を支配するかのような状態になり、やがて大出雲をつくって中津国として独立を希求するようになった。

しかしこの時は反乱に踏み切れずアテルヒの神ナギの妃ナミの出産を機会に恭順の意を示さざるを得なかった。そして二人目の出産でナミが死に、モガリを岩美で行うこととなり、アテルヒの神ナギがモガリ場を訪れた時についに蜂起した。

その後近江の野洲の川まで出雲彦が攻め込みナギは命を落とした。ついでアテルヒの神となったウビルは出雲彦の後を継いだ大国主ヤチホコの率いる出雲軍を殲滅したが出雲彦は韓国に子供を連れて逃れた。

出雲を平定した日高見の国は大国主ヤチホコの永遠の住まいとして出雲の大社を建設する。

これにて平和が訪れるかに見えたが日高見の国はアテルヒの神ニギハヤヒを倭に降臨させる。

ニギハヤヒは一旦プチ（富士）の麓に宮の建設を試みるも富士の大噴火でその夢は破れる。その時ニギハヤヒの子を孕んだサクヤがその子が王子として認められぬこともあって富士の山鎮めの生贄となる。

ニギハヤヒはその後巻向に落ち着き、政（まつりごと）に集中するが、韓国に渡った出雲彦が再度の大出雲建国の念をもって子供であるソヌヒコらを派遣した。

ソヌヒコらはかつて出雲彦が所持したスケヌヒコの神璽をアテルヒの神の神璽と偽り九州に上陸、その後瀬戸内海を経て浪速に入り日高見軍との戦闘が起こった。

イツセを失ったソヌヒコらは熊野に移動したがそこで捕らえられ、十津川を経て巻向に護送された。

ようやく旧出雲系の蠢動もなくなり、日の本の国全体に平和が訪れた。
それゆえ、天にぎし、国にぎしニギハヤヒの命と世に称えられた。

「太安万侶の暗号㈡――神は我に祟らんとするか――」のあらすじ

ニギハヤヒがエビス尊となって巻向で大和以西の政治を行い始めた。それに伴いヨミの尊となったニギハヤヒの次男、天の香語山の尊はヨミの国の都を月の山（月山）から越の国の弥彦山に遷した。

ニギハヤヒの長男、ウマシマデはエビス尊となり西南日本の経営に専心した。その頃、大陸での度重なる戦乱と王朝の盛衰により多量の難民が各地に移動した。半島も例外ではなく、そういう難民の流入が大陸周辺に不安定さをもたらしていた。その影響で筑紫の島にも半島からの渡来人が増えていた。

これらに対応するために兵を増やそうにも食糧の不足が問題だった。そこでエビス尊マデはその子ユキヒコを沖の倭の島（沖縄）、高砂の島（台湾）を経て大陸のアモイにまで水穂を得るべく派遣した。持ち帰った水穂は吉備の国を中心に栽培が進められた。

その頃半島の百済のものがたびたび筑紫の島に近づくなど不穏な情勢になった。エビス尊マデは多賀のアテルヒの神に日高見軍の派遣を依頼し百済に攻め込む。そして百済を平定し、水穂を分け与えるとともに百済人の吉備の国への移住を図った。なぜなら縄文時代以来作毛をしないのが不文律だったので、水穂の栽培という作毛には外国人の利用が不可欠だったからである。

百済からは王子を人質に取った。そしてその王子にはアテルヒの神の血をひく娘を妃として与えた。しかし王子はやがて王位を継ぐために百済に戻っていく。そのことで百済の王子の妃のなり手がいなくなった。

オオビコは娘を説得するために、自分がなるべきだったエビス尊の位を無理やり百済の王子のイニェにつがせた。このときから大倭は多賀のアテルヒの神、つまり日の本の国からの離反を志向する。

実は天孫降臨、つまりニギハヤヒが最初に多賀から大和に下った時に同床同殿の神勅を受けた神鏡があった。しかしイニェは百済の血をひくものだったので、神鏡はイニェを認めずイニェを夜毎に苦しめた。ついに耐えられなくなったイニェは神鏡を笠縫村に移し、傍らにはそのレプリカをつくって置くことにした。（すなわち今に伝わる三種の神器というのはこのときのレプリカである。もっとも神剣は壇ノ浦で安徳帝とともに海に沈んだから、ないはずだが）

エビス尊イニェはその子イサチに笠縫村の神鏡を然るべく祀るように言い残す。エビス尊イサチ（垂仁天皇）は倭姫を御杖代として祀るべきところを求めて諸国を巡らせる。そして遂に伊勢の五十鈴川の上流の川と山に囲まれた閉鎖域に御霊社としての神宮を創建する。そのような巨大プロジェクトに関して技術的にもマネージメントの面でも経験のない大倭はなんと多賀のアテルヒの神に専門家集団を派遣してもらった。そしてエビス尊イサチは完成した正殿に昇殿し、アテルヒの神と共食しながら神宮に鎮まるように依頼する。

「太安万侶の暗号㈢——卑弥呼(倭姫)、大倭を『並び立つ国』へと導く——」のあらすじ

兄妹間という近親相愛の関係にあった佐保毘古と佐保毘賣。その佐保毘賣が垂仁天皇の后に求められた時、佐保毘古は垂仁天皇の暗殺を企てる。しかしことは露見し、佐保毘古の屋敷のある佐保山は軍に囲まれる。そこに佐保毘古の子を身ごもっていた佐保毘賣が逃げ込み、ホムチワケを火の中で産む。

ホムチワケを我が子と信じる垂仁天皇はホムチワケを手に入れた後、佐保毘古と佐保毘賣を焼き殺す。

この過酷な経験がトラウマとなりホムチワケは成人しても言葉を発しない。出雲の大社に参ればものを言うとの託宣に、ホムチワケは出雲に行き、その神官から本当の両親の話を聞く。復讐に燃えたホムチワケは垂仁天皇を討つべく多賀のアテルヒの神の助力を得て戦う。

この状況に伊勢神宮でアテルヒの神を祀る巫女をしていた倭姫は、伊勢神宮の山田国の女王として

腹心の巫女ナトメを魏に派遣する。魏の明帝は「親魏倭王」の称号と銅鏡をはじめとした多くのものを倭姫、すなわち日の巫女（卑弥呼）に与えた。

景行天皇は日の本の国の日高見軍に押されて一旦九州にのがれた後に倭まで押し返した。

倭タケルは草なぎの剣を持つという奇策で日高見軍の攻撃を受けずに東国まで行ったが、尾張のミヤズヒメのところに草なぎの剣を置いて伊吹山に入ったところを攻撃され命を落とす。倭タケルの子、仲哀天皇は崩れに崩れ、新羅系の娘息長帯媛を后として新羅系渡来民を味方につける。それでも崩れは止まらず、筑紫にまでのがれたところで仲哀天皇は刺客に暗殺される。

驚いた息長帯媛は海を渡って新羅にまで引き、体勢を立て直して倭に攻め上りようやく大倭を立て直す。そして親魏倭王の金印を日の本の国に示して、大倭は魏の国も認める国だと説明し、遂に日の本の国に『並び立つ国』として認めてもらうことに成功する。

縄文時代からアワウ（奥羽）の国とも呼ばれた日の本の国の支配を受けていた西国に大倭という分国がついに成立したのである。

息長帯媛は大倭の宗教的中心を作ろうと倭姫（卑弥呼）を祭神とする神宮を伊勢の五十鈴川の外側に建設した。内宮のアテルヒの神の世話をした倭姫にふさわしい豊大食大神と名付けた。そして倭姫が眠る高倉山を拝する多賀の宮を建設した。

年老いた息長帯媛は伊勢の外宮に参り、倭姫に大倭独立の報告と礼を述べ、親しく語りかけるのであった。

なお、巻末に「園田豪の『邪馬台国考』」と題して、邪馬台国に関する考察を付した。

「太安万侶の暗号㈣――倭の五王、抗争と虐政、そして継体朝へ――」のあらすじ

新羅のバックアップを得た息長帯媛が筑紫に戻り、瀬戸内海を東進して大和の政権を奪取した。新羅系朝廷の基礎が固まった。そして応神天皇の世となる。

この時代に中国の秦の後裔たちの集団帰化が行われた。そしてその後は漢の後裔の集団帰化も起こった。新羅系朝廷の成立と大量の中国系帰化人により大倭の性格は構造的に変化していく。新羅系の朝廷はその民族的性格を反映して皇位を巡り血なまぐさい抗争を繰り返す。それだけではなく、歴代の天皇の極端な性格は残酷な虐政・悪政を生み、大倭の国は乱れに乱れた。それが倭の五王の時代である。

その状況に危機感を持ち、かつ追いつめられた日の本の国系の氏族は密かに話し合い、多賀のアテルヒの神の支援を受けて、日の本の国系の天皇擁立を目指す。そして越の国にいたオホド王を継体天皇として迎えた。応神天皇が名前を交換した気比神社の祭神、垂仁天皇ではなく本来天皇となるべき

だった佐保彦の皇子、ホムチワケの五世の孫がそのオホド王だった。

継体天皇が天皇となっても新羅系渡来人の抵抗が強く大和に入れず、山背の国に二十年間とどまらざるを得なかった。そこへ北魏の後裔たちが集団帰化をしてきた。その騎馬民族の力を得て、継体天皇は大和入りを果たす。

しかし新羅系渡来民は遂に継体天皇と皇子を暗殺してしまう。その時皇子の一部を守り切ったのが北魏系渡来人だった。そのことで北魏系渡来人集団は厚遇を受け朝廷の中枢に入り込むことができた。

倭の五王については「園田豪の『倭の五王考』」、継体天皇の成立に関しては「園田豪の『継体天皇考』」という論考を併録した。

カバー写真
カバー表／談山神社神廟拝所如意輪観世音
カバー裏／法隆寺夢殿
カバー装丁／根本比奈子
※撮影者、出典の記載のないものは全て著者撮影

太安万侶の暗号㈤／目次

太安万侶の暗号〈ヤスマロコード〉㈤

寵臣大拓

真っ暗な道を輿が進む。輿の脇にも前後にも屈強な兵が松明を掲げながら歩いている。前方の闇の中に明かりが見えた。宣化天皇の宮だ。

近づくと宮の正面の門前が扇型に展開した大勢の兵のかざす松明で照らし出されている。

その光の中にあちこちに転がっている死体が見えた。皆血だまりの中にいる。

「こいつらは何ものか」

「こやつらは天皇を襲った新羅のものたちでございますぞ」

近寄った蘇我大臣稲目宿禰が答えた。

「おお、稲目か。天皇は無事か」

皇子は兄である宣化天皇の安否を気にしていた。

「残念ながら我らが駆けつけた時にはすでに……」

「すでに……」

皇子は絶句した。そして沈黙が流れる。多くの兵も何も言わない。静寂の中に松明の松脂がはじけ、火の粉を散らす音があちこちから聞こえるだけだ。

皇子は俯いてその涙を隠していたが急に顔を上げた。

「幼き王子がいたはず、無事か」

「いえ。天皇と共に殺されました」

蘇我大臣稲目宿禰の静かな言葉が怒りを押し殺したものだと誰にも感じられた。

「襲ったものたちは」

「間違いなく新羅から渡来したもの」

「父王、オホド天皇が大和に入れず、楠葉に長くとどまらざるを得なかったのも新羅のものどもの仕業、オホド天皇を殺したのも新羅のもの。そして我が兄二人を殺したのも新羅のものか」

「いかにも」

「何故それを防げなんだ」

「申し訳ございません」

「ワシも今少しのところで命を奪われるところであった。このものたちに救われなかったならな」

「オホド天皇の大和入りの時もこのものたちの武力に助けられました。そしてこの度も」

……

欽明天皇となっても頻繁に同じ夢を見る。そのショックの大きさが分かる。

夢にある通り、父であるオホド天皇を助けて大和入りを果たさせたのも、欽明天皇自身を守ったのも、蘇我大臣稲目宿禰でも物部大連尾輿でもなく中国は魏（北魏）からの渡来民である元大拓であった。日本書紀に泰大津父（おおつち）と記述されている人物だ。元は魏の拓跋氏の漢風の姓であり、拓は「大地」を表す言葉だからまさしく「オオツチ」となる。ちなみに大地を開くことを『開拓』という。

命の恩人ということもあり、欽明天皇はこの大拓を重く用いた。いやそのような表現では不足だろう。公だけでなく私に関しても言わばべったりの関係となった。それまでは漢の子孫という漢氏に任せてきた国の重要な仕事である大蔵をこの大拓の一族に任せたのである。

大拓は朝から晩まで欽明天皇のそば近くにいることになった。

本来政治の相談は大臣、大連とするのが原則なのだが、それを飛び越えて大拓が天皇のそばにいる。いるだけでなく、政治にかかわる相談どころか、花見に出かける日取りや場所などまで大拓の意見、考えを求めるようになった。

「大津父、おおつち」と呼ぶ声が周囲には「おお父」と聞こえるほどになっている。後世の道鏡、ロシアのラスプーチンもかくやという状態になった。

ある日のこと、暖かい日だまりの中で欽明天皇が呟いた。

「新羅を牽制するには……」

大拓が天皇の言葉を聞き取った。

「今、何と仰せを。新羅を牽制すると……」

「聞こえてしまったか。独り言だったのだ」

「とは言っても重大なお言葉でしたぞ」

「ならば問う。新羅を牽制するにはどうすれば良いと思うか」

「古来国というものは隣同士の仲が悪いものでございます。新羅の隣国と好を強くすることが効果的かと」

「新羅の東は海、西は百済だったたな。隣国と言えば百済だが、百済とはそれこそ長い間良好な関係にある。毎年の朝貢も欠かしたことがないくらいだぞ」

「さよう、百済は朝貢しております。それは百済が我が国の属国だからでございましょう」

「属国の関係とは異なる関係を作れということか。と言っても対等の関係になどできぬであろう」

「百済が我らの属国というのは変える必要がございません」

「では何を変えるというのか」

「百済には我らにはないものがありましょう」

「何、我らになくて百済が持っているものがあるというのか。彼らは我らに朝貢してくる国であるぞ」

「朝貢は支配されているから行うのではございませぬか」

「確かに。わ、分かったぞ」

「さて、何でございましょうか。承りましょう」

大拓は欽明天皇の正面でじっとその眼を見た。近頃この天皇が我が子のようにかわいく感じられてきていた。

「それはな、文化であろう」

「ほ、ほう。文化とは」

「文化というは、例えば仏教だ。教えもだが彼らは寺を建てる。その技術は素晴らしい」

「良く気が付きましたな」

「もう一つ大きなものがある。医者だ。我らより病気に対する方法を持っているようだ」

「その我らより勝っているところを褒め、我が国に導入することを考えてはいかがでしょう」

「そうすれば百済はもっと我らと親密になる」

「その通りです。我らのただの属国ではなく、我らに何かを教える国になり、そう扱われるのですから」

「まずは仏教と医術を百済から持ち込むとして実際にはだれが扱うのだ。中国のことに詳しい大拓がしてくれぬか」

「残念でございますが我らは仏教を知らぬわけではありませんが、代々神仙思想を基とする道教を信じておりますれば」

「壇山宮を建てていることは知っている。大拓が無理ならだれが良いか」

「我らが本気でそう取り計らおうとしていることを百済に分からせる必要がございます」

「どうすれば良いのか」

「我が国の大きな氏族が取り扱うのがよろしいでしょう。百済もそれを知れば我らが本気であると感じましょう」

「大きな氏族、物部、蘇我、大伴、平群……。物部は石上神社に祀る古来の神を守る氏族だから無理だな」

「大連の物部が無理なら大臣の蘇我氏に取り扱ってもらうしかございますまい」

「そうか。大拓がそう言うならそのように蘇我大臣稲目宿禰に命じよう」

数日の後、蘇我大臣稲目宿禰が宮に呼ばれた。大臣なので天皇の正面に座る。いつものように大拓が天皇の横に座っている。

……ちっ、すっかり大拓めにこの国の政治が握られていることよ……

蘇我大臣稲目宿禰は心の中で舌打ちをしたが表情にはまったく出さずに、

「本日のお呼び出しは何事でございましょう」

と、にこやかな顔で聞いた。

「内臣（うつしおみ）の大拓とも相談したのだが」

天皇が話し始めた。大臣、大連以外に対しては直接話しかけることなどないのだが蘇我の稲目は大臣なのである。

……ちっ、大臣、大連より先に内臣大拓に相談したとは……。内臣と云えばそれらしく聞こえるが中国からの渡来人ではないか……

蘇我大臣稲目宿禰の心には大きな不満が渦となっていた。

「父や兄を、そして天皇を暗殺した新羅のものたちを抑え込むには新羅本国の動きを止めるのが大切だ」

「ごもっともにございます」

「それには新羅に反目している百済との結びつきを強めることが効果的だ」

「はい」

「そこで、蘇我大臣稲目宿禰には百済と好を通じ、仏教や医術を学び、我が国に導入してもらいたい」

「我ら蘇我の家が東漢氏と親しくしているのをご存じでしょう。東漢氏から仏教についてなど大いに学んでおります。ですから……」

「だから百済仏教など興味がないというのか」

「そうは申しませんが……」

「仏教のことを知っていればこそ百済と仏教の話もできるというものであろう。ぜひともこの役目を果たしてくれぬか」

「そこまでの仰せなれば否やは申しません。お引き受けいたします」

「うむ、分かってくれたか。では百済から仏像と経典などを献上させるからそれを蘇我の家に安置してくれ。また百済の優秀な僧を派遣させよう。師となるようなものを、な」

「では蘇我の家から出家僧を選んで学ばせることにいたしましょう」

「よし、これで問題はない」

「ひとつ気がかりなことがございます」

「何か」

「神に仕える氏族がございます、中臣氏や忌部氏のような」

「そのものたちに百済仏教を学ばせるわけではない」

「我が国には古来の神の道がございます。それを司る氏族が仏教の導入に強く反対するのは目に見えておりますが」

「それは考えられることだが、そういう争いになった時に対応は考えよう。まずは百済仏教に接してみてくれ」

「畏まりました」

「新羅を討て！」

欽明天皇は毎晩、それも明け方まで夢を見た。時折は夢に驚いて目覚める。見る夢は決まっている。父である継体天皇が暗殺され、ついで天皇となった兄も暗殺された。宮の前に転がる新羅のものたちの死体。その毎夜の夢に天皇の心は追い詰められ、ひしがれていた。

新羅憎し、の気持ちが増幅し、抑えきれなくなってきた。大拓の助言により、蘇我大臣稲目宿禰に百済との結びつきを強めよと命じ、じっくり新羅に対処するはずだったのだが。

即位して磯城嶋金刺宮に移った年の九月に難波祝津宮（はふりつのみや）に行幸した。供に連れていったのは、大伴大連金村、許勢臣稲持（こせのおみいなもち）、物部大連尾輿などである。

天皇はそれらを近くに集めて言った。

「金刺宮では外に漏れ、新羅のものどもに伝わる可能性があるのでここまで来て話すのだ」

皆、一様に天皇の顔を見た。即位したばかりで秘密の話とは一体何かと訝しんだのである。

「いくばくかの軍を派遣して新羅を討ってしまいたい」

天皇は語気を強めて一気に言った。

「な、なんと」

「おお」

近くに集まっていたものは驚いたが声を潜めた。

一同は顔を見合わせていたが、やがて物部大連尾輿が代表して答えた。

「新羅を討つ。これは容易なことではございません。いくばくかの軍などではかないますまい」

「かなわぬか」

「かつてオホド（継体）天皇六年に百済が任那にある、上哆唎（おこしたり）、下哆唎（あるしたり）、娑陀（さだ）、牟婁（むろ）の四つの郡（こおり）を譲ってほしいと頼んでまいりました。その時、ここにいる大伴大連金村が迂闊にもいともやすやすとその願いを聞き届けたのでございます。実は新羅も任那の地を望んでおりましたので百済にその四郡を譲ったことを深く恨んでおります。したがって新羅を討つのはそれほどたやすいことではございません」

物部大連尾輿の返答が大伴大連金村の失敗に及ぶと大伴大連金村は下を向いてしまった。それどころか大伴大連金村は住吉の屋敷に病と称して引きこもってしまった。その理由を尋ねられ、

「皆が私のせいで我が国が任那を失ったと非難しておりますので」

と答えた。

天皇は哀れになり、

「周囲の言うことなど気にすることはない」

と言い、一切を咎めなかった。

新羅を直ちに討つことに反対された天皇は不満そうに口をとがらせて言った。

「ならばどのように新羅を討つと言うのか」

物部大連尾輿はその問いを待っていたかのように答えた。

「まずは百済に与えた四郡をはじめ新羅に支配されている、南加羅などの国を奪い返し、任那を再興することが先決です。その上で新羅本国に攻め込むべきかと存じます」

「分かった。ならば任那再興の詔勅を書き、安羅にある日本府を通じて百済に届けさせよう」


百済の聖明王の許に欽明天皇の詔勅が届いた。

「これは任那の国々に読み聞かせねばならない」

と聖明王はその詔勅を読んで言った。

さっそく使いが任那の各国の許に飛んだ。

安羅（あら）、加羅（から）、卒麻（そちま）、散半奚（さんはんげ）、多羅（たら）、斯二岐（しにき）、子他（した）という任那の諸国の重臣と任那日本府の吉備臣等が百済に参集して欽明天皇の詔書を承った。

聖明王が大きく息をしたのちに言った。

「倭国王の命ずる所は、かつて新羅に滅ぼされ、新羅に奪われてしまった、南加羅（ありひしのから）、喙己呑（とくことん）、卓淳（とくじゅん）などの国々を再興せよというものである。否やは言えぬぞ。皆の考えを聞かせてほしい」

「そのことなれば再三新羅に申し入れておりますが返事があったためしがありません。任那の再興に異議をはさむものはないでしょうが、任那は新羅と境を接しております。下手をすると卓淳などと同じ目に遭うかもしれません。その旨を天皇に伝えるのがよろしいのでは」

聖明王が手を挙げて興奮気味の発言を静めた。

「倭国が祖先の速古王、貴首王の時、安羅、加羅、卓淳に使いをして以後友好に務めてきたが倭国のオホド（継体）天皇の時代に新羅がこれらの国を侵略し、倭国の天皇を怒らせてしまった。その後も新羅の支配から抜け出すように運動はしているのだがまだ成果を見ていない。欽明天皇の『任那を建てよ』との言葉に従って行動したいが、任那と新羅の境に新羅を呼びこの旨を伝えるべきかどうか倭国に使いを出して指示を仰ぎたいと思う。もし指示が来ぬうちに新羅が武力行使をするならばこの聖明王が率先して新羅の軍に当たる。また卓淳などが侵略されたのは新羅が強いという原因だけではない。それらの国が一枚岩ではなく、新羅に内応するものがいたからなのだ」

この聖明王の言葉に居合わせたものは皆異存なく賛同し、国に帰った。

三か月ほど経ったある日、聖明王に驚くべき情報が入った。何と日本府が新羅と通じているというのである。

「そんな馬鹿な。任那を建てよと言っているのは欽明天皇ではないか。その部下である日本府の役人が新羅に行ってそれへの対応を協議するとは……。至急日本府へ人を派遣し、百済にまで呼び寄せよ」

聖明王は怒りを感じながら命じた。

百済の役人四人が日本府のある安羅に急行した。その中には紀臣奈卒某という任那にいた倭国のものが現地女性に産ませた子供が含まれていた。百済の役人になっていたのである。

日本府のものに聖明王は言った。

「倭国の天皇が任那を建てよと言って新羅と戦おうとしているときに、倭国から派遣されている河内直が新羅と謀をするとは何事か」

聖明王は怒りをそのままぶつけた。そして任那のものに説いた。

「新羅が奪った国、即ち南加羅や喙己呑を新羅の支配から外して元の国に戻すのだ。そして任那に所属させて倭国に仕えさせる。新羅が甘言を弄して欺くことは既に分かりきっていることだ。うっかり信じて引っかからぬようにせよ」

聖明王は、今度は日本府のものに向かって言った。

「新羅は任那を手に入れて倭国を防ごうとしているのだ。しかしまだ手に入れることができないので倭国に従う振りをしているのだ。このような新羅の侵略の準備が整わないうちに一戦して取り返すべきだ。天皇が南加羅、喙己呑を建てよと望んでから多くの年を経た。新羅はそのことを聞きながら一向に従わない。良いか。新羅に騙されてはならないぞ」

この後百済は半年ごとに使者を倭国に派遣してきた。

欽明天皇は痺れを切らしていた。即位してすぐに「新羅を討ちたい」と言い、手配を命じたにもかかわらず事態は進展していないのだ。百済からは頻繁に使者が来るが、やれ、新羅に説得の使者を送るべきか、もし新羅が先に攻め寄せたらどうするか、日本府に新羅よりのものがいて内通している、などと一々どうすべきかを聞くだけで行動がない。

天皇は津守連を百済に派遣した。

欽明天皇の意を受けた津守連は百済の聖明王の前に立った。聖明王は下座で言葉を待っている。

「天皇の言葉である。良く聞くように」

と前置きしたうえで、

「まずは任那の下韓（あるしからくに）に百済が派遣している郡令（こおりのつかさ）や城主（きのつかさ）を日本府の支配下にせよ」

と言った。そして続けて天皇の言葉を伝えた。

「しばしば使者を派遣し、書簡を届けては来るが、任那を建てよと命じてから既に随分年月を経ている。言うばかりで何も実行できていないではないか。任那は百済にとっても極めて重要なところだ。任那なくしては百済も成り立つまい」

聖明王は重臣たちに聞いた。

「どうすれば良いと思うか」

「天皇の言う通りにすべきかと。任那の執事などを呼んで意思の統一をした方が良いでしょう。また、安羅に河内直などが留まっているうちは任那を建てることはできますまい。彼らを排除するように天皇に申し上げることが必要です」

「よし。我が意見と同じようだ」

任那の執事と日本府の執事を呼び出す使いが直ちに派遣された。しかしその返事は、

「正月が過ぎてからまいります」

というものであった。

聖明王は待った。しかし任那からも日本府からも誰も来ない。催促の使者を送ると、

「神の祭りの時期になってしまったのでその後でまいります」

と答えた。

再度催促の使者を送った。すると執事ではなく小者が百済に派遣されてきた。

「これでは任那を建てるという相談すらかなわぬ」

聖明王は肩を落として言った。

聖明王は使いを派遣し、任那と日本府の諸王に伝えた。

倭国にも使者を送り天皇に状況を報告した。使者が百済に戻って言うには、

「天皇の詔には、日本府と共に策を立て、わが命ずるところを成し遂げよとありました」

と報告した。

また、倭国から到着した津守連は任那の状況について問いただした。

聖明王は困った顔をして答えた。

「日本府や任那の執事と協議して方策を決めて天皇に報告しようと任那と日本府に三回も声をかけましたが一向に来ませんでした。そのために相談も報告もできませんでした。そこで急使を天皇の許に派遣し、天皇のお言葉を得てようやく任那と日本府の主だったものを集めることができました」

さらに河内直に向かって、

「かねてから河内直については悪い噂ばかりを聞いている。お前が任那にいるならば悪事ばかりを働くので天皇に話してその職を解くようにする」

と言った。

続いて任那と日本府の役人たちに向かって、

「任那を建てるには天皇の力が必要である。兵を出してもらうつもりだ。その兵のための食料などは提供する。しかし兵の数も分からずでは準備のしようがない。その相談をしたかったがお前たちはいくら呼んでも来なかったではないか」

日本府の役人が答えた。

「任那の執事が来なかったのは私が許可しなかったからである。天皇の許へ派遣した使いが帰って、『伊賀臣を新羅に遣わし、津守連を百済に遣わす。お前はしばし待機して、新羅にも百済にも行くな』と言った。たまたま伊賀臣が新羅に向かう時に会ったので聞いてみると、『日本府と任那の執事は新羅に行って、そこでも詔を聞け』とのことだった。百済に行って詔を聞けとは言わなかったのだ。そして津守連が来たときにも『津守連は下韓にいる百済の郡令・城主を百済に戻すのが百済に行く目的だ』とのことだった。それしか聞いていない。だから百済に参集しなかったのは意図的なことではない」

聖明王は言った。

「新羅と安羅との間には大きな川が流れていると聞いた。そこに六つの城を築こう。天皇に三千の兵を派遣してもらい、それぞれの城に五百ずつを配置したい。そして新羅のものたちの耕作を妨害すれば、久禮山（くれむれ）にある五つの城は投降するだろう。また、卓淳（とくじゅん）の国の再興もできるだろう。その兵への兵糧は百済が手当てする。これが第一の策だ。南韓（ありひしのから）に百済から郡令・城主を派遣しているのは天皇の意向に逆らっているのではない。そこを守らなければ高句麗や新羅に奪われてしまうからである。そのまま派遣を続けるのが第二の策だ。吉備臣や河内直などが任那にいるならば任那を建てることは困難だ。だから彼らを元のところに戻すことにしたい。これが第三の策だ。日本府からも任那からも天皇に使いを出して百済と同じ意見だと知らせてほしいのだ」

「同意見でございます。我らも直ちに使者を天皇の許に送ります」

さて、欽明六年には高句麗に騒乱が起きた。百済からの知らせがそれを伝えてきた。

欽明天皇は大拓に向かって言った。

「高句麗の内部が乱れているとか。高句麗の王の妃の一族同士が相争っているようだ。細群と麁群というらしい。麁群が勝ち、細群のものたちを皆殺しにしたと言う。この乱の原因は何か」

「高麗王が病に倒れたというので世継ぎ問題が起き、子を持つ妃たちが争ったのがもとだとのことです」

「そうか。で、この乱が百済に及ぶ気遣いはあろうか」

「はい。その恐れは十分ございましょう」

「高句麗王も死んだというではないか」

「王が変われば戦を始めるかもしれません。国内をまとめるために」

（注）高麗王の死は三国史記　巻第十九　高句麗本記第七　安原王に以下の記述がある。

「十五年　春三月　王薨　號爲安原王　是梁大同十一年　東魏武定三年也　梁書云　安原以

大清二年卒　以其子爲寧東將軍高句麗王楽浪公　誤也」

欽明天皇八年の百済からの使いの目的は派兵の依頼であった。年が明けた正月に百済の使者が帰国すると聞き欽明天皇は、

「百済の求める援軍は必ず派遣する。そのように百済王に伝えよ」

と言った。


翌九年の四月に百済の使者が来訪した。その様子は普段と違っていた。

「百済王の申しますには、援軍派遣とのことありがたくお礼申し上げます。しかし高句麗と戦っておりましたところ、捕虜が言うには、『高句麗が百済に侵攻したのは、安羅と日本府が高句麗に対し百済に攻め込めと勧めたからだ』とのことです。状況からはそのように感じられるので安羅と日本府に三回も説明を求めましたが返事もありません。もう少し調べたうえで報告をするまで援軍の派遣はお待ちください、とのことです」

「なに、安羅と日本府が高句麗にそのようなことを……」

天皇はしばらく声を発しなかったが、やがて落ち着きを取り戻し、

「我が命なしにそのようなことをするとは信じられぬ。心安らかにせよ。何とか処置するから」

と答えるのがやっとだった。

（注）百済が新羅の協力を得て高句麗に勝ったことは『三国史記、巻二十六、百済本紀第四　聖王』

に記述がある。

「二十六年　春正月　高句麗王平成　與濊謀　攻漢北獨山城　王遣使請救於新羅　羅王命將軍朱珍　領甲卒三千發之　朱珍日夜兼程　至獨山城下　與麗兵一戰　大破之」

また、『三国史記　巻第四　新羅本記第四　眞興王』にも符合する以下の記述がある。

「九年　春二月　高句麗與穢人　攻百濟獨山城　百濟請救　王遣將軍朱玲　領勁卒三千撃之　殺獲甚衆」

その冬に欽明天皇は三百七十人の兵を百済に派遣した。

また欽明天皇十一年には、三十具(そなえ)の矢を百済に送った。一具は矢五十本であるから合計千五百本の矢を与えたということである。

聖明王からはお礼の使者が来た。戦で得た高麗の捕虜六人を献上し、また次の使者も捕虜十人を献上した。これに対し天皇は聖明王に対し、麦種一千斛(さか)を与えた。返礼のつもりだった。

（注）斛は石と同じで十斗、即ち百升のことである。但しこの時代の一升は四合程度だったそうである。

百済は新羅と任那の軍と共同で高句麗に攻め入り、漢城を奪い返したばかりか、平壌までも落とし、かつて奪われていた六郡を取り戻した。

（注）ここでいう平壌は北漢城のことである。漢江の南岸にあるのが漢城で北岸にあるのが北漢城（平壌）である。

こうして百済は新羅の協力を得て高句麗と戦ったのだが、百済からの次の使者は驚くような事情を報告した。

「高句麗と新羅が通じてしまいました。その両国が力を合わせて我が百済を滅ぼさんとしています。彼らは、『百済と任那がしきりに倭に使いを出しているのは高句麗を討つつもりに違いない。倭国の軍が攻めてこぬうちにまずは安羅を攻め取り、倭国の軍隊が来られぬようにしよう』と言っているとのことです。早急に軍を派遣して助けてください」

そして百済からは兵の催促が来た。

百済の使者に対し、

「救援の兵を派遣する。その数は千人。馬を百頭、船四十艘とした」

と伝えた。欽明天皇十五年の正月のことであった。

この年の夏に倭国の兵は海を渡った。

戦況は如何にと気を揉んでいるところに百済からの使者が来た。

欽明天皇は直接報告を聞こうと使者と会った。勿論傍に大拓の姿がある。

「内の臣が率いる倭国の兵がやってまいりました。まずはお礼を申し上げます。十二月になり、新羅に侵攻を開始しました。倭国の兵の中に火矢を射るのが上手いものがいてそのおかげで函山城を落とすことができました。急ぎ早舟を仕立てて報告にまいりました」

百済の使者は戦勝の報告を誇らしげに行った。

「これは幸先の良い話だ。長年の願いがかなうかもしれぬ」

天皇は父や兄弟の敵が討てそうだと感じていた。

「お願いがございます」

使者が呼びかけた。

「何か」

「王が申しますには、新羅一国が相手ならば今の兵力で大丈夫なのだが高句麗をも同時に相手に戦うとなると足りない。できるだけ早く筑紫の北辺に屯する兵を増派していただけぬか……」

「何、増派と、な」

欽明天皇は答えを躊躇した。

使者は天皇が沈黙したのを見て言葉を続けた。

「今度の戦いで落とした城で得た男二人、女五人を連れてまいりました。その他の品と共にお受け取りください」

天皇は増派を承知した。

その準備をしているうちに百済の戦況が大きく変わっていたのである。。

聖明王の子、余昌は新羅を討とうと焦っていた。

「まだ時期は熟しておりませぬ。かえって災いを呼び込むことになるのではないかと……」

と老臣たちが止めた。しかし若い余昌は年寄りの言うことを聞かない。

「何を言うか、年寄りどもめ。我らには倭国という大国が付いている。何も恐れることなどない。突き進めば良いのだ」

と強硬だった。老臣たちの意見を押し切ってついに新羅に侵攻を開始した。久陀牟羅（くだむら）に塞を築いた。

その様子を聞いた聖明王は、長い戦で余昌が食べることも寝ることも十分ではない日々を過ごしているのであろうと我が子を思いやった。

「余昌を戦陣に見舞うことにする。支度をせよ」

この情報が新羅に漏れた。百済に新羅の間者が紛れ込んでいたのである。

「何、聖明王が新羅に攻め込んだ余昌を慰問に来るのだと」

新羅はこの報に色めきたった。新羅の真興王は、

「百済の聖明王がこの新羅に入ってくるという。絶好の機会だ。聖明王を討ち果たすように全力を挙げよ」

と命じた。

百済との境を中心に聖明王を迎え撃つ準備が指示された。周到に待ち伏せの準備を進めたのである。

そして聖明王は鄙びた村の馬飼いである苦都（こつ）に捉われてしまった。百済王を捕まえたことを苦都は

報告した。新羅王はこの知らせを聞き、喜んで腹を抱えて笑った。

「すぐにここまで聖明王を届けさせましょう」

その声に新羅の真興王は、

「送らせてはならぬ。百済の王を新羅の都に運ばせワシが会えば、それなりの扱いをせねばならぬ。たとえ死罪にするにしても、だ」

「ではどういたしますのか」

「捕えたものは田舎の馬飼いの男であったな」

「さようでございます」

「良いからその卑しき身分のものに百済王の首を刎ねさせよ」

「な、何と。捉えたのは百済の王ですぞ。そのような卑しきものに首を刎ねさせては礼儀にもとりましょう」

「礼儀にもとる。そうだ礼儀にもとる扱いをしてやるのだ。にっくき百済の聖明王の首を田舎の馬飼いが切れぬ刀で切り落とす。これは愉快ではないか。長く百済王の恥辱が語り伝えられるだろう。さっそくそのように命令を出せ」

かくて百済王の処刑役となった苦都は、

「百済の聖明王よ。そんじゃあ首をもらうべか」

と言いながら薄汚い刀を抜いた。

「王の首は身分卑しきものが切ることはできない決まりだ。下がれ、下郎」

「ふ、ふ、ふ。戦を仕掛けてきた時にはそんな決まりなど無きに等しいのさ。さ、首を前に出せ」

聖明王は悔し涙を流した。

「このような下賤のものに首を打たれるとは無念だ。しかしもうどうしようもあるまい。せめてその汚い刀ではなく我が刀を使って首を打て」

聖明王が差し出した首を苦都は王の刀で打ち落した。

聖明王の子、余昌も苦戦をしていた。新羅兵にすっかり囲まれてしまったのである。囲みを破って脱出しようと何度も試みたが兵を損じただけに終わっていた。そこへ筑紫の国造という倭国から派遣された剛のものが進み出た。

そしてキリキリと弓を満月の如く引き絞って矢を射た。その矢は真っ直ぐに新羅軍の指揮官とみられる馬上の将を貫いた。敵将は堪らず馬から落ちた。それを見た新羅兵に動揺が起こった。

その期を見のがさず国造は矢継ぎ早に敵兵を射た。射るたびに一人ずつ確実に敵兵が倒れていく。新羅兵は怯んだ。囲みが遠巻きになり、その形はいびつになった。余昌とその部下たちはその隙に乗じて百済に逃げ帰ることができた。

「この機会に百済を滅ぼしてしまうぞ」

新羅の真興王は大声で言った。しかし、

「お待ちください。百済を本気で攻め滅ぼそうとすれば必ず倭国が救いに出てきましょう。それも援軍などではなく自らこの新羅を滅ぼす気で。ですからここは深追いせぬことが良いのです」

と押しとどめた。

（注）この戦いのことは三国史記の新羅本記と百済本記に記載がある。参考のために引用しておく。

『三国史記巻第四　新羅本記第四　眞興王』

「十五年　秋七月　修築明活城　百濟王明穠與加良　來攻管山城　軍主角干于德、伊湌耽知等　逆戰失利　新州軍主金武力　以州兵赴之　及交戰　裨將三年山郡高干都刀　急擊殺百濟王　於是　諸軍乘勝　大克之　斬佐平四人、士卒二萬九千六百人　匹馬無反者」

『三国史記巻第二十六　百済本記巻四　聖王』

「三十二年　秋七月　王欲襲新羅　親帥步騎五十　夜至狗川　新羅伏兵發與戰　爲亂兵所害薨　諡曰聖」

余昌は弟の恵（くえい）を使者として倭国に派遣した。

「何、百済王の王子が使者として来たと言うのか。王子が来る時は人質として来るときだけだが。これは何か大事が起こったのではないか」

欽明天皇はそばの大拓に向かって言った。

「一大事が起こったに違いないでしょう。すぐに使者をこれに迎えて話を聞きましょう」

恵は直ちに宮に案内された。そして席に着くや挨拶もせずに言った。

「聖明王が新羅に殺されました」

恵は言うなり俯いてしまった。

聞いた天皇と大拓は驚いて顔を見合わせた。

沈黙が流れた。

恵は疲れ、憔悴していた。

「とにかくしばし休んだ方が良い。これからのことはそれから相談することにしよう」

天皇の言葉に恵は抱えられるようにして宿舎に戻った。

日を改めて許勢臣が恵を訪ねた。

「ここに留まるつもりですか、それとも百済に戻るお考えですか」

恵は涙を目にためながら答えた。

「倭国の力を借りてできることなら父王の恨みを晴らしたい。できるだけ多くの援軍をお願いしたいと願っている。しかしここに留まれと言うのが天皇のお考えならばそのようにいたします」

やや日数が経った時今度は蘇我大臣稲目宿禰がお悔やみを述べに恵を訪ねた。

欽明十七年の正月に恵が百済に帰ることになった。天皇は兵器や軍馬を恵に与え、

「安倍臣、佐伯連、播磨直は筑紫の水軍を持って恵を百済まで送るように」

と命じた。それとは別に筑紫の火の君に命じて兵千人を率いて半島にまでわたり、海の道の確保をさせた。

翌欽明十八年の春、余昌が百済の王となった。威徳王である。

倭国が本気で百済をバックアップしている様子に高句麗も新羅も不安を感じた。そこで倭国の様子を探るべく朝貢の使者を派遣した。欽明二十一年にまず高句麗が、そして翌二十二年に新羅が貢物を持ってきた。

その新羅の使者が難波の津に到着したときに、港を預かる額田部連と葛城直は新羅の使者を百済より序列が下として扱った。使者は怒って関門海峡の穴門(あなと)にまで戻ってしまった。ちょうど穴門では迎賓の館の修理をしている最中だった。

「何処からの客人のために修理をしているのか」

と新羅の使者が聞いた。

匠の責任者である河内馬飼首押勝は常日頃から新羅のことを快く思っていなかったので、

「半島の礼儀知らずの国を詰問に出向く使者の宿泊のために修理・改装をしているのだ」

と言いながら意味ありげに新羅の使者を見た。

その眼にさげすみの色を見た新羅の使者は急いで帰国した。そして眞興王に報告した。

倭国の難波の津までまいりましたがそこで倭国の役人に百済の下座に扱われました。我慢がならずに穴門にまで帰りつつあった時に、かの地で迎賓館の修理をしておりました。誰のための修理改装かと問いましたところ、半島の礼儀知らずの国を懲らしめる使者のためのものだと言ったのです。倭国は我が新羅を攻めるつもりに相違ありません」

「そう言えば半島への海路を確保するために倭国が兵を出している。倭国の様子といい、確かに倭国は新羅に遠からず攻め込んでこよう。戦の準備を整えねばならぬ。そして半島での倭国の拠点となりそうな任那を攻略し、新羅の支配下に置くことが大事じゃ」

と言い、新羅の眞興王は倭国との戦いを決意した。すぐさま安羅の波斯（はし）の山に城を築いた。そして翌年となるや、すでに攻め取っていた南加羅や卓淳などの国以外の任那の十か国に侵攻し、占領した。

　欽明二十三年夏、この状況を聞いた欽明天皇は烈火のごとく怒っていた。

「新羅は我が父継体天皇や兄の仇だ。これを撃ち滅ぼして仇を取ろうと長い間苦心してきたのに逆に新羅に任那を攻め取られるとは何たることか。新羅を滅ぼすべし」

　この欽明天皇の様子に大拓は、

「直ちに新羅へ軍を送るべく準備をさせるべきです」

と答えた。

　秋には準備を終え、紀男麻呂宿禰を大将軍とし、川邊臣瓊缶（にへ）を副将軍とする軍の編成をした。海を渡り任那に到達し、そこから百済に薦集部首登弭（こもつめべのおびととみ）を派遣して新羅攻略の計略を打ち合わせた。大事な役目を終えて登弭の気が緩んだ。

　……女の家によっていこう……

　頭は女のことで一杯になった。その道すがら百済との打ち合わせを記した機密文書を落としてしまった。弓矢まで落としたのだが気が付かない。

　それを拾ったものがいた。密かにつけていた新羅の間者である。大急ぎで新羅王の許に走ったのは言うまでもない。

「でかした。褒美に望むものを与えるぞ。これは願ってもないものが手に入った」

新羅王は愉快この上ない顔をしている。

「で、中身は何だったのでございますか」

重臣が問いかけた。

「ふ、ふ、ふ。これか。これはな。これは倭国の軍と百済がこの新羅を攻める戦略を書いたものよ」

「何とそのような重要なものを。落とした振りをして我らを欺く策略ではありませんか」

「そうではあるまい。何でもその倭国軍の使者は女の家に入って泊まったそうだ。倭国を出てからの日数を考えれば女に飢えていたことは容易に想像できるわ。間抜けな男よ」

「ではその戦略の裏をかけば良いと言うことに」

「そうだ。この戦、すでに勝ったと同然じゃ」

新羅王の顔は急に真剣になった。

「この密書には倭国軍と百済軍の動きが書いてある。すぐさま兵を集めよ。まずは戦い、わざと負け、退却するのだ」

「相手を油断させるわけですな」

「そうだ。白旗を掲げて降伏すると示すのだ。そして油断をし、隙が出たところで攻撃に転じるのだ」

この作戦は成功した。

しかし大将軍紀男麻呂宿禰は何か変だと感じていた。百済軍の宿営地に入ると軍令を発した。

「勝っても負けることを忘れてはならない。安全のすぐそばに危険はあるものだ。今、この地は敵味方が交錯しているのだ。慎重に情勢を見よ。安全と思う状況でも決して武器を手放すな。気を緩めてはならない」

皆気を引き締め直したが、川邊臣は敵陣にどんどん攻め入っていった。向かうところ敵なく城も塞も悉く抜く勢いに遂に味方からも離れていた。新羅軍が意図的に負けを演じているのにまったく気付かなかった。

正面の新羅軍が白旗を掲げた。武器を捨てて降伏すると意思表示をした。

実は副将軍になっていても川邊臣は軍事に詳しくなかった。必要もないのに自らも白旗を掲げて一人で前に出ていった。

「川邊臣よ。今降伏する」

と新羅の指揮官が言った。口元の笑いを堪えながらに。

そして体の後ろで手を振り、兵たちに合図を送った。

かねての打ち合わせ通り新羅の兵は武器を拾い、直ちに川邊臣の軍に向かって攻撃を開始した。

勝った、敵は降伏したと、と思って油断した倭国軍は押し込まれ、敗走した。

大慌てで作った宿営地に新羅軍が押し入った。逃げ出すものが多く抵抗できないまま川邊臣も連れてきていた女どももすべてが新羅軍の捕虜となった。

川邊臣を捕えた新羅軍の指揮官は薄笑いを浮かべながら言った。

「お前は自分の命とお前の女とどちらが大切か」

川邊臣は即座に答えた。

「一人の女を助けるために命を捨てることなど考えられない。命の方が大切に決まっているではないか」

「ふ、ふ、そうか。女より命が大事か。戦を知らぬところから見てもお前は武人ではないな」

「……」

川邊臣はふてくされた顔をして横を向いた。

「ならば……」

と言うと、新羅軍の指揮官は川邊臣の女を引きずり出し、多くの兵の見ている前で犯した。

その女、坂本臣の娘の甘美(うまし)媛はやがて川邊臣の許に戻された。しかし川邊臣が誘っても近づかない。

「軽々しく敵に私を売ったではないか。何の面目あって……。お前のそばになど行けるか」

と拒絶し続けた。

同じく捕虜となったものに、調吉士伊企儺(つきのきしいきな)がいた。剛毅な性格で新羅軍に服従しなかったので指揮官は斬ろうとした。しかし、

……斬る前に……

と思いついた。指揮官は伊企儺に向かって、

「袴を脱ぎ、倭国の方に尻を向け、『倭国の将軍たちよ、わが尻を喰らえ』と叫べ」

と命じた。

伊企儺は素直に袴を脱ぎ、尻をまくった。そして大声で、

「新羅の王よ。わが尻を喰らえ」

と叫んだ。

「な、何を言うか」

指揮官は驚き、かつ怒って怒鳴った。そして剣を首に当てて、

「言った通りにしろ」

と命じた。

しかしどんなに脅しても言うことを聞かなかった。あきらめた指揮官は伊企儺を殺した。

密書を落とすという不注意が敗北を招いてしまったのである。

（注）この敗北は『三国史記巻第二十七　百済本記第五　威徳王』に、
「八年　秋七月　遣兵侵掠新羅邊境　羅兵出撃敗之　死者一千餘人」

と記されている。


「新羅を滅ぼさんとし、勢い良く攻め込んだのにこのような敗北をするとは……」

欽明天皇の嘆きは深かった。

「態勢を立て直して再度新羅に攻め込んではどうか」

天皇の新羅征討の思いは強くなるばかりである。

「いや、百済からの報告によれば新羅に侵攻したと見るや高句麗が北から侵攻してくるようです。新羅を本気で攻めるのならまず高句麗を従わせませんと」

大拓は冷静に分析している。

「新羅に敗北したのはその故か」

「いえ、違います。川邊臣という戦人でないものを副将軍として派遣したのが間違いでした。物部、大伴のような軍事を司ってきた一族を派遣すべきでした」

「よし、それなれば今度は大伴連狭手彦を大将軍にして大軍を与え、高句麗を攻め従わせよう」

「これだけ兵を何度も半島に派遣してはその費えが多くてたまりません。勝って戦利品を手に入れることを忘れずに命じてください」

「大拓は大蔵をも預かっていたのだな。そのように命ずることにしよう」

こうして大伴連狭手彦を大将軍とする大軍が海を渡った。百済の兵が合流して高句麗に攻め込み、ついに高句麗の都を落とした。高句麗の平原王は都から逃げ出してしまった。

倭国軍は都にあった金銀財宝をその宮廷の女どもと共に持ち帰った。

その一部は蘇我大臣稲目宿禰にも献上された。稲目は高句麗の女二人を軽の屋敷にとどめて妾とした。

この高句麗の大敗に驚いたのは新羅だった。

「百済の背後を脅かしていた高句麗が倭国軍に大敗し、平原王が都から逃げ出してしまった。今度こそ百済は安心して本気で倭国軍と共にこの新羅に攻め込んでくるだろう。そうしたら新羅は滅んでしまう。何とすべきか」

新羅王は重臣たちを集めて嘆きながら言った。

「倭国と百済が攻め込んでくる前に朝貢の使いを送るのが一番ではないでしょうか」

重臣の一人が提案した。

「馬鹿を言え。我が新羅は任那を攻め取ってしまったのだぞ。そんなことで許してもらえると思うか」

「いや、許してはもらえないでしょう」

「それならば任那を手放すのか。せっかく苦労して手に入れたものを放したくはない」

「ならば、素知らぬ顔をして朝貢の使いを出し、時間稼ぎをしながら倭国の怒りがどの程度のものか探ってみるのが一番でしょう」

「なるほどそうだな」

という経緯で新羅の使いが倭国にやってきた。

そして天皇の新羅に対する怒りが任那を奪ったことだけではなく継体天皇という親の敵としてのものであることを知った。

使者は宮に呼び出された時、庭の土に鼻が着くほどひれ伏して言った。

「新羅王へのお言葉をうかがおうとは思いません。任那を攻め取ったままで使者に来た以上どのようなお言葉になるのかは想像できます。そのお言葉を新羅に持ち帰りますれば、新羅王の怒りを買い、命をなくすのが眼に見えています。新羅には帰らず、倭国に留まることをお許し願いたいのですが」

今でいう政治亡命を願い出たのである。

敵の敵は友、という言葉がある。新羅に戻れば殺されるというこの使者に欽明天皇はいくばくかの親近感を抱いた。そして亡命が認められ、摂津の国に住むことになった。

翌年には高句麗から来たものがやはり亡命を願い、山背の国に落ち着いた。

これでは埒が明かぬと、天皇は新羅に任那を滅ぼしたことを詰問する使いとして坂田耳子郎君（みみこいらつきみ）を選び、派遣した。

そしてその使いが帰国しないうちに病に倒れた。駆けつけた皇太子に、

「新羅を討て。そして任那を再興し、先々友好に努めよ」

と言い残して亡くなった。親兄弟の敵である新羅を討とうとして遂にかなわなかった一生であった。

神道の物部、百済仏教の蘇我

「大拓は」

「こちらに居りますぞ」

欽明天皇の声に大拓が廊下から答えた。

「おお、ここに向かっていたのか。ちょうど良い。百済から知らせがまいった」

「どのような知らせでございましょう」

「前々から聖明王に頼んでいた仏教のことだ」

「仏教の経典でも届けてくるというのですか」

「経典だけではないぞ。仏像を作ったからと運んでくるとのことだ」

「それは、それは。いよいよ、ですな」

「我が国で初めての仏像ということになろう」

「いや、それは……」

「初めてのものではないのか」

「表向きは初めてといえましょうが。我らも含め渡来のものは大きなものはありませんが小型の仏像ならいくつか所持しております」

「大拓は道教であったな。仏像など持っているとは思わなんだ」

「我ら魏（北魏）は元々道教でございますが後に仏経も保護いたしましたので仏教を信じているものもございます。勿論漢氏のようにほぼ全員仏教徒というわけではございませんが」

「それでは仏像を安置し、拝んでいるものたちがすでにいるというのだな」

「その通りでございます」

「で、仏像や経典が届いたらかねて打ち合わせたように蘇我大臣稲目宿禰に預けることで良いな」

「結構かと存じます。蘇我と百済の絆が深まることでございましょう」

欽明天皇の六年、百済は倭国王のために丈六の仏像（坐像）を作り、それを献上した。

（注）この仏像献上のことは日本書紀に以下のように記述されている。

「六年春三月、遣膳臣巴提便、使于百濟。夏五月、百濟遣奈率其㥄、奈率用奇多、施德次酒等、上表。秋九月、百濟遣中部護德菩提等、使于任那、贈吳財於日本府臣及諸旱岐、各有差。是月、百濟造丈六佛像、製願文曰「蓋聞、造丈六佛功德甚大。今敬造、以此功德、願天皇獲勝善之德、天皇所用彌移居國倶蒙福祐。又願、普天之下一切衆生皆蒙解脱。故造之矣。」

秋九月に百済が任那に派遣したものは「中部護徳菩提等」とあり、官位などを除いた「菩提」という恐らく官職名からは仏教関連のものと思われる。ちょうどそのころ百済は梁に経典などを求めている。（梁書　東夷傳　百済「中大通六年、大同七年、累遣使献方物、並請涅槃等経義……」）なお、大同七年は西暦五四一年。そしてこの欽明六年は西暦五四五年だから一応時間的関係には整合性がある。

　これらの記述は百済が倭国に仏教の経典や仏像を提供した証拠であろう。また、この丈六の仏像の願文に「天皇所用彌移居國倶蒙福祐」とあるが、その意味は「倭国王がしろしめす彌移居（みやけ）の国である任那も倭国と共に福祐（さいわい）を蒙らん」とあるので、この仏像は倭国にもたらされたと考えて良いのではないか。なぜ欽明十三年の記事を以て仏教伝来とするのか疑問に感じる。

『上宮聖徳法王帝説』、『元興寺伽藍縁起幷流記資材帳』では百済からの仏像などの伝来は欽明七年（五三八）戊午のこととされている。干支を正しいとすればそれは宣化三年となるというが日本書紀の干支は意図的編纂による手が加わっていてつじつまが合わぬことが多いのでそのまま信用するに足りない。したがってそもそも欽明十三年が西暦五三八年なのかどうかも定かではないのではないか。

　ともあれ欽明六年だと『帝説』や『元興寺……』がしており、それは日本書紀の欽明七年とほぼ一致している。

さて、欽明七年に欽明天皇の希望に沿って百済がもたらした丈六の坐像はかねての打ち合わせ通り蘇我大臣稲目宿禰に渡された。

この頃の百済は新羅や高句麗との戦いに明け暮れていた。倭国も百済に援軍を送り百済を守るために力を使っていた。

そんな欽明十三年（五五二）に、百済の聖明王から金銅製の釈迦像一体と、若干の経論が献上された。今度は正式な表が付いてきていた。

百済からの正式な使者が正式な表と共に持ってきたものを受け取るのであるから、受け取るにも正式な形を取らざるを得なかった。

欽明天皇は大拓に相談した。

「数年前の仏像は任那にてそっと献上されたものだったが今度は百済の聖明王からの正式な献上物としてのものだ。内々に蘇我大臣稲目宿禰にという訳にもいかぬ。如何すべきか」

「いよいよその時が来たのでしょう。蘇我大臣稲目宿禰は既に百済と親しくしておりますし、仏教も内々学んでいるようです。そのため漢氏など、もともと仏経を奉じるものたちは蘇我の家に行って仏像を拝んでいるほどです。物部や中臣などを納得させなければなりません。諸氏の長を集めたところで意見を言わせたうえで『試みに蘇我大臣稲目宿禰に預ける』とするのが良いのではないでしょうか」

「そうだな」

「この話は渡来の宗教のことでございますから渡来人である私はその席にいない方が良いでしょう」

「そうか。大拓は一族すべてが道教であったか」

「いいえ、魏の孝武帝の時に都を洛陽に遷し、諸事漢風に改めた折、仏教も国教に加えましたので道教一筋という訳でも」

「しかしその洛陽遷都のあたりの魏の内紛が、お前たちが魏を去り、ついにこの国にまで来た理由であろう」

「何と良くそこまでご存じでございますなぁ」

「ふ、ふ、ふ。何を言う。それは皆大拓から教わったことだぞ」

「いやいや、まことに……。汗が出ますぞ」

数日の後、磯城嶋の金刺の宮に主だった氏族の長が集められた。皆が平伏する中、欽明天皇が奥の座に着いた。

天皇の脇に常にいる大拓の姿がない。一同はそれを訝った。

「今日は皆に相談がある。先に百済の聖明王から金銅の仏像と仏教の経典とが献上されたことは皆も知っていることだと思う。渡来のものは別として我らは仏教とは何かも良くは知らぬ。これを拝すべきか否か皆の意見を聞きたい。渡来人の意見が混じらぬように今日は大拓を参加させぬことにした。いざ皆の意見を聞こう」

欽明天皇は一同を見回しながらゆっくりとそして落ち着いた声で言った。

「……」

しばし沈黙が流れる。

やがて蘇我大臣稲目宿禰が一旦体を持ち上げ、座り直すと、一言ずつ区切りながら言った。

「半島の国々も、大陸の大国も押しなべて仏像を拝しております。それだけの力があるに違いありますまい。わが国だけがそれをせぬというのも如何かと……」

それを聞いた物部大連尾輿と中臣連はきっと見開いた眼を蘇我大臣稲目宿禰に向け、同時に口を開いた。

「な、なんと。我が国の大君は常に神を祀り、祈ることによってこの国を治めてきたのですぞ。今他国の神を祀るなどすれば我が国の神の怒りを招くに違いありません」

その言葉には力と共に怒りが混じっている。

事は神、すなわち宗教の問題なので、双方の間には険悪な雰囲気が漂っている。

「意見は二つに分かれたようだな。大きな反対がある以上国として受け入れるわけにはいかぬ。かといってせっかく百済の聖明王が我が国のためと贈ってくれたものを粗末に扱う訳にもいくまい。ここは仏像を拝しても良いのではという蘇我大臣稲目宿禰に預け、私的に祀らせるのが良いであろう。そしてどれだけ力があるものか見守ってみようではないか。稲目、試してみよ」

「はは、そのようにいたします」

蘇我大臣稲目宿禰は前に手をつき、大きな体をゆすりながら答えた。

（注）この時仏像を拝することに反対したのは物部大連尾輿と中臣連鎌子と日本書紀に記されている。しかし中臣氏系図には鎌子の名は見当たらないという。欽明天皇のご下問に物部大連と

共に意見を申し述べた大氏族の長であり、日本書紀に記述される人物が系図にないとは不思議である。不思議というか奇妙なことには必ず裏があるものである。この時の中臣連は別人だったのであろう。そこにあとから鎌子の名前を置き換えたというのが本当だろう。この件はいずれ藤原鎌足考で考察を加える。

欽明天皇はあえてこの仏像を見なかった。天皇が見れば、それは拝したことになり国内の論争に火を付けてしまうからである。

仏像は難波の津から直接蘇我大臣稲目宿禰の許に運ばれた。小墾田（おはりだ）にある向原（豊浦）の家を寺としてそこに安置した。

仏像を拝みに来る漢氏のものも増え、それらによる読経の声が周囲にも連日聞こえるようになった。

一年ほど経ったとき、疫病が発生し、多くの民が次々に死んでいった。季節が変わってもその勢いは衰えない。

物部大連尾輿と中臣連が金刺の宮に来て欽明天皇に面会を求めた。その勢いのただならぬ様子を聞いた天皇は二人を招き入れた。

「疫病が猛威を振るっております。お聞き及びでございますか」

物部大連尾輿が力のこもった声で言った。顔が紅潮し、明らかに興奮しているのが分かる。

「勿論知っている。宮から外に出られず困っている」

「この疫病は何故にこれほど広がったのか。お考えはございますか」

「何、神の怒りが原因とでもいうのか」

「神の怒りでなければとうに収まっているでしょう」

「神がどうして怒るのだ。朝夕の祀りも欠かすことなく行っているぞ」

「神の怒りの原因は邪宗に在ります。百済の聖明王からもたらされ、蘇我大臣稲目宿禰の家に祀る仏像が原因に間違いございません。遠く神代の時代から続く我が国の神への拝礼をおろそかにし、他国の邪教を受け入れたことに神が御怒りになったのです。我が国の民を滅ぼすおつもりか」

「何をすれば良いというのだ」

欽明天皇はあわてていた。仏像を受け入れたのが良くなかったかと心の中で感じていたところに、そこに直撃を加えられた心地がしたからである。

「蘇我大臣稲目宿禰に預けた仏像を海に捨て、寺とした建物を燃してしまうことです」

「何と。仏像を捨て、寺を焼き払うとな」

欽明天皇は悩んでいた。

「あの仏像は百済の聖明王がわざわざ贈ってくれたものだ。そう簡単に捨てられるものではない。百済との関係も良く考えねば……」

「民が死に絶えては百済との関係など意味がございますまい。体面よりもまずは我が国の神と民のことを考えなくてはなりません」

「う～む。う～む……。や、やむを得ん。打ち捨てよ」

欽明天皇は心ならずもそう言う外なかった。

すぐさま物部と中臣の手のものが蘇我大臣稲目宿禰の寺に押し掛けた。

「我らは天皇の命により仏像や経典を廃棄するために来た。邪魔をするものは天皇に逆らうものとしてひっ捕らえる」

寺の中にいたものは驚いたが天皇の命には従う外なかった。

物部と中臣のものたちは仏像を引き出すと荷車に積んで川に運び、そこからは船で難波の放水路へ運んだうえで、水に投げ入れた。

それと同時に寺に火を付け、燃やしてしまった。

が、不思議なことに、風もないのに磯城の金刺の宮の大殿に火災が発生した。

このことを屋敷で聞いた蘇我大臣稲目宿禰は、

「何、我が寺に物部と中臣のものたちが来て仏像を運び出し難波で水に沈めたというのか。それだけでなく寺に火を付けたというのか。何という罰当たりなことを、しかもこの蘇我の大臣に断りもなく。いずれ時期を待ってひどい目に遭わせてくれる」

と憤った。

そこに連絡が来た。

「風もないのに金刺の宮の大殿に火が付き、燃え落ちたそうでございます」

「それこそ仏罰じゃ。それは天皇が仏像を捨てることを許可したことを示しているのだ。百済に対し何と説明するつもりなのか……」

蘇我大臣稲目宿禰の心に物部、中臣憎しの感情がはっきりと芽生えていた。

翌年、河内の国から急使が金刺の宮に飛び込んできた。

「泉の高師浜の海から仏教の音楽が聞こえてきました。そしてその海の一部が光り輝いています。何かの験だとは思われますがとにかくお知らせを」

その使者の口上は直ちに天皇に伝えられた。

……物部・中臣の言うことを受け入れて蘇我大臣稲目宿禰の許に預けていた仏像を難波の水路に捨て、経典も寺も燃してしまった。そうしたら金刺の宮の大殿がなぜか燃え落ちてしまった。仏罰を考えるべきだろう。高師浜に何かの験が表れたのならすぐに調べさせよう……

天皇は仏教の取り扱いに頭を痛めていたのである。

すぐに溝邊直(いけへあたひ)を派遣した。

数日して帰った溝邊直は報告した。

「高師浜に行き海を見ますと確かに海の中に光を発する部分がございました。そこで海に入って近づいてみますと、それは太い樟でした。海に浮かんだその幹の表面が太陽の光を浴びて輝いていました」

「で、どうした」

「近在より人を集めようやく浜に引き上げましたが大きく、重いので陸を運ぶのは困難。もう一度海に戻し、船で引いてくることにしました。あと数日すれば届くのではないかと」

そして届いた樟を見た天皇は、

「このように輝く樟は見たことがない。この樟を彫って、仏像二体を作り出すように」

と命じた。

やがて阿弥陀像ができ上がった。その像は材料の樟の幹の時よりも燦然と輝いた。そしてその像を下し置かれた蘇我大臣馬子宿禰が吉野の比蘇寺に安置した。

丁度百済から派遣されていた醫博士、易博士、暦博士の交代時期に当たったので、新しいそれらの博士が来る時に卜書、暦本、諸々の薬などを持ってくるように天皇が百済に命じた。

届けられたそれらの品々は蘇我大臣馬子宿禰が漢氏を使って管理した。また百済から僧も受け入れた。その様子を物部、中臣といった古来の神を奉ずる氏族は苦々しく思っていた。

（注）卜書というのは陰陽道に関する呪い、呪文、護符などの書物である。即ち道教で用いるものだ。倭国の欽明天皇が百済に対して求めたというより天皇に重大な影響力を持つ、命の恩人たる大拓が道教の信者として求めていたものだったのだろう。百済は仏教国であり、北魏または梁からそれを入手したものと推量する。

欽明天皇が崩御し、敏達天皇の世の十三年、百済から帰国した甲賀臣が弥勒菩薩の石像一体を持ち帰った。また佐伯連も仏像一体を持ち帰った。それを聞いた蘇我大臣馬子宿禰はすぐさま天皇に願い出た。

「甲賀臣と佐伯連が百済より持ち帰った仏像を戴きたいのですが」

天皇は喜んだ。百済に先帝が仏像を求めたので百済は機会あるたびに仏像などを送ってくる。しかし、物部、中臣などの反対が強く、倭国として受け入れるわけにもいかぬ状態だった。かといって送り返すわけにもいかず、困っていたのである。

「ちょうど良かった。前の仏像は難波の水路に投げ捨てられてしまったのであったな。仏像がなくては寺もいれものだけになってしまう。二体の仏像は預ける故、十分に拝み、この国が栄えるように祈ってくれ」

「勿論仏像をおろそかになどいたしません。出家のものを増やし、仏教を教え、作法を教えるものも探し求めるつもりです」

「それが良い。ただし、物部や中臣のものが気にしているからあまり目立たぬようにしてくれ」

「畏まりました」

蘇我大臣馬子宿禰は屋敷の東側に仏殿を建てた。そして蘇我氏の家人となっていた渡来人の蔵部村主司馬達等(くらつくりすぐりしめだちと)と池邊直氷田(いけへあたひひた)に仏経の師となるものを探すように命じた。二人は四方八方探し回った。そして遂に播磨の国で還俗していた一人の男を見つけた。高句麗からの渡来人で惠便(ゑべん)という名だった。さっそくこの男を再び出家させて仏経の師とした。

鞍部村主司馬達等の娘を出家させ善信尼とし、その弟子の漢人夜菩の娘を禅藏尼に、錦織壺の娘を惠善尼とした。

こうして仏殿、仏像、三人の尼と形が整ってきた。蘇我大臣馬子宿禰は厚く仏経を信じるようになってきていた。

大野丘の北に仏舎利塔を建て、鞍部村主司馬達等が手に入れた仏舎利を柱頭に収め、大法要を行った。

ところが蘇我大臣馬子宿禰は病を得て寝込んでしまう。

「何ということだ。寺を建て、僧を探し求め、三人の尼を用意し、仏像を安置した。そればかりか、仏舎利塔を建て仏舎利も収め、法要も立派に勤め、厚く仏経を信じた。それなのになぜ大病を得たのだ。なぜか占わせよ」

蘇我大臣馬子宿禰は卜占を命じた。すぐに結果がもたらされた。

「これは先代の稲目様の時に仏像を難波の水路に捨てたことに対する祟りでございます」

「何と。仏の祟りか。これは直ぐに天皇に申し上げねば」

蘇我大臣馬子宿禰は金刺の宮に急いだ。

病の大臣が宮に来たというので敏達天皇もすぐに会うことにした。

「病で臥せっていると聞いていたが大丈夫なのか。そしてその病人が何の用だ」

「病を得て臥せっておりましたが一向に回復いたしません。あまりに奇妙なので病の元を占わせてみましたところ」

「原因は何であったか」

「亡き父、稲目宿禰に下し置かれた仏像を物部、中臣の連中が難波の水路に捨ててしまったことはご存じでしょう」

「知っている」

「その棄てられた仏像の祟りだというのです。いくら寝ても、いくら薬を飲んでも治らぬのが道理、仏の祟りでは病が治る見込みはございません。ただ一つの方法は……」

「ただ一つの方法とは」

「稲目宿禰に代わって仏を祀ることでしょう」

「分かった。仏を祀り、病を治すが良い」

天皇の言葉を得て蘇我大臣馬子宿禰は安置してある石の仏像を拝んで、

「なにとぞわが命を永らえさせ給え」

と日夜祈った。

ところがそんな折に疫病が流行りはじめた。死人がどんどん増えていく。

金刺の宮に物部大連弓削守屋と中臣勝海大夫がやってきた。二人とも真っ赤な顔をしている。回廊を歩く足音がどんどんと響く。その様子からかなり興奮しているのが読み取れる。

大連が至急話したいことがあるというので敏達天皇は着座した。

二人は部屋に入るやすぐに天皇の前に座った。そして座がかなり離れているにもかかわらず天皇の耳が痛くなるほどの大声で話し始めた。

「先帝の時から今に至るまで疫病の流行がやみません。毎日毎日民が大勢死んでいっているのです。これは何が原因でしょうか。我が国は古来神を祀り、神の力の元で続いてきました。それなのに、先帝の時から他国の神、仏の教えなるものを導入しようとしています。仏像などを持ち込むたびに悪い病気が広まり、民が苦しんでいます。百済からの仏像二体を蘇我の大臣が祀った時にも禍が生じ、難波の水路に捨てたところおさまりました。今度も、蘇我の大臣が塔を建て、仏像を仏殿に安置し、僧や尼僧を置いたとたんに起こったことです。疫病の原因は明らかではありませんか。なにゆえに我らが言うことを用いないのですか」

「う〜む」

その勢いに天皇はすぐには答えられない。

「すぐさま仏教を停止（ちょうじ）するようにお命じください」

二人が天皇の目を注視している。

天皇は目をそらした。

しかし二人の強烈な視線が天皇の顔に刺さるように注ぐのが感じられる。

「さあ」

天皇はこの時点ではもはやその権力がなくなってしまったようだ。

「分かった。仏教と疫病の因果関係は明白である。それ故仏教を廃止せよ」

「ならばさっそく蘇我大臣の寺や塔、仏像を廃しますぞ」

「良い。そのようにして良い」

「良い、ではございますまい。そうせよと仰せになるべきです」

「分かった。そうせよ」

「ははあ。これよりただちに取り掛かります」

そう言うと物部大連弓削守屋と中臣勝海丈夫の二人は足早に金刺の宮を出た。

物部大連弓削守屋は物部の兵を連れて蘇我大臣馬子宿禰の建てた寺に向かった。そしてまずは塔を切り倒して火を付けて燃やした。

驚いた寺のものたちが集まってきたが、

「天皇の命により寺を壊すことになった」

と言うと誰も抵抗しなかった。

「大殿も焼け」

物部大連弓削守屋の指示に大殿も火をかけられた。すぐに灰燼に帰したが燃え残りの仏像が見つかった。

「しぶとい仏像め。これらをすべて難波に運び水路に沈めよ」

物部大連弓削守屋はすっきりした表情になったが、その時思いついたことがあった。

……蘇我大臣馬子宿禰が大切に拝んでいた仏像も今や無くなった。まったく抵抗できずにいる蘇我大臣馬子宿禰はさぞ悔しかろう。いっそもう少し辱めてくれよう……

「佐伯連を呼べ」

佐伯とは日の本の国のもので倭国の捕虜となったものである。西国の数か所に押し込められたが佐伯という名を与えられ、倭国の中の警察のような役目を務めさせられた。

「寺を焼き、仏像も焼きあるいは毀損したが寺にはまだ尼たちが残っている。それらをここに連れてこい」

佐伯連は直ぐに蘇我の寺にいた三人の尼を連れて戻ってきた。

「寺に馬子はいなかったか」

物部大連弓削守屋は蘇我大臣馬子宿禰がどうしているかとふと思ったのである。

「大臣でございますか。焼けた塔や仏殿を呆然と見ておいででした」

「尼どもを引っ張ってくるのに抵抗はしなかったか」

「何も言わず、ただ涙を流していらしたようでした」

「分かった。この尼どもを渡すゆえ、辱めてやれ」

「畏まりました」

佐伯造三室は三人の尼の法衣をはぎ取って裸にし、海石榴市（つばいち）の駅に引き出し、衆人環視の中で尻打ちをした。

蘇我大臣馬子宿禰に強烈な恨み心が生じたのは確かだった。

……物部大連弓削守屋め、いつか必ずこのお返しをするぞ。ただでは決して済まさぬ……


蘇我大臣馬子宿禰の恨みが通じたのか敏達天皇と物部大連弓削守屋がそろって疱瘡にかかった。そして瞬く間に疱瘡は国中に蔓延した。次々に民が死んでいった。それも、

「体中が焼かれるように痛い。棒きれで殴られているような痛みが続く。体が細かく砕けているような感じだ」

と筆舌に尽くせぬ激痛に顔をゆがめ、体をよじりながら死んでいく。それらのものの悲鳴にも似た泣き声が国中に溢れた。

「仏像を焼いたための仏罰ではないか。焼かれた仏像がその痛みを思い知らせているのではないか」

巷にはそう言うものが大勢いた。

そうこうしているとき、蘇我大臣馬子宿禰が金刺の宮によろよろしながら現れた。

「私の病気がちっとも治りません。仏の力を借りなければ治るとも思えません」

仏罰だと多くの人が口にする疱瘡で体も気持ちも衰えていた敏達天皇は、

「大臣一人に限り仏法を信じ、仏像を祀ることを許す。しかし、他のものには許さぬ。またそれを内密にしておくこと」

と言い、三人の尼を返した。

蘇我大臣馬子宿禰は新しく寺を建てた。

それを知った物部大連弓削守屋、大三輪逆（さかふ）、中臣磐余連、などは仏法を滅ぼそうと寺を焼き、仏像を捨てようと寺に押し掛けた。

しかし、寺は蘇我氏のものだけでなく漢氏などによって守られていた。前回と異なり、天皇から許しを得ていた蘇我大臣馬子宿禰は寺を焼かせるなどということはさせなかった。物部大連弓削守屋等は仕方なく引き上げた。

そして敏達天皇が他界した。恐らくは疱瘡を患ったためであろう。

殯の宮の前で大臣、大連が誄を述べた。まずは蘇我大臣馬子宿禰が前に出て述べ始めた。小さな体躯に似合わぬ大きな刀を腰に佩いていた。それを見て物部大連弓削守屋が、

「まるで太く、長い矢が刺さった雀のようではないか」

と嘲笑った。

……守屋の奴。お前を決して許さぬ。何時かひどい目に合わせてやるからな……

守屋の言うことは蘇我大臣馬子宿禰の耳にはっきり聞こえていたのである。

代わって、物部大連弓削守屋が誄を述べる番になり、前に進み出た。堂々とではなく手足が震えている。それが見るものすべてに分かるほどなのだ。蘇我大臣馬子宿禰が聞こえよがしに言った。

「鈴をつけたら良いのではないか。さぞリンリンと良く鳴ることであろう」

物部大連弓削守屋の顔は真っ赤になった。

……馬子の奴。よくも笑いものにしおったな。いつかこの恨みを晴らしてくれる……

大臣と大連という最高位のもの二人の亀裂は決定的だった。お互いに攻撃の機会を探すようになっていったのである。

日の本系の最有力氏族である蘇我と物部を争わせて力を半減させるという大拓の策略は見事にその成果を上げたのである。

日の本朝廷の弱体化と倭国乗っ取りの遠大なる計画
——道教寺院壇山宮（談山宮）での密談

壇山宮は飛鳥からほど近い多武峰にある道教寺院だ。継体天皇の時に渡来した北魏の大拓率いる帰化人が居住を許されたのは秦氏の掖上、漢氏の檜前より平地の少ない飛鳥の東南の山よりの地域だった。元々道教を国教とした北魏のものだけに大拓は多武峰にまずは道教寺院を建て、一族の信仰の場を作った。

多武峰はその最高峰の御破裂山でも標高は六一八メートルと低いが、標高の割には深山の趣がある。ちなみに多武峰の「タフ」は「道」の音「タウ」に通じる。即ち道教の霊山を意味している。

初夏の壇山宮は新緑の中に埋もれていた。日差しは強く、肌は直ぐに日焼けしてしまうほどだが吹く風は爽やかで開け放った大殿の中を吹き抜けていく。

大きな部屋の中に椅子に座った老人がいる。大拓である。渡来、帰化以来継体天皇の大和入りを助け、欽明天皇を暗殺計画から救い、天皇から父とも慕われていたがその大拓も年老いた。髪も髭も白くなり。馬上で大きく重い鉾を振り回した体躯もすっかり小さくなってしまった。

　小さな卓を挟んで椅子に座っているのは大拓の子、古足である。ふるたりと読んでいるが本来は「コソク」と読むのかもしれない。二人とも筒袖の上着にズボン姿だ。先祖伝来の胡服を自分たちの居留区では着用していたのである。モンゴル平原の遊牧民の一つであった鮮卑族の中の拓跋氏である彼らは帰化の後もその習慣をあまり変化させないで踏襲してきた。平原を馬に乗って駆け回るのには最適の服装だったのである。

　卓の上には水差しがあり、大拓は水を飲んでいる。歳と共に馬乳すら体にきつくなってきていた。息をするたびにヒューという音を喉から発するようにもなっている。

「古足、ワシもいよいよ年老いてきた。拓跋の勇士も馬乳が飲めぬようになってはもう終わりだ」

「何を。父上にはずっと長生きをしていただかぬと。我らがこの国を手に入れるところまで見届けていただかないと」

「何という冗談を言うか。そのようなときまで生きられるわけがない。良いか。ワシが死んだらこの壇山宮に葬ってくれ。日を選び、方角を選んで、な」

「それは承知しましたが、そんな話をするために今日私をお呼びになったのですか」

「勿論違う。今日は我ら渡来した拓跋の未来のためにいろいろ話しておかなければならぬことがある」

「私もいろいろ聞いておかなければと思っておりました」

「最初に聞くが何故ここを壇山宮と名付けたか分かるか」

「壇というのは道教の祭壇……」

「そうだ。壇とは天を祀るときの祭壇だ。魏（北魏）の太武帝は寇謙子に師事した崔浩の影響を受け道教を厚く信じるようになった。後に廃仏の勅令を下したほどだ。その太武帝は国都に道教のための大道壇の聖地を築き、道教の聖堂である静輪宮を建てたのだ」

「ではこの国における大道壇としての壇なのでございますね」

「そうだ。だから壇山であり、壇山宮なのだ」

「心に刻んでおきます」

「それだけでは足りぬ。我ら拓跋の元は何か知っているか」

「拓跋は鮮卑の一つでございましょう」

「うむ。ワシが話をできるうちに伝えておくべきことがある。何日にもわたるであろうが良く聞いて覚え、それをさらに、子や孫に伝えよ」

　そう言うと大拓は眼を閉じ、情景を頭に思い浮かべながら静かに語り始めた。

「匈奴の王に頭曼単于（とうまんぜんう）というものがいた。単于とは皇帝のことだ。突厥の言葉で勇者を意味する『バガトル』に由来する言葉とか。匈奴は北方に追いやられていたが秦が衰え、諸国が反乱を起こすようになった時、秦の兵が長城の南に引き上げたのを幸いと長城までの地域を支配した。その頭曼単于の長子が冒頓（ぼくとつ）単于だが、末子が生まれ、それがかわいくて仕方のない頭曼に、敵対する月氏へ人質として差し出されてしまった」

「長子を人質に、でございますか。匈奴は長子相続だったのでは」

「そうだ。冒頓を死なせてしまいたかったのよ。そして月氏に攻撃をかけたのだ」

「では冒頓は人質の運命で、斬られた」

「いや、生き残った。月氏の城が落ちる直前に馬を奪って脱出し、父親の頭曼の許に逃げ帰ったのだ」

「しかし、父親は冒頓を殺してしまうのでは」

「いや、月氏の許から脱出して無事戻った勇者を殺すようなことはまさかできない。頭曼は冒頓を受け入れたのだ。しかし、冒頓は父が殺そうとして月氏に人質に出し、月氏を攻撃したことを深く恨んでいたがそれをおくびにも出さずにいた。そして私兵を組織し鍛錬に鍛錬を重ねたのだ」

「というと特殊な訓練を」

「特殊と言えば特殊だ。まず冒頓が鏑矢を射る。部下にはその鏑矢と同じ目標を射よと教えたのだ。自分の馬を鏑矢で射る。主人の馬を射ることを躊躇う兵士がいる。すると即座にその兵士の首を刎ねてしまうのだ。そして何と冒頓は自分の愛妾を引き出してそれに矢を射る。何も考えずに主人の射たものを機械的に射るようになった部下たちはまったく躊躇うことなく主人の愛妾を射殺した」

「何とも訓練とは恐ろしきものでございますな」

「ある時父親に狩りに誘われた冒頓は絶好の機会到来とばかりに頭曼に鏑矢を射かけた。部下たちは一斉に多数の矢を頭曼に向けて放った。頭曼はハリネズミのようになって死んだ。どうだ。為になる話であろう」

「まことに。戦の仕方だけを覚えてもまだまだ不足でございますな」

「冒頓は匈奴の単于になった。その時国境を挟む東胡から使者がやってきた。そして冒頓が所有する名馬のうちの一頭をくれと言った」

「なぜそのようなことを」

「別に馬一頭が欲しかったのではない。冒頓がどれ程のものかを見極めるために試していたのよ」

「それでどのように返事を」

「部下たちは、馬は遊牧民たる匈奴の大切なもの、東胡などに渡すべきではないと言ったのだが冒頓は一頭くらい良いではないかと言って与えてしまった」

「続きがありそうですな」

「冒頓を馬鹿にした東胡は、今度は妃の一人をくれと言ってきた。部下が反対する中、一人くらいくれてやってもと要求に応じた。当然東胡は冒頓を弱腰と侮った。そして次には国境の匈奴側の何千里かの広大な地域を東胡のものとしてほしいと願い出てきた」

「これも応じたのですか」

「匈奴は遊牧民、土地に対する執着心がない。部下の中に、土地などいくらでもありますと言ったものがいた。冒頓は怒った。馬は大地を走る。大地なくして馬はどこを走るというのだ。東胡に土地を与えよと言ったものを切り捨てよ。今こそ東胡を滅ぼす時だ、全員馬に乗って続け、と言うなり東胡に攻め込んだ。冒頓をすっかり腑抜けと思い込んでいた東胡は油断の上にも油断していた。東胡王は討たれ東胡は滅んだ」

「凄まじい物語ですな」

「物語ではない、実際にあったことだ。戦というものは武力だけで勝つものではないのだ。歴史には学ぶべきことが多い」

「まことに」

「そして紀元前二百年ごろ代郡に四十万という大兵力で侵攻し、代郡を預かっていた韓王信に前漢を裏切らせ、従属させた。これを聞いた劉邦は三十二万の兵を率いて押し寄せたが、負けたと見せる冒頓の計略にまんまとはまって包囲され命からがら逃げかえった。そして冒頓の要求を呑む形で前漢の劉邦は和議を結んだ。以来講和条件だった前漢からの財物を得て匈奴は豊かになった」

「和議の結び方やその時期など参考になることが多くございます」

「そうであろう。さて冒頓が東胡を滅ぼしたのだが、その東胡こそ我ら拓跋の祖の祖ともいえるものだった。東胡が滅びる時逃れたものが鮮卑と烏丸（うがん）（烏垣）となった。そして匈奴の力が弱くなったのに乗じて独立し、後漢に朝貢して王に任ぜられたり、あるいは反旗を翻して戦ったりを繰り返していた。そしていよいよ檀石槐（だんせきかい）が登場する」

「檀石槐。この壇山宮と関係があるのですか」

「直接には関係ないが檀石槐は我ら鮮卑一族の英雄である」

「余程の英雄なのですね」

「そうだ。後漢の桓帝の時（一四六〜一六七年）、檀石槐が鮮卑の大人の位に就いた。すると鮮卑はこぞって彼の許に参集した。鮮卑は北の丁令（ていれい）、南の漢、東の扶余、西の烏孫（うそん）のすべてを後退させ、東西一万二千余里、南北七千余里というかつての匈奴の支配地をそっくりそのまま手に入れた」

「それほどに」

「その勢いはあの大国である漢にも止められなかった。そこで印綬を与え、王位を授けて懐柔しようとしたが檀石槐はまったく相手にしないばかりかますます漢に侵入しては略奪を続けた。耐え切れずに漢は大軍を派遣したが檀石槐たちはこれを殆ど殲滅した。長城の南にまで帰り着いたのは僅かに一割ほどだったという」

「まさに歴史に残る強さですね」

「しかし檀石槐は四十五歳で死んだ。そして鮮卑はバラバラになり、力を失っていった」

「で、それを盛り返したのは」

「うむ。その前に漢のことを話しておいた方が良いだろう。漢（後漢）は黄巾の乱（一八四年）の後皇帝の力が急速に弱ってしまった。兗州（えんしゅう）牧にその頃なった曹操はその黄巾賊を」

「ちょっとお待ちを」

「何だ」

「牧とは何でございますか」

「牧とは刺史（しし）のことだ」

「監察官ですか」

「そうだ。その時に黄巾賊の兵三十万人と一般のもの百万人を捕えるという大きな功績をなした。そしてそれなりの力を持ったのだ。戦乱で耕すものがいなくなった田畑を屯田兵の制度を作って食料生産地とし、得られる兵糧でさらに兵を養った。そして漢の丞相にまでなったのだ」

「それで」

「劉備と孫権を攻めたが、古来有名な赤壁の戦い（二〇八年）に敗れてしまい、魏呉蜀天下三分の始まりとなってしまった。二一三年に華北十州をまとめた魏公となり、翌年には魏王となった」

「漢の皇族でもないものが王となることなど」

「あり得ないことだったがそうなった。既に曹操なくしては立ち行かぬところまで漢は衰えていたということなのだ。しかし皇帝の位を禅譲という形で得たのは曹操の子供の曹丕だ」

「我が拓跋は魏の曹操の末と言い、我らが建てた国の名も魏でしたがそれにはどのような」

「良く聞いておけ。曹操の魏はたったの四十五年で滅びた。その後我ら拓跋が魏を建国した。曹操の魏国に我らが滅ぼされたわけではない。我ら拓跋が国の名を魏と定めたのだ。しかし曹操の魏と何の関係もないのに、あるいは敵なのにその名を使うことなどない。我らが魏の曹操の末と言うのは曹操と血が繋がっているからに外ならない」

「本当に曹操の血が」

「まあ聞け。軻比能というものが現れたのだ。公平さで鮮卑のものたちの信頼を得て力を付けた。軻比能の本拠は長城に近かったので中原から逃れてくる漢人も多く、その影響で漢風の軍法を学んだ。当時の鮮卑では珍しく太鼓の合図で進撃・退却をしていた。その軻比能は魏王の曹操にものを送り友好関係を結んだ。しかしそこは平原の民のこと、隙あらば、と長城を越え何度も略奪を行った」

「それでは魏の曹操は怒ったことでしょう」

「当然、軻比能を討とうと兵を差し向けた。曹操の部下の曹彰が北に攻め込んだ。軻比能は長城の北へ逃げに逃げたが大敗してしまった。そこで魏王曹操の許に貢物を贈り関係を修復した。その後は魏の皇帝となった曹丕などにも従ったり背いたりを繰り返したが遂に送り込まれた刺客によって命を落とした」

「それで魏の建国は」

「鮮卑全体から我ら拓跋部の話に移ろう。檀石槐の力が弱まり、鮮卑のまとまりが悪くなったときに拓跋毛が部族長、つまり大人となり、北方の三十六か国を統一し、支配する氏族は九十九に及ぶようになった。その後拓跋鄰(りん)に神のお告げがあった。南に移動せよとのことだったのだ。そこで拓跋鄰は息子の拓跋(きつふん)に遷都を命じた。その結果拓跋部はかつての匈奴の土地を治めるようになったのだ。そして一七三年に拓跋詰汾が狩りに出かけた時に何と舞い降りた天女に出会ったのだ」

「天女に、ですか」

「そうだ。そしてその天女とまぐわって子供ができた。それが拓跋力微(たくばつりきみ)だ」

「天女との間に生まれたと言うのですか」

「そうだ。その拓跋詰汾を聖武帝と呼んでいる」

「ならばわれら拓跋の大人には神の血が流れているということに」

「そうだ。我らは王となる宿命を持つものなのだ」

「では魏の曹操の後裔と言うのは」

「西部から圧力を受けた拓跋力微は没鹿回部の竇賓(とうひん)という大人と共に西部に侵攻したが逆に大敗となり敗走した。その時馬をなくして徒歩での敗走という窮地に陥った。ところが拓跋力微がどこからか馬を探し出してきて、それに乗って脱出に成功し、帰国することができた。竇賓は命の恩人たる拓跋力微に国の半分を差し出したが拓跋力微は頑として受け取らない。仕方なく竇賓は娘を拓跋力微に提供した。これは二二〇年のことだった。八年後に竇賓は死んだ。二人の息子に拓跋力微に従うようにと遺言したが息子たちは言うことを聞かなかった。そこで拓跋力微はその二人を殺した。その結果竇賓の支配地と部族は全て拓跋力微のものとなり、強大さを増した」

「確か魏の曹操は二二〇年に世を去ったはず」

「そうだ。拓跋力微は息子の沙漠汗を二六一年に魏に人質として差し出した。魏が滅び晋になっても沙漠汗は戻ってこなかった。戻ったのは最終的には二七七年だったが、拓跋力微は既に百歳を超える老人になっていた。そしてあまりにも長く魏、晋に留められ、拓跋らしくなくなった沙漠汗を部下たちが殺してしまった。その後いろいろな変遷を経て三八六年に拓跋圭が一旦滅んだ代国を復活させ、魏王と称した。以来魏国と言い、かつての魏の曹操の末を任じている」

「何故魏の曹操の末なのかが良く分かりませんが」

「はっきりした証拠はないのだが、拓跋力微の太子であった沙漠汗は長期間魏に人質として住んでいた。その時に曹操の血を引く娘を后にしたのだと思う。沙漠汗は帰国後重臣どもに殺されてしまうが太子の子がその血統を受け継いだものと思う。そうでなければ魏が滅んでから百年以上も経過してから異民族の鮮卑の中の拓跋部が建てた国の名を同じ魏にするわけがないだろう」

「確かに」

「下って拓跋圭は三九八年に平城に遷都した。そして皇帝となり道武帝と称した。そして明元帝を経て太武帝の時（四三九年）に華北を統一した。そして寇謙之（こうけんし）が現れた」

「寇謙之とは我らが道教の祖ともいうべき……」

「そうだ。昔、張陵という五斗米道の創始者がいた。道術を授ける時に米五斗を受け取ったと言う。その孫に張魯というものがいた。仙術、道術に優れ、物を私しない高潔な人柄だった。そのために人望厚く、漢中を治めるにいたった。しかし後に魏の曹操と戦になり、負けて敗走したが、その時財宝の入った蔵に錠をかけ、『これは国家のものだ』と持ち去ることも焼くこともせず残していった。その爽やかな態度に感服した曹操は張魯を招いて鎮南将軍とした。張魯の五人の息子たちもとりたてられたが娘は曹操の第九子である曹宇に嫁いだ。その張魯の仙術を寇謙之は極めたと言うのだ」

「それで」

「寇謙之は仙人の許で修行すること十年、目を見張るほどの上達を見た。四一四年にその様子を見ていた太上老君が天上より降りてきて、天師の位を授け、併せて、『雲中音誦新科之誡』二十巻及び服気導引口訣の法を与えた。さらに四二三年には李譜文から『録図真経』六十余巻、金丹雲英八石玉漿の秘法などを授かり、名声が高まった。魏（北魏）第三代の皇帝、太武帝（世祖）と宰相、崔浩は寇謙之に師事するほど道教を信じた。太武帝は平城のそばに寇謙之の天師道場を建て、新天師道の保護と普及に努めた。そしてこの道教を国教とし、仏教の排斥を行った」

「我らが奉ずる道教はこの時に完成したのですか」

「そう言えるだろう。寇謙之は仏教が持つ組織やシステムを研究して道教に取り入れた。道教を近代化したと言える。ここで少し脇道にそれるが」

「どのような」

「馮太后の話だ」

「馮太后でございますか」

「北燕の皇族であった馮朗は、北燕が魏（北魏）に滅ぼされた後に魏（北魏）に降ったが罪に問われて殺されてしまった。娘は魏（北魏）の太武帝の後宮に入っていた姑母を頼って後宮入りした。十四歳で第五代皇帝文成帝の貴人となり、その後皇后になったが、その文成帝がまだ若いのに死んでしまった。文成帝の子が跡を継ぎ献文帝となったので義母である馮朗の娘は皇太后となった。そこで馮太后と呼ばれた」

「この話は重要なのですか」

「重要でなければわざわざ話しはせぬ。我ら拓跋部と言うか鮮卑族の古来の習慣を知っておくのは重要なことだぞ」

「はい」

「十二歳で皇帝となった献文帝は成長と共に馮太后の言うことを聞かなくなり不和となっていった」

「馮太后は義母でございましょう。実の母でも男というものは大きくなれば聞かぬものでございます」

「待て。大事なことを知らぬようだな。我らは皇帝になる可能性などない境遇に何代もいた。しかしいずれ天下を目指すときがあろう、いやそうするのだから知っておかなくてはならない」

「それは一体どのようなことですか」

「皇太子にも皇帝にも実の母などいないということだ」

「な、なんですって」

「我ら鮮卑族は、子供が太子に選ばれた時にはその実母に死を賜るのだ」

「賜ると言っても、それは殺すということですか」

「そうだ」

「それはなにゆえ」

「太子はいずれ皇帝となる。皇帝の実の母が皇帝の治世や人事に口を挟むようになっては困るからだ。古来それで世が乱れ、国が滅びた例もある」

「だからといって何も殺さなくても……」

「生ぬるいな。そうやって我らは拓跋部を今まで保ってきたのだ。何かが起きる前にその芽を摘み取っておくことだ」

「それでは皇后になり手がいますまい」

「皇帝の子はな、皇后ではなく身分の低いものに産ませるのだ。そうすれば皇后は死ななくて済む」

「それで馮太后は献文帝の義母なのですか……」

古足は大きくため息をつきながら呟いた。

「そして馮太后は献文帝を脅して献文帝の子の拓跋宏に譲位をさせた。たった六年の献文帝の時代が終わり、孝文帝が誕生した。馮太后の力で皇帝となった孝文帝に強い影響力を持った馮太后は自ら政治を行い始めた。有名な四八五年の均田法や、三長制、租調制、同姓不婚などすべて馮太后が定めたものだ。そして馮太后はその後献文帝を殺してしまう」

（注）均田制とは十五歳以上の男子に露田を十畝与える制度で唐の口分田制度の元になったもの。
（注）三長制とは五家を一隣とし、五隣を一里とし、五里を一党としてそれぞれに長を置くという
行政単位というか戸籍上の組織に関する制度。


「皇帝となった孝文帝はそれを黙って見ていたのですか」

「孝文帝の即位は僅かに五歳の時だ。そして実は孝文帝は馮太后の子供かもしれぬのだ」

「えっ」

「馮太后は、元は文成帝の貴人であった。文成帝が若くして死んだということはその時馮太后も若かったということになる。文成帝の子の献文帝は父親の女を妻にしなくとも貴人として扱うのが普通だ。このことは先に話したはずだ」

（注）胡族では父親の生前の夫人が父親の後を継いだ子の夫人となる風習があった。寡婦が夫の兄
弟と結婚するというレヴィラト婚の亜種のようなものに見える。


「では馮太后が献文帝となした子が孝文帝だと……」

「孝文帝が生まれた時に献文帝は僅かに十三歳だが当時の拓跋部では少年が子を作ることなど普通だった。経験豊富な父親の夫人が相手を務めるのだからそのリードは十二分だと思って良いだろう。

そして馮太后が亡くなった時に孝文帝は親に対するものである三年間の服喪を行っている。さらに当時の史書には馮太后と孝文帝は母子とはっきり書いてあるのだ」

「しかし、皇帝の母は死を賜ることになっていたのではありませんか」

「そうだ。孝文帝の母とされる思皇后李氏は馮太后によって殺害されている」

「皇帝の母は死を賜るというのを実行したわけですか。そのものを母に仕立てて」

「恐らくそうに違いない。この仕方も知っておけば将来役立つ時がきっと来る。我が胡族、いや鮮卑族の中の拓跋部の習慣は過酷なものもあるが、それを守ればこそ長い間拓跋が拓跋として生き延びてこられたのだ」

「いや、凄まじきものです。しかし、血も凍るような冷酷さが必要なときも必ず来るでしょう」

「そうだ。心しておくことだ。この時代、南朝と呼ばれた宋は政治が不安定になり、多くの漢人が北魏に流入してきていた。これらを取り込むためにも北魏は制度などの漢化政策をとった。そして四九四年に平城から南の洛陽に遷都を敢行した」

「その遷都の目的は」

「漢土をすべて支配するには平城はあまりにも北に位置するからだ」

「では全漢土を手に入れるつもりだったのですか」

「そうだ。そのために朝廷での言葉も鮮卑語から中国語に替え、仏教を国教とし、漢の習慣を取り入れた」

「そのようなことをして拓跋部の伝統を破って不満は出なかったのですか」

「不満が出ぬわけがない。洛陽への遷都にも反対が多かったし、仏教の国教化にも異論が強かった」

「それではいずれ統一が」

「まとまるわけがない魏（北魏）は混乱の時代、内部抗争の時代に入っていく。だからこそ我らは帯方へのがれ、この倭国にまで流れてきたのだ」

「この拓跋の歴史で見れば我らは今ちょうど張魯の時代にある。張魯が魏の曹操に重用されたが如くこの大拓は欽明天皇の寵臣となっている。我が拓跋のものが、漢氏が担当していた大蔵の管理も任されている。拓跋部の発展の歴史を見習い、孝文帝後の衰退の歴史を招かぬようにするのだ」

「良く分かりました。外には歴史に学ぶことは」

「拓跋のものは姓を拓跋と称してきていたが、鮮卑族は以前から二つの漢風の姓を使っていた」

「我らは元を名乗っていたのではありませんか。実際、元の大拓と父上は……」

「元は二つの姓のうちの一つだ」

「ではもう一つは」

「是楼と言った」

「言ったとは」

「孝文帝の時にそれを改めた。高というものにな」

「それが何か」

「我らも名を変えた方が良いのではないかと思うのだ」

「それは何故」

「我らには帯方郡を出て倭国に向かった時から大きな目的があった」

「それは」

「かつて魏(北魏)を建国したときのように、倭国を支配し、新しい国を建てるという夢を描いたのだ」

「父上は欽明天皇に父と呼ばれるほどになられたではありませんか」

「まだ天皇にはなっていない」

「天皇になろうというのですか」

「そうだ。そうでなければこの国を支配したことにはならぬ」

「天皇は倭国の昔からの天皇の血を受け継いでいなければなれません。我ら渡来のものは……」

「成れぬと言うか」

「……」

「本当に不可能か」

「あっ。それでは……」

「分かったようだな」

「天皇の一族の娘を后にして子をなし、その子を天皇にする」

「そうだ。その仕掛けを時間をかけてするのだ」

「時間をかけてですか」

「倭国という国を渡来人の拓跋が乗っ取るのだ。無理なく時間をかけて成し遂げる必要がある」

「どの程度の時間を……」

「三代か四代かかるのではないか」

「それほど長い間」

「そうだ段階的にしなければならぬことがたくさんあるのだ」

「父上にはそのプランが頭の中に」

「ある。それをお前に話しておく。しかし、状況は今考えている通りに動いていくかどうかは分からぬ。その都度判断をして対応していくのだ」

「分かりました。まずはお考えをお聞かせください」

「ワシが倭国に来た時の天皇はオホド王だった。長らく続いた新羅系渡来人の王朝に対して蘇我、物部、大伴などの日の本系の氏族が越の国にいた日の本系の大王を招いたのだが新羅系の反対があり、楠葉等で二十年を過ごさなければならなかった。我ら拓跋の武力をオホド王（継体天皇）に貸すことによって継体天皇はやっと大和に入ることができた。しかし新羅系の磐余のものどもにその子供、宣化天皇と共に殺されてしまった。その時同時に命を狙われていた欽明天皇を間一髪で我ら拓跋が助け出した。つまり命を救ったのよ」

「命の恩人だからこそ欽明天皇に『我が父』と呼ばれるのですね」

「そうだ。欽明天皇にはほとんど無理を聞いてもらえるが代が替わっていけばそんな神通力も弱くなってくる。ワシの力が及ぶうちに布石を打っておくが、お前の代にも天皇の信任を得て影響力を保持しなければならぬ」

「そのようにいたします」

「そこでだ。この国は天皇の血筋でなければ天皇になれぬ。だから天皇の座を求める我らは天皇の血を得なければならぬ」

「とはいってもそれは……、不可能では……」

「血は男だけが受け継ぐものではあるまい。かつて崇神天皇というものがいた。この男は百済から人質に差し出されていた王子だった。本来天皇となるべき大彦は娘をこの崇神天皇に嫁がせ、この百済人を天皇とした」

「であれば、天皇の血筋の娘を后とし、子をなせばその子を天皇にすることができるわけですな」

「天皇にすることができるのではなく、天皇になる最低の資格ができるとでもいうべきか」

（注）「太安万侶の暗号（二）～神は我に祟らんとするか～」の中で崇神天皇のイニェという名前と、次の垂仁天皇のイサチという名前を、百済はツングースの国だからとツングース語で解こうとしていた。しかし、良く考えてみると、そして現代の韓国人の名前、例えば、イ・ミョンバク、イ・ビョンホン、イ・ボミなどを知るとき、これは、イ・ニェ、そしてイ・サチであったのかと気が付いた。

「確かに天皇の血を引いているだけでは太子になどなれません」

「そこでだ。男の子を産んだ妃を離縁して次に天皇の后にさせるのだ」

「そのようなことができるでしょうか。天皇の后は処女でなければならぬのではありませんか」

「ところがそうでもないらしいのだ。昔安康天皇は殺した大草香皇子の妻を后にしているそうだ。処女でなくても、子持ちの人妻でも良いようだ」

「そうであれば……、何とか上手く図らねばなりませんね」

「そのためには天皇の信頼をつなぎとめておく努力や策略が必要だ」

「なるほど。しかし我ら拓跋との混血の子を天皇にするには反対も多いことでしょう」

「日の本系の直系には物部氏と尾張氏、その尾張氏につながる蘇我氏がある。これらが一番の抵抗勢力となるだろう」

「その抵抗に対する手段は」

「まずは蘇我と物部を争わせることだ」

「彼らは祖先が同じというだけでなくずっと婚姻関係を続けてきております。そう簡単には仲たがいなどいたしますまい」

「親戚であっても仲たがいする原因は。血を流す戦いにまでなる原因は。拓跋の歴史を見て考えて見よ」

「……」

沈黙が流れる。新緑の山に飛ぶ鳥の声が聞こえる。

「それは宗教の違いでは。孝文帝の漢化政策により道教と仏教の信者が同じ拓跋部でありながら戦いました」

「そうだ。だからこそ我らが国を捨ててここまで流れてきたのだ」

「物部と蘇我の間に信仰の違いを起こさせれば良いのですな。あっ、蘇我氏に百済に近づくために仏教を勧めたのはそのため」

「ようやく分かったようだな。いずれ物部と蘇我は争い、そして戦い、どちらかが滅亡する」

「面倒な大臣と大連の一方が滅びれば大きな前進」

「いやそれだけでは大きな前進などとは言えぬ。敵対するものがいなくなればその権力は強くなる。我らではなく物部か蘇我のいずれかが王権を奪い取り、天皇となる可能性が高い」

「では我らは天皇の位を奪い取れなくなるのでは」

「天皇の位に就いた氏族、多分蘇我氏だと思うが」

「何故蘇我氏だと」

「我らが後押しをしてやるからだ。仏教も教え、政治を教え、役人組織や貴族階級制も教えてやるのよ」

「それでは蘇我氏の朝廷がますます強くなり……」

「蘇我氏の信頼を得るためには仕方あるまい。だが毒も仕込む」

「毒、でございますか」

「そうだ。今度は蘇我の内部で権力争いが起きるように持っていくのだ」

「大臣と大連を戦わせ、残った大臣一族を今度は分割し、戦わせ……」

「その結果蘇我氏の振る舞いは傍目にも見苦しく、有力氏族の反感を買う」

「そのためにはできるだけ人望のあるものを滅ぼさせるのが一番効果的」

「分かってきたようだな。ここまでのところを実際の動きにするにはどうするのか。考えて見ろ」

「はい。……、う～ん、まずは物部と蘇我を仏教に関して争わせ、戦いに持っていき、蘇我氏に勝たせる」

「何故蘇我氏に勝たせるのだ」

「物部が勝って、倭国古来の宗教だけになっては我らが力を得られません」

「そうだ。そのように頭を使うのだ。そして物部が滅んだら」

「物部の財産を蘇我が手に入れて財力が強大になります。大連と大臣の二つの権力と財力を持つわけですから」

「それで、天皇の位を奪取するとして誰を天皇に」

「他の氏族の手前、いきなり蘇我氏の嫡流が天皇になるわけにもいかないでしょう。ちょうど良いものがいます。厩戸の皇子」

「そうだ。考えが的を射ているようだ。物部守屋の『屋』と蘇我馬子の『馬』をとっての『馬屋』に『と(渡)』を付けたような名前だからな。元々蘇我と物部の懸け橋となるようにとの命名だったのかな」

「その架け橋のような、蘇我大臣馬子宿禰と物部弓削守屋大連の妹の間に生まれた刀自古郎女を妃とする厩戸の皇子を天皇に据えれば倭国の内部もそれを認めるのではありますまいか」

「良い考えだ。そのようになるように働きかけることが大切だ」

「それからは」

「そのまま落ち着いては困るので、今度は厩戸とその子孫とを滅ぼすように画策をいたします。信望厚い厩戸を滅ぼして蘇我が専横を極めれば必ずや世に不満が溜まるでしょう」

「よしよし」

「その不満が高まった時に蘇我を討つ」

「だれが討つのだ」

「この時には我らが直接手を下すより外ないと考えますが」

「それで良い。討った後のことをうまく手配しておくことを忘れるな。討って世の中から感謝されるようにしなければ。で、我らは天皇になれるか」

「無理でしょう。父上も天皇の血を引いていなければ天皇にはなれぬと」

「その通りだ。天皇の血を引く子供は作れるがその子供を太子にするのが難しい」

「太子は通常天皇の子ですから」

「だから天皇の血筋の娘を妻にして男の子を作り、その後その妻を離縁してさらに皇后にすると言う操作が必要になる。それができれば我らの血を引く子が太子となれるのだ」

「その仕掛けはなかなか難しい」

「そのためには滅ぼす蘇我に悪行をさせて評判を悪くし、一族が決して天皇や皇后にならぬようにしておくことが大切だ」

「天皇の血を引くが主流でないというものが良いのでは」

「そして魏（北魏）のような漢風の整った国へ変換していくのだ」

「どうやって天皇をコントロールするか」

「そのためには蘇我を滅ぼして国を救ったのが我らだと広く知らしめる必要がある。欽明天皇の命の恩人としてワシの力が大臣、大連をしのいだように圧倒的な影響力を持たねばならぬ。天皇としての蘇我のものを討つのだ。僅かな失敗も許されぬ」

「しかし我ら渡来のものが天皇を討ったとなれば問題になりましょう」

「その通りだ。だからこそ天皇の子として、太子として天皇の位を簒奪した蘇我氏を討つのだ」

「その太子は我ら拓跋の血を半分引くもの」

「そこが問題だ。渡来人の血は引いていないことにするのだ」

「と言ってもそれは無理でございましょう」

「妻が皇后になってから産んだ子ということにするだけのことだ」

「そのようなことができましょうか」

「できるかではない。するのだ。いずれ天皇の位を得てから歴史を塗り替えてそういうことにしてしまうのよ」

「何と。歴史を塗り替えるとは我らに都合の良い歴史を作り上げるということですか」

「そうだ」

「しかしその歴史が嘘だということを皆が知っておりましょう。また各氏族がそれぞれその氏族の歴史を記録しておりましょう」

「だからな。各氏族の持つ私家版の歴史書を提出させ、燃してしまうのよ」

「それでは昔々秦の始皇帝がしたという焚書を」

「そうだ。歴史には学ぶところが多い」

「大分分かってまいりました」

「時に、我らも拓跋という名前ではこの国に溶け込めぬ。泰氏、漢氏といった名前では一目で渡来人と分かってしまう。分からぬように名前を変えよう」

「父上が使っている拓跋の漢風の名前、元ではだめなのですか」

「倭国のものの氏族名は漢字二文字が多い。物部、蘇我、大伴、中臣、春日などなどを見れば分かるであろう」

「では何と」

「孝文帝が高という漢風の姓を使い始めたことは話したな」

「はい。しかし高では二文字ではございません」

「寇謙之という名を覚えているか」

「道教の祖のような偉大なものでございましょう」

「そうだ。その道教の祖にあやかって寇を付け加えてはどうかと思うのだが」

「高寇でございますか。寇の字は歯向かうという意味を持ちます。渡来人の我らがそのような字を用いては怪しまれましょう」

「その通りだ。だから文字を変える。向という字にな」

「二文字の姓というのは何となく違和感が……。漢の姓は一文字でしょうから」

「いや、二文字の例もある。蜀の諸葛亮孔明という強力なものもいたではないか」

「分かりました。それで高向を何と倭語で読むのですか」

「タカムコだ。倭国の土着の氏族の姓らしいではないか」

「なるほど。タカムコですか」

「だが、いくら倭国の氏族らしい姓に変えても渡来人氏族のカバネは漢氏、または史（ふひと）であろう。それではいつまでたっても渡来人の看板を下げて歩いているみたいだ。それでは天皇の位など狙いにくい」

「しかしそれはなかなか……」

「まずは高向としておき、いずれ倭国の氏族の姓を掠め取るのだ」

「で、何という」

「我らは内臣（うつしおみ）という称号を持っている。内は内側という意味だ。同じ内側という意味を持つ字は」

「それは中でしょう」

「中の臣と書き換えればどうなる」

「中の臣、中の臣……、中臣。ナカトミでございますか」

「中国から来たことでもあれば中臣が一番すり替わりやすいであろう」

「しかしどうやって」

「天皇の位を奪取してから歴史を書き換えてしまうのよ」

「どのように」

「我らが前から中臣であったように記録を作るのだ。わけもないことだ」

「しかし本当のことを知っているものが」

「いるだろう。それでも構わぬ。圧倒的権力を持てば異議を唱えるものなどいない。それを続けていれば嘘も時間とともに真実になるのだ」

「分かりました。では高向を姓としましょう」

「お前の子だが謙之にあやかって鎌子と名付けよ」

「冦謙之にあやかってですか」

「そうだ必ずや大きな役割を果たすものになるはずだ」

「ならばそのように」

「ではワシは天皇に願い出ていずれ天皇の血筋にある娘を鎌子の妻として貰い受けるよう頼んでおくことにする。良いか、間違いなくその鎌子に子供を作らせるのだぞ。そして我ら拓跋の女を妻として男の子を何人か作るのだ。天皇の血筋も、皇后にするのも、天皇にするのも拓跋が真に天下を握るプロセスにある手立てと心得よ。その間の情におぼれてはならぬ。太子となったものの生母には死を賜る、つまり殺すというその非情さが権力の維持発展には必要なのだ。肝に銘じておくが良い」

「鎌子と天皇の血筋の女との間の子を天皇にした後は」

「いずれ天皇の血の混じらぬ拓跋のものに天皇を替えるのだ」

「えっ」

「いったん天皇になれば自分の子に次の天皇をと望むはずだ。しかし、拓跋部のことを第一に考えねばならぬ。鎌子の子、拓跋の子、即ちその天皇の異母兄弟に天皇を継がせるのだ」

「鎌子の子供のうち天皇の血を引くものがまず天皇となり、次にその位を倭国の天皇の血など引かず、我ら拓跋の血を純粋に引く皇子に遷すのですな」

「そうだ。その拓跋王にしてこの国の天皇となる鎌子の子には大海と名付けよ」

「大海でございますか」

「ワシの名は」

「大拓」

「意味は」

「拓は拓跋の拓故、大地のことでございますね」

「だからその皇子の名前を大海とするのだ」

「大地に始まり大海で完成する」

「そうだ遠大な国取りの策謀だ」

「そこまで行けば完成ですね」

「何を愚かな。そこが言わば始まりだ」

「始まり」

「そうだ、それから倭国を本当の我ら拓跋の国にしていくのだ」

「魏（北魏）のような、でございますか」

「魏（北魏）のようであってもっと近代化したものだ」

「で、なにから」

「まずは国の名前を替える」

「倭国ではいかにも悪名ですから」

「巻向や飛鳥のあるこの地域をヤマト（倭）と呼び、倭国全体を大倭と呼んできたらしいが、ヤマトは倭ではなく大和と書くことにする。そして国全体の名だが」

「では和国といたしますか」

「いかん。もっと良い名を使わなければ。実際にある国の名前だが日本と表記するのが良いだろう」

「日本」

「太陽のもと、我ら道教のものにとってふさわしい名前だと思うぞ」

「しかし他の国の名前だと……」

「それも倭国の隣の国の名だ。いや元々は倭国をも支配していた国だった。大君という倭国王は元はエビス尊と呼んで、東北にある日高見の国から派遣されてきていたのだそうだ。稲作と渡来人の流入で人口が増えた倭国を抑えきれなくなり元々の日高見の国に閉じこもっているらしい」

「その国の名前を、良いからと言って奪っても良いのですか」

「ふ、ふ、ふ。奪うのは名前だけではない。いずれ国ごと奪ってしまうのだ」

「そんなことを……」

「何を躊躇う。我ら拓跋部もそうして勢力範囲を広げ、力をつけてきたのではないか。どうもお前は原野を馬で駆け巡る拓跋の心が薄いようだな」

「そんなことは……」

「情と理性を捨てよ。我らは奪い合い、殺し合いのあらしが吹き荒れる中国大陸で生きてきた部族だぞ」

「分かりました。国の名前は日本にすることにいたしましょう」

「次は大君だ。これも名称を変え、天皇と呼ぶことにしよう」

「天皇でございますか」

「そうだ。道教で北極星を意味する『天皇大帝』からとってだ」

「天皇の諡号だが古いものにさかのぼって与えなければならぬ。それはそれとして拓跋が天皇の位を得て世襲する時、その諡号は北魏の皇帝の名を参考にせよ。漢の皇帝は、高帝、惠帝……と続くのだが我らの魏（北魏）の皇帝は道武帝、明元帝、太武帝……となり『○武帝』とすることが多かった。真実は魏（北魏）の王朝であると分かるものには分かるように我らが天皇の位を得てからは『○武帝』と諡号をつけるようにせよ」

「分かりました」

「次に都だが、倭国では天皇が死に、新しい天皇になるたびに都を新たに作っていた。それもいかにも倭国風のものを」

「我らとはまったく異なります」

「そこで、都を我らが古都、平城を模して坊条の整ったものにするのだ」

「洛陽ではないのですか」

「孝文帝が平城から洛陽に都を移してから魏（北魏）は乱れ、弱体化したのだ。縁起が悪いから真似せぬ方が良いだろう。あくまで平城をまねるべきだと思うのだ」

「平城のような都を作れば倭国のものたちは驚くことでしょう」

「ついでに都の名前も平城とするのだ。そしてすぐに遷都などせずにいることだ。国を治めるに適した地がそうあちこちにあるわけがない」

「小さな、民の数も少ない国を治めていたからこその遷都だったのでしょう」

「元号も必要だ」

「我らが天下を手中におさめたら直ちに元号を定めることにいたしましょう」

「最初の元号は『大化』とせよ」

「『大化』でございますか」

「そうだ『大化咸熙（かんき）』なる言葉がある」

「えっ」

「大化とは大いなる教えだ。咸熙とは悉く、遍く広まると言う意味だ」

「古い言葉でございますか」

「うむ。舜典に既に『庶績咸熙』という文がある」

「舜典とはまた何とも古くから……」

「近い所では晉書に『神武鷹揚、大化咸熙』なる記述がある。国の様子を記した部分にな」

「我らの治国の方針や方法が遍く民に理解されていくことを願う元号ですね」

「そうだ」

（注）『新校本晉書　志　巻二十二　志第十二　樂上』に以下の記述がある。その中に「神武鷹揚、大化咸熙」の語がある。

「清廟何穆穆、皇極闢四門。皇極闢四門、萬機無不綜。亹亹翼翼、樂不及荒、饑不遑食。大禮既行、樂無極。登崑崙、上層城。乘飛龍、升泰清。冠日月、佩五星。揚虹蜺、建彗旌。披慶雲、蔭繁榮。覽八極、遊天庭。順天地、和陰陽。序四時、曜三光。張帝網、正皇綱。播仁風、流惠康。邁洪化、振靈威。懷萬方、納九夷。朝閶闔、宴紫微。建五旗、羅鍾虡。列四懸、奏韶武。鏗金石、揚旌羽。縱八佾、巴渝舞。詠雅頌、和律呂。于胥樂、樂聖主。化蕩蕩、清風泄。總英雄、御俊傑。開宇宙、掃四裔。光緝熙、美聖哲。超百代、揚休烈。流景祚、顯萬世。皇皇顯祖、翼世佐時。寧濟六合、受命應期。神武鷹揚、大化咸熙。廓開皇衢、用成帝基。光光景皇、無競惟烈。匡時拯俗、休功蓋世。宇宙既康、九域有截。天命降監、啟祚明哲。穆穆烈考、克明克雋。實天生德、誕應靈運。肇建帝業、開國有晉。載德奕世、垂慶洪胤。明明聖帝、龍飛在天。與靈合契、通德幽玄。仰化青雲、俯育重川。受靈之祐、於萬斯年。」

なお、『大化』の出処として『漢書　巻五十六』の次の文が良く引用されている。

「古者修教訓之官務以徳善化民、已大化之後天下常亡一人之獄矣」

しかし元号の出典としては治世の良いことを美しく表現した誓書だったとみるほうが、同じような状況にしたいとの願望を込めたという点からも正しいように感じる。同じ語があるというだけでは出典とは言えないであろう。

さて大拓と古足の対話に話を戻そう。

「我らの力、技術をこの国のもの、特に蘇我のものたちに知らしめるために仏像を作ろう。それも金銅仏を」

「我らにはその技術を持つものはいますが長年作っていませんし、第一材料となる銅をこの国は産しません」

「それこそ蘇我氏を使って百済経由で中国から持ち込ませるのだ」

「それではいくらかかるか分かりませんぞ」

「ひとつ知恵がある。倭国の氏族はその祭祀に使うために銅矛、銅鐸、銅剣、銅鏡といった銅製品を多量に持っていると聞く。それらを供出させて鋳潰せば材料の銅は十分ではないか」

「たしかに」

「仏像の鋳造の方法は知っているか」

「はて」

「まずは土で大まかな仏像の形を作る。次にハチの巣から集めた蜜蝋をそれに塗る。その蜜蝋に仏像の細部を彫る。つまり蜜蝋をでき上がりの仏像の形にするのだ。そしてさらにそれを土で覆い固める」

「それで、型はどうやって」

「周囲に薪を積み、火を付け、全体を焼くのだ」

「何のために」

「蜜蝋を熔かすためだ。蜜蝋は温度が上がるとともに熔け、流れる。その結果土の中に仏像の鋳型ができる」

「なるほど」

「そして上部から熔けた銅を流し込めば仏像ができ上がる。土を取り除き、仏像を磨き上げたりするのはもちろんそれからだが」

「研究させておかなければいけませんね」

（注）銅鐸が十数個一緒に埋められていたり、銅剣が百何十振り同じ場所に埋められていたのが発見されている。大事なはずの祭祀用品が一か所に埋められているのは普通ではない。まるで急に隠す必要に迫られて、とのシチュエーションが想像される。筆者は仏像作りの材料調達のための銅鐸（剣、鏡）狩りが行われたのではないかと考えている。ちなみに、広隆寺の「半跏思惟像」は六〇三年、飛鳥寺の「釈迦如来像」（鞍作鳥）は六〇五年、法隆寺の「釈迦三尊像」（鞍作鳥）は六二三年などの制作だが、倭国で銅が発見されたのは七〇八年のことである。そして飛鳥寺の丈六の釈迦如来像には銅二万三千斤が使われている。秩父での自然銅の発見

は元号を「和銅（にぎあかがね）」と改めるほどの大事件であった。即ち、仏像制作の必要性が高まった飛鳥時代には国産銅は存在しなかったのである。「銅器狩り」が行われたと考える大きな理由である。


「そうだ。忘れぬうちに」

「何でございましょう」

「平城を作ったらそのそばに大きな仏像を作る」

「平城のそばの雲崗の崖仏のように、でございますか」

「そうだ。壮大さでは道教寺院より仏教寺院、そして巨大な仏像が富と力を示す」

「とは言っても、雲崗のような崖もなく、仏像を彫りだすに適した地層もございません」

「承知の上だ。だから崖仏を彫るのではなく巨大な仏像を鋳造するのだ。それを見ればこの倭国の民ばかりではなく中国のものどもも腰を抜かすようなのを」

「それほど大きな仏像を鋳造すれば費えが大きいばかりか鋳造に伴う毒で多くのものが死んだり病気になったりいたしますが」

「構わぬ。我らの力を誇示するためには犠牲者のことなど考えぬ。だが表向きは国と民の幸福のために大きな仏像を作ると言うのだ。中国は隋という国に統一されたそうだ。そしてその隋の皇帝も、支配層も我らと同じ鮮卑族のものだ。彼らになど負けてたまるか。都城も、仏像も、組織もすべてで対等以上でなければならぬ。この遠い倭国にまで落ちてきたのだ。大国を作って見返してやらねばならん。何時の日か中国大陸に攻め上って……」

「父上。落ち着いてください。もう顔が真っ赤になっていますぞ。その悔しさは私も良く分かっております」

「良いか。国が完成したら、いや完成への途上にあっても中国に使節を送れ。それも対等の立場で」

「その時の隋の皇帝の驚きようと、怒りようが眼に見えるようです」

「ふ、ふ、ふ。そうだな。ワシも長生きしてその場面をこの目で見てみたいがそれは無論叶わぬこと。ワシはその日のための礎となるのだ。三代かけてその夢、東夷の地まで逃げてきた拓跋の夢を実現せよ」

「必ずや夢を叶えてごらんにいれます」

「隋の皇帝となったのは楊氏だ。楊氏について知っているか」

「もとは魏（北魏）のものだったと聞き及びますが」

「鮮卑族の中で普六茹（ふりくじょ）と名乗っていた氏族だ。普六茹は鮮卑語で柳のことだ。それ故魏（北魏）が漢化政策をとった時に漢風の名前として楊としたのだ。元々は魏（北魏）の都、平城の北方守備のための拠点であった武川鎮にいた」

「どうやって隋の皇帝にまで」

「孝武帝の急激な漢化政策に保守的な拓跋のものが付いていけずに魏（北魏）は内乱となり、やがて西魏と東魏に分裂した。この時に楊忠は西魏の成立に功を挙げ、大将軍となり、随国公の地位に上った。その後西魏は北周となり東魏は北斉となった。楊忠が死に楊堅が跡を継ぎ、大将軍、随国公となった。北周の皇帝武帝を継いだ宣帝は五人の皇后を持っていたがその一人が楊堅の娘だった。名を麗華といった。この麗華が宣帝の側室（朱満月）が生んだ太子、宇文衍を養育した。宣帝は僅か八か月で退位したので、この太子が靜帝となった。そのために靜帝の後見をしていた楊堅の力が強くなった。勿論それに不満を持つものが反乱を起こしたりした。それらを鎮圧した楊堅は北周における覇権を握ったのだ。そして随国公から随国王へと進み、ついに靜帝から禅譲を受けて隋を建国し、初代皇帝、文帝となったのだ」

「それでは我らも魏（北魏）に残り、西魏と東魏の分裂のときに活躍すれば今頃中国に大帝国を……」

「過ぎてしまったことをいまさら言うのは愚かなことだ。我らはまずはこの倭国を手に入れるのだ」

「分かりました」

「そうだ。寺に安置する仏像なども我ら北魏型のものを手に入れるのだぞ。そのためにも百済を懐柔して百済経由で取り寄せるのだ。勿論我ら拓跋の仏師が作るものは魏（北魏）型に決まっているが、何といっても材料の銅が手に入らぬからな」

「心得ております」

（注）飛鳥時代の仏像には北魏様式と南梁様式の二つがある。北魏様式は、杏仁形の目、仰月形の唇（アルカイック・スマイル＝古拙の微笑）、左右対称の幾何学的衣文などが特徴である。これに対し、南梁様式は顔や姿などが全体的に柔和である。この時代の仏像の種類は釈迦如

来、弥勒菩薩、観音菩薩などに限られる。北魏様式の例は、法隆寺金堂釈迦三尊像、法隆寺夢殿救世観音像、飛鳥寺釈迦如来坐像で、南梁様式としては広隆寺弥勒菩薩半跏像、中宮寺菩薩半跏像、法隆寺宝蔵伝百済観音像が挙げられる。


「倭国の古代からの氏族制度だがこれも改めねばならぬ」

「拓跋部も部族制度から漢風の制度に改めました」

「良くもあり悪くもあるのだが強大な国家にするためには拓跋の部族制と同じような氏族制は変えなければならぬ」

「氏族が持つカバネには階級がありません。僅かに大君を補佐する大臣と大連が特別に扱われているだけです。冠位制度にしますか」

「それが良いと思う」

「では仁義礼智信という五常を使って、その夫々をさらに大小に二分し……」

「五常とは孔子の教え、儒教に基づくつもりか」

「成りませぬか」

「我らは道教こそ国教と思ってきたのだぞ。道教の教えに基づいて仁礼信義智と五行を並べ、それら五行をまとめたものとしての徳を最上位におく六階級とするのが良いと思う。さらにそれぞれを大小に二分すれば十二階となる」

「役人の組織も整備しなければ」

「九品官人法を取り入れるのだ。必要な修正をしたうえで」

「役人の組織はそれで形が整うでしょう」

「ひとつ加えるものがある。道教の呪術や仙法を専門とする部門、陰陽師が所属する役所を新たに付け加えるのだ」

「必要なのですか」

「そうだ。我らがこの国の天皇の位を手にするまでに我らの策により命を落とすものは少なくない。それらの恨みや霊に対する備えが必要だ。陰陽寮と名付けよう」

「この国のものが良く口にする祟りというものへの対応ですね」

「伊勢にある大きな社も祟りを封じるためのものだと聞いた」

「そう言えば出雲の大社も祟り封じのものだとか」

「やはり祟りには気をつけぬわけにはいかぬ。それから民だが」

「民が何か」

「今のままで良いと思うか」

「何か問題が」

「ある。この国の民は各氏族に属しているのだ。これを国のものに替える必要がある」

「と言っても、氏族の一族のものなどを公民とすることはできぬことかと」

「すべての民をというのではない。まずは稲作をする百姓だ。これは米という食料を生産する国の基本となるものだ。百姓を国のものとし、収穫したコメから租を取り立てて国の費用に充てるのだ」

「それでは馮太后が始めた均田制を」

「均田制を知っているなら話は早い。魏の曹操の実施したのは耕作放棄地に関する屯田制だったが魏（北魏）の均田制は土地を国のものとし、百姓に土地を貸し与えて耕させる画期的な制度だった。これをこの国で実施して我らの国がいつまでも栄えるようにするのだ」

「なるほど」

親子の話は何日にもわたって続いた。古足は大拓のはるか未来まで見通したヴィジョンに驚きながらも感心していた。

……もっと学び、父上のようになり、子や孫に拓跋の夢とその実現プロセスを伝えていかなければ……

庭の奥にある仙石が太陽の強い日差しを浴びて輝いていた。

物部大連と蘇我大臣相戦う

物部大連弓削守屋も蘇我大臣馬子宿禰も共にこの争いが大拓によって巧妙にしかも大がかりに仕掛けられた罠だと気付いていなかった。もっともすでに年老いた大拓に代わって実際は古足が仕掛けていた。

欽明天皇の後の敏達天皇、用明天皇、そして崇峻天皇は全て欽明天皇の子供である。欽明天皇の治世三十二年に対し、敏達天皇は十四年、用明天皇は二年、崇峻天皇は四年という短さだ。用明天皇は恐らく天然痘で死に、崇峻天皇は殺害された。

ともあれオホド（継体）天皇から続いた日の本系の王朝は崇峻で絶えることになる。

（注）継体王朝の天皇の名前を列挙すれば、

継体天皇：男大迹（おほど）天皇

安閑天皇：廣國押武金日（ひろくにおしたけかなひ）天皇

宣化天皇：武小廣國押盾（たけをひろくにおしたて）天皇
欽明天皇：天國排開廣庭（あめくにおしはらきひろには）天皇
敏達天皇：渟中倉太珠敷（ぬなくらのふとたましき）天皇
用明天皇：橘豊日（たちばなのとよひ）天皇
崇峻天皇：泊瀬部（はつせべ）天皇

となり、欽明天皇までは廣く、國を押す（食す）といういかにも統治者を表す文言が使われており日の本系らしい名前となっている。その後の用明、崇峻両天皇の名前に至っては力が及ぶ範囲が狭くなったような印象を受ける。崇峻の後の天皇は推古天皇とされているがそれは後世の歴史改竄と思われる。論考「園田豪の『厩戸（聖徳）天皇考』」を参照願いたい。


元大拓がいなければ夜も日も明けぬという、大拓を命の恩人として頼りきった欽明天皇が亡くなった後も、その父王の様子、姿、言動を見て育った子供たちは当然大拓、そしてその子である高向古足に全幅の信頼を置いていた。何かにつけ意見を求め、アドバイスを受け入れた。

そして敏達天皇も亡くなり、用明天皇の時代になった。宮を磐余に遷した。その宮を池邊雙槻（なみつき）宮と呼んだ。

大臣は蘇我馬子宿禰、大連は物部弓削守屋と、仏教派と神道派として欽明天皇以来の争いを引きずった二人だった。

さて、敏達天皇の殯宮（もがりのみや）にいる皇后を犯す目的で、欽明天皇の子、つまり用明天皇の異母弟である穴穂部皇子が近づいた。敏達天皇の寵臣であった三輪君逆はその目的を察した。

「舎人たちを集めよ」

その命に近くにいた舎人たちは武器を持って集まった。

三輪君逆は殯の宮の門を舎人たちと共に守った。

「そこにいるのは誰だ」

穴穂部皇子は大声で呼びかけた。

「ここを守るのは三輪君逆でございます」

逆も大声で言い返した。その声に敏達天皇の殯の場を決して見せまいとする気迫と皇后を守ろうとの気概がこもっている。

「門を開け」

穴穂部皇子は叫んだ。声と共に唾が飛び散った。

舎人たちが門の前で左足を前に出し、鐺を握りしめて構えている。三輪君逆は剣をこそ抜いてはいないがいつでも抜く気配だ。眼が引きつり、精神が戦闘モードに入っているのが伝わってくる。

「門を開けよ」

穴穂部皇子は再び叫んだ。

「……」

三輪君逆は返事をしない。しかしその態度が拒否を示していた。

穴穂部皇子はさらに、

「門を開けよ」

と叫んだ。しかし次に、

「門を開け」

と言った時には声が少し小さくなった。

……これはどうにもならぬ。無理に門内に入ろうとすれば三輪君逆は命がけで阻止するつもりだ。ひょっとするとワシを斬るかもしれん……

穴穂部皇子は弱気になってきた。それでも、

「門を開けよ」

と計七回も繰り返した。

穴穂部皇子は諦めた。門内に入ることではなく、皇后を犯すことでもなく、あきらめたのは押し入ることだけであった。思いが強いだけにそれを邪魔した三輪君逆を恨んだ。こうした、じめじめとした、また鬱々とした心を持つ男は執念深い。すぐに蘇我大臣馬子宿禰と物部大連弓削守屋の許に駆け付けた。

その不満が顔から放射しているような様子に、大臣も大連も穴穂部皇子がいつものように無茶なことを要求し、叶わぬからとキレてしまっていると感じた。

「馬子。守屋。今殯の場で三輪の逆が門を開けぬ。怪しからん」

穴穂部皇子は昂奮しすぎて呂律が回らなくなっている。

「殯の場。いったい何をなさるつもりだったのですか」

「崩御した兄（敏達天皇）に挨拶をしたいだけなのに、逆の奴は誄（しのびごと）の中で、『この場を鏡のように静かに平穏に保ちます』と言ったとて、門を閉ざし、ワシを中に入れてくれぬ。そればかりか武器を持った舎人を集めて守っている。まるでワシが極悪人でもあるかのように」

「それで」

「七回門を開けて中に入れてくれと頼んだのだが遂に開けてはくれなんだ」

「七回も、ですか」

「ワシは兄弟である。逆の態度は無礼極まる。よって、斬って捨てたい」

「なるほど。ならばお好きなようになされまし」

大臣と大連は穴穂部皇子が三輪君逆を討つのに反対しなかった。

穴穂部皇子は心の中でニヤッと笑った。

……兄が死んだ。次の天皇になる可能性はわしにもある。しかし兄の寵臣三輪君逆の存在は邪魔だ。うまい具合に逆の奴を殺す機会がやってきたものだ……

穴穂部皇子は物部大連弓削守屋と共に三輪君逆を捕まえようと兵を率いて磐余に向かった。三輪君逆もそうなるだろうと予想していたので、その動きを察知するや三輪山の中に隠れた。そして夜中になってから暗闇に紛れて海石榴市宮という皇后の屋敷に潜りこんだ。

ところが三輪君逆の親族のものがそれを知り、穴穂部皇子のところに駆け込んできた。

「逆は海石榴市宮に隠れています」

形勢により、損得を考えて行動するものが三輪一族にもいたのである。

「大連よ。海石榴市宮に潜んでいるとのことだ。行って逆とその二人の子供を殺せ」

と穴穂部皇子が命じた。

この様子を聞いた蘇我大臣馬子宿禰が穴穂部皇子の許に来てみると皇子は先に出かけた大連を追って出かけるところだった。

「王たるものは罪びとを近づけないものですぞ。大連に任せてここに留まるべきです」

と諌めたが、穴穂部皇子はそれを無視して出かけてしまった。蘇我大臣は捨て置くわけにもいかず付いていった。そして道すがら留まるように諌め続けた。

しかし穴穂部皇子は諌言を無視して自ら矢を射て三輪君逆を殺してしまった。

蘇我大臣は天を仰いで嘆いた。

「こんなことをしていては、遠からず天下は乱れるだろう」

それを聞いた物部大連弓削守屋は、

「お前のような小者に天下のことなど分かるものか」

と、蘇我大臣馬子宿禰を小馬鹿にした。

こうして皇后と、蘇我大臣馬子宿禰の二人は穴穂部皇子と物部大連弓削守屋に恨みを抱くようになったのである。

用明天皇は即位後まもなく流行り病にかかった。具合はかなり悪かった。

ようやく御座に腰を下ろすと用明天皇は群臣に向かって言った。

「この所病の具合が良くない。このままでは弱るばかりだ。そこで仏教、即ち三宝によってこの病を癒そうと思う。そのように取り計らえ」

具合の悪い用明天皇はそれだけを言うと休みに奥に入った。群臣はそのまま協議に入った。

「天皇みずから仏教で治そうとは、我が国古来の神には頼らぬと言うことか」

「それでは神の祟りがあるやもしれぬ」

「とはいえ、仏教と共に医者も薬も伝わってきている。単なる祈りと異なり薬効は目を見張るほどだと聞くが」

「そうだ。天皇の言葉に従うべきだ」

その場はそれぞれが意見を言うので混乱状態だった。

群臣をかき分けて前に出て群臣を見下ろしたものがいる。物部大連弓削守屋と中臣勝海連である。

「皆良く聞け」

大連の言葉だけに群臣は口を閉じ、耳をそばだてた。

「天皇が仏教によって病を治したいと言っても、我が国の神をないがしろにして他国、他民族の神にすがることなどできるものか。こんな話は聞いたことがない」

もっともな内容である。しかし天皇は異なることを命じたのだ。群臣は誰も声を出さず静まり返っていた。

そこに群臣の脇に座っていた蘇我大臣馬子宿禰が立ち上がった。皆蘇我大臣の方を見た。眼光鋭く群臣を見回した蘇我大臣は、

「我らは天皇に仕えるものだ。たとえ異国の神なりとも天皇がそれにすがれと言うなら我らはそうしなければならぬ。それが君臣の道ではないか」

何をっ、という目をしている物部大連弓削守屋をしり目に穴穂部皇子が豊国法師を連れて奥に入っていった。

物部大連弓削守屋は怒りに怒り、その顔は真っ赤になり、その眼は張り裂けんばかりになっていた。今にも爆発しそうなその時、物部大連弓削守屋の許に一人の男が群臣をかき分けて近づいた。押坂部史毛屎という漢氏のもので大連に仕えていた。

「群臣の中に大連様の帰る道を塞ごうとしているものがあるとの知らせがございました」

物部大連弓削守屋の顔の赤みが消えた。そして小声で言った。

「この辺りにいては危ない。河内の阿都まで急いで引き上げよう」

「はは」

物部大連弓削守屋はものも言わずにざわつく群臣の場を後にして現在の大阪府八尾市にある阿都の屋敷まで戻った。

中臣勝海連は物部大連の味方をするために私兵を集めた。そして遂には敏達天皇の子供である押坂彦人皇子と竹田皇子の人形を作って呪いをかけたりしたが、うまく行くとも見えなかったので中臣勝海連は兵を連れて押坂彦人皇子の屋敷を囲んだ。しかし中臣勝海連は押坂彦人皇子の屋敷から引き揚げるところをつけ狙っていた舎人、迹見赤檮（とみのいちひ）に惨殺された。

物部大連弓削守屋は物部八坂、大市造小坂、漆部造兄の三人を使者として蘇我大臣の許に派遣した。

使者は物部大連弓削守屋の言葉を伝えた。

「群臣たちがワシを陥れようとしている。その謀に引っかからぬように逃げたまでのことだ」

これを聞いた蘇我大臣馬子宿禰は、

……狙われていると感じた守屋は兵を集め身構えているに違いない。いや、待つだけではなくワシを攻めてくるかもしれぬ……

と考えた。すぐにこの状況を大伴毗羅夫連に知らせた。大伴毗羅夫連は弓矢と盾を持って蘇我大臣の屋敷に駆けつけ昼夜を分かたず警戒に当たった。

蘇我と物部が一触即発の状況になったその時に用明天皇の病状が悪くなり、ついに崩御してしまった。

元気であれば用明天皇が大臣と大連の反目という大事を宥め、収めることができたかもしれなかったのであるが、天皇以外に意見できるものがいない高位のものの争いは日を追うごとに暴走していくのであった。

物部大連弓削守屋は当初は穴穂部皇子を天皇にしようと考えていたのだが用明天皇の許へ法師を連れていくなど仏教よりの行動をとったために物部大連弓削守屋は考えを変えていた。それだけではなく亡きものにせんと思うに至ったのである。そこで穴穂部皇子に使いを出した。

「淡路で共に狩などいかがです」

と誘ったのである。

物部大連弓削守屋の行動に神経をとがらせている蘇我大臣馬子宿禰は厳しく見張らせていた。その甲斐あって物部大連弓削守屋の言葉を知ることができたのである。

……物部守屋が穴穂部皇子と淡路で狩りをするとは。これはわしを滅ぼそうとの密談に違いない
……

実は物部大連弓削守屋が穴穂部の皇子を殺害しようとしているのに、蘇我大臣馬子宿禰は同盟して攻めてくると勘違いした。

……そうはさせるものか。淡路へなど行く前に穴穂部皇子を殺してしまおう。ついでに穴穂部皇子と仲の良い宅部(やかべ)皇子も殺してしまおう。だが、亡くなった用明天皇の兄弟を大臣が殺すわけにはいかぬ。ここは皇后の名のもとに行わねば。皇帝崩御の後、皇太子が即位するまでの間は皇后が政治を取り仕切るのは中国では普通のことと古足も言っていた……

蘇我大臣馬子宿禰は佐伯丹經手(さえきのにふて)、土師連磐村、的臣眞噛(いくはのおみまくひ)の三人に皇后の命であると断ったうえで、

「兵を率いて行き、穴穂部皇子と宅部皇子を殺せ」

と指示した。

三人と兵は夜中に穴穂部皇子の館を包囲した。そして高殿にいた穴穂部皇子を見つけるや兵たちが切りつけた。

穴穂部皇子は高殿の中を逃げ回る。守ろうとするものたちも次々に倒れていく。ふいに攻撃された方が不利なのは今も昔も変わらない。心の準備ができているか否かの差は決定的だ。近代戦のようなミサイル、銃弾が飛び交う戦争でもそうなのだが、刀や槍での戦いは出血が激しい。その分最初の一撃を受けた方は怯んでしまうのだ。

穴穂部皇子は高殿の縁に追い詰められている。既に肩に刀傷を負っていた。そこに兵がさらに切り込んできた。穴穂部皇子も刀で応戦したが兵の力に押し込まれ何と高殿の下に落ちてしまった。腰を強く打った。が、まだ生きている。でも死の恐怖はある。追ってくる兵との間に少し距離ができた分考えるゆとりができた。

……どこかに身を隠さなければ……

高殿の脇にある小屋が眼に入った。穴穂部皇子は小屋の中に身を隠した。すぐに兵たちがその小屋を囲んだ。

「この小屋に逃げ込んだようです。暗がりの中では探すのも面倒、小屋ごと燃やしてしまうのが良いと思いますが」

兵の一人が指揮官に向かって言った。

「その通りだが、それでは穴穂部皇子を確かに殺したという証拠が得られぬ。松明をかざして小屋に入り穴穂部皇子を殺すのだ。そして死体を大臣のところに運ぶのだ」

「畏まりました」

松明を持った状態で戦いはできない。兵の数人が松明を持ち、周囲を明るく照らす中で戦闘員の兵が刀を持って穴穂部皇子を探すのである。

穴穂部皇子は小屋の隅で見つかった。既に運命を悟ったのか抵抗することなく兵に刺殺された。

宅部皇子も同じ夜に殺された。

この知らせを受けて物部大連弓削守屋は蘇我大臣との戦に備えた。河内にある本拠地澁河に戻ると一族のものや郎党を集めた。物部氏は古来軍事を司る氏族である。それだけではなくニギハヤヒの命を祖先とする、アテルヒの神の血を引く名流であり、倭国の代々の大君との姻戚関係も濃かった。大氏族の蘇我氏と雖も簡単に勝てる相手ではない。また、蘇我氏もニギハヤヒの命を祖先とする尾張家の流れの氏族で物部氏とは姻戚関係にある。蘇我大臣馬子宿禰本人の妻も物部大連弓削守屋の妹なのだ。蘇我と物部の争いそれ自身を嫌うものも多い。半端な戦況であれば物部側につくものが続出する可能性もある。

蘇我大臣馬子宿禰は迷った。そして継体天皇の大和入りの時の話を思い出した。

……オホド（継体）天皇は山背の国の楠葉とその周辺に二十年も居ざるを得なかった。大和の磐余を中心とする新羅系のものどもが日の本の国からの天皇の受け入れに抵抗したためだった。その継体天皇が大和入りできたのはひとえに渡来人大拓の一族の力があったからだ。そして大拓は欽明天皇を守り、命を救った。そして欽明天皇に父とも呼ばれてきた。その大拓は今はないがその子の古足が敏達天皇、用明天皇の信頼を得てきた。言わば現在の天皇家の守り人ともいえる。その武力も強大だ。大陸北方の平原を馬で疾駆していた部族だけに馬を使っての戦の強さは群を抜いている。漢氏を長く身近に使ってきたので漢氏は手足となって働くだろうが騎馬部族であった拓跋には戦力という点で叶わない。手ごわい物部を相手に戦をする以上負けるわけにはいかない。負ければ我が氏族は滅亡するだろう。そうだ、何としても古足の協力を得、騎馬の兵を借り受けなければ……

顔をしかめ、頭を振りながら行ったり来たりしていた蘇我大臣馬子宿禰が立ち止り、ポンと手を打った。額のしわが消えていた。

壇山宮に蘇我大臣馬子宿禰の姿があった。

「この山の中までわざわざお越しいただかなくてもお呼びであれば私の方からうかがいますものを」

古足は腰を深く折って礼をしながら蘇我大臣馬子宿禰を部屋の中に迎え入れた。

「普通のことならば宮にて話すのだが、今日の話は重要でしかも余人に聞かれてはならぬことなのだ」

「何、秘密のお話ということでしょうか。それは恐ろしい。聞いてしまっては身動きが取れなくなるのでは。そのようなことなら聞くことをご遠慮いたします」

「ふ、ふ、ふ。いや、何があろうと聞いてもらわねばならぬ」

「ますます怖い話のようですね。できることならば聞かぬ方が」

「まだそう言うか。ワシの一生の願いと言ったら話ぐらいは聞いてくれような」

「それは蘇我大臣様の頼みとあれば一応伺います。勿論できぬことであればお断りいたしますが」

「断ってもらっては困る」

「一体どのような」

「簡単に言えば戦の手伝いよ」

「戦。急に新羅に攻め込むことになったのでございますか。またはどこかで反乱でも」

「何をとぼけているか。ワシと守屋が仏教と神道という宗教の差で争っているのを知らぬわけはあるまい」

「存じておりますとも。ことあるたびに聞こえてまいります。用明天皇の病を癒すのにも喧嘩のごとくなったとか」

「いよいよ喧嘩では済まなくなったのだ。守屋は澁川の屋敷の周りに稲城を作り、一族の兵を集めているとのことだ」

「争いなどお止めください。蘇我も物部も祖先は同じニギハヤヒの命と聞いております。それだけではなく馬子様の奥方は守屋様の妹、守屋様は義理の兄上でございましょう」

「その通りなのだがワシは仏教を信ずる多くのものを裏切るわけにはいかぬのだ」

古足は懸命に蘇我大臣馬子宿禰を説得していたがその心の中では、

……ふ、ふ、ふ。事はうまく運んでいるようだ。父上、大拓のシナリオ通りに進んでいる。止めて、止めて、しかし仕方なく協力という形で、結果的に大きな恩を売るようにする。すべては拓跋の謀よ……

とうそぶいていたのである。

「だからと言って、物部守屋様と戦など……。天皇が亡くなられ新しい天皇がまだ即位なさっていないこの時期に、国のために協力して政治を行うべき大臣と大連が戦うなど」

「その責任は十分感じている。しかしやむを得んのだ。攻めなければ向こうが攻めてくるのだ。それに拓跋は道教だけでなく仏教の信者も多いではないか。守屋が勝ち、蘇我が滅びればこの国の仏教は存続できなくなるのだぞ」

「いや、困りました。我ら渡来のものとしてはいずれかに手を貸すというのも」

「大拓が渡来してきたのは継体天皇の時だ。すでにかなりの年月が過ぎた。渡来のものも時が経てば渡来ではなくなる。外国で生まれたものはもうすぐいなくなり、拓跋も皆倭国で生まれたものに代わるであろう。そうすればもう渡来のものではないのではないか。もっと積極的にこの国の政治に参加すれば良いのだ。ワシが必ず後押しをするが故に」

「そうまでおっしゃるのなら加勢いたしましょう」

「ありがたい。手を貸してくれるか」

「で、具体的には何を」

「騎馬の兵を出してもらいたい」

「と言っても我らは軍を持っているわけではありませんから」

「何を言う。継体天皇を守って大和入りしたとき以来、武器を持ち騎馬兵を擁することを特別に許されてきたのは渡来人の中でお前たちだけではないか。それに馬も提供してくれ」

「馬の方は承知いたしました。すぐに使いを近江の牧に送り、大和まで届けさせましょう」

「物部は軍事を司ってきた氏族だ。戦が専門なだけに手ごわい。これまで新羅攻め、高句麗攻めという実戦に参加してきた騎馬兵団の力を見せてくれ」

「まさか物部守屋様に対して我が兵力を使うなどとは夢にも思いませんでしたが……」

「お前たちが蘇我に味方したと聞けば物部方につくものは僅かになろう。そうすれば戦いで死ぬものも減る。大いに意義のあることだ」

「できれば戦わずに収まれば良いのですが」

「守屋の性格から見てそれはあり得ぬ。今は犠牲者を少なくすることに力を尽くすべきだ」

「そのような趣旨であれば喜んで」

「将来必ず盛り立てることを約束する。必ずだ」

「ではひとつお願いが」

「何だ」

「我が子、鎌子に天皇の血筋の姫を戴けないでしょうか。我らがこの国に溶け込むためにも」

「うむ。分かった。しかるべき時にそのように計らう」

「ありがとうございます」

蘇我大臣馬子宿禰は帰っていった。

高向古足は満足げににやりと笑った。

……うまくいった。倭国を盗む次のステップに不可欠な天皇の血筋の娘をもらう約束ができた。これで渡来人から天皇家の親戚になれる。蘇我を勝たせ、取り入り、そしていずれ蘇我をも……

不意に御破裂山から生ぬるい風が吹いた。古足の目が異様に光った。


桜井の北東、初瀬川に端を発する大和川は多くの川の水を集めながら大和盆地を横断し、二上山の北、信貴山の南で山系をカットして河内に流れ込む。そして柏原の地で南から北に流れる石川と合流しさらに北に向かい、現在の大阪府門真市や大東市辺りを中心とした大きな川内湖に注いでいた。この川内湖には北からは淀川が流れ込んでいた。そして川内湖の周囲は大湿地帯となっていた。

その旧大和川はいくつもの流れ、現在の玉串川、長瀬川、平野川などに分かれていたようだが、

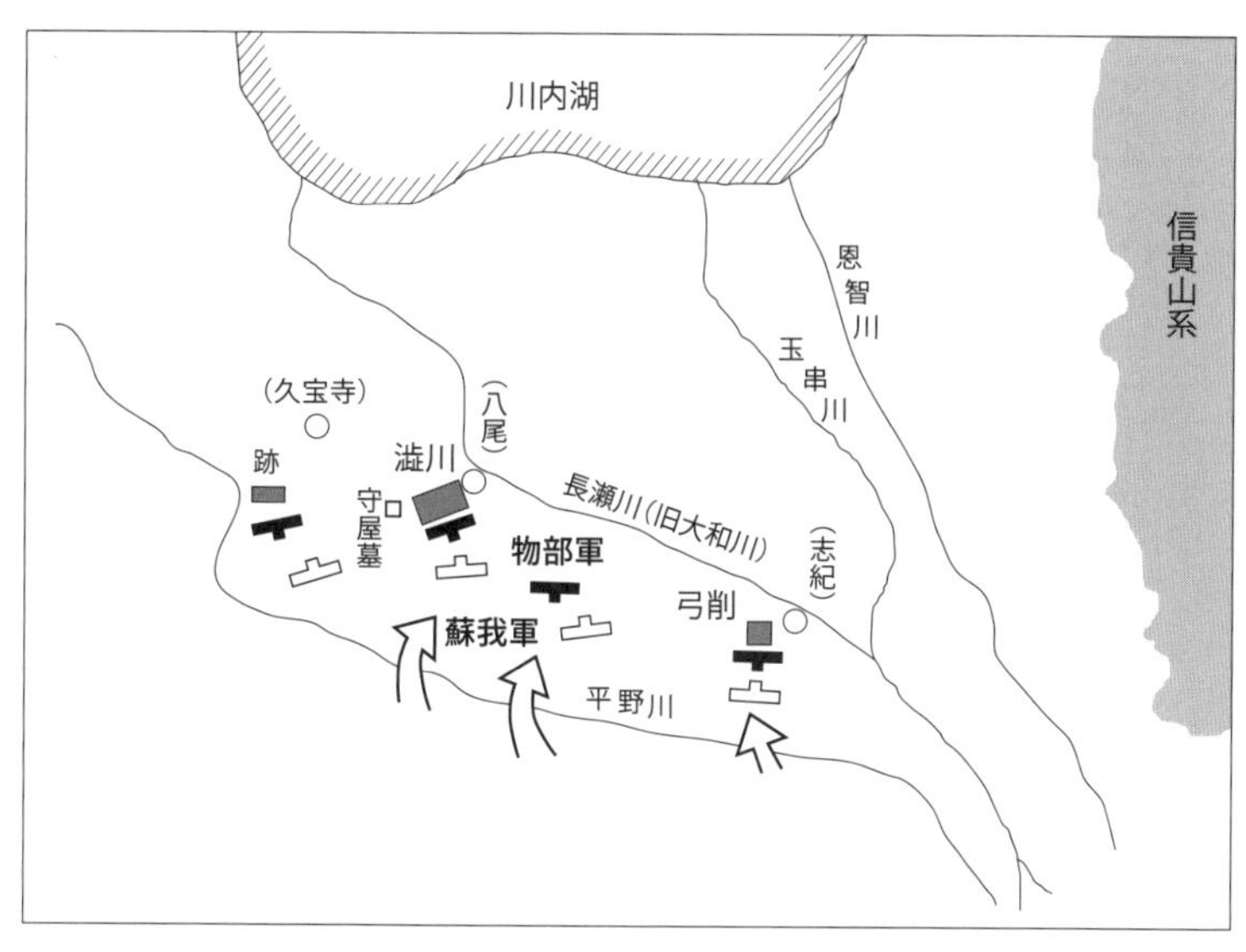

旧大和川と川内湖、そして蘇我―物部の戦場

本流というべきは長瀬川であった。古くは川内湖が八尾市付近まで広がっていたらしく、大和川のデルタ地帯であったために土地が肥えていた。

現在の八尾市の澁川と跡部に物部氏は居館を築き周囲に武具工房や田畑を置いていた。弓削などはその歴史を反映した地名であろう。

その物部の本拠は長瀬川と平野川にはさまれた、言わば堀に囲まれたところにあった。

これに対し蘇我氏の本拠は二上山の河内側、即ち二上山と石川の間の科長(しなが)にあった。二上山から石川に向かっての傾斜地である。この地域は古くから科長と呼ばれていた地域だ。科長神社という社があり、元々は二上の山上にあったものだともいうが、その所在地には元は恵比寿神社があったとのことだ。祭神は級長津彦命と級長津媛命となっているが鳥居にかかる額には

「荘大明神」とある。神社のすぐ上の丘の上には小野妹子の古墳がある。小野妹子は隋書では「蘇因高」と表記され、その音が分かる。つまり、蘇我、小野（蘇野）の氏族間の関係が見えるようだ。

さて、蘇我大臣馬子宿禰は諸氏族に触れを出した。曰く、

「かねてより仏教を受け入れ、研究し、寺を建て、仏像を安置してきたのは諸氏族の良く知るところである。崩御した用明天皇は重い病にかかり、三宝によってそれを癒さんとしたが、あろうことか物部大連弓削守屋が反対した。そして用明天皇は亡くなってしまった。このことに関して物部大連弓削守屋とは相容れぬ仲となり、今やたがいに戦うところまで来てしまった。事は大臣と大連との戦いである。後々のこともあり、いずれの側に立つのか返答をもらいたい。物部方に立つのは構わぬがその場合は今後敵とみなし攻撃することもあると承知されたい。また味方する場合には兵を率いて科長の郷まで参集されたい。なお、元大拓の子、古足は騎馬の兵をもって蘇我大臣馬子宿禰に助力すると盟約している」

諸氏族は困った。大臣と大連が戦おうとその戦いを脇から見ていることに決めていたものが多かったのである。

「大臣につくか、大連につくか旗色鮮明にせよとの仰せだ。戦いの行方を判断せねばならぬ」

「大連の物部は軍事の氏族ですぞ。戦が専門ではありませぬか」

と、戦だけを見れば物部大連の勝利と読むものが多かった。しかし、「尚書き」の部分に皆引っかかった。

「元、あの北魏からの渡来人一族が蘇我大臣の味方をするそうだ。先に高句麗を攻めた時も瞬く間に漢城を取り返し、その勢いで高句麗の都、平壌を落としたそうだがそれはあの騎馬軍団が一気に駆け上ったからだと言うではないか。あのものたちにかなう兵などどこにもいないであろう。となれば結果は蘇我大臣の勝ちではなかろうか」

蘇我大臣馬子宿禰の読み通りの結果になった。どの氏族も「敵とみなし攻撃する」というくだりと「北魏系渡来人氏族が蘇我大臣の味方になった」ということに驚き、恐れ、そして蘇我側につく判断をした。

秋の稲刈りが終わった。いよいよ戦の条件が整った。水田の水は抜かれ、乾いた田の稲は刈り取られ、今や軍勢を自由に動かせるのである。

科長の郷には兵が集っていた。

主だった顔ぶれは、泊瀬部皇子、竹田皇子、厩戸皇子、難波皇子、春日皇子、紀男麻呂宿禰、巨勢臣比良夫、膳臣賀拕夫、葛城臣烏那羅などだ。

（注）泊瀬部皇子は古事記では長谷部若雀皇子とある。後の崇峻天皇。夫人は物部大連弓削守屋の妹。竹田皇子は敏達天皇の子。この後何処にも記述がなくなる。戦死か？　厩戸皇子は聖徳太子のこと。用明天皇の子。夫人は蘇我大臣馬子宿禰の娘である刀自古郎女。即ち蘇我蝦夷の妹である。蘇我馬子の夫人（母）は物部守屋の妹だから聖徳太子の夫人には物部の血が半

分流れている。難波皇子は敏達天皇の子。以後記述がないのでこれも戦死か。春日皇子は敏達天皇の子で竹田皇子の弟。竹田皇子と難波皇子が二人とも戦死したとすればそれこそ凄まじい激戦だったと考えられる。

科長の地に兵が満ち満ちていたと書きたいのだが、実際にはそれほどの兵力が集まったとは考えられない。皇子たちがそれぞれの軍隊を持っているわけではない。警護のものといっても現代の警察官のようなものでプロの軍人ではない。その数も皇子一人に十人とか多くても二十人程度のものだったのではないだろうか。

蘇我大臣馬子宿禰の率いるものたちが一団となっている。その向こうに百人ほどの騎馬のものがこれまた一団を形成している。

「あれが高向古足のところの騎馬の兵か。我らが戦わなければ後ろから矢を射かけるかもしれぬ。それにしても強そうだ」

「そうだ。彼らは新羅や高句麗との戦にも参加したプロ集団だからな」

「あっ、蘇我大臣様だ」

蘇我大臣馬子宿禰が現れ、一団の前に立った。

「皆良く集まってくれた。礼を言うぞ。物部大連弓削守屋とその一族は前を流れる石川の向こう澁川に稲城を築いている。そして澁川の本拠に攻め込むにはまずはその両側を流れる平野川か長瀬川を渡らねばならぬ。長瀬川はヤマト川の本流であり、水量が多く、流れが急だ。したがって渡河するには平野川を狙った方が良いだろう。渡河しやすい場所を今探させている。その知らせを待って攻撃に移る。皇子たちと各氏族の兵でまず攻め込んでもらう。大いに働いて覚悟のほどを示してもらいたい。守屋を討ったものにはもちろん褒美を用意する。敵が強くていよいよ危なくなればあれに居並ぶ騎馬の兵たちが助けに出るから心配はいらぬ。では」

「おお」

と一同は声を上げたがその声には力が不足していた。戦の経験などないのにもかかわらず先鋒として倭国最強の物部軍団が十分な準備をしている稲城に攻め込めと指示されたのだ。意気盛んになどなれるわけがない。

「それ」

蘇我大臣馬子宿禰が声をかけた。

仕方なく皇子たちと氏族たちは石川を渡った。やがて平野川が見えた。水量は多くはない。これなら膝くらいまで水に浸かるだけで渡れそうである。幸い対岸には人影がない。

「だれもいないようだ。物部のものは油断しているのかもしれん」

「誰もいないうちに押し渡ろう」

皇子と士族たちという戦の素人は安心して平野川に入ろうとした。いや一部は川に入り対岸に向け移動し始めていた。

「待て～」

大きな声が聞こえた。後ろについてきていた古足の騎馬軍団からの声だった。

「迂闊に川を渡るな」

それに対し、川を渡りかけたものが、

「誰も見当たりません。今のうちに急いで渡った方が」

と言い返した。

大声は戦場での隠密行動にとってはタブーなのだが素人の悲しさ、注意力がまったく不足だ。

「普通はいるはずのカモメも鵜も何もいないのは敵が茂みに隠れていることを示すのだぞ」

その声に反応したのか、対岸の茂みから矢が飛んできた。川の真ん中にまで進んでいたものが胸に矢を受けて倒れた。倒れ込む水音を残してその男の体は下流に流されていく。倒れなくても肩や足に矢を受けるものが続出し、平野川の中は大騒ぎになった。こちら側の岸に向かって逃げるものの背中に敵の矢が刺さる。

まだ川に入っていなかったものも恐怖で足がすくんで動けない。

「馬鹿ども。楯を前に立てろ。敵の矢を防ぐのだ」

その声に大慌てで盾を並べ始める。

その様子を離れたところで見ていた蘇我大臣馬子宿禰は、

……こいつらは役に立たぬ……

と感じていた。

「何とかしなくては」

蘇我大臣馬子宿禰は古足の軍団の頭である河勝に手を振った。

すぐに河勝は騎馬軍団に指示を出し、騎馬軍団は平野川の岸に並んだ。そして対岸の物部軍に向けて矢を放った。

風はなかった。だから馬上から射る矢の方がより遠くに飛んだ。この微妙な差が戦の行方を左右する。

物部軍は退いていった。

平野川の中で矢を受けたものたちを収容した。死傷者は多くはなかったが戦馴れせぬものが多いだけに怖気づいてしまい、青くなり、唇を震わせているものがほとんどだった。

「敵が川辺から退いた今こそ渡河するのだ」

蘇我大臣馬子宿禰は渡河を命じた。氏族のものたちはそれこそへっぴり腰で川を渡っていく。河勝が近づいてきた。騎乗と言っても馬は小さい。そのために威圧感はそれほどでもないのだが、徒歩戦しか知らぬものには脅威だった。

「あのものどもはおよそ戦には役立たぬかと思いますが。それでも先鋒として澁川の物部屋敷を攻撃させるのですか。物部は軍事の氏族、その強さは広く知られております。あのものどもは全滅しかねません」

「良いのだそれで。本当の戦いは我ら蘇我のものが行う、お前たちの協力を得てな。本当の戦になった時の物部側の矢数を少しでも減らしておきたいのよ」

蘇我氏側の軍勢は全て渡河を終え、志紀のあたりで態勢を整えた。

（注）志紀は現在の八尾市志紀のあたり。長瀬川の南側に沿って走る関西本線の志紀駅の南側の地域に相当する。

今度は、大伴連嚙(くひ)、安倍臣人、平群臣神手(かむて)、坂本臣糠手(あらて)、春日臣某が先鋒となった。遠くに物部氏の本拠である澁川の屋敷が見える。その屋敷の前には稲城が築かれている。そして稲城の上にはズラリと弓を構えた兵が並んでいる。稲城の前には奴軍と思しきものが並んでいる。稲城の向こう側には数条の煙が立ち昇っている。

先鋒が盾で矢を防ぎながら近づいていく。皆剣を抜いて身構えていた。弓矢はそれこそ修練を積まなければ使いこなせないのだ。またひ弱なものが弓を引いても絞り切れず、矢の飛距離が出ない。ところが弓矢を使い慣れている物部軍は射程距離に入るや、矢を射始めた。勿論蘇我軍側からも矢を射るのだがここでもその高低差が問題であった。稲城の上に登っている分だけ物部軍の方の射出位置が高い。その分飛距離が大きいのである。

澁川の稲城のそばの朴の大木の二股に分かれた枝のところに物部大連弓削守屋本人が上って弓を構えていた。軍事氏族物部の主人として弓を得意としていたのである。

その物部大連弓削守屋の放つ矢は一本も外れることなく近づく蘇我大臣側のものを射抜いた。その矢継早さには物部側の兵も驚くほどだった。それに鼓舞された物部の兵も稲城の上から、あるいは陰から雨あられと矢を射かける。何度も陣形を立て直しては澁川の屋敷に迫る蘇我側の兵たちもその勢いに負け既に三回も退却をしていた。その戦いの中で竹田皇子と難波皇子とが胸を矢に射抜かれて死んだ。難波皇子はこの時二十七歳、竹田皇子は年齢不詳だが同じような年齢だったのではないか。態勢を入れ替え、他の皇子たちが先鋒となって改めて進撃を開始した。

蘇我大臣馬子宿禰は戦いの様子を見ていたが、

……竹田皇子も難波皇子も既に死んでしまった。この分だと皇子たちは全員命を落としてしまうかもしれん。それでは用明天皇の後を継がすべき皇子がいなくなる。この戦に参加しないような皇子はもとより天皇にする気などないことでもあれば……

と感じていた。

そこへ河勝が近寄ってきた。

「泊瀬部皇子は物部大連弓削守屋の妹を妻にしております。つまり物部大連弓削守屋にとって義理の弟であります。矢を射かけるのを躊躇うに違いありません。ですから泊瀬部皇子を先頭に立てて攻めるのが得策でしょう」

蘇我大臣馬子宿禰は河勝をキッとにらんだ。

「勝つためだけならばそれが良い策かもしれぬが皇子が皆命を落としてしまっては次の天皇がいなくなる。そしてもしそうなった時にはこの蘇我大臣が大臣として何をしたのかと問われることにもなるのだ」

「ではどのように」

「泊瀬部皇子とまだ十四歳の厩戸皇子は死なせてはならぬ。河勝。彼らを助けてくれ」

「分かりました。ではこれから参戦することにいたします」

厩戸皇子は十四歳と年若いこともあり、軍勢の最後部についていた。そして戦の状況を冷静に見ていた。

……このままでは負け戦になる。物部の軍はとにかく強い。仏の力を借りなければ勝てないだろう……

そう思った厩戸皇子は、

「白膠木の枝を切れ。それにて四天王の像を刻まん」

と言った。

兵がすぐに枝を持ってきた。厩戸皇子は急いで粗削りながら四天王の像を刻んだ。

そしてその像の前に自分の髻を切って供えると、

「もし勝利を得ることができたら護世四王のために寺を建てる」

と言いながら勝利を念じた。

蘇我大臣馬子宿禰もその四天王の像に拝礼をし、

「もし勝利を与えてくだされば私も寺を建て三宝を広く伝える」

と誓った。

蘇我側は勝利を祈願した厩戸皇子が先頭に立って進んだ。河勝は厩戸皇子を守るべく部下を周囲に配置した。厩戸皇子が進むとその前に盾を並べて矢を防ぐ。そして河勝の部下たちが迎え矢を放って敵の戦意をそいだ。盾に物部側の矢が突き立つようになった。間合いが詰まったのである。

迹見首赤檮が地を這うようにして最前列の盾まで前進した。そこで自慢の弓に矢を番えると木の上から矢を射かけている物部大連弓削守屋に向かって放った。殆ど同時に厩戸皇子の放った矢が物部大連弓削守屋に向かって飛んだ。厩戸皇子は思わず目を閉じた。そして眼を開けた時、矢が物部大連弓削守屋の左肩に刺さったのを見た。そして自分の矢が物部大連弓削守屋に当たり、木から落ちたと思った。

「それ」

それを見た河勝は部下に声をかけた。騎馬の兵たちが一斉に馬に拍車をかけた。数十頭の騎馬軍団が物部の陣地に殺到した。その勢いに押されて物部のものは木から転落した物部大連弓削守屋を救出できない。

その手負いの物部大連弓削守屋の許に駆け付けたのは河勝であった。勿論物部大連弓削守屋は河勝を見知っている。

「渡来人が何故物部と蘇我の争いに介入するのだ」

物部大連弓削守屋は河勝を睨みつけながら怒鳴った。

「主の命にございますればお許しください」

「さては蘇我と我らを争わせ、弱めようとするはお前たちの策謀であったか。愚かなことをしたものだ」

「ここに至れば見逃すわけにもまいりません。いざお覚悟を」

「何を言うか」

物部大連弓削守屋は剣を抜いた。しかし左肩に刺さった矢のために左手が使えない。片手では俊敏な刀技など発揮できない。瞬く間に河勝によって倒されてしまった。河勝は物部大連弓削守屋の首を切った。そして馬に跨り首を高々と上げた。

「物部大連弓削守屋は既にない。これを見よ」

その声に物部側のものは戦意をなくした。物部のものは武器を捨てて逃げた。逃げに逃げて日の本の国の多賀にまで逃げたものもいた。日本書紀に『或いは葦原に逃げ隠れて』というところは単純に「葦の生えている原」と理解すべきではないのかもしれない。「葦原」すなわち「アの国」=「アワの国」を意味しているのかもしれないのである。

とにかくここに古代から続いた物部氏の宗家は滅んだ。

厩戸皇子は物部大連弓削守屋を射落としたのは自分だと思い込んでいた。河勝も自分が射落としたとは言わず、厩戸皇子が射落としたとの態度を示している。そのショックは重く、それこそ重く厩戸皇子の心を押しつぶした。皆が「厩戸の皇子の手柄だ」という度に心は沈んだ。

日高見の国多賀のアテルヒの宮

「倭に変事が起こった由にございます」

参謀がアテルヒの神に言った。急いで駆け付けてきたため参謀の息はまだ乱れている。

「何、変事があったと言うか。それでどのような」

「大臣と大連が争い、ついに戦となり物部が負け、大連は殺された由でございます」

「大臣の蘇我と大連の物部は共にニギハヤヒを祖先に持つ親戚ではないか」

「そうなのですが。負けた物部の一部がこの多賀まで逃げてきております。倭にいては殺されるか、奴にさせられると言うので」

「何、殺されるか、奴にさせられる。それは相当な恨みがある証拠だ。一体どんな恨みがあるのか」

「なんでも宗教上の争いがもとだとか」

「物部は布留の社を持つ神の道の氏族だ。それに対し蘇我は近頃仏教という偶像崇拝の宗教に凝っていると聞いた。宗教の争いなら根が深い。殺し合いになることもあるだろう」

「しかし何故そこまで」

「この争いの裏には何者かのたくらみがあるような気がする」

「何の目的ですか」

「大臣と大連を戦わせ一方だけにすれば当然国の力は低くなるであろう」

「ではそういう謀を」

「したものがいるようだ。内部で争っているうちは良いが、それが悪い方向で統一された時、我らに敵対することも考えられる」

「我ら日高見の国の人口は昔と比べずいぶん減りました。戦に動員できる男の数もそれほど十分ではありません」

「平和を好むものが主導していけば良いが、中国大陸からの渡来人が驚くほどの数に上るとか。彼らの考え方は乱暴だから心配だ」

「やっとオホドを送り込み継体天皇とし、長く続いた新羅系の天皇を廃して日の本系に戻したのに残念です」

「様子を探るのだ。決して油断してはならぬ」

崇峻天皇の誕生

壇山宮にも秋の気配がしてきている。空に浮かぶ雲がまるで空を掃いたような感じだ。虫の声も聞こえるようになった。宮を吹き抜ける風が涼しい。

「戦の時は兵を貸してくれてありがとう」

「お役にたちましたかな」

古足が口元に笑みを浮かべながら蘇我大臣馬子宿禰を見た。

「それはもう。何しろ氏族や皇子たちの兵ときたらそれこそ素人でな、古足のところの兵を借りなければ勝てなかった。それにしても平時から軍事専門のものを養っているとは力のある証拠。それに牧には馬も数知れず」

「馬はどれだけ増やしても『もっと』と先の天皇にも言われました」

「そうだ。馬は百済などに与える一番のものなのだ」

「百済など人間が食べるものもあまりできない寒い所ですから馬の餌にも不自由でしょう」

「それはさて置き今日は相談があってきたのだ」

「それなら呼んでいただければすぐにお屋敷の方に参上いたしますのに」

「いや、ここが気に入ったのだ。何とも気持ちの良い空間だ」

「それはありがとうございます。では戦勝の祝いの膳など用意させましょう」

「お礼を言う方が祝いをしてもらったのでは……」

「良いではありませんか。それで相談とは」

「二つある。一つは物部大連の財産をどうするかだ。すべてワシが取るのでは欲深と言われるだろう」

「寺を建てると誓ったそうではありませんか。寺を建てる費用に使ったら如何です」

「いや、田畑、屋敷、奴婢という三種類のものをどうするかだ」

「戦で勝ったと言え、元々の敵ではございません。物部の財産は天皇のものとするのが良いのではありませんか」

「すべて天皇にというのか……」

蘇我大臣馬子宿禰は不満そうに口を尖らせた。

「筋から言えばそうなのでしょうが……」

「戦いで命を落としたものもいる。何かしなければならぬし……」

「大臣。奥様はその物部大連弓削守屋の妹様でしたな」

「そうだ。それ故この度のことで毎日責め立てられているのだ」

「物部の一族は壊滅。姿など現しますまい。であれば守屋大連の財産の半分を受け継いでも良いのではございませんか」

「古足。それは良い考えだ」

蘇我大臣馬子宿禰は自分に有利というか、物部の財産を手に入れる理由付けができたのを喜んでいた。そして、

……この男の知恵はなかなか役に立つ。うまく利用していくことだ……

と心の中で呟いた。

「それで物部の財産はどれほどございますのか」

古足は蘇我大臣馬子宿禰の考えを中断させるかのように言った。

「澁川、跡部、難波の三か所に大きな屋敷を持つ。それに澁川を中心とした長瀬川周辺に広大な田畑を持つ。さらに田を耕す奴どもを多量に所有していた」

「それではその半分をこれから建てる寺に寄進することにすればそれで国に収めたことになりましょう」

「物部守屋を射落とした迹見首赤檮にも褒美を与えねば」

「えっ、それは厩戸皇子ということに……」

「そうであった。守屋を射落としたのは厩戸皇子だ。少なくとも表向きはそうだ。だが迹見首赤檮に褒美を与えぬわけにはいくまい」

「それではいくばくかの田畑を与えれば良いでしょう」

「おう、肝心なことを忘れていた。今回の戦の勝利は古足の助力があって初めてかなったことだ。褒

美というか礼というかは別として何かしたいのだが、何か欲しいものはないか」

「我ら一族はおかげさまにて不自由なく暮らしております。特に欲しいものなどございません」

「とはいえ何も与えずにいたのでは蘇我大臣は恩知らずと言われよう。何かもらってもらわぬと困るのだ」

「それでは一つ」

「何、一つ、別に一つであることはないのだぞ」

「はい、欲しいものと言っても物ではございません」

「では何だ」

「女を一人」

「何、古足は女に不自由していたのか」

「いや、私ではございません」

「うん」

「倅の妃に一人」

「女など何人でも与えるぞ。それでどのような女が良いのだ。細面かそれとも」

「実は」

「実はなんだ」

「実は、大それたお願いなのですが」

「言ってみよ。大概のことはかなえてやる」

「言いにくいのですが……。実は大君の血を引く皇女を」

「何、皇女をくれと言うのか」

「はい。我らもこの国のものになりきろうと考えておりますれば。そしてこの戦の前に一度お願いしたのですが。いや、無理なお願いとあればお断りください。無礼とあればぜひお許しを」

「そうであった。確かに聞いたぞ。その願い叶える。で、誰がその女を。いや、倅の妃と言ったな」

「はい、まだ幼い倅目にございます」

「では今すぐではないのか」

「ゆくゆくのことでございます」

「それは構わんが、そんなことで良いのか」

「その願いさえお約束いただければ十分でございます」

「分かった。間違いなく約束をする」

「ありがとうございます」

「実はもう一つ相談がある。意見を聞きたい」

「はい。私めにできることならば」

「用明天皇は亡くなられた。したがって今は空位だ」

「さようでございます」

「それで次の天皇を誰にしたら良いかだ」

「そのようなことを渡来の私に……」

「お前は欽明天皇が父とも思うと言ったものだぞ」

「とは言っても」

「此度の戦で竹田皇子と難波皇子が死んだ。厩戸皇子が良いのだが如何せんまだ年若い。かといって戦に参加もしなかったような皇子に皇位は継承させるつもりはない」

「となれば泊瀬部皇子、春日皇子の二人の中から決めることになりますが」

「何しろ大連の物部を滅ぼしてしまったばかりだ。皆が納得するものを天皇にしなければ国がまとまらぬ」

「それでは」

「うむ、それでは」

「泊瀬部皇子がよろしいのではございませんか」

「あいつは少しものを突き詰めて考えるところがあるが……」

「厩戸皇子の方が良いのでしょうがまだ若すぎましょう。それと……」

「それに何だ」

「今回滅ぼしたのは大連の物部守屋です。周りは蘇我大臣がすべてを手にしたのではないかと疑っています。ですからここは滅んだ物部氏の血を天皇に入れることにすれば逆に信頼が得られると思います。泊瀬部皇子の夫人は物部大連弓削守屋の妹の布都姫ですからその子が太子となり天皇となれば物部氏の血が天皇に伝わるということになり、物部を優遇したことになりましょう」

「優遇しなければならぬか」

「いや、優遇していると皆に思わせれば良いのです」

「なるほど」

「戦をし、物部大連を殺してしまったことは事実です。そのこと自体を悪くいうものがいるでしょう。しかし物部を大事にすることによって戦はしたけれど蘇我大臣は大した人だと思わせられれば今後が楽になりましょう」

「古足。お前は知恵者だなぁ」

蘇我大臣は感心することしきりだった。そして続けた。

「いずれ厩戸皇子を天皇にすることを考えようと思う。厩戸皇子は聡明だ。百済などから来た僧について仏教を学ばせるが天皇は仏教だけ分かっても勤まらぬ。古足が知っている道教をはじめ中国の国の治め方や土木建築の技術などを一通り教えてやってはくれぬか」

「分かりました。できる限り知るところをお伝えいたしましょう」

「では、泊瀬部皇子を天皇とすべく計らうことにする」


一か月ほどして先の皇后や氏族代表が泊瀬部皇子に即位を勧め、崇峻天皇が誕生した。倉梯(くらはし)柴垣宮を建てた。蘇我馬子宿禰を大臣とした。大連は置いていない。即ち蘇我大臣馬子宿禰が実権を握ったということである。元大拓は内臣(うつしおみ)という役目についていたので、この時には当然古足も内臣になったと思われる。

さっそく蘇我大臣馬子宿禰は百済に僧、寺の建築技師、瓦職人などを差し出すように命じた。

勿論と言うか蘇我大臣馬子宿禰は崇峻天皇に相談などせずに次々に命令を発した。

「ワシの命は天皇の命だ」

これが蘇我大臣馬子宿禰の口癖だった。これに対し口答えするものなどいなかった。かの軍事の氏族である物部大連弓削守屋さえ滅ぼした蘇我大臣馬子宿禰に逆らうものなど存在しなかったのである。

百済から多くの僧が派遣されてきた。それに寺の建築技師、瓦職人なども続々とやってきた。蘇我大臣馬子宿禰はそれらの技術者を使って法興寺の建築に着手した。飛鳥寺のことである。

そのような時に古足が蘇我大臣馬子宿禰を訪ねてきた。

「ようやく大臣の政治が落ち着いてきたようです。皆が不満の顔をしなくなりました。新しい国づくりをしていく機運が盛り上がっています」

「そうか。皆、ワシを怖がっているのかその本当の姿を見せぬので真実どのように思っているのかが良く分からぬ。時折そのあたりを正直に話してくれ」

「畏まりました」

「それで今日はどういう話か」

「国というものは治めるものがあって成り立つものです」

「当たり前のことではないか」

「では倭国はどこを治めているのですか」

「それはこの大和、ここから西は筑紫の島までであろう」

「東側はどこまでございますか」

「毛の国あたりまでは確実に倭国の中と思って良いだろう」

「ほれ、東側が何処までかははっきりしておりませんでしょう」

「それは元々日の本の国が治めていたのを倭国が強くなるにつれてぶんどってきたのだから時々で違うのだ」

「これから倭国を新しく、中国の国とも伍していけるようにするために国の境をはっきりさせるべきだと思います」

「日の本の国との境をはっきりさせよと言うのか」

「さようでございます」

「相手があることゆえ、こちらで境はここだと言っても決まるわけではあるまい」

「我らの元々の故郷である中国の北部でも国境は戦の結果で大きく変化してきました。強い国が弱い国を従え、飲み込むのは普通のことでございます」

「それは日の本の国を滅ぼしてその地を倭国にしてしまえと言うことか」

「最終的にはそうすべきでしょう」

「とは言っても日の本の国は元々倭国の地を高見していた国だぞ。それを攻め滅ぼすなど……」

「何と気の弱いことを。そのような情けをかけていては日の本の国をどこか外の国に奪われてしまいますぞ」

「他の国が狙っていると言うのか」

「日の本の国のさらに先には渡りの国があり、その先には粛慎の国があり、さらにその先には……」

「それらが日の本の国を奪うかもしれぬと言うのだな」

「今すぐでなくても何時かきっと。日の本の国も今や昔の力はないようです」

「そうだ。だからこそ毛の国までは倭国の支配下に入っている」

「縁もゆかりもない他国に支配されるよりは倭国が支配する方がそこに住む民のためでございますぞ」

「滅ぼすのがその地の民のためとは……。考えたこともない理屈だ」

「分かっていただけましたか」

「とはいえ今はまだ寺を建てたり、仏教を広めたりという段階だ。とても兵を東に送ることなどできぬ」

「今すぐ日の本の国を併合しようとするのではございません。しかしせめて国の境の調査くらいはしておく方が良いでしょう。勿論境だけでなく、侵攻するための道、河なども調べておく必要があります」

「それくらいなら今でもできるだろう」

「ではまずはいろいろ調べるところから手を付けることに」

「分かった。そのようにしよう」

蘇我大臣馬子宿禰は早速、近江臣満、宍人臣鴈、そして阿倍臣の三人を呼んだ。

「近江臣満。お前は東山道を行き、日の本の国との境を調査し、併せてそこへの道などを調べてこい。

宍人臣鴈。お前は東海道を行き同様のことを調べよ。そして阿倍臣。お前は越の国に向かい同様のことを調べ上げてこい」

と命じた。

蝦夷征伐と後に名付けた日の本の国への侵攻計画がこの時点で緒についたのである。


崇峻天皇は布都姫の許にいた。あの戦以来夫人の機嫌が良くない。突然泣き出すこともある。今夜も部屋に飛び込んできた蛾が床の上をバタバタしながら動くさまを見たとたんに涙ぐんだ。

「何を泣く。また兄のことを思い出したのか」

「あの蛾のもがくさまを見ると兄がどんなに苦しんで死んでいったのかと……。老いた母も悲しんで自ら命を……」

「忘れよと言ってもそれは無理であろうが、できるだけ楽しいことを考えることだ。気を紛らせるために外に出かけるのも良いぞ」

「そうは言っても」

「ワシは天皇となった。お前が男の子を産めばその子が天皇となるかもしれぬ。子を作ろうぞ」

「天皇になぞ」

「いや、子が天皇になれば物部の血を引く天皇が誕生するのだ。亡き兄上もきっと喜ぶことだろう」

「それにしても蘇我馬子は天皇の上に君臨するようではありませんか。物部の財産も奪ってしまったことですし。あれが親戚のすることでしょうか」

「嘆くな。何時か気持ちがすっきりするように必ずするから」

蘇我大臣の専横に、ないがしろにされていると感じていた崇峻天皇はある日思い立ったように群臣に言った。

「任那を再興しようと思うが皆はどう思うか」

群臣は口々に、

「任那の再興は欽明天皇以来何代もの天皇が試みられたことでございます。ぜひ悲願の達成を」

と言った。

「ならば海を渡り、任那を占拠する新羅と戦うべく軍勢を用意せよ」

と大臣に相談せずに天皇は命じた。

蘇我大臣馬子宿禰はそれを聞いて不愉快だった。しかし天皇が一旦命じたことを大臣が否定すれば国が乱れる元である。だから我慢した。

大将軍を任命し、二万もの軍を筑紫に集めた。

何事も蘇我大臣馬子宿禰の許可が得られなければできなかった崇峻天皇は自分の命で二万もの軍が集まり、渡海すべく筑紫に集結したのに驚いていた。

……天皇の力、権威とはこういうものだったのか。蘇我大臣馬子宿禰に抑え込まれていたがこれなら好きなようにできる。蘇我大臣馬子宿禰などに相談することなく思い切ってこの国を治めるのだ……

と、崇峻天皇は考えたのだが、同じときに蘇我大臣馬子宿禰は、……泊瀬部の奴め。ワシがお情けで天皇にしてやったのにそれをわきまえずに増長しおって。任那再興の軍を動かしてすっかり何でも思い通りになると思い込んでいる。馬鹿な奴め。いずれ思い知らせてやる……

と思っていた。

そんなある日のこと、大きなイノシシが獲れたと倉梯柴垣宮に運ばれてきた。献上品である。献上品は累代の天皇を祀る宮に供えるのが習いである。熊やイノシシはその頭を供えるのもこれまた習いである。

巨大なイノシシの頭が運ばれてきて供え机の上に載せられた。牙が突き出た姿はいかにも獰猛な感じを与える。

それを見ていた崇峻天皇は思わずイノシシの首を指さしながら言った。

「これは獰猛なイノシシであったに違いない。それでも捕まって首を斬られて供え物になってしまった。何時の日か我がにくい奴の首をこのイノシシのように切ってしまいたい。そして恨んで死んでいったものに供えてくれる」

崇峻天皇の顔は憎しみに歪んでいた。

これを聞いた舎人たちは噂した。当然蘇我大臣馬子宿禰に知らせたものがいる。

蘇我大臣馬子宿禰の顔色が変わった。

「我がにくい奴の首をと言ったのだな」

「はい。誰の首とは言いませんでしたが」

「名など言わなくとも分かる」

「そして不気味な笑みを漏らしたというので、そこにいたものたちは恐ろしくなったと言っておりました」

「恨んで死んでいったものに供えると言ったのだな」

「はい。間違いございません」

「他に何か宮に変化は」

「警護の兵の数を増やしております」

「何、兵が増えたと言うのか」

……むむ～む。これはわしの首を狙っているのに間違いはない。天皇の命となれば従うものもいないわけではない。やむを得ん。崇峻など殺して新しい天皇を作る外なし。準備をせねば……

蘇我大臣馬子宿禰は郎党を集め、屋敷の警護を固めた。その上で東漢直駒を呼び寄せた。蘇我氏は古くから東漢のものたちを使ってきていた。

東漢直駒がすぐにやってきた。

「お前に大事なことを頼みたい」

「何なりとお命じください」

「実はな、人一人殺してほしいのだ」

「畏まりました」

駒は人殺しを頼まれたというのに表情をまったく変えない。

「いつ、だれを殺せば良いのですか」

と続けた。

「誰と聞いて驚くな」

「誰でも人は人、同じでございます」

「実は天皇を殺してほしいのだ」

「畏まりました」

「天皇をというのに何ともないのか」

「我らは中国からの渡来のものでございます。天皇の家来ではございません。かねてより東漢氏を使ってくださる蘇我大臣こそ我らが仕えている主人なのです」

「それは頼もしい。日時は改めて知らせるからそのつもりで」

「天皇を殺した後どうすれば良いのですか」

「ワシの屋敷にしばらくは隠れているがいい」

「畏まりました」


蘇我大臣馬子宿禰は準備を進めた。

「東の国々からの調が届いた。明日倉梯柴垣宮に運び込むので天皇にご覧いただきたいと申し上げよ」

蘇我大臣馬子宿禰は宮の役人にそう言った。そして翌日、たくさんの荷を積んだ荷車が何台も倉梯柴垣宮に入った。その荷車引きの一人として東漢直駒も宮に入り込んだ。懐に短刀を忍ばせている。

前庭に調の品々を並べ終わって待つことしばし、崇峻天皇が庭の正面にある広い階段の上に姿を現した。

蘇我大臣馬子宿禰が階段の下に立ち、

「本日は東の国からの調が届きましたのでご覧に入れようとお持ちいたしました」

といつになく丁寧に言った。

「東の国とは」

「駿河や毛の国などかつては日の本の国に属していた国々でございます」

「珍しきものがあるのか」

「この大和とは気候もかなり違いますれば鳥も獣も棲むものに違いがあるようでございます」

「ふ〜ん」

崇峻天皇は興味なさそうな顔をしている。

……いかん。品々を見に階段を下りてもらわねば駒が襲う機会が来ぬ……

蘇我大臣馬子宿禰はそう思った。

「駿河の国からは金が届いております。何でも川の砂の中にたくさん混じっているとか。時折は指先大のものまで流れてきているとか」

「何。そのような大きな金が流れてくるのか。それなら上流にはもっと大きな金があるかもしれぬ」

「そのように思い、上流の探索をさせております。その大きな金の塊がございます。ぜひご覧ください。それはまばゆい……」

「そんなに輝くのか。それでは見てみることにしよう」

崇峻天皇は階段を下りてきた。そして庭の中に広げてある品々の前に来て、

「大臣。その金はどこにある」

と聞いた。

「そ、その毛皮の向こう側の箱の中でございます」

「そうか。荷をかき分けていかねばならぬか」

崇峻天皇は品々の中を、足場を選びながら不安定な格好で進んだ。

蘇我大臣馬子宿禰は右手を挙げると顎鬚を撫でた。

その瞬間駒が猛然と崇峻天皇に駆け寄り、体当たりをした。

「何をする。無礼者」

と、崇峻天皇は叫んだがその語尾は急に力をなくしていた。崇峻天皇は左わき腹を深々と短刀で刺されていたのである。短刀は天皇の脇腹の動脈を切っていた。体内で急激に大量の出血がおこり、それは血圧の急激な低下を招いた。ほぼ瞬間的に脳の機能が停止し、天皇は意識を失った。

「大君」

蘇我大臣馬子宿禰は崇峻天皇の許に駆け付けた。

「大君をお助けせよ。中に運べ。薬師を呼べ」

蘇我大臣は次々に命じた。しかし、

「あのものを捕えよ」

とは言わなかった。

東漢直駒は風のようにその場から去った。荷車を引いてきたものたちが大勢いるので姿は忽ちに消えた。

この日のうちに崇峻天皇の遺骸は倉梯の丘の陵に葬られた。葬送の儀礼もなく、殯を行うこともなくの埋葬に蘇我大臣馬子宿禰の崇峻天皇に対する悪感情が出ている。

勿論、天皇に対してそれでは……との声が出るには出たが蘇我大臣という大権力者の前に大きな声にはならなかった。

厩戸天皇の誕生

　蘇我大臣馬子宿禰は壇山宮への坂道を上っていた。息が切れるのか休み休みである。既にそれほど若くはない。

「輿を利用なされてはいかがですか。用意いたしておりますので」

「分かった。次はそうしよう。しかし今日は重要な件で古足に会うのだ。楽をして訪ねてはいかんと思うのだ」

　蘇我大臣馬子宿禰は古いタイプの人間だったのである。

　知らせを受けて古足が壇山宮の正面で待っていた。

「わざわざお運びをいただき申し訳ございません。いつも申し上げる通り、お呼びくだされればこちらから伺いますものを」

「いやいや、この山の風が気に入ってな。この季節は寒すぎるが。ここはどのようにして選んだのだ。道教の術でも使ったのか」

「さよう。道教では神仙の力を得るために山を選びます。方角、山の形、川の流れの方向や水量などなど。勿論風も大きな判断材料です。ここは何と言っても気の流れが素晴らしいのです」

「山を道（タオ）の峰と名付けたくらいだからさもありなん」

「ところで、崇峻天皇が殺されたとか。そのことと関係があるのですか、今日のお話は」

「そうだ。二つ相談したいことがあってな」

「伺いましょう」

「実は崇峻天皇の暗殺はワシがやらせたことなのだ」

「何と。ご自分で天皇にしたものを殺してしまったのですか。その理由は」

「崇峻は任那再興を唱えたのだ。そうしたら皆が勅命というので二万の軍勢を筑紫の島に集めてしまった」

「そのことは存じておりますが。馬子様はかかわりなかったのでございますか」

「それですっかり自分は偉いと思い込んでしまったのかワシの首を斬りたいなどと言い出し、兵を宮に集め始めたのだ」

「火遊びの準備を始めたという訳ですか」

「物部のことでワシを恨んでいるものも少なくはない。この機会にと企みに加わるものも出てこよう」

「確かにそういうものも……」

「そうなってからでは遅い。蘇我大臣というものにどれ程力があり、恐ろしいかを世に知らしめておかねばならぬ。それ以前に、殺されるより先に相手を殺しておかなければならぬ」

「それで崇峻天皇を……。分かりました。それでご相談とか」

「崇峻天皇を実際に殺したのは東漢直駒だ。今はワシの屋敷にいる。勿論外には出さぬ」

「外に出さなくとも、駒が殺したと知っているものが居りましょう」

「いないと思うが」

「天皇を、調を広げた庭で刺殺したのでしょう。見ていたものがいるはずでは……」

「ほとんどはワシのところのものだが」

「宮の役人も何人かは見ていたと考えた方が……。とすれば、駒を自由にしては危険です。証人になります、大臣が指示したことの」

「ワシのために大仕事をしてくれたのだ。一生閉じ込めておくわけにもいくまい」

「馬子様。これから天下を掌握していくあなた様です、些細に見えても障害は取り除いておくべきではないでしょうか」

「取り除く。それは駒を始末しろと言うことか」

「物が言えないようにしてしまえば一番安心ではございませんか」

「う〜む、……」

「情けは人を動かしもしますが、逆に災いを呼び、身を滅ぼすこともございます」

「古足。お前は中国の人間だからそんなに冷たいことができるのか」

「中国は権謀術数が渦巻く歴史の国でございます。他人を信ぜず、情けに溺れずが生き残るのには必要なところでございますれば」

「だが、お前の言う通りかもしれん。駒には気の毒だが死んでもらうとしよう」

「決心がおつきになりましたか。駒を殺すにはそれなりの理由が要りますぞ」

「屋敷の中のことだ」

「なりませぬ。当然だと皆が納得する理由がなくては生き証人を殺したと思われます。その時には馬子様のために天皇暗殺まで行った忠臣駒を馬子様が殺してしまったと噂されることになります」

「分かった。ではどんな理由をつければ良いのだ」

「大臣が怒って当然の理由……、そうだ、例えば大臣の娘が駒に犯されてしまったなど」

「娘が犯されただと」

「本当のことではなくそう言う理由にするだけです」

「と言っても娘はその噂に耐えねばならぬだろう」

「未婚の娘では具合が悪いでしょう。それに身分がある方が……」

「崇峻の嬪だった娘がいるが……」

「それは好都合な。天皇の嬪を犯したとあれば当然死罪でしょうから。大臣の屋敷内で殺したとしても世間は何も言いますまい。むしろ同情されるのではないでしょうか。それに」

「それに、何だ」

「崇峻天皇暗殺の犯人を罰することでもありますし」

「よし、これで駒の始末が決まった。古足、お前は本当に知恵が働くな。何時までも助けてくれ」

「何を仰せです。当たり前のことをいたしているだけです」

「もう一つの相談だが」

「何でございましょう」

「次の天皇を誰にするかだ」

「それはもう厩戸皇子が良いのでは」

「お前もそう思うか」

「物部守屋様との戦に参加し、戦勝祈願をし、実際に戦った皇子ですから資格は十分でしょう。まして物部大連弓削守屋様を射落としたのは厩戸皇子とされているのですから」

「それは分かっているが他に良い理由はないか」

「ございます。まずは用明天皇の皇子でございます」

「ふむ」

「次に、あの戦の時は十四歳でございましたがすでに立派な大人になりました」

「ふむ」

「そして我らも中国での政治の在り方などいろいろな知識をお伝えしてきました。それは、それは優秀な方でございます」

「それだけであろうか」

「厩戸皇子は用明天皇とその后、穴穂部間人皇女との間に生まれた皇子でございますが、その穴穂部間人皇女は蘇我稲目様の娘である小姉君です。つまり蘇我の血を引いたものです」

「そうだ」

「それだけではございません。厩戸皇子が迎えた妻はあなた様、蘇我大臣馬子宿禰様の娘の刀自古郎女です。つまり夫婦ともに蘇我の血を引くもの、太子が生まれれば蘇我の血を引く天皇が次々に……」

「だが、蘇我が目立ちすぎはしないか」

「そこが問題なのですが、幸いなことに蘇我大臣馬子宿禰様の娘であることは母方の物部大連弓削守屋様の妹の血も引いていることになります。結果的に太子が生まれれば物部の血も天皇家に入ることになりましょう」

「そうか。物部を含む氏族をまとめていくには好都合だな」

「ただ」

「ただ、それがどうした」

「物部の血を引いていくことに引っかかりはございませんか」

古足は蘇我大臣馬子宿禰の心の奥を読んでいた。

蘇我大臣馬子宿禰はぎょっとした顔をして古足を見返した。古足の目が心のうちを見透かすようにじっと見つめている。

……この男。ワシの心を読み取っている。恐ろしい奴だ……

「正直に言えば今も物部守屋には反感がある。引っ掛かりがないと言えば嘘になるかもしれぬ」

「良く正直にお話しくださいました。であれば、厩戸皇子を天皇としたのち物部守屋の記憶が人々から消えた頃に物部の血の入っていないものを天皇にすることです。或いは……」

「或いは、とは。外の案があるのか」

「いっそ、蘇我大臣の子供を天皇にするという選択肢もあるかもしれません」

「ば、馬鹿なことを言うものではない。大臣とは天皇を支える氏族のトップがなるのだ」

「今のは冗談でございます。お忘れくださいい」

蘇我大臣馬子宿禰は否定し、古足は発言を取り消したが心のうちでは、

……古足め、冗談めかして言っているがこれは本心だ。ワシに蘇我氏が天皇家になれば良いと勧めて、いやそそのかしているのだ。こいつは油断のならぬ男だ。しかしこの知恵、ワル知恵と知識、その力は頼りになる。確かに期を見ていっそというのは考えておくべきだ……

と思っていた。

「馬子様、馬子様」

黙り込んだ蘇我大臣馬子宿禰に古足が呼びかけた。

はっと我に返った蘇我大臣馬子宿禰は、

「う、う、何であったか」

と慌てて答えた。その様子に古足は、

……効き目があったようだ。いずれ蘇我氏が天皇になることを考えてしまったのだ。もうこれは忘れられない誘惑である。必ずそれを実行することになる……

「何の話か」

蘇我大臣守屋宿禰が今度は黙り込んだ古足に向かって問いかけた。

「は、はい。一つ私の方から申し上げたいことがございます」

「何であろう。できることなら何でもしてやるぞ」

「いや、お願いと申しましても私事ではございません」

「では何か」

「物部守屋様のことでございます」

「守屋の遺骸は澁川の守屋の屋敷のところに墓を作ったが」

「それでは不足ではございませんか」

「墓を大きくせよと言うのか、大君の陵のように」

「そうではありません。守屋様の菩提を弔う寺を建てるのが良いのではないかと思います」

「寺を建てる」

「あれだけの戦をし、守屋様を討っただけでなく物部一族をも滅ぼし、その財産も奪ってしまったのです。祟り、怨念を封じるためにも寺を作り、守屋様の供養をするのが良いのではないかと思います」

「なるほど、その通りかもしれん。厩戸もあの戦には参加した。仏の道に詳しいだけに心に傷があることだろう。厩戸を天皇にしたうえで天皇の発願ということで寺を建てることにしよう」

「そうすれば、散り散りになった物部の生き残りたちの気持ちもほぐれるのではないでしょうか」

「その通りだ。恨みが強く残っては国がまとまらぬ。実際に寺を建てる計画には古足も知恵を授けてやってくれ」

「喜んで。我らにはそれこそ仏教にも道教にも詳しいものが居りますれば祟り封じについてもお力になれるのではないかと」

「崇り封じについてはこの国にも歴史がある。あの壮大な伊勢の神宮も本来崇り封じの宮なのだから」

「寺の名前をまず考え、場所を決め、とすべきことはいやはや沢山ございます」

「名前か……」

「蘇我大臣馬子宿禰様の建てた寺は法興寺でございましたね」

「そうだ。仏法興隆からとった名前だ」

「同じく仏法興隆からとって今度は法隆寺で如何でしょう」

「仏法を興す、の次は仏法を栄えさせると言うのだな」

「その通りです」

「良い名だ」


そして厩戸皇子が即位して厩戸（聖徳）天皇となった。元々の名前は豊聡耳である。『豊』も『聡』も美称だから根本的には『耳』と言うのが名前の中心だ。

（注）厩戸の生誕地は橘寺のあった元明日香村大字橘付近とのことだ。東側には蘇我馬子宿禰が住まいしたという嶋の庄があり、その先に進めば壇山宮（談山神社）、すなわち北魏からの渡来人たち、拓跋部のものの聖地である。この騎馬民族が倭国にモンゴル馬と馬術を伝えたとみて良いだろう。つまり橘のあたりに牧があり、厩が多くあったのではないだろうか。勿論、

母が厩の戸に当たって産気づいたからなど後の作り話であろう。また、『上宮聖徳法王帝説』には「聖徳法王娶膳部加多夫古臣女子　名菩岐々美郎女　生児　舂米女王　次長谷王　次久波太女王　次波止利女王　次三枝王　次伊止志古王　次麻呂古王　次馬屋古女王」とあり、「馬屋古女王」なる皇女の名が見える。しかし岡倉天心が蔵の隅で生まれたから「覚（角）三（蔵）」という名であったと同様に、厩を産屋として用い、子を産んだことがあったのかもしれない。

（注）推古天皇は架空の天皇で実際は厩戸（聖徳）天皇であったとの設定の根拠・考察は巻末の『厩戸（聖徳）天皇考』を参照されたい。豊御食炊屋姫とは伊勢の内宮の天照日神に食事を作り差し上げる女性（斎王）の役職名である。酢香手姫皇女より後に斎王という名称ができるまではそう呼んでいたのだと考えている。穴穂部皇子が敏達天皇の殯の宮にいる豊御食炊屋姫を犯す目的で押し入ろうとしたのは実は伊勢の斎宮での事件の書き換えの可能性が大きい。酢香手姫皇女より前の斎王が皇子に犯されることが続いていた。この件も『厩戸（聖徳）天皇考』を参照のこと。

さて厩戸皇子には異母妹がいた。酢香手姫という。父は用明天皇である。母は葛城直磐村の娘である廣子である。

厩戸皇子と仲良く育ちお互いに淡い恋心を抱いていた。しかし用明天皇に伊勢の内宮の天照日神に奉仕する豊御食炊屋姫の役職に就くように命ぜられてしまった。

「兄さん。私、兄さんと離れたくない」

「同じ気持ちだが天皇が決めたことに異を唱えることはできない」

「ではどうすればいいの」

「学んできた仏教の教えによれば人は死んでから生まれ変わる。その時、つまり来世で一緒になろう」

「それは約束」

「そうだ。約束だ。必ず来世で酢香手と一緒になり、それからは永遠に離れない。現世では離れ離れだが死ぬときは同じでありたいものだ」

「私は何時でも兄さんとなら死ねる。きっと死ねる」

「良いか。酢香手は伊勢に行き天照日神の日々の世話と祭祀に勤めよ。この国の古くからの仕方で。兄は図らずも殺してしまった物部守屋を、寺を作って祀ることにする。その仕方は仏教に依るので酢香手とは異なるが二人とも生きている間はそれぞれそうして生きていこう。これは我らの運命だと思うのだ」

「はい。分かりました。一緒に来世に行けるのを心から楽しみにしています」

「ワシも楽しみにしている。ではその時に」

「はい」

「伊勢に便りを出すからお前も便りを送れ」

この約束の結末は三十七年後の場面に描こう。

さて厩戸（聖徳）天皇は飛鳥の豊浦宮（とゆらのみや）で即位した。

早速物部大連弓削守屋との戦の場での戦勝祈願の時の誓いを果たそうと考えた。

蘇我大臣馬子宿禰に向かって言った。

「あの戦の最中に四天王を刻み、もし勝利を得たなら寺を建て仏法興隆に尽くすと誓ったことを覚えているか」

「勿論、ワシも同様に寺を建てることを誓いましたから」

「その寺を天皇となった今こそ建てようと思う」

「百済などから寺を建てる技術者を招き寄せてきました。すぐにでも取り掛かれると思います」

「ならば、難波の地に寺を建て四天王を祀り、四天王寺と名付けたい」

「勝利が四天王のおかげであれば当然のことです。誓いを破れば逆に仏罰を蒙りましょう。そしてその寺の後にワシが約束した寺を建てることにいたしましょう」

「それは良い」

「もう一つ寺を建てねば……」

「もう一つ」

「はい。これは古足から言われて気が付いたのだが、あの時の敵、物部守屋の菩提を弔う寺を建てるべきと」

「我らが滅ぼしてしまった物部守屋の供養をする寺を建てると言うのか。それは素晴らしいことだ」

「良き名が必要です」

「蘇我の氏寺ともいうべき寺を法興寺と言うのならその物部守屋の供養の寺は法隆寺と名付けよう」

「すべてを同時という訳にはいきません。資材も技術者も足りません」

「分かっている。順々に建てていくことにしよう。そしてその法隆寺のそばに宮を置きたいと思う」

「何、宮まで作ろうというのか」

「物部守屋のための寺を作るだけで放っておくわけにもいくまい。妃の刀自古大郎女は大臣の娘だが、それは物部守屋の妹の娘でもある。物部守屋を祀る寺のそばに宮を置けばいつでも寺に詣でることができよう」

「なるほど。妃に良くすることも確かに重要なことですから」

「妃だけではない。滅んだ物部一族に対しての気持ちを表すのだ」

「それで寺には守屋所縁（ゆかり）のものを収めるのですか」

「塔というものはそういうものではないだろう。塔に収めるのは仏舎利である。金堂に収めるのは本尊などの仏像だ。しかし、物部守屋の遺骸は金堂の下に埋める。そして守屋所縁の品々は伽藍の外に埋めるつもりだ」

「どのようなものを」

「守屋の腹巻（鎧）、首を討った時の刀などなどだ」

「今はどこに」

「河勝に管理させている」

「それで寺はどこに建てるのだ。飛鳥には相応しい場所がなくなってきているが」

「飛鳥にとは考えていない」

「何、他の地に」

「仏法では人は死ねば西方浄土に赴くとか」

「ワシもそのように聞いている。しかしいずれの地にも西という方位は存在するが」

「なればこそ物部守屋終焉の地を真西に望む地に寺を建てたいのだ」

「守屋終焉の地は河内の澁川……。そこを西に望む地、河内に建てようとするのか」

「いいえ、河内では遠すぎる。そばに宮も作ろうとするのだから飛鳥から通える範囲でなければ」

「とすると大和の中、方位からは竜田口辺りか」

「正確には測量が必要だがおおよそは竜田口の当たり、斑鳩になろうかと」

「土地は十分あるのか」

　蘇我大臣馬子宿禰は厩戸天皇に対し時として横柄な口をきく。臣下でありながらこのような態度は本来許されぬのだが厩戸天皇の母は蘇我稲目の娘小姉君が生んだ穴穂部間人皇女であり、厩戸天皇の皇后刀自古郎女はそれこそこの蘇我大臣馬子宿禰の娘なのである。つまり厩戸天皇は蘇我馬子の姪の子であり、娘婿であったのでついついなれなれしい言葉を使ってしまうのである。

「はい、それらを作るに十分な程度は確保できると」

「竜田口近くは大和川とそれに合流する多くの河川が集まるところだ。道も川の流れの方向に作ってあるし、建物もその道に沿って建てられている。自由な向きには建てることができぬぞ」

「寺そのものは西に向けることをいたさぬ」

「守屋の死んだ澁川を西に見てと言ったではないか」

「寺は澁川を真西に見る位置に建てるが、そして守屋様の菩提を弔うのを目的とするが、表向きはあくまでも仏法興隆のための寺とするので敢えてその向きは西を向かせません。皆が守屋様の菩提を弔うための寺を建てたと理解し、表向きはそうではないとするのが一番の策ではないかと」

「う〜む」

蘇我大臣馬子宿禰は舌を巻いていた。

……何という聡明なものか。守屋の菩提を弔うべき寺を建て、その趣旨を世に知らしめておきながら表向きは仏法興隆のための寺であると主張する。人心を宥めながらあくまでも守屋を滅ぼしたことに胸を張ると言うのだ。古足の奴が相当に教育したものと見える……、……しかし、この聡明さは何時かワシの思い描く国の治め方と異なる方向に向かう可能性を示しているようだ。腹黒さがないのが一番気になるところだ。注意しなければならぬ。やはり古足が言ったように蘇我の宗家が天皇となるべきなのかもしれぬ……

蘇我大臣馬子宿禰は厩戸天皇との関係に不安を覚えていた。

（注）ここに言う法隆寺は消失前の法隆寺である。今「若草伽藍」と呼ばれているもので現法隆寺のすぐ南東に位置していた。いずれ「法隆寺考」を書いて詳しく考察を加えるつもりだが何故斑鳩に寺を建てたかに関して従来定かな説明がないので一言触れておく。

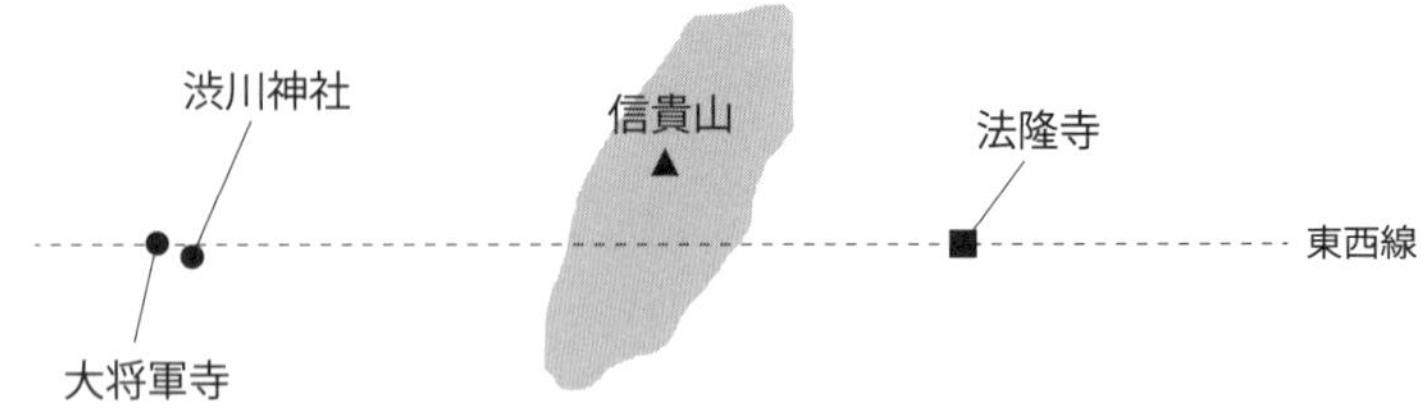

澁川（物部守屋戦死の地）と法隆寺の位置関係

法隆寺の緯度経度は、北緯三四度三六分三四・三二六秒（座標ではN三四・六〇九五三五）東経一三五度四四分三・九〇五秒である。そして物部守屋が死んだ澁川に建つ、大聖勝軍寺の緯度経度は、北緯三四度三六分四八・八四秒（座標ではN三四・六一三五六七）東経一三五度三五分一六・八八秒だ。緯度を比べて見ればほぼ同一だということが分かるだろう。つまり法隆寺と守屋の墓のある大聖勝軍寺とは東西線上にあるのである。さらに法隆寺（若草伽藍）の西側、現在の法隆寺の大湯屋の前にある伏蔵には物部守屋の死亡時の品物が収められていると言う。これに関しては江戸時代の法隆寺の匠（宮大工、棟梁）であった平正隆が著わした『愚子見記』に記述がある。曰く「廊未申角下瓦六万・守屋頸切太刀・守屋腹巻・甲鎧・弓箭・太刀・刀・皆具埋之、彼為滅罪生善寺之守護新也云々」。その意味は「廊（現在の法隆寺の回廊）の未申（南西）の角の下に瓦六万枚、物部守屋の頸（首）を切った太刀、物部守屋が着ていた腹巻（鎧）甲鎧、弓箭、太刀、刀、すべてを一緒に埋めた。それは現世の罪を免れ、良き来世を迎えるためであり、寺の守護新（神）である……」となる。法隆寺の建立が物部守屋殺害の罪を減じようとの目的を持っていたことが分かるだろう。そして、現法隆寺を建てた時に埋めたとは考えられないからこれは法隆寺（若草伽藍）の建立に際して埋められたものと考えるべきだろう。なお、この伏蔵は昭和五十八年七月二十一日に発見されたもので直径二・二メートルもの大石で蓋がされているとのことだ。伝承のみだった法隆寺三番目の伏蔵の存在が確認されたのである。説明版も何もなく分かりにくいので参考のために写真を載せておく。

「伽藍の配置はどのようにするのか」

蘇我大臣馬子宿禰が尋ねた。

厩戸天皇は静かにゆっくりと答える。聡明な頭でじっくり考えていることが多いだけあって口から出る言葉にはよどみがない。静かだが説得力に富む話し方なのだ。

「法興寺（飛鳥寺）は名実共に仏法興隆のための寺、仏舎利を納める塔の東西と北に金堂を配置しています。仏舎利への尊崇の念が良く表れた形です」

「法興寺（飛鳥寺）と同じ形にするのか」

「法興寺と異なり、名と実の目的が異なるのですから変えようと思います」

「どのように」

「法興寺は伽藍の中軸線に対して左右は完全に対称形です」

「そうだ。高句麗の技術者を使ったので高句麗型の配置になっている」

「そして塔が中心になっています」

「そうだ」

「法隆寺では中軸線による対称性は残しますが中軸線上に塔と金堂を置く形にしようかと考えていま

す」

「つまり、仏舎利を納めた塔に重きを置くが法興寺ほどではないと」

「その通りです」

「それで物部守屋にかかわる品々はどこに」

「死ねば魂は西方浄土に」

「だから寺の西側に埋めるのか」

「この国を治めていた日高見の国、国そのものは日の本の国と呼んでいた国がございました。いや今でも東北地方にありますが」

「話が飛ぶな」

「その国では古来死者は西のヨミの国に行くとしていますが、それを日没の方向で考えていたとのこと」

「では日没の方向に埋めると言うのか」

「はい、それも物部守屋が死んだ日の日没の方向に」

「その方角の起点は」

「勿論金堂です」

「埋めるだけか」

「埋めた場所は大石で蓋をし、未来永劫開けぬと決めます。そしてその上に何か堂か蔵のようなものを建てることにしようと考えています」

（注）物部守屋と蘇我馬子宿禰の河内の国澁川（現八尾市）での戦は日本書紀では夏七月と記載されているが、守屋戦死の日に関しては記載がない。が、現在の九月初めと仮定してたとえば二〇一四年九月五日の日没方位を計算すると二七八度九六八一と算出される。若草伽藍の金堂の位置と大湯屋のそばの物部守屋関連の伏蔵を結ぶ方位は西から約九度北に向いていて、その日没方位とかなり近い。

（注）聖徳太子が毎日黒駒に乗って通ったと伝わる太子道は別名筋違い道と言われる。上道、中道、下道と呼ばれる南北方向のまっすぐな道と明らかに方向が異なる。その方向は北から西に約二十度傾いている。建物跡などもその方向を向いていて、法隆寺（若草伽藍）の中軸線も同

法隆寺大湯屋前の伏蔵
ただ囲われているだけで参拝客、観光客にはそれが何か分からないだろう

様に傾いている。これをシリウス方位だとして当時既に景教の影響があったと推論する人がいる。考えすぎではないだろうか。元々大和盆地には大和湖と呼ぶ大きな湖があった。そのため山の辺の道として知られる山沿いのくねくねした道が幹線道路だった。大和湖が大きかったときには上道すら湖に沈むようなところだったのである。時代と共に大和湖は縮小し、大和盆地の陸化が進んでくる。それに従って陸化したところに住居、即ち、村や町ができるし田畑もできただろう。このような過程において道路、そして道路に面する建築物の方向はどうなるか。現代でも同様だが基本は湖岸と川の方向に沿ったものになる。何もシリウス方位にまで飛躍しなくても良いと考えている。飛鳥時代から天平時代あたりの主要道路と水系の図を参考のために載せておこう。

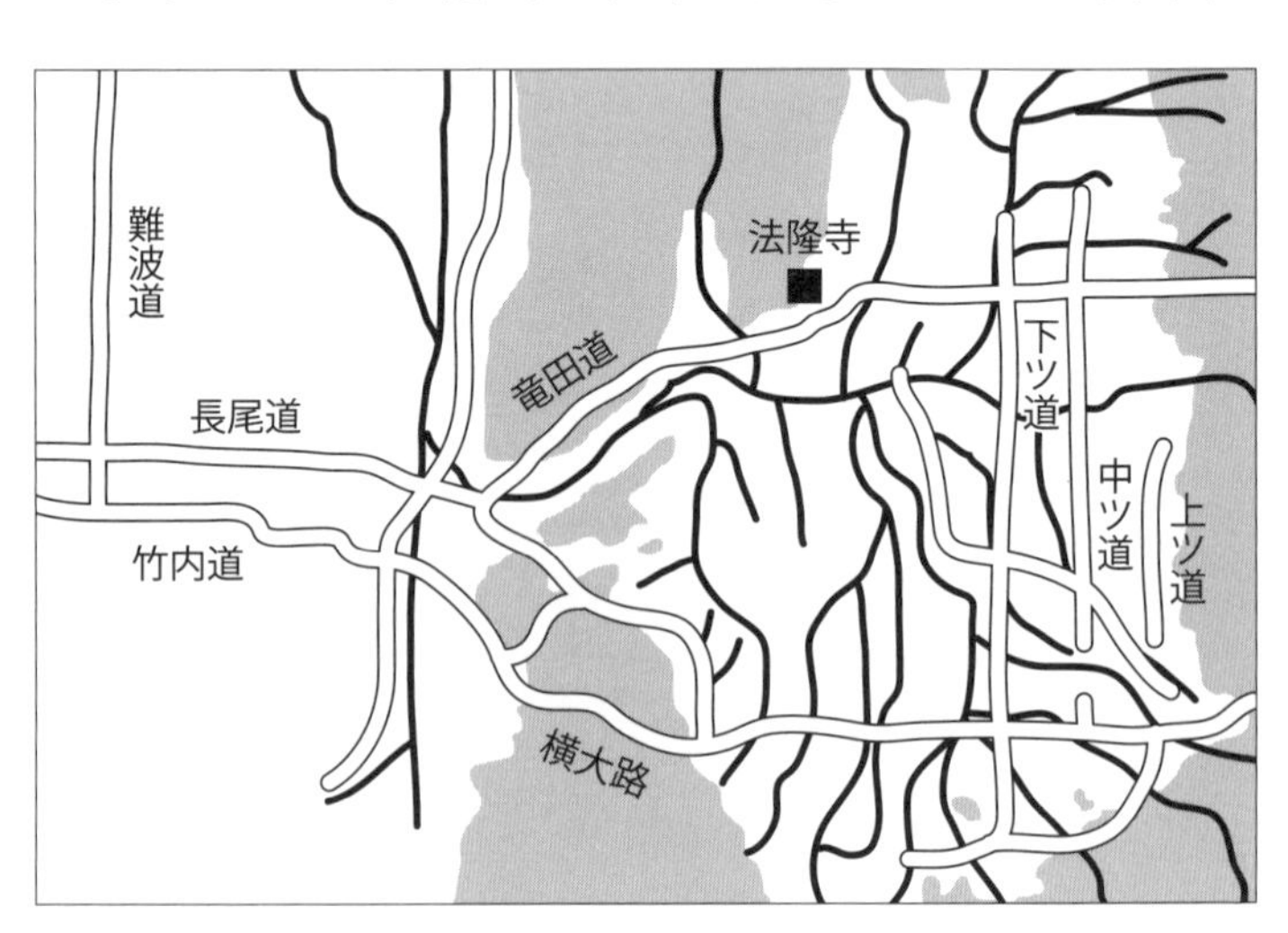

飛鳥時代の幹線道路と水系

法隆寺（若草伽藍）の建立と斑鳩の宮

蘇我大臣馬子宿禰と法隆寺建立について話す前に実は厩戸皇子は古足と会って相談していた。

「物部守屋と物部一族を滅ぼしてしまった」

厩戸天皇はため息交じりに言った。

「それはやむを得ない状況の中でのことです。あまりお心を病まない方が……」

古足が元気づけようとするが厩戸天皇の顔は暗いままである。

「物部氏と言えばアテルヒの神ニギハヤヒの子、ウマシマデを祖とする名族だ。それを滅ぼしてしまうとはなんということをしたのだ。その時はまだ若すぎて他の方法が思いつかなかったが今になってみると何故戦をして滅ぼしてしまったのかと悔やまれてならない」

「それは過ぎてしまったこと……」

「あれからさらに仏法の勉強をした。仏法は慈愛を説いている。それなのに物部守屋を討ち滅ぼすことができたら寺を建立すると念じて四天王の像を刻んでしまったのだ」

「その約束は既にお果たしになったではございませんか」

「飢えた虎が眼前にいればわが身を与えよとの教えとは正反対のことをしてしまったのだ。仏の道ではなく悪魔の道を選んでしまったのだ。民を治め、導く資格などないのではないかと思う」

「それだけお悔みになれば既にその罪はなくなっているのではありませんか。懺悔滅罪と申します」

「そうであろうか。悔やんだだけでは物部のものたちは成仏できまい」

「であれば、物部のものたちの菩提を弔えば良いのではございませんか」

「今、守屋をはじめ、死んだものたちの遺骸はどこにあるのか」

「遺骸は澁川に埋めたと聞いておりますが」

「それを移し、葬り、その上に寺を建てて弔うことにすれば良いか」

「そのように思います」

「それでどこに寺を建てれば良いか」

「それは命を落とした澁川の地が一番ではないでしょうか」

「いや、それではたまにしか供養ができぬ。刀自古郎女の父は蘇我馬子だが母は物部守屋の妹だ。近くで供養したいと願っている」

「それならば大和の国の中に寺を建てることになります」

「何処が良いか」

「仏教では人は死ねば西方浄土に行くとか。澁川の地を真西に見る位置がよろしいのではございませんか」

「なるほど。ではそういうところに寺を建てよう。表向きは仏法興隆のための寺、法隆寺と名付けて」

「しかし湓川の地は、今は蘇我大臣馬子宿禰様のものになっております。そこから遺骸や、遺品を移すことができましょうや」

「問題あるまい。湓川辺りが蘇我のものになった今、物部の遺骸などがそこにあるのでは却って気味が悪いだろう。移すと言えば賛成してくれるだろう」

「となれば、方位を測定して物部守屋などの遺骸を埋める場所を決め、その場で供養を行い、その後その上に金堂を建てるように設計した寺の建立にかかりましょう」

「古足。お前たちの知識が必要だ。協力を頼む。そしてその法隆寺の建立と同時にそのそばに宮を建てそこで政務をとることにする。それも考慮に入れて寺を設計してくれ」

「畏まりました」


かくて法隆寺（若草伽藍）の建立が始まった。まずは位置選びだった。湓川の真東は生駒――二上山系では竜田街道で大和川沿いに大和盆地に入ったところに相当する。大和盆地の大和湖は既にその面積を縮めていたが干上がり陸化した土地はあるいは湿地となり、または大雨の時などには溢れる水に浸水することも多かった。寺や宮を築くのに適した場所は少なかった。それでも大和川の北にその場所を見つけた。

「伽藍の配置はどのようにすれば良いだろうか」

「寺というのは南北の中軸線に対して東西が対照的になるよう伽藍配置をするのが基本です」

古足は北魏の道教、仏教に関する知識を身につけているのですらすらと廐戸天皇の疑問に答える。

「かといってあの斑鳩の地域の道路はかつての大和湖の湖岸やそこに流れ込む川の方向に一致する。即ち南北ではなく北から西に二十度ほどずれているが」

「そのずれはそのままにしてその方向を中軸線にすれば良いでしょう。菩提寺としての寺なのですから問題はないと思います」

「で、伽藍としては五重塔と金堂が必要だな」

「そうです。南側に五重の塔、そして奥に金堂という配置になります。そして回廊で完全に囲う」

「講堂などは」

「不要です。講堂は僧が学ぶところです。今建立しようとしているのは物部守屋たちの菩提を弔う寺でございます。目的が異なります」

「とはいえ講堂がなければ不審に思うものが出るのではないか」

「いや、菩提を弔うだけだとしたら蘇我馬子宿禰様が良い顔をなさるまいと思います。菩提を弔うが、回廊でその霊を閉じ込めるというものにしなくては」

「なるほど。それで埋めたところに金堂を建てるという訳なのか」

「そして金堂には薬師如来像を安置するのです」

「何故薬師如来なのだ」

「薬師如来は瑠璃光浄土の教主で、この世門における衆生の疾病を治癒して寿命を延べ、災禍を消去し、衣食などを満足せしめ、かつ仏行を行じては無上菩提の妙果を証らしめんと誓い、仏と成った如来でございますれば」

「なるほど」

「今一つ理由が」

「何か」

「天皇は我らが道教の『天皇大帝』という言葉から採った名前です。通常は大君というのですが以前はエビス尊と言いましたそうな。東北彼方にある日の本の国のアテルヒの神から倭に派遣された統治者をエビス尊と呼んだとか。アテルヒの神もエビス尊も日月を紋章としたと聞きます」

「それが何か薬師如来と関係があるのか」

「薬師如来の脇侍は何でございましょう」

「あっ、日光菩薩と月光菩薩……」

「さようでございます。だからこそ薬師如来が相応しいと考えるのです」

「分かった。ではそのようにしよう」

こうして斑鳩の宮と法隆寺（若草伽藍）の建立が始まった。


（注〈補〉）：厩戸天皇の物部守屋追悼の念は極めて強かったらしく、その死の地澁川には物部守屋の墓を作り、菩提を弔うために大聖将軍寺を建立している。また大阪の四天王寺にも物部守屋廟があり、さらに四天王寺金堂の下には法隆寺大湯屋前の伏蔵の内容物伝説と似た『物部守屋の頸、首切りの太刀、具足などを埋めたとの伝承があるようだ。守屋との戦の際に四天王に願をかけたからというより、実態は物部守屋追悼の意識が強かったように感じられる。

厩戸天皇十三年（六〇五）に斑鳩の宮は完成し、天皇は以後斑鳩の宮で政務をとった。そして時を経ずして法隆寺も完成した。厩戸天皇は殺してしまった物部守屋の供養をしながらようやく心の平穏を得たのである。

冠位十二階の制定

古足は毎日のように厩戸天皇のそばに出仕していた。厩戸天皇は若いだけに国のシステムを新しくする意欲に燃えていた。そして百済からなどの使者の持つ官位を知るとその冠位制に興味を持った。

「百済などは能力に応じて冠位を与えて人材を登用しているようだ。それに引き替えわが国ではいまだに古来からの氏姓制度によっている。我々も冠位の制度を作り、氏姓制度を改めるべきだろう」

「この国を中国の隋などと遜色のない国にしていくにはいつまでも氏姓制度ではいけません。朝貢してくる百済などにもバカにされかねません」

「古足たちの元の国である魏ではどのようにしていたのか」

「拓跋部も元々は部族制でございましたが近代化を図るために漢族に習って貴族制に替えました。そして官人法を導入しました。それを九品官人法と申します」

「九品官人法とは」

「元々は曹丕が曹操から魏を継承したときに取り入れた法で官僚を一品官から九品官までの九等に分

ける制度です」

「取り敢えず氏姓制度を冠位制度に改めることに取り掛かろう。単にどの氏族だからこの地位というのでは優秀なものが登用できず、逆に暗愚なものを高い地位に就けてしまうことになる」

「賛成です。九品の制度は都を隋に劣らぬようなものにする時に合せて取り入れれば良いでしょう」

「では冠位だが、仁義礼智信の五段階に分ければ良いであろうか」

「いや、六段階にした方が……」

「仁義礼智信以外に何か加えるべきものがあるか」

「仁義礼智信は五常であり儒教に於いて唱えられるものでございます。我らは太上老君（老子）に始まる道教を信奉しておりますればぜひとも徳仁礼信義智の六段階とし、その夫々を大小に分けて全部で十二階としていただきたいのですが」

「そうであった。道教について学びながらうっかりしていた」

「学んだことを明確に治世に使っていけば良いかと思います」

「冠位に応じて冠の色を変えるのであったな」

「後漢の末に魏の武帝、即ち我ら魏（北魏）の皇帝の祖先である曹操が冠の色をもって序列を表しました。魏（北魏）においては冠だけではなく服の色を五つに分けて等級を区分いたしました」

（注）老荘思想および道教の研究者で権威であった福永光司氏が一九八一年に五世紀の道教経典『太霄琅書』の中に徳仁礼信義智という配列が存在することを発見し、指摘した。つまり道

教では古来五行ではなく徳仁礼信義智という六行ともいうべき思想を持っていたようだ。隋の時代の『五行大義』に「仁礼信義智がすべてととのって徳となる」との記述があるとして遣隋使が隋から持ち帰った思想と見る向きもあるようだが誤りであろう。道教を国教とした魏（北魏）から渡来した大拓一族の影響とみるほうが良いだろう。北魏の影響については別に考察を加える。

（注）『北史　魏　孝文帝記』に「太和十年、夏四月辛酉朔、始制五等公服」とある。司馬光が著わした『資治通鑑』巻一三六の宋の世祖武皇帝（齊武帝）上之下永明四年には、魏の五等公服に関して次の記述がある。「夏、四月、辛酉朔、魏始制五等公服。甲子、初以法服、御輦祀西郊」

『資治通鑑』の研究で高名な南宋末期の歴史家、胡三省はその名著『資治通鑑音注』の中で五等公服の色に関して、「公服、朝廷之服。五等：朱、紫、緋、緑、青。」と書いている。服の色と冠の色がバラバラではアンバランスとなるから冠の色は服の色と同じであったのではないだろうか。つまり、仁が朱、礼が紫、信が緋、義が緑、智が青であったのではないか。そして徳は「仁礼信義智のすべてが合わさって徳となる」のであるからすべての色を合わせた時にできる白であると考えるのが妥当であろう。

「それを五等公服と申します。その色を冠にも使えば良いのではないかと」

「具体的には」

「仁を朱色に、礼を紫色に、信を緋色に、義を緑色に、そして智を青色にするのです」

「一番高位の徳はどうするのか」

「すべての要素を持ち合わせる徳には白が良いのではないかと思います」

「それは何故か」

「すべての色を混ぜ合わせると不思議なことに色は消え失せ、白になるのをご存知ですか。その故に白はもっとも高い位置にある色なのです」

「なるほど。神職が古来白服を着るのはそういう意味であったのか」

「では、誰にどの冠位を授けるのかを考え、決めなければなりません。これには蘇我大臣馬子宿禰様の意見を聞かなければ」

「そうだな。大臣の納得がなければ何事も決められぬ。崇峻天皇の轍を踏んではいかんから」

「決めたら、吉日を選んで皆に示すことに」

「正月がやはり良いのであろう」

隋に使いを、第一次遣隋使

豊浦宮に古足の姿があった。父の大拓がそうであったように内臣として厩戸天皇のそばに侍りよろずの相談に乗るのが毎日の仕事だった。

「大臣から聞いたのだが中国を統一した大きな国ができたそうだ」

「隋と申します」

「南北に分かれていたのを統一したとのこと、さぞや大きな国であろう」

「我らの祖先が建てた国は魏（北魏）でございました。中国の大体北半分を治めていたのですが中国全土となるとその倍、途方もない大国でございます」

「大臣の言うにはその隋という国と好を通じるべきだと古足が進言したとか」

「はい蘇我大臣馬子宿禰様にそのように申しました」

「それでその最大の目的は何か」

「この倭国を独立した国として認めさせることです」

「倭国を独立した国とは隋は思っていないのか」

「今までにも、魏、呉、蜀の三国時代から何度も中国には使者を送っていますが、そのほとんどは百済、新羅、任那などの都督に、そして倭国王に、さらに安東将軍などに任じてほしいと願い出ていました」

「それは倭国が中国の属国であったということを意味するのだな」

「こちらがそうは思わなくても向こうはそう思っていたのです。また中国という大国の力を背景に東北の日の本の国から独立したという経緯もあったようです」

「時に、先ほどほとんどと言ったな。ならば例外があるのか」

「ございます」

「伊勢の内宮に奉仕していた倭姫が倭国の女王を名乗って使いを魏に送っています。その時、何と親魏倭王という称号を戴いています」

「属国の扱いではないのだな」

「そのような扱いは中国の西にあった大月氏国に対して以外例を見ない厚遇です」

「独立した国として、できれば対等の国として対応できれば一番だが、それは可能であろうか」

「中国には中華思想というものがあり、中央に位置する中国が一番上で、その周囲の国々は蛮族のものと考えています。東夷南蛮北狄西戎と呼び、蔑んでいます」

「対等にするには」

「最初が肝心でございます。対等が当然との態度で臨むことです」

「向こうは不愉快に感じるであろう。いや怒り出すかもしれん」

「怒るに違いありません。使者のものは首を刎ねられる危険があります」

「それでも」

「そう、それでもそこを乗り越えなくては何時までも隷従させられてしまいます」

「分かった。そうしてみようではないか」

「実は隋の上層部には我らと同じ北魏系の、つまり拓跋部などの鮮卑族のものがたくさんいます。我らの一族のものを使者の中にお加えください。上手に取り繕うようにいたします」

「それで好を通じた上は」

「向こうの文化、法制などを学びます。さらに仏法を学ぶものを派遣し中国で修行させることもすべきでしょう」

「対等の国と認めさせれば百済、新羅、高句麗などの態度も変わるであろうか」

「勿論そうでしょう。で、誰を使者にするおつもりですか」

「小野妹子だ。物部守屋との戦でも一緒に戦った、最も信頼できる男だ」

「国書を持たせますか、それとも……」

「とりあえず使者を送ってみよう。その反応を見て次の機会に国書などを用意すれば良いのではないか。継続して使者を送るかどうかもまだ決めていないのだから」

「分かりました。一回目ははるばる倭国から使者を送ったということを示すのが大切ですから」

「使者が隋まで行くには……」

「難波から船で筑紫に行き、海を渡って百済を経て隋に向かうのが一番安全でしょう」

「ならば、百済に道中安全を命じておかねばならぬな」

「蘇我大臣に話しておきます」

「それで通訳は古足のところから出してくれ」

「勿論でございます。我らは倭語と華語の両方を操ります。それだけではなく使者の中に気の利いたものを加えたく」

「気の利いたものとは」

「通訳は使者の小野妹子様の言葉や隋の役人や皇帝の言葉を通訳するのが仕事でございます。気の利いたものとは拓跋部の中でも名のある家の後裔を選びます。何しろ初めての使いですから隋が何か誤解をすることもあるかもしれません。そういう場合に事情を説明し、理解を得るには親戚とは便利なものなのです」

「隋に親戚がいると言うのか」

「隋の皇帝の姓は楊でございます。楊氏は魏（北魏）の建国間もないころ平城の北方警護のための軍事拠点であった武川鎮に住んでおり、普六茹（ふくりじょ）と名乗っておりました。普六茹とは鮮卑語で柳のことでございます。孝文帝の漢化政策の時に漢風に楊を姓にしたのでございます」

「それでは隋の高官どころか皇帝も鮮卑族であり、古足と同族であると言うのか」

「ですから我らが氏族からの供が役に立つと思うのです」

「そうだな。その方がより安心だ。それで誰を考えているのだ」

「高向玄理でございます」

「古足の子ではないか。この危険な旅をさせるのか」

「お役にたてるのであれば倅への危険など……。それにただ拓跋のものと言うより、しかるべき血筋のものの方が大事にされるはずですから」

「嬉しく思うぞ」

（注）老子は道教の祖とも言われ、道教では太上老君と呼ばれ、三清の一人とされる。「老子」「荘子」「周易」の三書を三玄と呼び、これを基にした学問を『玄学』と言う。このことを知った上で高向玄理という名前を見れば、『玄の理（ことわり）』という意味から道教を奉じた魏（北魏）系渡来人、拓跋部のものであることが良く理解できる。

南風が吹く季節になった。厩戸天皇は小野妹子を呼んだ。

「中国を統一した隋という国がある」

「存じております」

「その隋に使いとして行って欲しいのだ。既に長い間中国には使者を送っていない。隋では倭国のことを忘れているかもしれぬ」

「百済、新羅、高句麗などは朝貢を続けているでしょうから多少は伝わっているように思います」

「隋は遠い。都は大興城（長安）だ。ワシの使いとして行く準備をしてくれ。そして吹き始めた南風で任那に渡り、百済を経て大興城を目指すのだ」

「分かりました。早速準備にかかります」

「物部守屋との戦いのときもお前には命がけで働いてもらった。今度の旅も命がけだ」

「そのようなことは一向にご心配なく。このような大役を仰せつかるのは名誉なことにございます」

「最初の使者を送るところなのだから隋の様子も分からぬ。国書も持たずにとにかく行き、隋との国交の端緒を作ってほしい」

「畏まりました。しかし……」

「通訳はつける。それだけではない高向玄理を連れていくが良い。魏（北魏）の拓跋の末で、隋も拓跋部のものが高官を務めているというのだから連れていけばきっと役に立つと思う」

「それは有り難い。どのように扱われるか分からぬところ、顔見知りではなくとも同じ部族のものが隋で力を持っているのであれば道を開くのに役立つことでしょう」

「ならば頼むぞ」


難波の津から船出する日が来た。厩戸天皇は難波の茶臼山に来ていた。現在の大阪の天王寺駅のすぐ北にある茶臼山の西側はすぐ海であった。その海を望む茶臼山の端に立って厩戸天皇は難波の津から出ていく小野妹子の乗った船を見送っていた。

……隋に倭国が対等の国であると認めさせるのだ。隋の倭国王としてや、百済新羅などの都督としてではなく完全に独立国たる倭国の天子と認めさせるのだ。頼むぞ、妹子……

厩戸天皇は祈るようなまなざしで遠ざかっていく船をじっと見つめていた。

同じとき、船の上では小野妹子が茶臼山の方角を見ていた。

……茶臼山にて厩戸天皇が見送っているはずだ。隋の都に必ず至り、国の交わりの初めを成し遂げます。この大役必ずや……

と念じる妹子の頬を潮風が撫でていた。


中の海（瀬戸内海）を進んで一行は筑紫の島に着いた。ここで船を大型のものに乗り換えて荒い玄界灘を越えるのである。季節風を頼りの船は、冬は北西の風を利用して南へ、夏は南風を利用して北へ向かった。夏の間に玄界灘を無事越えた。百済を通り、渤海を渡って隋の国に入った。渤海沿岸の隋の役所では高向玄理が活躍した。その流暢な華語はただ流暢というだけでなく上流の言葉だったのである。

港の役所の係官は驚いた。

「あなた様は如何なる……」

「今は倭国の王に仕えているが元は魏の皇帝の血筋のものだ」

「なるほどそうでしたか。で、隋へ来た目的は」

「倭国は漢の時代に使いを送って以来、曹操の魏、呉、宋などに随時使者を送ってきた国だ。しばらく途絶えていたのだが今隋という大国ができたと聞き、あいさつに出向いてきた次第である」

「挨拶というと、皇帝から隋の官職を得る目的ではないということか」

「倭国は百済、新羅、高句麗から朝貢を受ける大国である。隋の官職になど興味はない。ただ隋と好を通じたいのだ」

「その目的が達成できるかどうかは別として都へ行けるように手配をしよう。隋の皇帝も鮮卑のものであれば異種のものとは異なりひょっとしたら会ってくれるかもしれぬ」

「それは都に着いてから願い出るつもりだ」

「あれに立っているのが倭国の使者か」

「そうだ小野妹子様と言う」

「小野妹子、すぉぬぅいもこぅ。蘇因高と書類には書いておこう。時にあなたの名は」

「元玄理」

「おお、まさしく魏（北魏）の皇帝の姓だ。それに玄理とは。道教のものか」

「良くお分かりだ。玄学を学んでいる」

「案内人をつける。無事に目的を達せられよ」


都（長安）に到着した一行は高向玄理の根回しのお陰で隋の高祖文帝に謁見を許された。正面の一段高い所の皇帝の椅子に文帝は座っていた。それに対し小野妹子は低い位置に直立である。高い所から異国の使者を見おろし、いかにも会ってやったとの状況を演出しているのだ。

小野妹子は深々と頭を下げた。脇に立つ案内のものが挨拶をして良いとの合図をした。

「我らは、東方は百済の先の海の向こうにございます倭国からまいりましたものでございます。かつて漢の時や魏の時、宋の時などに使者を送っていましたが、貴国隋には初めての遣使でございます」

係りのものが、

「倭国とは帯方の先、百済新羅を経る事東南水陸三千里……」

と記録に残る倭国に関することをかいつまんで説明した。

「かつて女王が治めていた国とはその倭国であったか。それで今の王は何と言うか」

「倭国の王の姓は『あま』、名は『たりしひこ』、普通は『あわきみ』と申します。そして王の后を『きみ』と称します」

「それで王は何をしているのだ」

「王は天を兄とし日（太陽）を弟といたしております」

「……」

「夜が明ける前に座に着き、まつりごとをいたします。そして日の出となればその後は日に任せます」

「……。正に蕃夷の振る舞いと言うべきか」

文帝は呆れたように、ため息とともに言った。

それが聞こえたか、いや聞こえても小野妹子にはその意味が分からなかった。

「倭国では役人に位階を与えております。それは冠で区別し、全部で十二階といたしております」

「も、もう良い。しかるべく倭国の様子を問いただしておけ。余はこれ以上聞く気はない」

文帝は、もう十分というしぐさをした。

「文帝様はもうお疲れだ。あとの話は係りのものが聞く。退出するように」

そう命じられ、退出した。

（注）この開皇二十年（六〇〇）の遣隋使に関して日本書紀はまったく触れていない。その理由は論考「古事記、日本書紀の編纂考」として改めて検討することにする。隋書の当該部分は「開皇二十年俀王姓阿毎字多利思比孤號阿輩雞彌遣使詣闕　上令所司訪其風俗　使者言　俀王以天爲兄以日爲弟　天未明時出聽政跏趺座日出便停理務云委我弟　高祖曰　此太無義理於是訓令改之　王妻號雞彌　後宮有女六七百人　名太子爲利歌彌多弗利」という記述である。即ち倭国王の姓を『阿毎』、字を『多利思比孤』と記録している。多くの書籍を見るにこれを当時の倭国王の個人名と思っている人が多いようだがこれは役職名とでもいうべきものだ。「天照日神」＝「天照日子」のことである。「あまてらすひこ」が「あまたりしひこ」と訛っているだけである。「てらし」を「たらし」と訛り、それを『帯』の字で表しているのは古事記、日本書紀に多く見受けられるところである。天照日神、天照大神だけでなく大国主命、少名彦、大穴持なども個人名ではなく役職名である。そのことは『太安万侶の暗号〜日輪きらめく神代王朝物語』の中で詳しく説明した。参照願えればと思う。また倭国の王の号を阿(あ)輩雞彌(わきみ)と記述しているがこれは「大君」のことである。東北のアワの国が関西〜九州、即ち倭国を支配していたころから王を「アワ君」と呼んでいたのであろうが、それが段々「おおきみ」という発音になったと考えられる。「アワウ」の国が「オウウ（奥羽）」となり、「アワウミ（淡海）」が「オウミ（近江）」となったのと同様の変化である。

王の后を「雞彌」と号す、とあり、その後に後宮について人数を記述してさらに「名太子爲利歌彌多弗利と爲す」と読み下している例が多いのだがそうだろうか。「太子の名」を言うのならば「俀王姓阿毎字多利思比孤號阿輩雞彌」と同様に「太子名為利歌彌多弗利」と書くはずではないか。事実同じ隋書倭国伝の中に「桓靈之間其國大亂遞相攻伐歴年無主　有女子名卑彌呼　能以鬼道惑衆　於是國人共立爲王」なる記述がある。「有女子、名卑弥呼」の用法に注目願いたい。これを「卑弥呼の名は」と読むのは間違いだと分かるはずだ。これが〝漢文〟であるならば（勿論隋の正史を書く書記が漢文法を間違えるとは考えられない）、「名は太子爲利歌彌多弗利」となり、誰の名かと言えばそれは王の妻となる。つまりここでの「太子」は皇太子を意味しているのではないことが分かろう。これを「太子（皇太子）と理解するのは早とちりではないかと思うのだ。では「太子」とは何か。それは地名ではないかと思う。大和から河内に抜ける道の一つは二上山の南の竹之内峠を越える竹ノ内街道である。その竹ノ内街道を峠を越えて河内に出たところが「太子の郷」（現在の太子町）である。蘇我一族の本拠地、科長だ。太子町は昔からの名前ではないのだが、そのあたりを厩戸天皇のころから「太子」と呼んでいた可能性もないわけではないと思う。科長でなくとも「太子」なる地名があったのなら問題は解決だ。それが正しいとすれば、名前の前半の「太子爲利」は「太子入り」と読め、「太子（と言うところから）入ってきた」という風に読み取れる。「〇〇入り」の用例は崇神天皇の「ミマキ入りヒコ」や垂仁天皇の「イクメ（生駒）入りヒコ」と同様の用法だ。そこで名は「太子入り、歌彌多弗利」となるが「歌彌」は「かみ（神）」であろうから前半に付くものと考えよう。すると「太子入り神・多弗利」となり、本当の名前の部分は「多弗利」となる。

厩戸天皇（聖徳太子）の后に「多弗利」という名のものはいない。しかし周辺を探してみると、菩岐岐美郎女（膳大郎女）という膳氏の娘がいる。聖徳太子が死ぬ前日に死んだとする妃」に相当する妃と考えられている人だ。その父親の名前を見れば、日本書紀や古事記で多少表記は異なるが「膳臣加多夫古」、「傾子」、「膳臣賀拖夫」、「膳臣賀陀夫」などと表記される。「多弗利」と「多夫」、「拖夫」、「陀夫」がほぼ一致している点に気が付くだろう。「多弗利」の最後の「利」は見当たらないが、「加多夫古」、「傾子」と「子」が着いたりつかなかったりと不安定だ。「加」や「賀」は何だろうか。はっきりとは分からない。もしかして「加の」、「賀の」というような「の」が着いたものだったのかもしれない。この辺りの解明にはさらに研究を続ける必要がある。ともあれ、王の妻の名はどうやらその父膳臣加多夫古に由来するようであり、それは菩岐岐美郎女を指しているようだ。即ち文帝に使いを出した王とは厩戸天皇ということを示しているようだ。

ついでだが、この隋書の記述からは厩戸天皇の時代の戸数は十万ばかりとある。一戸四人とすれば人口は約四十万人となり、既に縄文時代以来続いた日の本の国の人口をはるかに超えていたようである。「新羅百濟皆以俀爲大國多珎物並敬仰之恒通使往來」は古事記、日本書紀に見る百済新羅などの倭国への朝貢記述と一致する。

さて小野妹子は隋から帰国するとすぐに厩戸天皇に報告に赴いた。

「おお、長きにわたる旅、隋への使者のことご苦労であった。体に支障はないか」

「幸いなことに無事でございます」

「自分で隋にまで出かけることができればこの目で見、この耳で聴けるのだが天皇ともなればそういう自由はない。残念ではあるがやむをえまい。詳しく隋の様子を教えてくれ。これからの倭国をどのように変えていくかの参考になるはずだ」

「まずは隋の都でございますが」

「大きいのか」

「大きいのですがその大きさよりその姿に驚きました。大興城と呼ぶだけあって基本的には全体を高い塀で囲んだ城でございます。その塀の東西南北には大きな門がございます」

「この宮とはずいぶん違うな」

「大興城の中は道が東西と南北に何条も走っております。即ちそれは坊条制と呼ぶ格子状の道になります」

「我らは自然の地形や太陽の出入りに関係する東西の方向に重きを置いて村を作るが」

「彼らは元々道教をベースにものを考えますれば、一番大切な方向は南北でございます。特に北極星を重要視しているようでした」

「隋は仏教の国と聞いたが」

「その通りでございますが、道教がその政治や民の生活に根付いているようです」

「なるほど。古足や高向玄理が信じるのも道教であった。その道教についてはワシも大いに学ばされた。仏教より倭国の神の道に近いように感じる」

「その高向玄理でございますが」

「何か問題でも起こしたか」

「いや、反対でございます。彼は向こうでは元々の姓である元に戻して元玄理と名乗りました」

「隋の役人は高向玄理の顔をじっと見つめ、魏の拓跋のものかと聞きました」

「玄理は華語を話したのか」

「それも拓跋訛りだったようで」

「言葉が拓跋訛り、姓が魏（北魏）の皇帝の姓と同じ元、そして名前が道教の学問である玄学の理（ことわり）ですから隋の役人も玄理を魏（北魏）の皇帝の血筋と感じたようでした」

「古足の助言に従って高向玄理を加えておいて良かったのだな」

「良いなどというものではございません。それからは物事がうまく進みました。初めて隋に出向いた国の使者が皇帝になど会えぬのが普通のところ、直接文帝に目通りができました。ただ……」

「文帝と会った時に何かあったのか」

「大君の毎日を説明いたしましたところ」

「文帝は何と言ったのだ」

「まさに蕃夷の振る舞い、と」

「隋の皇帝は天に祈らぬのか」

「皇帝は役人たちの仕事を総覧して政務を行うのであって祭祀をするものではないようです」

「そうか。我らも役人などの仕事を明確にしなければなるまい」

「できれば規則のようなものを」

「考えてみよう」

「国家をまったく新しくするようなことです」

「倭国をまったく異なる国家に、隋と対等に付き合える国家にするのだ」

「それにはまだ多くを学ばなければなりません。この次は隋に留めていろいろ勉強する若者を連れていきましょう。それにしても高向玄理の知識は恐ろしいほどです。継体天皇の時に渡来してかなりの年月が経ったというのに隋に行ってみてもその知識はまったく引けをとりません。ますます古足や高向玄理など魏（北魏）系のものたちの意見を良く聞いて改革を進める必要がありましょう」

「よし、準備を進め、次には立派な国書を持参して隋の皇帝を驚かせてくれよう」

十七条の憲法

厩戸天皇はある日古足を呼んだ。

「先年蘇我大臣と物部大連とが争い、ついに蘇我大臣は物部氏を滅ぼしてしまった。その争いで多くのものが命を落としてしまった」

「誠に悲惨なことでございます」

「任那の日本府の役人が新羅に兵を派遣して闘おうとするのに新羅に通じていたということも多かった。また地位を利用して伊勢の斎王を犯そうとするものも現れ、天皇の座を奪おうとするものや争おうとするものが現れた」

「オホド天皇外多くの天皇が暗殺されてきました」

「新羅からの渡来者が新羅と図って国の乱れを作ったこともある」

「そういうことがないようになさろうとするのですか」

「そうだ。そのためには教育が必要だ」

「どのようにして」

「諸卿、役人たちが守るべき規範を示そうと思うのだ」

「それは良いお考えです」

「見本となるものがある」

「何でございましょう」

「古足が教えてくれた老子だ」

「老子は素晴らしい教えですが役人組織にそのまま使えるものでも……」

「分かっている。だからその形式を採用し、内容は新たに考えたのだ。勿論老子の考えを参考にしているが、仏教の教えも取り込んだ」

「文案はもうできているのですか」

「すでに作った」

「どのような形式ですか」

「最初になすべきことを掲げ、続いてその説明を加える。老子の八十一条と同じような構成だ」

「例えば第一条は」

「以和為貴で始まる」

「『以和為貴』それは意味が少し違いませぬか。老子における『和』は牡牝の和合や男女の和合を意味するものではございませんか。例えば『老子　徳経　玄符第五十五』では『……未知牝牡之合而未知牝牡之合而峻作、精之至也。終日號而不嗄、和之至也。知和曰常……』(……いまだ牝牡(ひんぼ)の合を知らずして嗄作(すいた)つ。精の至りなり。終日号(さけ)びて嗄(か)れず。和の至りなり。和を知るを常といい……）とあります」

「ここでの『和』はもっと広い意味での和だ」

（注）「以和為貴」が記述されているものとしては、
礼記、儒行：「礼之以和為貴」

論語、学而：「礼之用、和為貴」

資治通鑑、建武元年条：「凡使人以和為貴」

医心方所引玉房指要：「交接之道、（中略）以和為貴」

などがあるようだ。十七条憲法の内容からは資治通鑑、建武元年条のものが近いようにも感じられるが。


「なるほど。では二番目は」

「『篤敬三寶』とした」

「『三寶』とは『老子　徳経　三寶第六十七』では『我有三寶、持而保之。一曰慈、二曰倹、三曰不敢爲天下先』となっておりますが」

「その三寶ではない。仏法僧の三つを三寶と言っているのだ」

「分かりました。ゆっくり内容を拝見いたしますが蘇我大臣馬子宿禰様にお見せにならなければ」

「そうなのだが」

「気が進まないのでございますか」

「そうだ。一に曰く、和を以て貴と為せ、では蘇我大臣にあてこすっているようにとられまいか」

「う〜む。確かに……」

「役人たちが働くときの心構えを十七条にまとめたのでこれを皆に披露して守らせる、とでも言って内容は見せぬままにしようかと」

「それは名案かもしれません」

しかし、蘇我大臣馬子宿禰は崇峻天皇の暗殺もしたし、物部大連弓削守屋を殺した張本人でもある。そのため、まるで蘇我大臣馬子宿禰を非難しているかのようなこの十七条憲法の発表はさらに蘇我大臣馬子宿禰の心を厩戸天皇から離す原因の一つになったのである。勿論それは古足が陰で誘導したことでもあったが。

(注) 参考のために日本書紀の十七条憲法の原文を以下に示す。
一曰。以和爲貴、無忤爲宗。人皆有黨亦少達者、是以、或不順君父乍違于隣里。然、上和下睦諧於論事則事理自通、何事不成。

二曰。篤敬三寶。三寶者佛法僧也、則四生之終歸萬國之極宗。何世何人、非貴是法。人鮮尤惡、能教從之。其不歸三寶、何以直枉。

三曰。承詔必謹。君則天之、臣則地之。天覆地載、四時順行萬氣得通、地欲覆天則致壊耳。

是以、君言臣承、上行下靡。故承詔必愼、不謹自敗。
四曰。群卿百寮、以禮爲本。其治民之本要在乎禮。上不禮、而下非齊、下無禮、以必有罪。是以、群臣有禮、位次不亂、百姓有禮、國家自治。
五曰。絶饗棄欲、明辨訴訟。其百姓之訟一日千事、一日尚爾、況乎累歳。頃治訟者、得利爲常、見賄聽讞。便有財之訟、如石投水、乏者之訴、似水投石。是以、貧民則不知所由、臣道亦於焉闕。
六曰。懲惡勸善、古之良典。是以、无匿人善、見惡必匡。其諂詐者則爲覆國家之利器、爲絶人民之鋒劒。亦、侫媚者、對上則好說下過、逢下則誹謗上失。其如此人、皆无忠於君、无仁於民、是大亂之本也。
七曰。人各有任、掌宜不濫。其賢哲任官、頌音則起、奸者有官、禍亂則繁。世少生知、尅念作聖。事無大少、得人必治、時無急緩、遇賢自寛。因此、國家永久社稷勿危。故古聖王、爲官以求人、爲人不求官。
八曰。群卿百寮、早朝晏退。公事靡盬、終日難盡。是以、遲朝不逮于急、早退必事不盡。
九曰。信是義本、每事有信。其善惡成敗、要在于信。群臣共信、何事不成。群臣无信、萬事悉敗。
十曰。絶忿、棄瞋、不怒人違。人皆有心、心各有執、彼是則我非、我是則彼非。我必非聖、彼必非愚、共是凡夫耳。是非之理、詎能可定。相共賢愚、如鐶无端。是以、彼人雖瞋、還恐我失。我獨雖得、從衆同擧。

十一曰。明察功過、賞罰必當。日者賞不在功、罰不在罪。執事群卿、宜明賞罰。

十二曰。國司・國造、勿斂百姓。國非二君、民無兩主。率土兆民、以王爲主。所任官司、皆是王臣。何敢與公、賦斂百姓。

十三曰。諸任官者、同知職掌。或病或使、有闕於事。然、得知之日、和如曾識。其以非與聞、勿防公務。

十四曰。群臣百寮、無有嫉妬。我既嫉人、人亦嫉我。嫉妬之患、不知其極。所以、智勝於己則不悅、才優於己則嫉妬。是以、五百之乃今遇賢、千載以難待一聖。其不得賢聖、何以治國。

十五曰。背私向公、是臣之道矣。凡人有私必有恨、有憾必非同、非同則以私妨公、憾起則違制害法。故初章云、上下和諧、其亦是情歟。

十六曰。使民以時、古之良典。故、冬月有間以可使民、從春至秋農桑之節、不可使民。其不農何食、不桑何服。

十七曰。夫事不可獨斷、必與衆宜論。少事是輕、不可必衆。唯逮論大事、若疑有失。故與衆相辨、辭則得理。

隋に使いを、第二次遣隋使

厩戸天皇の十五年に小野妹子を隋に再び派遣した。今度は前回のような様子見ではなく正式に国交を開くつもりでの遣使だった。

念入りに準備が進められた。古足と高向玄理を加えて四人での話し合いが毎日のように続いた。そして時折は蘇我大臣馬子宿禰を交えての話し合いをした。通常は斑鳩の宮で、蘇我大臣馬子宿禰が加わる場合は小墾田宮で行うのが決まりのようになっていた。

「国書でございますが」

小野妹子が話し始めた。

「どのような内容にするか古足の意見を聞こう。我らには経験がないから様式も知らぬ」

厩戸天皇は古足を信じきっている。勿論その子である玄理への信頼も厚い。

「様式など我らにお任せください。文書作り専門のものもおりますれば問題ございません。著名な典籍から良く知られた名句などを引用して格調を高く仕上げます」

「やはり内容だな」

「一番大切なことは隋の属国となり、百済や新羅を治める隋の官職を願うか否かです。今までの遣使は魏に遣使した卑弥呼、即ち伊勢の豊受大神（豊大食大神）であった倭姫様が親魏倭王の称号をもらった時以外はすべて中国皇帝に任ぜられる形でした。隋との対等な関係を持つことが最も重要なことだと思いますが」

「その通りだ」

「では国書の冒頭に対等なることを明示いたしましょう」

「しかしそれによって隋と事を構えることにはならぬか。それだけでなく妹子などが捉えられることにも……」

「隋は大国、そのような対等な国書など受け取ったことはありますまい。ですから必ず皇帝は怒ると思います」

「それでは国交を開くどころか争いを引き起こすことにならぬか」

「いざとなれば隋と戦をするとの覚悟を持った態度が必要です。さもなくば、ただの蕃夷の一つの国として扱われることになります。魏の曹操は漢の末に活躍しただけでなく気概を持った人物でした。それだからこそ、魏王に任ぜられ、後に漢の皇帝の位を禅譲されたのです。認めさせるにはただ従っていてはなりません」

「妹子。難しく危険な役目になるが……」

厩戸天皇は妹子の方を見やった。

「卑弥呼の使者となったナトメと比べればはるかに楽な役目でございましょう。人生には何度か命をかけねばならぬ時があると申します。今こそその時と覚悟をいたしております」

妹子はそう言い切った。

「心強く思うぞ」

厩戸天皇は物部守屋との戦でも共に戦った妹子を頼もしく思っていた。

……この男なら必ず成し遂げてくれる。妹子なら……

厩戸天皇と妹子の目が合った。二人の気持ちが繋がっているのをお互いに感じた。

「よし、国書の文案を考えておいてくれ」

「畏まりました。対等を明確にするために冒頭に『日いずる国の天子、日没するところの天子に書を……』といった文言を使おうかと考えますが」

「古足と玄理に任せる」

「分かりました。文案を練りに練って作成いたします」

「隋からはいろいろなことを学ばねばならぬ。役人の組織、地方の治め方、都の作り方、律令、建築、土木、作毛……、何とも多い。妹子に添えて若く優秀なものを送り、随にて学ばせよう」

「それがよろしいでしょう。我らの知識も若干古くなってきておりますれば」

「だが隋で学ぶには華語が話せるだけでなく、読み書きもできなければ知識の習得はある程度できてもそれを倭国に持ち帰ることができぬ」

「そのものたちは華語が話せ、読み書きできることを条件に選びましょう」

「必然的に高向氏のもの、泰氏や漢氏さらに今来（いまき）の漢氏のものから選ぶことになるな」

「小野妹子様と一緒に人選を進めたいと思います」

「よし、国書の案ができ、帯同するものたちの人選も終わった時に蘇我大臣馬子宿禰に説明しよう。そうだ、玄理には妹子と共にまた隋にまで行ってもらうことになる」

「承知いたしております」


厩戸天皇の十五年、隋の大業三年（六〇七）小野妹子らは隋に向かった。ルートは前回と同様任那、百済を経て隋へというものだった。二度目とあって小野妹子は少し緊張感が和らいでいた。それでも今回は国書を携えての使者である。大国隋と対等という当時としては背伸びどころではない内容の国書を持つだけに隋の皇帝の怒りに触れて死罪になることも十分考えられた。それでも「歴史に名を残せる」という思いと、「厩戸天皇のために命をかける」という思いが気持ちを奮い立たせていた。

（注）高句麗は隋の文帝の時代には朝貢の使者を頻繁に送っているが煬帝の時代になるとその関係は大きく変化し、隋と高句麗は交戦状態になる。したがって第一回の遣隋使は高句麗を経由したかもしれないが第二回目以降は、百済は経由しても高句麗は経由しなかったのではないだろうか。六一八年に高句麗から倭国の朝貢のために来た使者は隋との戦で得た戦利品を倭国に届けている。日本書紀には、「（推古天皇）廿六年秋八月癸酉朔、高麗遣使貢方物、因以言『隋煬帝興卅萬衆攻我、返之爲我所破。故、貢獻俘虜貞公・普通二人及鼓吹弩拋石之類十

物弁士物駱駝一匹。』と記述されている。またこの隋と高句麗の戦いについては『三国史記巻第二十　高句麗本紀第八　嬰陽王』に記述がある。長くなるので引用しないが、興味のある人は参照されたい。

一行は隋の都、大興城（長安）に着いた。前回の訪問で文帝に「蕃夷の国」と言われたのにもかかわらず新しい皇帝煬帝への拝謁が許可された。

「ここで門前払いとなるかと思っていた。国書を皇帝に手渡すことができずには帰れぬとも思っていた。拝謁がかなうとは有り難いことだ」

妹子は肩の凝りがほぐれた感じだった。

この扱いの裏には高向玄理の活躍があったのである。前回顔見知りとなった同じ拓跋のものを通じ、さらに上位にある拓跋のもの、言わば親戚に強力な根回しをしたのである。

その隋の高官に対し、こう話したのである。

「倭国は倭種をもってなる国ですがそれは過去のこと」

「今は違うと言うのか」

「表面上はいまだ倭種の国ですが、人口約四十万人のうち中国からの渡来のものがかなりの部分を占めております。泰氏だけで七千五十三戸、即ち三万人ほどになります。中国からの渡来のものは合わせて十万人ほどになりましょうか。また百済、新羅などからの渡来のものも数多くやはり十万人ほどもおりましょうか。ですから倭国の民の半分は渡来のものと言えましょう」

「それで何を言いたいのだ。今倭国を治めているのは倭種の王なのであろう」

「今、はそうです」

「今、に力が入っていたが、それはいずれ……」

「我らはそのつもりで策を練っております」

「う～む」

「そこでお願いが」

「何をせよと言うのだ。文帝は倭国を正に蕃夷のものと嫌っておいでであった」

「今回も嫌っていただきたいのです」

「何、お前は倭国王に仕えているのだろう」

「嫌っていただき、後にそれを許していただきたいのです」

「分かった。嫌われたのを修復したとの功績が欲しいのだな」

「その通りです」

「何のためにそのようなことを……。さては、お前たちは……。いずれ、と言ったのはそういうことか」

「倭国王に恩を売り、ますます重用させ、奪国の謀を進めたいのです」

「それでは本気で奪国を考えているのか」

「我らは隋と同様に鮮卑族、拓跋部の国を新たに建てようと考えているのです」

「そのようなことをいつから考えているのだ」

「それは帯方に隠れ住んでいた時から何時かはと考えておりましたが、倭国に帰化を決めた時からは具体的に倭国奪取の計画を立てたのです」

「一代では到底成し遂げられまい」

「元大拓が既に礎となりました。三代、四代かけてもその夢はかなえようと」

「分かった。周囲には蕃夷の国ばかりだ。同じ拓跋部のものの国ができるのは喜ばしい。できるだけのことは取り計らう。夢を叶えるがいい。そして我らと手を携えていこう」

「申すまでもないことですが、このことは倭国の使者には内密に」

「当然のこと。十分心得ているし、注意しよう」


このような画策の背景に壇山宮での古足と高向玄理との打ち合わせがあった。

「玄理。お前の役割はすこぶる重要だ。倭国奪取のたくらみもおおよそ計画通りに進んでいる」

「仏教の導入で在地信仰の物部と仏教導入の蘇我を戦わせ、倭国の天皇の側近二人のうち一人を滅ぼしました。側近を滅ぼしただけではなく物部という氏族そのものを壊滅させました」

「そして蘇我の大臣に挙国一致の政策をとるためと称して蘇我大臣馬子宿禰の娘、つまり物部守屋の姪でもある刀自古郎女を厩戸の后にし、物部守屋の血統が天皇家に残るように厩戸を天皇にさせた」

「その厩戸天皇に今度は隋との国交を進言し、しかも対等外交を貫くようにと強く説得した。厩戸天皇はすっかりそのつもりになって、対等を謳う国書を持たせて小野妹子を隋に向かわせるつもりです」

「この件に関し蘇我大臣馬子宿禰は蚊帳の外と言うか、関与が薄い。意見を言うにも隋という中国の内情に疎いし、華語も理解できない」

「蘇我大臣馬子宿禰は面白くない様子です。各所で不満を言っているとか」

「計画通りだ。厩戸天皇は隋との国交樹立で自信を深め、蘇我大臣馬子宿禰は出番がなく不満がうっ積する。二人の間に冷たい風が吹き始めているとみて良い。いずれ蘇我大臣馬子宿禰が我慢できなくなる時が来るはずだ。蘇我大臣が死んだとしてもその溜った不満は子の蝦夷に引き継がれる。いずれ蘇我は厩戸を滅ぼして自ら天皇となることを選ぶだろう」

「そこまでくれば後は我らが一族からまずは皇后を入れ、次に拓跋の血を引く天皇を作るように動くのですね」

「そのためには我らがいかにこの国の政治に重要かを分からせねばならぬ。この度の隋への遣使では対等を強調した国書を妹子に持たせる。皇帝は必ず怒る。そこだ、そこに玄理、お前の出番がある。同じ拓跋のものが隋の高官になっているからそれに近づけ。そしてその高官を利用して国交どころか倭国を攻め滅ぼそうかというところで皇帝を宥め、倭国に返礼の使者を送らせるのだ」

「地獄から救うだけでなく天国を味あわせるのですね」

「それも玄理、お前のお陰だということを十分に分からせて」

「それがそれからの我らの立場を強くする。そうでなければ天皇の血を引く皇女をくれるものか」

「皇女は誰の許に」

「鎌子だ。高向鎌子の子を天皇にすべく策を練るのだ、これからな」

「分かりました。あの御破裂山に眠る大拓様が描いた夢、いや計画の成就が大分近づきました」

「きっちり仕上がるまで皆で頑張ろうぞ」

「はい」

そして隋への国書の原案ができ上がった。厩戸天皇と小野妹子に対し、古足と高向玄理が国書案を示しながら説明をした。

「日出處天子致書日没處天子無恙で始めます」

「倭語にすれば」

「日出ずる所の天子、日没するところの天子に書を致す。恙なきや……」

「この書き方で良いのか」

厩戸天皇は慎重を期すつもりのようだった。

「国書というものは或る国の元首から他の国の元首に対して送る書のことでございますがそれにはいくつかの形式がございます」

「どのような」

「まずは慰労制書というものがございます。『皇帝敬問（某氏）』または『皇帝問（某氏）』という書き出しのものでございます。次に論事勅書というものがございます。これは必ず『勅……』で始まります。これら二つの形式は王言であり、君臣の関係に用いられるものでございます。これに対し、対等関係または敵対関係の場合の国書では『（某）致書（某）』で始めます。これは元々個人が個人に書を送るときの書き方でございます。この書き方の形式を『致書』と申します」

（注）「五代北宋における国書の形式について―『致書』文書の使用状況を中心に」と題する九州大学の中西朝美氏の研究に詳しい。（九州大学図書館、ハンドル 2324/25822/33_p093.pdf）

「これはその致書形式になっているのだな」

「その通りです。隋と対等の立場をとるのですから」

「日出ずる所の天子とはこの廏戸で日没するところの天子が隋の煬帝と言うのだな」

「国の位置の東西関係は変えようがございません」

「日没するところの天子と呼ばれては煬帝も良い気分ではあるまい」

「それはそうでございましょう、隋でも東から日が昇るのですから」

「怒らぬか」

「怒るかもしれませんがそれくらいの気迫のこもった文書でなければ隋という大国に倭国とは、という興味を持たせることができません」

「大きな賭けだな」

その言葉に正使として隋に向かう小野妹子が落ち着いた様子で口を開いた。

「対等の関係を態度でも示す覚悟でございます。その結果どのようになろうとも、それも覚悟の上です」

「ひょっとすると妹子はひどい目に遭うかもしれぬ。許せ。先に謝っておく」

「何を仰せになります。そのようなことは当然のことです」

「ではこの案で大臣に説明し、いざ隋に使いを送りましょう」


さて、大興城で隋の皇帝煬帝に小野妹子は倭国の使者として挨拶をした。高向玄理から習った華風のお辞儀をした。

「海の西、即ち隋の菩薩天子が仏法興隆に力を注いでいると聞きました。そこで倭国王は私を使者として派遣するだけでなく仏法を学ばせるために沙門を数十人伴ってきております。ここに倭国からの国書を持参いたしました。謹んで奉呈いたします」

そう言うと小野妹子は国書を隋の奏聞の係りに手渡した。隋に服属する国々を管轄する鴻臚寺の長官である鴻臚卿がこの場合の奏聞に当たった。

鴻臚卿は大げさにお辞儀をしてから国書を捧げ持って煬帝の許に運び、手渡した。

煬帝は国書を開き読み始めた。

煬帝の目に入った冒頭の言葉は、『日出處天子致書日没處天子無恙……』であった。煬帝は眼を大きく見開いた。頬が震えた。勿論手も震えている。

「これは致書ではないか」

と呟き、そばに控えている鴻臚卿を呼んだ。鴻臚卿は煬帝に腰を屈めて近づいた。

「蕃夷の書はまことに無礼なもの、このような書は二度と見たくはない。そのように計らえ」

煬帝はさすがに大声など出さず、鴻臚卿に囁くように言った。

「はは」

鴻臚卿は向きを変え、倭国の使者小野妹子に向かって、

「このような無礼な書を国書として受け取るわけにはいかぬ。礼をわきまえぬ蕃夷の国に対する処置を決めるまで宿舎にて待つように」

と厳しい声で言った。

小野妹子は退出するというより退出させられるという感じで宿に下がった。

小野妹子の部屋にすぐに高向玄理がやってきた。

「あまりご心配なさらぬように」

「とは言え、皇帝はかなりお怒りの様子であった」

「周囲の国を皆属国として支配している隋の皇帝にとって臣下の礼をとらずに対等だとして致書を奉呈したのですから怒るのが当然です。隋に致書を国書として持参する国などこの世にはないのです」

「隋との対等の国交など叶うはずがないのか」

「そうとも限りません」

「そう言うが実際に煬帝は怒り、不機嫌極まりなかった」

「その通りです。ここからが私の仕事です。拓跋のものとして、魏（北魏）の皇帝の後裔として同族のものに働きかけて何とか良い方向に持っていくための工作をいたします」

「玄理の活躍に期待する外はないいな」

「それでも駄目ならあきらめましょう」

「とにかくできる限りのことを頼む」

「畏まりました」


数日後高向玄理は鴻臚卿の屋敷にいた。螺鈿細工を施した丸い机を挟んで向かい合って椅子に座っている。

「外交のものから会ってやってくれと依頼があった。何でも高向玄理、いや元玄理は魏（北魏）の皇帝の末というから驚いた。それが本当ならば我らは同じ拓跋のもの、遠い親戚に当たることになる」

「そのことは本当でございます。孝文帝の時の漢化政策のすさまじさに異を唱えるものが多く魏（北魏）は内乱状態に陥りました。その時我らは洛陽を離れ、戦いましたが利あらず、やむなく帯方の荒野に身を隠しました」

「そういうものたちがいたことは聞いていた」

「同じく帯方に隠れ住んでいた秦の一族が倭国に帰化いたしました。そしてまた漢の一族が倭国に帰化いたしました。それも万余という多数で、でございます。そしてそのものたちは皆倭国に受け入れられ重用されたと聞きました。そこで我ら魏（北魏）の落人も倭国への帰化を決意したのでございます」

「それにしてもこうやって鴻臚卿を訪ね、倭国のことについて話し合うとは元玄理よ、ずいぶん信用があることよ」

「我が祖父元大拓が倭国王の命を救った恩人でありますれば倭国王は何事によらず我らの意見を求め

ます」

「それで何を頼みに来たのだ」

「皇帝は倭国王の国書を見てご不興にございました。このままでは倭国との間は平穏では済みますまい」

「当たり前だろう。大国の隋に対して国書、しかも致書を提出するとは例がないことは明らか。使者が殺されても文句など言えまい」

「倭国は本気で対等の関係を望んでいるのです」

「隋の大国なることも、致書ではなく表を奉ずるべきことも知っていながら倭国王に致書を用意したには訳があるはずだ。それをまず聞きたい」

（注）隋に対して周囲の国は例外なく臣下の礼をとっていた。したがって諸国王は「臣（某）曰……」の形の「表」を奉じていた。一例を示そう。隋書　巻八十一　列傳第四十六　東夷傳百済には、
「百濟王既聞平陳　遠令奉表　往復至難　若逢風浪　便致傷損　百濟王心述淳至　朕已委知相去雖遠　事同言面　何必數遣使來相體悉　自今以後　不須年別入貢　朕亦不遣使往　王宜知之」

との記述がある。これから百済が隋に対し臣下として表をたてまつっていたことが分かる。また開皇十八年に同じく表を奉ったのに対し皇帝は「詔」を下している。以下を参照の

こと。

「開皇十八年　昌使其長史王辯那來獻方物　屬興遼東之役　遣使奉表　請爲軍導　帝下詔曰」

こういう環境の中で隋に来た使者が国書（致書）を奉じたのだから大問題となったのである。


「いずれ我ら拓跋が倭国を支配することになります」

「な、何と。お前たちは倭国に帰化したのではなかったか」

「帰化いたしました。帰化したものが王となってはいけませんか。魏の曹操も元々帝室のものであったのではございません。大いに働き、皇帝に認められ、魏王に報じられ、やがて皇帝の位の禅譲を受けました」

「その意を倭国王は知っているのか」

「勿論知る由もございません」

「ならば倭国王の位を奪取すると言うのか」

「すでに三代をかけて準備を進めてまいりました」

「そのようなことを話してしまって良いのか」

「話さなければ鴻臚卿の協力が得られないでしょう。倭国を同じ鮮卑族の一つ拓跋が治める国にするのに力をお貸しください」

「魅力的な話だ。皇帝に話してみなければ何とも言えぬができることはしてやりたい」

「煬帝の怒りに触れ、どのような咎めを受けるか分からぬところ、この玄理の働きで咎めもなく、それどころか隋が倭国に使者を送る、といったように計らっていただければ」

「なるほど。倭国内における拓跋、いや元玄理の地位と力を高めるのだな。そしていずれ、キングメーカーとなる」

「とは言っても隋から致書の類は出せぬことは分かっているな」

「よろしくお願いいしたい」

「王言になるのでございましょう」

「そうだ」

「しかし致書を隋に奉じた倭国王は対等の関係を結ぶとひたすら願っております」

「倭国王がどれ程願おうと隋がそれで慰労制書を致書に替えることなどない」

「慰労制書を出さぬということはできませんか」

「できぬ。隋から正式な使者が倭国に行くのに慰労制書を持たずに、は考えられぬ」

「しかし、慰労制書は致書とはまったく形式が異なります。一目見た時に対等ではないと気付くはずです」

「それはやむを得ぬことだ。慰労制書を見せぬわけには……。待てよ……」

「致書がなければ……」

「そうだ致書はあるが、それがなくなれば良いのだ」

「慰労制書は隋の使者が携行するのですね」

「当然だ。皇帝の慰労制書を届けるのが使者たるものの一番の役目だからな」

「もしもそれが致書の場合は」

「同じく使者が携行する。旅の間その致書を命がけで守り、相手の国の王に届けるのが役目だ」

「倭国王が望むのは国書のうちの致書であり、隋が使者に持たせるのは慰労制書。使者が慰労制書をなくすことはあり得ない……」

高向玄理は考え込んだ。沈黙が流れる。

玄理の顔が急に明るくなった。

「ふ、ふ、ふ」

「何がおかしい」

「答えが見つかりましたぞ」

「聞かせよ」

「隋は致書を倭国の使者、小野妹子に渡し、その致書を小野妹子は旅の途中で紛失する」

「良い考えと言いたいが無理だ。致書を倭国の使者に持たせることなどない」

「そうでしょう。そんな話をしても隋の国では誰でもそれは嘘と気づきます。しかし倭国では致書を受け取ったことなどありません。どのように交換されるかなどだれも知らないのです」

「なるほど。それなら倭国王や貴族どもを騙すことができるやもしれぬ」

「その件は隋の使者になるものへも含めておかなければ」

「そのことはしておこう。小野妹子への説明はくれぐれも念入りに」

「ではよろしく」

(注)日本書紀によれば隋から、隋の使者裴世清と共に倭国に戻った小野妹子は帰国の途中、百済で隋の国書を盗まれたと報告し、非難ごうごうの中、その罪を許され、裴世清が隋に戻るときに再度倭国の使者となって隋に赴いている。隋が皇帝の使者として裴世清を派遣しながら国書を裴世清に持たせずに倭国の使者である小野妹子に持たせたわけがない。倭国の事情を理解すれば、自ずからからくりは解ける。それだけではなく日本書紀には裴世清が持参した国書(慰労制書)が記述されている。その書きだしは『皇帝問倭皇』であり、まさしく慰労制書だ。この日本書紀に転載された書こそ隋の国書(慰労制書)なのである。国書を紛失したのではなく致書形式の国書があったことにし、しかもそれを紛失したことにしたのである。国書というものがどのようなものかを知れば理解は容易である。

一か月ほどして鴻臚卿から高向玄理に呼び出しが来た。役所ではなく自宅への呼び出しである。

「苦労したぞ」

「お骨折りをいただいております。それで上手く運んだのでございましょうか」

「まずは皇帝の機嫌を直すのに手間がかかった」

「それほど皇帝の怒りは大きかったのですか」

「生まれてこの方、対等に扱われたことなどないのだから、とてつもなく大きな侮辱と受け止めたのだ」

「世界中がひれ伏すのですから無理もない……、いや納得しているわけには」

「お怒りをおさめるために倭国を鮮卑の国にするためだと秘密の計画を話さざるを得なかった」

「それでお怒りは」

「和らいだ。おさまったわけではない。何度もお願いをしてようやく隋から倭国に使者を出す所にまでこぎつけた」

「あ、ありがとうございます。それで、国書の方は」

「致書など到底出してはもらえぬ。それは最初から分かっていたことだ。だが何か文書が欲しいとお願いしてやっと慰労制書を出してもらうことになった」

「致書ではないのですか」

「慰労制書だから『皇帝問倭国王……』との書き出しになる」

「では煬帝が倭国王に何かを命ずる形……」

「その通りだ。王言でもいただけるのは有り難いことなのだぞ」

「確かに。しかしそれではやはり倭国王には見せられませぬ」

「いつぞやの話の通り、致書があったのだが盗まれた、ということにするより外はない」

「致書を隋に持参して隋の致書が得られなければ使者は責任を取らされ、罪を追うことになりますから」

「倭国への使者は裴世清というものだ。このものには事情を話し、隋の致書と慰労制書の差について一切何も言わぬようにしておく」

「ありがとうございます」

「とにかく致書を隋にいる間に小野妹子が受け取り、百済で紛失したことで話を合わせておく。慰労制書を持たされた裴世清が失くしたり、倭国王に渡さなかったとなれば今度は裴世清が罪に問われるからな」

「そのようなことにならぬように皆で力を……」

「待て。この苦労は全て高向玄理、お前の願いでしていることだぞ」

「重々承知いたしております。裴世清様にはお目にかかった折に私からも十分お礼を申し上げます」

「そうしてくれ」

隋使来る

斑鳩宮は冬を迎えていた。葉を落とした林の木々を吹き抜ける風がビョ～ビョ～という音を立てている。その風の音に混じって「キ～コ～キ～」という鳥の声が聞こえる。鳴きながら飛びくるイカルの群れが羽音を響かせる。

厩戸天皇のところに一人の舎人が駆け込んできた。

「何事か」

厩戸天皇は次に建立しようとする寺の伽藍配置を考えていたが、静かに筆を擱き、舎人の方を向いた。

「隋の国の小野妹子様からの使者がまいりました」

「何、妹子からの使者だと。すぐに庭先に呼べ」

厩戸天皇は早足で転びそうになりながら回廊を庭に向かった。常に落ち着き、躓いたり転んだりすることのない厩戸天皇も妹子からの使者と聞いて慌てたのである。

……はて、どのような知らせか。首尾は如何に……

庭を見下ろす廊下まで来た厩戸天皇は庭先に蹲る使者を見た。

「知らせの内容を言え。直接話して良い」

普段は天皇に直接地下のものが口をきくことなど許されないが、天皇みずからがそう許したのである。

「蘇我大臣馬子宿禰様をお呼びしなくて良いのでしょうか」

舎人が恐る恐る訊いた。

「良い。一刻も早く聞きたい。構わぬから報告せよ」

厩戸天皇は政治というものに自信を深めるにつれ古い氏族制の象徴・代表のような蘇我大臣馬子宿禰を疎ましく思うことが多くなっていたのである。

「隋への正史小野妹子様は隋の皇帝煬帝に拝謁をし……」

「拝謁できたのか。隋の煬帝へは初めての使者であるのに……良くやった」

「そしてこの度小野妹子様の帰国に合わせて隋からの使者が倭国の大和までおこしなさる由にございます。隋の正式な使いとして」

「そ、それは何時ごろになるか」

「玄界灘を船で渡るのは冬の北西の風が頼りでございますれば一か月ほど後には筑紫の島に到着かと思われます」

「相分かった」

厩戸天皇の顔は喜びで輝いていた。

……妹子が大役を果たした。煬帝に会っただけでなく隋使を伴って帰国するとは。でかしたぞ、妹子。今度は妹子に恥をかかさぬように隋使を迎える準備をしなくては……

厩戸天皇は諸々の役人を呼んでは指示を出した。

「筑紫に随使一行を載せて中の海（瀬戸内海）を渡り難波の津にまでお連れする船を配置せよ。内部も外側も豪華に飾り立てよ」

「難波の津の整備を行え。道も広くせよ」

「難波の津に随使一行を泊める迎賓館を建てよ。今までの百済、新羅などの使者用のものとは比べ物にならぬほどの立派な館を」

「出迎え、先導、饗応などの準備をせよ」

などなどである。

厩戸天皇は古足を呼んだ。

「隋から使いが来るとのこと、おめでとうございました」

「予想以上にうまく事は運んでいる。隋から使いが来るようになれば倭国が認められ、その王であるこの厩戸の権威もいや増しに増すというものだ」

「誠に。百済、新羅、高句麗なども隋の倭国に対する対応には驚くだけでなく倭国の偉大さを再認識することでしょう。これで彼らの朝貢もスムーズになると思われます」

「そのためにも随使への対応には万全を期さなければならぬ」

「その通りです。訪ねてみたら倭国とは正に蕃夷の国、などと報告されては困りますから」

「遠くにあれど立派な国だと感じさせる必要がある。そこで筑紫から難波への船、難波の迎賓館などに関して作り直しを含めて立派なものにすべく指示を出した」

「隋使という世界最大の国の使いを迎えるのですからそれなりのことを」

「そこでそれについてどのようにしたら良いか知恵を貸してほしいのだ」

「分かりました。難波の津での出迎え方、案内の仕方、対面の方法、我らの衣服、饗応の食事……それらに関する魏（北魏）時代の記録がございます。それを参考に倭国の対応を大国らしいものにいたしましょう」

「役人たちにいろいろ教えてやってくれ」

「畏まりました」

随使を迎える準備は急ピッチで行われた。国家的行事なのである。かつて魏から使いが来たことはあったがそれは筑紫までであった。筑紫でナトメが対応したのである。しかし今回の隋の使いは大和にまで来て厩戸天皇に会うことになっているのである。大車輪での準備が行われた。

しかしこのことには蘇我大臣馬子宿禰の参加の余地がなかった。当然蘇我大臣馬子宿禰は面白くなかった。

……厩戸はワシが大君にしてやったのに隋に使者を送り、隋の皇帝が使者を送ってくると聞いて有頂天になっている。ワシは仏教を受け入れた関係で物部守屋と戦うことになりついに滅ぼしてしまったが元は同じニギハヤヒを祖とするもの。我が国古来の伝統は守るべきだと思う。厩戸は古足の持つ魏（北魏）の知識と隋から得られるであろう知識とを以て我が国を隋と同じような国にしようとしている。このままではいかん。期を見て厩戸を滅ぼし、蘇我氏が大君の位に就くことを考えなければ……

その蘇我大臣馬子宿禰の許に古足が頻繁に通ってくる。そして厩戸天皇が進めていることや古足に天皇が求めたことなどを事細かに説明していた。

……古足はワシをないがしろにせず、事細かく厩戸の動きや考えを伝えてくれている。厩戸の独断専行を戒めてワシに話せ、相談せよと常に言っているとのことだ。いざという時に厩戸を滅ぼすのに協力をさせよう。こいつなら秘密裏に協力してくれるだろう……

蘇我大臣にとって古足は厩戸天皇の動きを知るのに不可欠な存在になっていた。そしてその古足は、

……いよいよ難しい場面に入ってきた。厩戸天皇、蘇我大臣、我ら古足と高向玄理、そして随という主役が、立場も欲望も大きく異なる主役たちが入り乱れて裏側で争っているのだ。競わせ、戦わせ、ある時は協力させ、我らの倭国奪取の目論見を達成するために八面六臂の働きが必要だ。どの一面でもしくじればすべては水泡に帰する。大拓様の加護を祈り、三清の力を頼り、何としても乗り切らねば……

と決意を新たにしていた。

隋使裴世清は小野妹子と共に大興城を出発し、朝鮮半島に渡り、陸路百済を経て舟に乗り玄界灘を渡って翌年四月に筑紫に着いた。隋使一行は裴世清他十二名で構成されていた。

（注）この行程を『隋書巻八十一　列傳第四十六　東夷傳　倭国』では、
「明年、上遣文林郎裴清使於倭國。度百濟、行至竹島、南望○羅國、經都斯麻國、迥在大海中。又東至一支國、又至竹斯國、又東至秦王國。其人同於華夏、以為夷洲、疑不能明也。又經十餘國、達於海岸。自竹斯國以東、皆附庸於倭」
と記述している。（隋書原文では倭国は『俀国』としている）
即ち「百済にわたり、行きて竹島に至り、南に○羅国を望み、対馬国を経て、はるか大海中にあり、また東して壱岐国に至り、また筑紫国に至り、東して泰王国に至り、……（略）……また十余国を経て、海岸に至る。筑紫国以東皆倭に附庸す」とある。百済を出て最初に到達した竹島は韓国が不法占拠しているかの島であろうか。
またこの時のことを『三国史記第二十七、百済本紀第五　武王』では「九年　春三月　遣使入隋朝貢　隋文林郎裴清奉使倭國　經我國南路」と記述している。

筑紫には、難波吉士雄成（おなり）を向かわせ、裴世清一行の案内役とした。六月になってようやく隋の使者たちが難波の津に到着した。飾りをつけた船三十艘を浮かべて、歓迎の意を表し、上陸するや、一行を新しく建設した迎賓館に案内した。

そして裴世清らの接待係として、中臣宮地連烏麿呂（をまろ）、大河内直糠手（あらて）、船史王平の三人を任命した。

小野妹子は裴世清らが難波の迎賓館に落ち着いたのを見届けるとすぐに斑鳩の宮に報告に来た。

大国隋に使者として行き、隋の皇帝に拝謁し、隋からの使者を伴って帰国したとあって高位のものたちは全てと言って良いほど宮に集まっていた。

その中を押し分けるように小野妹子が現れ、厩戸天皇に向かって深々とお辞儀をした。

「小野妹子、ただ今隋への使いから戻りましてございます」

「皇帝に謁見できたとの報告を受けたが」

厩戸天皇は直接小野妹子に語りかけた。これほど大勢が集まる中で直接言葉を交わすことなどないのだが、厩戸天皇もワンクッションが入る会話がまどろっこしく感じていたのであろう。

「はい。隋の皇帝煬帝様に拝謁ができました。その場で大君の国書を奉呈いたしました」

「それで煬帝の反応は」

「正直に申しまして芳しくなく、若干お怒りになったようで」

「やはり対等の関係をことさら強調した致書の形が機嫌を損ねた元か」

「そのようでございます」

「その皇帝が良く使者を派遣してくれたものだ」

「高向玄理がそれこそ拓跋の血縁を探しだし、工作をしてくれたおかげでございます」

「それで隋の国書は持ち帰ったか」

「それが……」

「それが、とはなんだ。どういうことだ」

「実は国書は確かに受け取ったのですが百済を通過中に失いました」

「何、失っただと」

「はい、百済の宿泊施設で盗み取られましてございます」

「おお」

「何ということを……」

多くのものが呆れた声を出し、険しい目で小野妹子を見つめた。睨んだといった方が良いのかもしれない。井の中の蛙大海を知らず。倭国のものにとって外国とは倭国に服属する百済、新羅、高句麗であり、かつて「倭国王に任ずる」としてきた中国という国のしかも統一を果たした大国、隋のことなどまったくイメージできていなかったのである。

「隋からの国書を命に代えても守り抜くのが使者の勤めだ。それを失くしたなど、我が国にとっても隋にとっても許しがたい失態ではないか。小野妹子に罰を」

同じような意見があちこちから出た。

一同は協議し、

「小野妹子を流刑にすべし」

と結論を出した。

小野妹子はじっと庭にひれ伏したままである。

「待て」

厩戸天皇が声を上げた。

一斉に皆が頭を下げる。

「小野妹子は二度にわたり遥か遠い隋にまで使いし、この度は何と隋の皇帝の煬帝の使者まで伴ってくることに成功した大功労者である。その苦労、その英知に勝るものがいるのか。隋の国書を失ったからと言ってそれだけで罪することなどできまい。第一今妹子が伴ってきた隋の使者が難波に来ているのだぞ。ここで妹子を罪するなどがその使者に聞こえたらどうする。妹子を罪することは許さぬ」

このはっきりした言葉に一同はただ頭を下げるのみだった。

その後小野妹子は宮の奥の小部屋で厩戸天皇と密談をした。隋での出来事などについて詳しく報告したのだろう。

八月になり裴世清一行は都、即ち小墾田の宮近くにまで来た。出迎えたのは小徳阿輩臺（粟田？）率いる数百人に上る儀仗のものだった。鼓を打ち、角笛を鳴らしての歓迎だった。その十日後今度は大禮の哥多毗が二百を超える騎馬のものを従えて都の外まで出て歓迎の儀を行った。

（注）この様子は隋書の次の記述から採ったものである。

「倭王遣小徳阿輩臺、従數百人、設儀仗、鳴鼓角來迎。後十日、又遣大禮哥多毗、従二百餘騎郊勞」

阿輩臺は邪馬臺国が伊勢の山田国であったのだから〈「太安万侶の暗号（三）卑弥呼（倭姫）大倭を『並び立つ国』へと導く」参照〉「アワダ」と読むのが正しいのだろう。漢字なら粟田か。哥多毗の方は「カタヒ」となる。「郊労」とは、中国の塀で囲まれた都城の外、即ち郭の外まで出て客を出迎えることを言う。二百騎以上を引き連れてとなればそれはモンゴルの草原を疾駆した先祖を持つ魏（北魏）からの渡来人、即ち大拓を祖とする拓跋の一族であったのではないだろうか。ちなみに江上氏の提唱した北方騎馬民族説はそのまま正しいとは思えないがある意味で正鵠を得ていたと考えられる。

裴世清の一行は遂に海石榴市に到着した。そこに出迎えに出たのは飾り物をつけた七十五頭の騎馬隊を率いた額田部連比羅夫であった。そして宮までは安倍鳥臣、物部依網連抱の二人が先導した。

裴世清は宮に案内された。広い庭には隋の皇帝からの贈り物（下しもの）が並べられている。

……ははあ、隋のような謁見の間などはないのだな。この庭に立ってあの階段の上の屋内にいる王に挨拶をするわけだ。建物はきれいにできているが規模は極めて小さい。正に東夷の国の王の館というべきか……

裴世清は倭国とはどの程度の国かを見定めようと観察していた。

周りには皇子たちや諸臣が着飾って並んでいる。冠を被り、髪に飾りを刺している。冠と衣服は同じ色に統一している。

……冠を被り、冠と衣服の色をそろえるとは華風を知るものがいる証拠だ。高向玄理の一族がいろいろ教えたのであろう……

厩戸天皇が席に着いたのが分かった。安倍臣が、

「いざご挨拶を」

と声をかけた。

裴世清は前に進み、大きく二拝した。

「隋の皇帝煬帝の使者として罷り越した文林郎、裴世清でございます」

一区切り話すごとに通訳が奥にいる倭国王に倭語で説明する。

……この倭語というのは東夷南蛮北狄西戎のどの国の言葉とも異なるようだ……

「遠路はるばるご苦労でした。隋の皇帝からの使者を迎えることができ嬉しく思います。海を渡った西に隋という大国、禮と義の国があると聞き及んでいました。だから使いを送り、朝貢をしたのです。我々は東の隅という辺鄙なところ、禮と義など聞かぬ地に住んでいます。その故に宮の内に引きこもり、すぐにはお会いしませんでした。今、道を清め、館を飾り、ようやく隋使を待つ用意ができました。是非、大国維新の化（大国維新に導く方法）をお教えください」

倭国王の言葉が華語に通訳されて伝えられた。

しばし厩戸天皇の言葉をかみしめた後に裴世清は静かに言った。

「皇帝の徳は二儀（天地）に並び、澤（恵み）は四海に流る。王の慕化（徳を慕い教化に従うこと）をもって、ゆえに行人（使者）を遣わし、来り此処に宣喩す」

（注）この場面は隋書での「我聞海西有大隋、禮義之國、故遣朝貢。我夷人、僻在海隅、不聞禮義、是以稽留境内、不即相見。今故清道飾館、以待大使、冀聞大國惟新之化。」清答曰、「皇帝徳並二儀、澤流四海、以王慕化、故遣行人來此宣諭。」とした部分のことなのだが、多くの読み下し文を見たが読み誤りが多い。「不聞禮義」は「礼儀」を聞かないのではない。「禮と義」

という五常のうちの二つを聞かない、との意味である。「徳並二儀」の「儀」には人偏がある。字を区別しているのが分かるはずだ。「大国維新の化」の「化」は「善き方に導く」との意味である。後の『大化』の源はこの言葉か。「二儀」とは「天と地」のことであり、「地球儀」という語を思い浮かべれば理解しやすいだろう。「澤」は恩澤（恩沢）、徳澤の「澤」でその意味は「めぐみ」だ。「慕化」というのは「徳を慕って教化に従う」ことを意味する。書経に「四夷慕化、貢其方賄」とある。「行人（こうじん）」とは「使者を掌る官」の意味である。

裴世清は続けて、

「それでは隋国の皇帝からの書を読み上げます」

と言うと、部下が捧げ持ってきた箱から書を取出し、恭しく頭上に捧げてから静かにそれを開いた。

「皇帝問倭王。使人長吏大禮蘇因高等至具懷。朕、欽承寶命、臨仰區宇、思弘徳化、覃被含靈、愛育之情、無隔遐邇。知皇介居海表、撫寧民庶、境内安樂、風俗融和、深氣至誠、達脩朝貢。丹款之美、朕有嘉焉。稍暄、比如常也。故、遣鴻臚寺掌客裴世清等、稍宣往意、并送物如別」

通訳がそれを倭語に替えた。

「皇帝倭王に問う。使人長吏大禮蘇因高等、至でて懐を具にす。朕、寶命を……（以下略）」

通訳が終わると、安倍臣が裴世清の許により書を受け取り、前に進む。そこへ大伴囓（くひ）連が迎えるように近づき、その書を受け取り前の机の上に置いた。

これで使者の儀は終わり、裴世清は宿舎に引き上げた。

（注）小野妹子を隋書では蘇因高と記している。それはその音を写したからに外ならない。ではなぜ「をの」が「そ」に聞こえるのか。元々小野氏は「潮」の部族であった。海洋氏族である。その姓は「シオ」、しかしそのオリジンである東北の日の本の国では「シオ」ハ「スォ」と発音する。「シ」音が強い場合は「小：ショウ」で表し、「オ」音が強い場合は「蘇」で表した。したがって、小野、蘇我、曽野などは全て同族と考えた方が良い。小野妹子の墓は河内（大阪府）の科長にある。長い階段を上った先、小山の頂上にある円墳だ。そしてその階段下には「荘大明神」がある。祭神は科長彦。科長媛だ。「蘇」と「荘」、カギは発音にありそうだ。このことは『太安万侶の暗号～日輪きらめく神代王朝物語』でも記述したが再度説明しておく。

宿舎に帰った裴世清から伝言が厩戸天皇の許に届いた。

「朝命は既に達しました。即道を戒めるように請う」

（注）「朝命既達、請即戒塗」が随書にある原文だが、ここでの「戒」を「戒める」と現代の日本的用法で理解するべきではない。「戒」とは「言った通りに必ずせよ、と命ずる」という意味なのである。したがって「皇帝からの命は伝えた。その通り実行するように」と倭国王厩戸に命じたのである。さすがに具合が悪いのか、日本書紀にはこの記述はない。

斑鳩宮に厩戸天皇、小野妹子、古足、高向玄理の四人が集まって隠れるように話し合いをしていた。

「裴世清が持参した書は国書ではないのか」

厩戸天皇は額に皺を寄せて言った。

「あれこそ隋の皇帝の国書でございます」

「百済で国書が盗まれたと申したではないか」

「それは諸卿にそう思わせるためです。国書はその国の使者が大切に持参するもの、前もって隋にいる間に相手の使者に手渡すことなどございません」

「裴世清の持ちきたった書の冒頭は『皇帝倭王に問う』となっていた。致書でないことは明らかである。それに後日の裴世清の伝言では、申し付けた通りにせよと倭国王に命じてきているではないか」

「隋は大国、周辺の国は全て服属する国でございます。対等の関係など願っても叶いません」

小野妹子が悔しそうな顔で言った。

「それが現実であれば致書を送り続ければ却って隋との関係は悪くなろう」

「かといってまったくの表を送ったのでは臣下の礼をとっているのが一目瞭然。ここは一工夫が必要でしょう」

高向玄理が利口そうな眼をくりくりさせながら言った。

「そういった工夫ができるのか」

「ないわけでもございません。表の形式をとりながら言葉を少し対等に近く……」

「分かりにくい。具体的にはどうするというのだ」

温厚な厩戸天皇がじれてきた。

「『東天皇敬白西皇帝』、すなわち『東の天皇西の皇帝に謹んで曰す』で始まる表を持っていくのは如何でしょうか」

「属国ならどうなるのだ」

「我が国が属国として表を奉るなら、『倭王敬白大随皇帝』とでもなりましょうか」

「『倭王』と言うところを『東天皇』とすることで対等を意識したことが表れています」

「よし。その方針で進めよう。妹子、今一度隋にまで行ってきてくれぬか」

「まいります。今度で三度目の使者です。隋にも顔なじみが増えましたから」

九月になり隋の使者裴世清は冬の北風が吹く前に玄界灘を渡るべく出発した。小野妹子を使者とする一行も共に難波の津を出た。

この時隋で種々のことを学ぶために随行したものたちは、倭漢直福因、奈羅譯語惠明、高向漢人玄理、新漢人大圀、新漢人日文、南淵漢人請安、志賀漢人彗隱，新漢人廣濟の八人である。

この時の表は隋書には記録されていない。内容としては時候の挨拶のようなものだから特に記録に残す必要がなかったのだろう。日本書紀にあるその部分を参考のために引用しておく。

「東天皇敬白西皇帝。使人鴻臚寺掌客裴世清等至、久憶方解。季秋薄冷、尊何如、想清悆。此卽如常。今遣大禮蘇因高・大禮乎那利等往。謹白不具。」

王の血を

高向玄理は高向古足の妾腹の子であった。正妻の子が鎌子である。玄理より後に生まれたために遣隋使に玄理が随行したときにはまだ子供であった。しかし高向氏、即ち大拓から続く魏（北魏）拓跋氏の本流として高向王を継ぐものだった。その高向玄理は小野妹子と共に裴世清を送りながら隋に向かった。そして隋で長い間を過ごすことになる。高向古足には弟がいた。道足である。高向玄理が活躍している時は裏方を務めていたのだが玄理が隋に長期に留まるので、徐々に表に出てきていた。

古足は玄理を壇山宮に呼び出した。

「玄理。良くやってくれた。隋の皇帝を怒らせたにせよ、致書を持たせたことで隋は相当に倭国に興味を持った。致書というだけでなくその文章もしっかりしていたのだから」

「我らが作文したのですからその文章に彼らは驚いたはずです。隋の役人は倭国がきちんとした外交文書を作成できるとは思っていなかったでしょうから」

「しかしそれで興味を持っただけでは裴世清を倭国にまで派遣するとは思えぬ。玄理が画策したことは聞かずとも良く分かった」

「なかなかゆっくりご報告するいとまがなくて」

「それは良い。結果を見れば誰が何をしたかはおおよそ見当がつく」

「ちょうど周囲の国々の使者の応対をする鴻臚寺の長である鴻臚卿が拓跋のものであったので我らの遠大なる目論見を話して協力をお願いしたのです」

「ふ、ふ、ふ。その話には食いついたであろう。東夷の国が同じ拓跋の国になると聞けば夢も描こうというものだ」

「それでこれからの動きですが……」

「基本的には大拓様が描いたストーリーに沿っていく。ここまでは計画通りに進んできた。この度隋の使者を迎えることができたのは玄理のお陰だと小野妹子はもちろん厩戸天皇も良く分かっている。そしてややもすれば無視されてきた蘇我大臣馬子宿禰に対しても我らは様子を知らせ、意見を求めと信頼され、頼りにされるように努めてきた」

「厩戸天皇は隋との外交で天皇としての自分に自信を持ってしまいました。本来は素晴らしいことなのでしょうが、それは蘇我大臣にとっては面白くないこと。天皇は気が付いていないようですが表向きはともかく腹の内では蘇我大臣は厩戸天皇を嫌っておいでです」

「遠からず蘇我の大臣は我慢ができなくなり……」

「蘇我大臣自身が天皇になろうとするでしょう」

「まさに大拓様が書いたシナリオ通りだ」

「そのシナリオによればその後我らが蘇我の王朝を……」

「そうだ。しかしその前に大君の血筋の娘を手に入れて男の子を産ませなければ」

「そろそろ鎌子も幼いとはいえ」

「そうだ元々拓跋部では少年となれば妃を迎え、子をなすのが伝統だ」

「では」

「今は厩戸天皇にも蘇我大臣にも感謝されている。この時期に大君の血を引く娘をくださいと願い出るつもりだ」

「渡来のものに許すでしょうか」

「許すも何もかつての崇神天皇というのは、ミマキイリヒコ・イニェという名であり、垂仁天皇はイクメイリヒコ・イサチという名であった。二人とも百済の皇子よ」

「ならば前例有り、存外たやすいかもしれませぬ」

「厩戸天皇と蘇我大臣の両方に願い出るのですか」

「いや、そろそろ二人の間が怪しくなってきた。こういう時は次に権力を握る、いや我らが握らせる相手に頼んで関係を深めることだ」

「では蘇我大臣に」

「そうだ。蘇我大臣はこの頃あまりみんなに相手にされていない。その心の寂しさに隙ができる。そこを温め、揺さぶるのよ」

「男の子ができると良いのですが」

「子供ができるか、それが男かなどだれにも分からぬ。子ができぬようならさらに別の娘を探さなければならぬ。早めに試してみるのが大切だ」

「純粋な拓跋の皇子も作らなければ」

「拓跋の皇帝の血を引く娘を既に選んである。それに強く聡い子を産まさねば」

「その子こそいずれ……」

「そうだ。そこまで行って初めて我らの計画、倭国奪取の計画が成就するのだ」

（注）『太安万侶の暗号（二）～神は我に祟らんとするか～』では崇神天皇と垂仁天皇の名前、イニエとイサチを百済の支配階級の言葉に近いだろうとツングース語で考えていたが、現代の韓国（朝鮮）の人名に、例えば、イ・ボミ、イ・ビョンホンなどがあるのを見れば。この二人の天皇はイ・ニェとイ・サチであった可能性が十分高いように感じる。

古足は秋の深まる甘樫の丘を登っていた。この飛鳥の優美な丘一帯を蘇我大臣が占拠し、豪壮な邸宅を構えていた。麓には大きな木戸を設け、そこには警備の兵が詰めていた。勿論私兵である。

古足は大和盆地に向かって開けた広い部屋に通された。秋の落ち着いた風景が広がっている。右手には三輪山、巻向山と連なる山脈が、そして左手には葛城山、二上山、信貴山と連なる山脈が延び、大和がそれらに挟まれた盆地であることを示していた。

「待たせたな」

そう言いながら蘇我大臣馬子宿禰が現れた。

「素晴らしい眺めですね。平地の宮では味わえぬ風景、全てを見下ろすとは蘇我大臣様に相応しい立地です」

「そうだろう。宮を置くならここだと思うのだ」

「屋敷も、門もすべてでき上がっているのですから後はここを宮と定めるだけでございますね」

古足は小さな声でそう言いながら蘇我の大臣の顔をそっと見上げた。

「その定めるのがなかなかに難しいのだ。古足に手伝ってもらわねばならぬと思っているのだが」

「もしもその必要があれば喜んで」

「こうしてこの甘樫の丘にまで登ってきたということはその時が大分近づいたということかな」

「いやいや、今日はほんのご機嫌伺いでございます」

「そんなことはあるまい。わざわざ坂を登ったからには何か願い事でもあるのであろう」

「馬子様は恐ろしいお方でございますな。既に願い事があるとお分かりでしたか」

「願い事なら大抵のものは聞いてやる。厩戸は信望も厚く、為すことがすべて上手くいっている。百済にあった冠位を倭国でも始めたし、隋からの使者の来訪にも成功した。おかげで古き倭国の代表のような大臣になどとんと相談もない。それどころか今何をしているのかも報告すら滞りがちだ。厩戸を天皇の位に就けたのはこの蘇我馬子なのだが。忘れてしまったようだ。崇峻の時もそうだったが……」

「お気持ちは良く分かりますがそのようなことを声に出しては……」

「構わぬ。この甘樫の丘は倭国ではない、いうなれば蘇我の国だ。何を言おうと構わんのだ」

「蘇我の国でございますか、ここは。ではその蘇我の国を大きく広げれば良いのですね」

「ふ、ふ、ふ。それはお前の助け次第よ。時に願いとは何か」

「はい、以前大拓が話したことがあるかと思いますが」

「何かを言わねばそれだけでは分からぬ」

「な、なかなか言い出しにくいのですが」

「何、言い出しにくい。それで分かった。娘が欲しいというのであろう」

「覚えてくださいましたか」

「大君の血筋の娘を嫁にというのだったな。お、おい、まさか古足これから若い娘を……」

「滅相もございません。あの方の勢いはもう……。それでは若い娘に失礼でございましょう」

「それでは誰の妃にするのだ」

「倅の鎌子にございます」

「おお、そうだったな。しかし鎌子と言えばまだ子供。やっと十歳を超えたくらいではないか」

「我ら拓跋のものはそのくらい若い時に子をなすことが普通でございます」

「それでは青臭い子供ができてしまうぞ。は、は、は」

「成りませぬか」

「いや、これは約束故かなえよう。しかし鎌子がまだ少年なのだからその娘も若いのが良いな。やっと娘になったというくらいの」

「ちょうど良い娘がいましょうや」

「待て、待て……」

蘇我大臣馬子宿禰は顔を天井に向け、目も上に向けて考え始めた。

「いる、いるぞ、ちょうど良いのが」

既に歳をとった感じの蘇我大臣であったがこの時にはまるで青年のように目を輝かした。幾つになっても若い娘のことを考えるのは男に刺激を与えるのであろう。

「それはどの娘でしょうか」

古足も蘇我大臣の態度に引きずられて昂奮していた。声が若干上ずっている。

「天豊財重日足姫（あめとよたからいかしひたらし）だ」

「あめとよ、た・か……」

古足は倭語での会話には問題がなかったが、一般会話ではないこういった名前を聞いてもピンと来ず、すぐには覚えられなかった。

「まだ倭国人には成りきれていぬようだな」

「そのような名前はまだまだ難しゅうございます」

「美語をつけて飾っているから分かりにくいのだ。寶皇女と覚えれば良い」

「それでその寶皇女はどのような」

「お前たち拓跋のもの、特に大拓がかわいがった敏達天皇を知っているだろう」

「はい、もちろん」

「その敏達天皇の子に押坂彦人大兄皇子がいた」

「はい」

「その子に茅渟王がいる。茅渟王には二人の子があって、その一人が寶皇女だ」

「歳は」

「まだ娘になったばかりではないか」

「敏達天皇の血を引いているということですね」

「どうして天皇の血にこだわるのだ」

「我ら一族に天皇の血が混じるのはこの上ない栄誉でございますから」

「天皇の血を引くものなど、その濃淡を問わなければ大勢いるぞ」

「それはもう濃い方が……」

「と言ってもあまり濃い関係では噂になり、反対するものも出るかもしれぬ。何といっても古足もその子も渡来人なのだから」

「特別のお計らいということは十分承知いたしております」

「寶皇女で良ければそのようにさせる」

「皇女のお考えを聞かなくて良いのでしょうか」

「そのくらいの力はワシにある。それともそんなことすらできぬと思うか」

「め、滅相もない。余計なこと、失礼なことを申しまして申し訳ございません、是非ともよろしくお願いいたします」

高向鎌子の子

高向鎌子は高向古足の嫡男である。古足の後を継ぎいずれ高向王となるものだ。その妻は同じ高向氏の王の血筋の娘だった。やがてその妻は男の子を産んだ。とても元気な利発そうな子だった。

名前を付けるのだが鎌子はまだ少年であり、道教の知識も人生経験も少ない。そこで古足が名前を付けることになった。

鎌子は古足に呼ばれた。

「子の名前をいろいろ考えてみた」

「強そうな名前が良いと思います」

「強いだけではいかん。我ら拓跋、いや高向氏を隆盛に導くものに相応しい名前が必要だ」

「道教の書から採るのは如何でしょう」

「生まれた子を見たが、体は大きく頑健で、頭もよさそうだ。父の大拓に似ているように思う」

「では大拓に似た名前に」

「大拓とは何のことか分かるか」

「確か拓跋の拓は大地を意味するはず」

「そうだ我らの祖先が馬で走り回っていた蒙古の大地を拓というのだ」

「では空を使って大空は如何でしょう」

「いや、倭国は周囲を海で囲まれている。それ故大海という名が良いと思う」

「大海、良い名だと思います」

「偉大な大拓に並ぶような大きな仕事をしてくれるに違いない名だ」

「大地の孫が大海。水は大地を流れそして海にそそぐ。我らの夢をきっと実現してくれるでしょう」

「大海だが、これを『おおあま』と読む」

「倭語なら普通は『おおうみ』ではございませんか」

「普通はそうだ」

「では普通ではないと」

「この子は純粋の拓跋の血を以て天皇となるのだ」

「それと名前の読みが……。あっ」

「分かったか。『あま』とは天の事だ。名前がこの子の運命を示しているのだ」

「そのように育てなければなりませんね」

「その通りだ」

そして今度は寶姫が男の子を産んだ。この子は中国からの渡来人とのハーフということで漢皇子と呼ばれた。

この寶皇女は高向氏の中で暮らすうちに道教を教えられ、道教に基づく生活習慣を身につけていった。そして深く道教を信じるようになった。

廐戸天皇の暗殺

古足は弟の高向道足と鎌子を呼んだ。

秘密の話なので場所は壇山宮だ。

「鎌子。お前はまだ若いとはいえすでに子供を持つ。これからは大事な話のあるときには必ず呼ぶからそのつもりで。我ら何代にもわたって進めてきた計画を達成するのだ」

「はい」

鎌子の返事が清々しい。

「それで本日の大事な話とは、どうやらまた変事が起こりそうなのだ」

「変事。騒乱でも起きるというのですか」

「昨年から天皇記、国記を作っているのを知っているか」

「廐戸天皇が倭国の歴史をまとめようと蘇我大臣に命じて始まったように聞いていますが」

「それに関して廐戸天皇と蘇我大臣との間に意見の相違があるようなのだ」

「編集方針の違いでしょうか」

「それもあるが、歴史そのものに手を加えるか否からしい」

「正直に歴史を書くかそれとも現在の政権に有利に書くかという争いなのですか」

「天皇記は天皇の系譜を記述するものだが、実際には太子が暗殺されたり、中には天皇の暗殺もかなりあったらしい。それを隠していわゆる美しい歴史を残したいと厩戸天皇は考えたようなのだ」

「厩戸天皇は歴史を書き換えるような方ではないと思いましたが」

「歴史を書き換えるというような悪意があるのではない。どうやら後世の人が血なまぐさい現実を知ればそのようなことを繰り返すかもしれないとの心配があるようなのだ」

「それに対して蘇我大臣は」

「元々日の本の国の西側の人の住めないようなところが稲作の導入で大人口を養えるようになり、渡来人を多く受け入れ、日の本の国から分かれ、別の国として今や存在する。そして中国の大国隋に致書を送るまでになったその歴史をありのまま書けば良いとの考えなのだ」

「それはまた大きな考え方の相違。基本的な相違だけに話し合いでまとまるとは思えませんね」

「そうなのだ。厩戸天皇と蘇我大臣の間の溝はかねてからあっただけに、その溝がこの問題に影響しているとみて良い」

「その溝とは」

「かつては倭国の外交は蘇我大臣が一手に握っていた。百済と親密な関係を築いて」

「それが隋との関係ができて変化した」

「そうだ。隋が相手となると百済を相手にしていた時の知識では不足だ。そこで我ら拓跋のものがその中心を担うことになった」

「我らは蘇我大臣と仲が悪いわけではございません」

「そうだ。蘇我大臣の顔を立てるようにし、何事も詳細に報告してきたのだ。それゆえに我らは厩戸天皇側にも蘇我大臣側にも良く思われている」

「しかし厩戸天皇と蘇我大臣が争うことになれば」

「いずれか旗色を鮮明にせざるを得なくなる」

「道を誤らないように気をつけねば。しくじれば我らの計画が水の泡に」

「しかしこの状況は我らが大拓様が考え、種をまき、育ててきた結果なのだから本来は喜ばなければならないのだが」

「その、だが、というのは」

「厩戸天皇という人が何とも良い人なのだ」

「父上、気を確かに。我ら拓跋の将来を一番に考えるべきです。良い人だとか友達などと言っていては天下は取れません」

「その通りだ。ちょっと迷いが出ただけだ」

「それでその争いは本当に変事となりそうなのですか」

「そうだ。この間蘇我大臣に会った時にふと聞いた言葉が気になるのだ」

「それは何と」

「厩戸がこの蘇我大臣馬子宿禰をないがしろにしている。隋との外交の件も古足から聞いてはいるが厩戸は全て事後報告だ、とな」

「なるほど」

「それは厩戸様が天皇だからでございましょう、ととりなしたのだが」

「納得いただけなかった」

「そうだ。厩戸を天皇にしたのはこの蘇我大臣である。崇峻も言うことを聞かず、新羅への出兵を勝手に決めるなど増長しすぎたからあのようになった、と言ったのだ」

「それでは崇峻天皇と同じように」

「そのつもりなのだと思う。かつて大拓が言っていた、蘇我大臣馬子宿禰がいっそ天皇になればと、とも言ったのだ」

「崇峻天皇に続いて厩戸天皇もという思いが強いようだ。我らにとっては絶好の機会であるが」

「ますます情報を集めて分析を誤らぬようにいたしましょう」

心配は現実のものとなった。古足に蘇我大臣馬子宿禰から呼び出しがかかったのである。晩秋の飛鳥は春と共に美しい季節だ。

しかし甘樫の丘の坂を登る古足は憂鬱だった。

……いよいよ蘇我大臣は心を決めたのではないか。我らが誘導した結果とはいえ、やはり気分が重いことだ……

俯き、一歩一歩坂を上る。周りの景色を楽しむ余裕がない。

何時もは後から姿を現す蘇我大臣馬子宿禰がすでに部屋で待っていた。

……間違いない。何時もと雰囲気がまるで違う……

古足は異常さというより異様さを感じていた。

「良く来てくれた」

「大臣様のお呼びでございますれば何時にても……」

「何時も変わらぬ忠義に感謝している」

「もったいなきお言葉……」

「今日は内密に重大なことを頼みたいのだ」

……来た。間違いない。こうあってくれねば困るのだがこうあって欲しくない……

「私にできることならばなんなりと」

「厩戸が独断専行し、大臣をないがしろにしていることは承知しているな」

「独断専行と申しましてもそれは天皇でございますから。またそのようにできるまで良く成長なさったと存じます」

「物は言いようじゃのう。だが厩戸を天皇にしたのはこの馬子だ。その馬子をわざと無視しているのが許せんのだ。崇峻の時もそうだった。天皇になり、皆が言うことを聞くようになると自分が偉いと勘違いする」

「厩戸天皇は頭の良い方だと思いますが」

「頭が良いだけにワシを馬鹿にして無視しているのかもしれぬ」

「それは……」

「頼みとは」

言いかけて蘇我大臣馬子宿禰は大きく息を吸い、そして吐いた。

「如意輪観音の力を借りたいのだ」

「え、何と」

「如意輪観音は武器を持っているな」

「はい。如意輪とは輪というインドの武器でございます。それを自在に操るので如意輪観音と……」

「その如意輪でひと仕事してほしいのだ」

「如意輪で……」

「頼みとは、厩戸を、亡きものにするのに手を貸してほしいのだ」

「な、何と」

「このようなことを頼めるのは天下に古足、お前一人なのだ」

「厩戸天皇はお顔を存じ上げるといった程度の関係ではございません。隋への使者の派遣などでは随分……」

「それればかりではあるまい。道教を教えたのも古足ではなかったか」

「はい、その通りでございます」

「それだけ親しいからこそ怪しまれずに近づける。勿論大臣として後のことは引き受ける。急な病で死んだことにする」

「……」

「こうして打ち明けて、頼んだ以上断ってもらっては困るのだ。この秘密は共にあの世にまで持っていこう」

「……」

「古足、お前たちには迷惑をかけぬ。これは約束する。それだけではない。このような頼みを聞いてもらう以上は古足の頼みも聞く。何なりと言ってくれ」

「いや、私の頼みなど」

「今でなくても良い。必ず古足の望みをかなえるから。とにかく頼む。いやなことであることもすべきでないことも分かっている。それでもお前にしか頼めぬことなのだ」

「分かりました。そこまで大臣様が言うのであれば。しかし本当にそのようなことをしても良いのですか」

「良い悪いではないのだ。良くても悪くてもせねばならぬことはあるものだ」

「それで、何時」

「年が明けてからにしよう。厩戸の生活を調べて確実に斑鳩の宮にいる時を見極める。そして後始末も含めて周到に準備をしておかなければならぬ。何と言っても民に人気のある天皇だから万全の準備が必要だ」

「分かりました。このような大事は他のものにさせるわけにはまいりませぬ。私と道足などのごく一部のもので成し遂げましょう。玄理は隋に行っておりますれば」

「何でも願いは聞き届けるから。良いな、頼むぞ」


屋敷に帰っても古足は憂鬱だった。一晩が過ぎ、二晩が過ぎても心は晴れなかった。その様子を見た古足の弟、道足は、

……蘇我大臣と会って話し、重大なことを頼まれてしまったのに違いない……

と感じていた。

高向道足は高向鎌子と共に古足の呼び出しを受けた。場所は壇山宮だった。壇山宮での話というのは他人に聞かれてはならぬこと、つまり重大な秘密の場合が多かった。

もう冬だった。落葉樹は既に葉を落とし、纏うものを失って寒々と立っている。細い枝などは寒さに震え、縮こまっているように見える。

「蘇我の大臣から頼みがあった。予想通りの展開になっている」

「予想通りというより思惑通りの展開になっているのでしょう。目出度いと言っても良いのかもしれません」

道足が古足の目を見つめて言った。

「確かに、望んでいた瞬間が実現しそうなのだからそうかもしれない。やり直しはきかないから、必ず為し遂げる覚悟が必要だ」

「大臣ははっきり厩戸を討つと言ったのですね。そしてそのことを我らに頼むと」

「そうだ。その代わり我らの願いは何でもかなえてくださるとも」

「素晴らしい。それで誰にその役目を命じますか」

「このような大切なことは他人任せにはできぬ。我らも我ら、鎌子はまだ小さいから別としてワシと道足の二人で行おうと思う」

「我ら二人なら何時お訪ねしても会ってもらえるでしょうから」

「親しくしていただいた分、切っ先が鈍らぬかが心配だ」

「何という気の弱いことを。拓跋では皇帝の子が太子になった時は生母に死を賜るのがしきたりでした。太子の母をも殺した氏族が、倭国の天皇を殺すことに憐れみを感じてはなりますまい」

「おお、そうであった。その歴史を教えたのはワシなのだ。しっかりしなければ」

「上手く為し遂げなければなりません。リスクはこの上もなく大きい」

「リスクをとらなければ大きな成果は得られぬが道理です」

「すぐに大臣の手のものが来て後始末をしてくれることになっている。我ら二人は姿を隠せば良いのだ」

「舎人どもが気が付いた時には」

「面倒なことになるな。そうなれば見たものをすべて殺さなければ我らも安泰ではいられまい」

「その時には幼いながらも鎌子に一族を率いて戦ってもらわねばなりますまい」

「そうならぬようにするがいざと言う時にはやむを得ぬ。その時は鎌子、頼むぞ」

「分かりました」

十二月のある夜、赤い星が現れた。長い尾を引いたほうき星である。

多くの民がこれを見て、

「何か不吉なことが起きる」

と噂した。

古足も高向道足も勿論これを見た。勿論というのは道教の人、すなわち道家は夜天を仰ぎ、星を見て世を占うのを常とするからである。

「む、赤いほうき星が現れた」

古足はそのほうき星を見つめている。その行く方角を見極めようとしているのだ。

……この赤い色は何かの陰謀があることを示している。既に天は我らの策謀、陰謀をご承知だ。このほうき星を見て多くの人が変事が近いことに気が付くはず。露見せぬようにしなければ……

古足は九字の呪文「臨兵鬥者皆陣列前行」を唱えつつ四縦五横を切った。そして庭の土の上に何かの模様を描き、すぐさまそれを消し去った。道教に伝わる術である。後に陰陽師が用いることで有名になるものだ。

（注）九字とは『抱朴子　内篇巻十七　登渉篇』の中に、「入山宜知六甲秘祝、祝曰、臨兵鬥者、皆陣列前行、凡九字、常當密祝之、無所不辟、要道不煩、此之謂也」とあり、道家が唱える「六甲秘祝」とされている「臨兵鬥者皆陣列前行」との呪文である。

九字には「天元行躰神変神通力」「臨兵闘者、皆陣列前行」「臨兵闘者、皆陣列在前」などいくつかが伝わっている。密教系や神仙系で使用されることが多いようだ。

なお、鎌子（藤原鎌足）は陰陽道の達人であったとされ、律令制が成立したとき日本にしかない陰陽寮さえつくった。


そこに慌ただしい足音がした。古足は消した印の上に立ったまま振り返った。

「道足ではないか。こんな夜に」

「ご覧になりましたか」

「見た。だからこうして庭に出ている」

「あのほうき星は我らの企みを……」

「間違いない。我らがしようとしていることは天下の一大事だからな」

「多くの人があのほうき星を見たはずです。これは企みを中止せよとの験でしょうか」

「そうではあるまい。中止せよというなら民全員が見、知るような伝え方はすまい。ワシはあのほうき星を見て腹が決まった。迷いが消えた」

「それでは」

「あのほうき星は我らに天下の凶事が起こる、すなわち企みを止めることはできぬと伝えたのだ」

「なるほど」

「天は変事が起きることを天下に知らしめたのだ。それもほうき星の長さ一丈もある尾で事の重大さを示してな。これはその時が近いことを示している。準備を進めなければ」

「それでその時は剣で刺すのですか」

「いや、かわいがり、期待もした厩戸だ。血を見たくない」

「では、毒を」

「毒を飲んでもらおう」

「料理にでも混ぜて」

「いや、ワシは厩戸と最後の話をし、そして厩戸に自ら毒を飲んでもらいたいのだ」

「それを拒んだ場合は」

「その時はやむを得ん。剣を以て刺すことになる」

「確か名前を付けたのは大拓様だったとか」

「そうだ、正式には用明天皇が名前を付けたのだが大拓様が相談にあずかって案を出したのだ」

「それが厩戸でございますか」

「いや、聡耳、正確に言えば耳という名を考えたのだ」

「耳という名はあの道教の祖」

「そうだ老子の名前だ。耳が大きく、垂れ下がっているのは智者の證だ。老子は三清の一人、道徳天尊と呼ばれた聖人だ。大拓様は一目見て老子の再来ではないかと感じたそうだ」

「耳に美称の聡や豊をつけて豊聡耳としたわけなのですね」

「ワシが躊躇ったのも理解できるだろう」

「確かに」

「天皇とは天皇大帝という道教の北極星から採った名だ。老子の道徳天尊を聖徳天皇として厩戸天皇の尊称としているのもすべて老子を意識してのことだ」

「そんな方を」

「天はほうき星でそれを受け入れたことを示したのだ。もう迷いはない。これが、天が命ずるものなのだ」

古足はすっきりした顔をしていた。


年が明け厩戸天皇三十年となった。その二月二十一日、夜の斑鳩宮に向かう古足と高向道足の姿が筋違い道にあった。二人とも馬に乗っている。前後を松明を持った騎馬のものが固めている。その数がいつもより多い。

昼夜の区別なく相談事があれば二人を呼び出すことが多かったので斑鳩宮に向かう騎馬の姿を見ても皆、いつものことだと気にも止めなくなっていた。

斑鳩宮の近くで松明に火もつけずに屯する一団がいた。そのわきを通り抜ける時中央にいる年配の男が蘇我大臣だと分かった。古足は蘇我大臣と目を合わせた。大臣は全て分かっているというように、またよろしく頼むというように頷いた。一言も言葉を交わさずに二人は斑鳩宮に着いた。

門番も慣れている。

「ご苦労様です。こんな時刻に呼び出しでは大変ですね」

「いやいや何時ものことゆえ。何、案内など不要だ。天皇の部屋も良く分かっているから。それに皆を起こしては気の毒だ。休ませておいてやれば良い」

「では、案内も取次もいたしません」

「うむ、それで良いぞ」

古足と高向道足の二人は大剣を門番に預けると宮の中に入った。既に夜、静まり返った宮の中を廐戸天皇の執務室に向かう。

今少しで執務室というところで前に人影が見えた。

妃の膳夫人だ。

「おお、古足と道足か。今宵来るとは聞いていなかったが」

と言いながら反転し、執務室に二人の来訪を告げに行こうとする。

その瞬間、古足は夫人の肩を押さえながら口を塞いだ。そしてその体勢のまま夫人の部屋に夫人を連れて入った。夫人はもがく、古足は押さえつける。

「道足、薬を」

道足は薬の小袋を取り出すと水の入った湯呑を持って近づいた。

「お妃様。常の御親切に感謝いたしております。安らかにお眠りください」

と言うと古足は后の鼻をつまんだ。息苦しくなった妃は口を開けた。人を呼ぶために叫ぶより先にまず息を吸い込まなくてはならない。口を開けたその瞬間、道足が薬を口の中に入れた。そして続いて水を流し込んだ。妃はごくん、と呑み込んだ。古足は再び妃の口を強く抑えた。少し妃はもがいたが静かになった。

「息を引き取ったようだ。もう後戻りはできぬ。行くぞ」

古足は自分を鼓舞するように言うと部屋を出て奥に向かった。

天皇の執務室に明かりがともっている。厩戸天皇は夜遅くまで仕事をしていた。

「古足でございます。ご相談があり参上いたしました」

執務室の外から声をかけた。

「何、古足か。構わぬ、入るが良い」

古足と高向道足は厩戸天皇の執務室に入った。天皇の部屋とも思えぬ小さな部屋だ。机を前に厩戸天皇が座っている。周りには仏典などの書物が積み上げられている。

古足と高向道足は何も言わずに部屋に入った。

その気配、様子に厩戸天皇は何かを感じたようだった。

「この夜中に何の用だ。新しい都の設計のことか。だがそれなら夜中に来ることはない……あっ、大臣に頼まれて来たか……」

「はい」

ついつい古足はそう言ってしまった。

厩戸天皇は少しも動揺しない。静かに続けた。

「先帝（崇峻）は大臣の羽の下から出て自らの羽根で飛ぼうとした。いや飛んだ。そのために大臣によって殺害されたのだ。ワシも大臣の力で天皇の位に就いたのだが仏教を中心に隋のような国を作ろうとの目標に向かって走ってしまった。大臣の意見を余り聞かずに。何時かこういう時が来ることは分かっていたのだ」

「我らも厩戸様にはずっとお仕えしてきました。このような立場になり悲しく存じます」

「悲しむまいぞ。これも神の定めたることであろうから。膳に別れを……」

「かないませぬ。既に先ほどみまかってございます」

「何既に膳が逝ったか」

「申し訳ございません」

「頼みがあるのだが」

「できることなれば何なりと」

「この国の行く末を頼む」

「できる限り」

「もう一つ頼みがある」

「何でございましょう」

「ワシは不本意ながら物部守屋との戦に参加し、守屋を殺してしまった。今でも悔恨の至りだ。その守屋の霊を慰めるために法隆寺（若草伽藍）を建て、その法隆寺に参るために法隆寺のそばに斑鳩宮を建てた。死んだ後も守屋とその一族の菩提を弔いたい。そこでワシの遺骸を法隆寺のそばに埋めてほしいのだ」

「そのように取り計らいます」

「ありがたい。さらに一つ」

「何でございましょう」

「伊勢の大宮の斎王をしている酢香手にワシの死を知らせてくれ。できるだけ急いで」

「仰せの通りにいたしますが特別の訳でも」

「酢香手とワシは異母の兄妹だ。子供の時から夫婦になると約束していた。それなのに父王が酢香手を伊勢の斎王にしてしまったのだ。何も手を打つことはできなかった。そこで来世でいっしょになろうと酢香手と約束をした。だからわしの死をすぐに酢香手に知らせてくれ」

「分かりました。夜が明ける前にも知らせを伊勢に送りましょう」

「よし、それでどうするのだ。剣で突くか」

「いえ、できることならお体に傷をつけたくはございません。薬を飲んでいただけませんか」

「守屋様を殺してしまったからは、今度は自分が殺されるのもやむを得ない。因果はめぐるものなのだ。薬は直ぐに効き目が出るのか」

「ほんのわずかの間で……、苦しくはないと存じます」

「そうか、準備をしてくれ」

「心残りは」

「あるが、守屋様とて心残りはあったはず。それは言っても詮無きことだ」

「この薬でございます。これを水で一気にお飲みいただければ」

「分かった。古足いろいろ世話になったな」

そう言い終わると厩戸天皇は手にした薬を水で一気に喉に流し込んだ。

古足たちを見つめる目つきが変化した。そして数回体を震わせると力なく崩れた。

古足と高向道足は深々とお辞儀をした。

「道足、蘇我大臣を呼んでくるのだ」

「はい、今すぐに」

高向道足は部屋を出ていった。

残った古足は倒れた厩戸天皇を抱き起して腕の中に抱いた。古足の頬にはとめどない涙が流れていた。

……如何に我ら拓跋の野望のためとはいえ、申し訳ございません。しかし、守屋様を殺したからには何時かこうなるものと覚悟していたとのお言葉にこの古足は救われる思いがしました。厩戸様の限りない慈悲の心は終生忘れません……

廊下を走る足音が響いてきた。

「誰も近づけてはならんぞ」

蘇我大臣の声である。

部屋の戸が開いた。

厩戸天皇の体を抱きかかえながら涙にくれている古足を見て蘇我大臣は、

「天皇が亡くなられたのか」

と大声を上げた。周りに聞こえるように大声を出したのである。

「古足、厩戸天皇は急の病で亡くなられたのだ。そのように傍にいては病がうつるかもしれぬ。離れよ。早う離れよ」

その声に促されるようにして古足は厩戸天皇の遺骸から離れた。

「お妃の膳夫人も亡くなっていた。流行り病、即ち疫病の疑いが強い。殯などしてはいられない。すぐに土に埋める必要がある」

蘇我大臣は舎人たちを呼び、状況を説明した。

「棺を用意するいとまもない。大きな甕を用意せよ。夫人の分と二つだぞ」

古足がようやく落ち着きを取り戻した。

「埋めると言っても何処に」

「科長に陵を作り埋葬できれば良いが天皇の陵など二、三か月でなぞでき上がらぬ。さてどこに埋めるか」

蘇我大臣も考え込んだ。

「厩戸天皇は物部守屋たちの菩提を弔うために法隆寺（若草伽藍）を建てました。そしてその法隆寺にできるだけ参るために宮を斑鳩に建てて遷りました。物部守屋に対する思いは格別であったと思います。であれば、遺骸もまたこの近くに埋めるのが厩戸天皇の気持ちに沿うことになるのではないでしょうか」

「なるほどそうだな」

蘇我大臣は古足の言う通りだと感じていた。

「昨日の日没の方位を調べよ」

蘇我大臣はそばにいた部下に指示した。

「日没の方位が何か……」

古足には蘇我大臣が急に日没の方位を調べさせる理由が分からなかった。

「古足は渡来のものだから知るまいが、古来この国では死者の魂は日の沈む方向、つまり西の方向に鳥によって運ばれていくと信じられてきた。そのため日没の方向が大切なのだ。死体を埋めるのはその日没の方向になる。また魂は山に宿るとも言う。したがって日没の方向の山に葬るのが一番なのだ」

「分かりましたが、殯をしなくて良いのですか」

「普通の死ではないからな。崇峻天皇の時も崩御のその日に埋葬したのだ」

「そうでした」

「天皇が殺されたと知って皆が動揺する前に埋めてしまうのだ」

「しかし、厩戸天皇の場合は」

「崇峻の時は刺殺されたことを誰もが知っていた。天皇が殺されるなどあってはならぬことだ。今の場合はまったく違う。良いか。厩戸天皇は殺されたのではない。急の病、おそらくは疫病にかかって亡くなられたのだ。妃がほぼ同時に亡くなっていることからも疫病と判断できる。それに体のどこにも傷はない。これは病死の証拠だ。疫病なれば他の人にうつる可能性が高い。だからこそ急いで埋葬してしまわなければならぬのだ」

……何という頭の良い男か、この蘇我の大臣というものは……

古足は驚くと同時に、強敵であることを再認識していた。

翌日、すなわち二月二十三日に厩戸天皇と膳夫人の遺骸は現在の法隆寺の西院の西端にある西円堂の丘に葬られた。

その位置は斑鳩宮の厩戸天皇の執務室、即ち死去の場所から見た日没の方向に当たった。

（注）厩戸天皇暗殺については日本書紀に何の記載もない。しかし、暗殺の少し前(前年の十二月)に夜空に現れた「赤く、大きな尾を引くほうき星」は道教を源流とする陰陽道では「陰謀」を示すものである。その後にその年に始めた天皇記、国記の編纂の記事を僅かに挿入しただけで、日本書紀は厩戸天皇（聖徳太子）の崩御を記録している。これが日本書紀編者の「これは普通の死ではありませんよ」との注意書きのように見えるではないか。現代人にはそういった感覚がなくなってしまっているが、陰陽寮まで役所の一つとして設置した日本書紀成立当時なら、この部分を読んだものは等しく厩戸天皇の暗殺を示したものだと受け取ったと思う。暗殺を暗示しないのであれば「赤いほうき星」についてなど記載しなければ良かったのである。そこでこの「赤いほうき星」の記述は編者が残した「暗号」のようなものだったと考えられる。

厩戸天皇が病気であったとの記述もない。『上宮聖徳太子傳補闕記』には、

「壬午年二月廿二日庚申　太子無病而薨　時年卌九」

と記述されている。わざわざ「病気でもないのに死んだ」と。

そして『日本書紀』には、亡くなったその月に科長に葬ったと書いている。亡くなったのは厩戸天皇三十年（六二二）二月二十二日だ。その月にというなら十日もない間に埋葬したことになる。科長の陵というのは現在の大阪府南河内郡太子町にある叡福寺境内の科長墓のことだろう。高さ七メートル、径約五十五メートルの円墳だ。石を並べた二重の垣があると言われている。この科長陵が数日ででき上がるわけがないのは誰にでも分かるだろう。言い伝えでは三年前から造っていたというのだが、後付けで考えたもののように感じる。その陵には厩戸天皇の母、妃と厩戸天皇自身が埋葬されているとか。これを『三骨一廟』と呼ぶのだそうだ。『三體一廟』とは呼ばないから、「骨」にしてから葬ったという感じがする表現である。しかし乾漆棺には実際には骨も何も入っていなかったとのことだ。やはり法隆寺の西円堂の下に、と思えるではないか。江戸時代までは石室内に参拝のために入れたというのだが明治以降入れなくしたのだという。明治政府の天皇の神聖化が今なお史学の障害となっている。いい加減に明治の亡霊の支配を脱すべきなのだが。

法隆寺の夢殿は厩戸天皇の執務室の跡だという。その夢殿から西円堂を見る方位は、東西線の西から約九度北に寄っている。厩戸天皇の亡くなった二月二十二日はもちろん太陰暦でのものだ。それを太陽暦に直すと四月八日となる。その四月八日の日没方位は、なんと二七九度四〇一一である。まさしく亡くなった日の日没方位にあるのだ。『太安万侶の暗号（ゼロ）～日の本の黎明、縄文ユートピア～』の大湯ストーンサークル考のところで考察した、日没の方向が思い出される。

法隆寺西円堂について少し説明をしておく必要があろう。西円堂というと円形のお堂だと思ってしまうが実は夢殿と同じ八角堂である。法隆寺の五重塔、金堂、講堂を見て東側の回廊を南下すると見学コースの出口に至る。そこには係りの人が立っていて「左に曲がって進みますと夢殿があります。左に曲がってください」と観光客に声をかける。私は「西円堂に行きたいのですが」と係りに言った。すると、やや困惑の表情で「そうですか」と答えた。「ここを右に行けばいいんですね」と聞くと、「そうです。右に行けば分かります。四時には西円堂の横の鐘をつきます」と言った。その何となく西円堂に行かせたくないとの雰囲気は、同行の出版社の人も同じように感じたとのことであった。「やはり秘密があるな」と西円堂が持つ隠された何かの存在を確信した。

西円堂は扉が閉まっている。しかし扉に僅かに格子状の部分がありそこから中が覗けた。覗いた。衝撃的な光景を見た。大きな薬師如来像があるのだが、その前にあるのは何と内侍所、つまり普通神社にある、鏡だった。そして裏正面に回って同様に内部を覗いてみると今度は仏像はないがやはり内侍所が置いてある。西円堂が特別の場所を意味することは容易に想像できる。謎の飾りやその向きなど書くべきことは多いのだがいずれ「法隆寺考」としてまとめるつもりだ。ここでは西円堂が特別なもので厩戸天皇が暗殺された場所、夢殿と同じ八角堂であり、寺でありながら内侍所（鏡）を置く特殊なものということを指摘しておくにとどめる。西円堂の中を撮影することはできないので、簡単なスケッチを示しておこう。

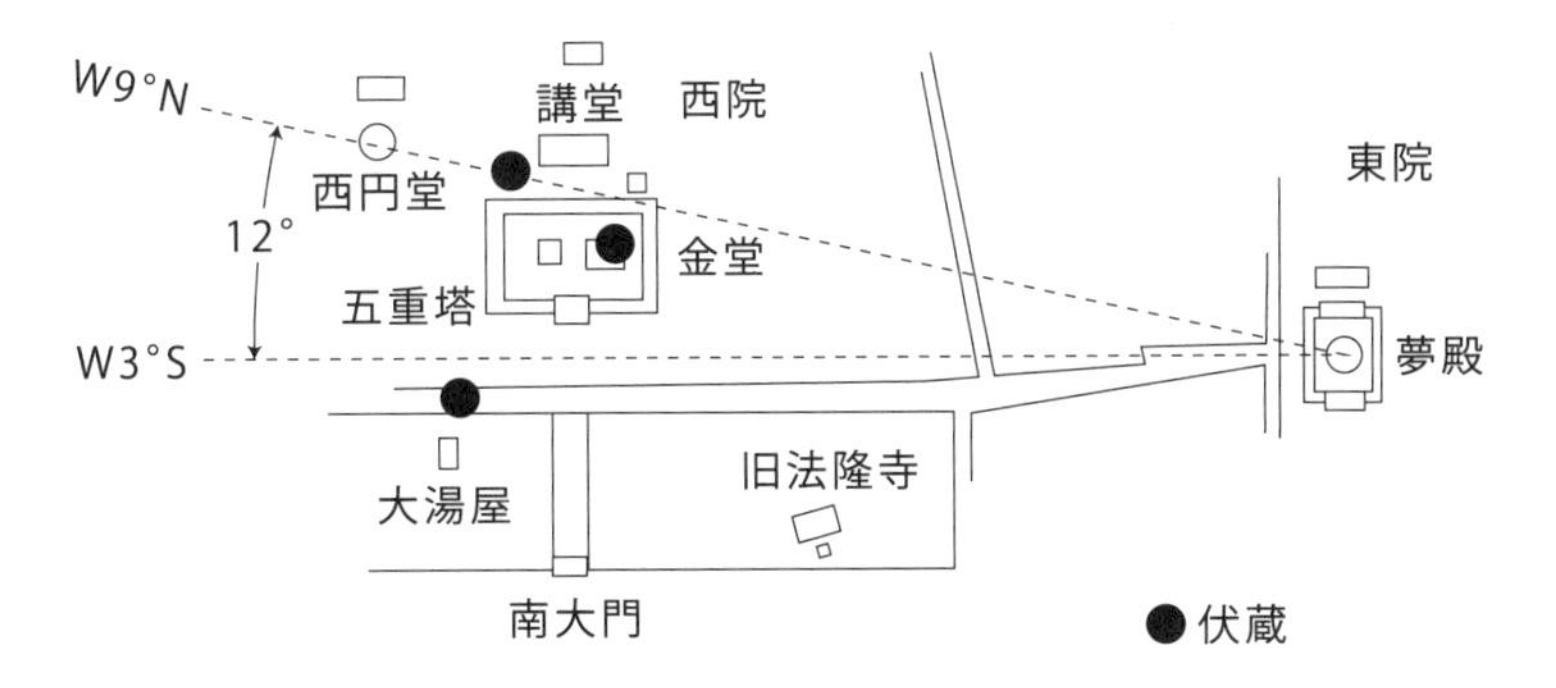

法隆寺夢殿と西円堂の位置関係

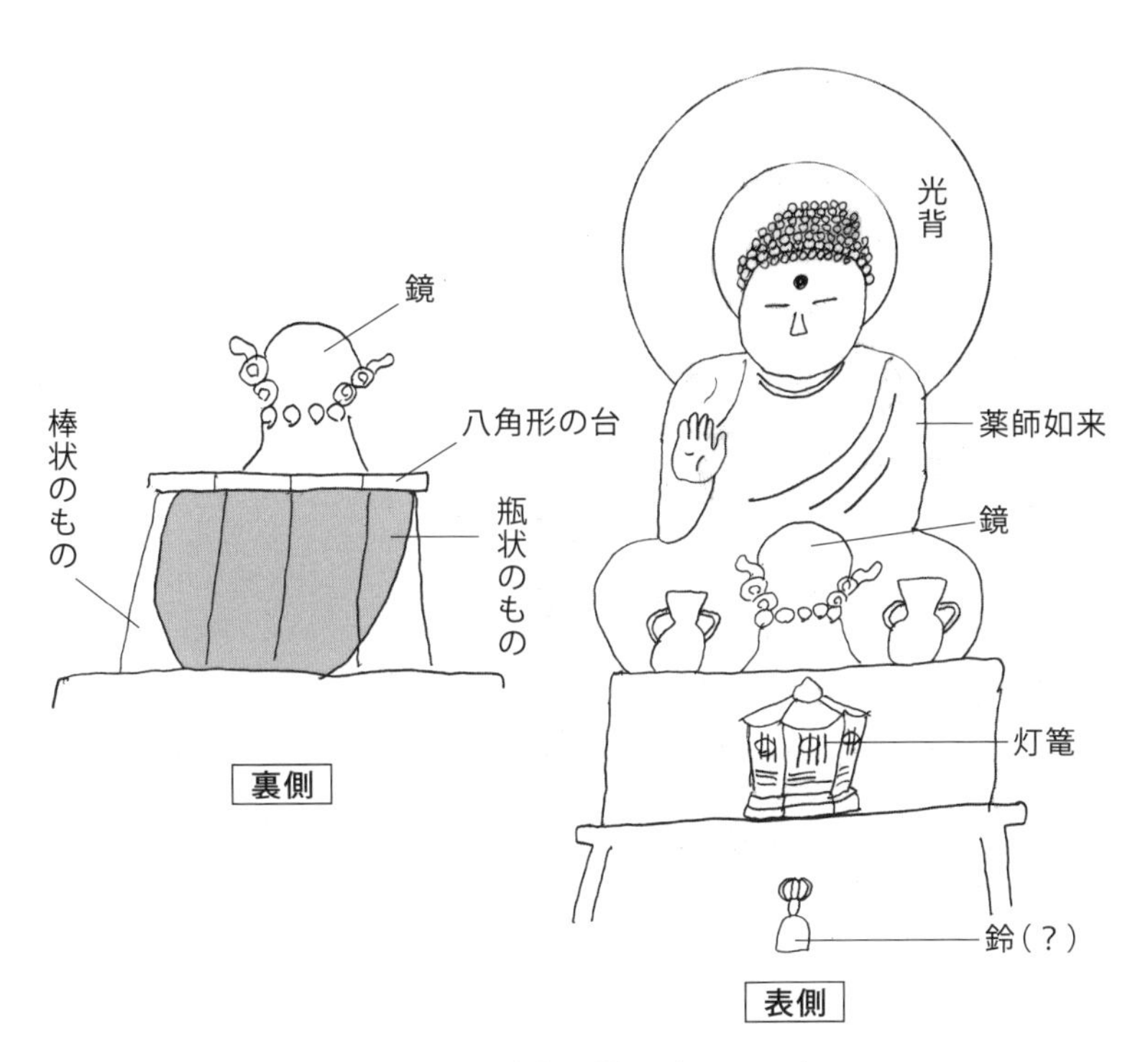

法隆寺西円堂内部の様子（スケッチ）

厩戸崩御に関係する文献を少し引用しておく。

『天寿國繍帳』では、

「歳在辛巳十二月廿一日葵酉日入、孔部間人母王崩。明年二月廿二日甲戌夜半、太子崩」とある。天寿國は道教で天の国を指す「无壽國」の写し間違いというのが正しいと思う。亀を描きその甲羅の部分に四文字ずつ書いたもので計百匹の亀に計四百字が書かれていたとのことである。

『法隆寺金堂釈迦三尊像光背銘』では、

「法興元世一年歳次辛巳十二月鬼　前大后崩明年正月廿二日上宮法　皇枕病弗悆干食王后仍
以勞疾並　著於床時王后王子等及與諸臣深　懐愁毒共相發願仰依三寶當造釋　像尺寸王身蒙
此願力轉病延壽安　住世間若是定業以背世者往登浄　土早昇妙果二月廿一日癸酉王后　即世
翌日法皇登遐癸未年三月中　如願敬造釋迦尊像并俠待及荘厳　具竟乗斯微福信道知識現在安
隠　出生入死随奉三主紹隆三寶遂共　彼岸普遍六道法界含識得脱苦縁　同趣菩提使司馬鞍首
止利佛師造」

とある。

翌二月二十三日には厩戸天皇崩御の噂がそれこそ燎原の火の如く広がった。私欲というものがなく、争いをせず、新羅や百済とさえ紛争を起こさず、結果的に民に兵役を課すこともなく、平和な治世であったのだ。それに、隋という大国と対等な外交を心掛け、寺を建て、冠位を定め、十七条の憲法を制定し、と氏族社会から律令社会へ移行に取り組んでいた姿勢は倭国がさらに近代化するとの希望を民に抱かせていたのである。それだけに民の悲しみは大きかった。悲しみの声は国中に満ち満ちたのである。

もう一人それこそ死ぬほど悲しんだ人がいた。妃ではない。伊勢の内宮に祀られる天照日神（アテルヒの神）の世話をする豊受、すなわち斎王として既に三十七年間仕えてきた酢香手（その職名を豊御食炊屋姫と言う）である。

厩戸天皇の亡くなった二月二十二日の夜中に酢香手は夢を見た。夢の中に厩戸が現れ、

「酢香手、約束の時が来たよ」

と優しく言い、微笑んだのである。

「兄さん」

酢香手も夢の中で厩戸に向かって呼びかけていた。

朝、目が覚めてからもその夢が気になって仕方なかった。

……ひょっとして……

酢香手は身の回りの片づけを始めた。

そして二日後、酢香手の許に大和から急使が来た。

「何事か」

酢香手は静かに尋ねた。

「蘇我大臣様の使いにございます」

「蘇我大臣様の……。今までそのような使いは来たことがないが」

「急ぎ蘇我大臣様の口上をお伝えいたします。さる二月二十二日の夜、厩戸天皇が病気のために亡くなりました。お亡くなりになるに際し厩戸天皇がこのことを至急伊勢の酢香手様にお知らせするようにと仰せられました」

酢香手は夢でそうではないかと思ってはいたのだが、使者から厩戸の死を聞いた時には頭をガンと殴られたような気がした。顔も青ざめたに違いない。

「他にお言葉は」

「はい。『ようやく一緒に……』というのが最後のお言葉だった由にございます」

「『ようやく一緒に……』と仰せられたか」

そう言った時、酢香手の目から大粒の涙が流れ出た。その瞬間酢香手は既に斎王ではなく厩戸に恋する一人の娘に戻っていたのである。

使者が何か言った。しかしもう酢香手は何も聞いていない。いや、全ては耳を通り過ぎてしまい、頭にまでは届かないのだ。

「厩戸。兄さん……」

その夢の中に話しかけるような口調としぐさに使者はその特別な関係を理解した。そしてひたすら頭を下げていた。

酢香手の心は既に厩戸の許へ行き、寄り添っていたのである。涙は消え、むしろ口元には微笑さえ浮かんでいた。

使者が去ると酢香手は直ぐに斎王代理の女を呼んだ。内宮への奉仕は身に穢れのある時にはできないため代理のものを置いていたのである。

「私はお役を務めることができなくなりました。先ほど大和から蘇我大臣の使者が来たことを知っていますね」

「はい、存じております」

「厩戸天皇がにわかに亡くなられたとのことです」

「まぁ」

「その厩戸天皇が息を引き取る間際にこの酢香手に大和に戻るようにとお命じになったというのです」

「さようでございましたか」

「そのため私は急いで大和に戻らねばなりません。斎王のことは新たなものが来るでしょうが、それまではあなたにお願いします」

「畏まりました」

……これで良し。あとは、早く兄さんの許に行かなければ……

酢香手は蘇我大臣の使いが来たことを利用して斎王の役割を代理に任せて大和のふるさと、葛城の里に戻ることにしたのだ。

酢香手はまるでこれから自分の結婚式にでも行くように明るく、むしろはしゃいでいるかのようだった。積年の恋が成就するのである。

伊勢の神宮における酢香手は最高権力者である。内宮のアテルヒの神と外宮の豊大食の神（倭姫）に挨拶を済ませるとすぐに酢香手は輿に乗って大和に向かった。従者は皆斑鳩宮に行くものだと思ったが酢香手が命じた行先は幼時を過ごした故郷の葛城だった。

老いた両親がまだ生きていた。酢香手は伊勢から厩戸天皇の命により戻ったことを伝えると、屋敷の裏の池に向かった。二月末の水はまだ冷たい。その冷たい水の中に酢香手は足を踏み入れた。痺れるような感覚が襲ってきた。それでも酢香手は先を見つめている。口元に笑みを浮かべながら。

「兄さん。会いたかった。今そこに行くからね」

既に五十歳になろうかという酢香手はまるで十代の少女のように眼をきらめかしている。その眼には、しっかりと酢香手に手を差し伸べている厩戸が映っているのだ。

「もう離れない。ずっと一緒だよ」

一歩、一歩、酢香手は深みに入っていく。きっとその時、池の中央に佇む厩戸天皇も民への愛ではなく酢香手一人への愛で一杯になっていたのではないだろうか。

そして酢香手は微笑みながら水の中に姿を消した。その直後二羽のシラサギが池から空へ飛び立った。仲良く、絡み合うように、じゃれあうようにもつれながら……

世の中が厩戸天皇の死去を知って嘆き悲しんでいるとき、甘樫の丘の蘇我馬子の屋敷では蘇我大臣馬子宿禰と古足が密談をしていた。

「ワシも相当に年老いた。この話には倅の蝦夷を参加させておく」

蘇我大臣馬子宿禰は既に七十歳を超える老人となっていた。いまだに生気あふれる元気な老人なのだがいつ急に倒れるかはだれも知らない。

「そろそろ先がないと分かっているから嶋の屋敷のそばに墳墓の用意を始めている。かなり大きなものだが……」

「よろしゅうございましょう。歴代の天皇は皆大臣が作ったもの、天皇を作ったものの墓が天皇をしのぐとも誰もおかしいとは思いますまい」

「皆が古足と同じように考えてくれれば良いのだが」

「それで本日のお話とは」

「他でもない。厩戸暗殺は我らの秘密も秘密、大秘密だが我らは厩戸に対して何もせぬわけにはいかぬのではないか。迷わず浄土に赴いてくれねば困る」

「確かにその通りです。直接手を下したのはこの古足と弟の高向道足でございますれば我らこそ祟りを受けても当然」

「その祟りを防ぐにはどうしたら良いかを相談したいのだ」

「寺を建て、菩提を弔うことでございましょう」

「物部守屋の菩提を法隆寺を建てて弔ってきたようにか」

「さようにございます」

「相手は大連の物部守屋ではない。天皇であり、仏法に通じたことから法王とも呼ばれた厩戸だ。寺に仏像を安置して拝んだだけでは不足であろう」

「分かりました。一つ方法がございます。厩戸天皇を寸分違わず写した釈迦如来像を作り、それを本尊として祀る寺を建てるのです。そうすれば礼拝は全て厩戸天皇に対するものとなり、読経もすべて厩戸天皇に対するものとなります。そこまですればなき厩戸天皇も祟ることはありますまい」

「しかし、現世の人間を写して釈迦如来像というのも変ではないのか」

「いいえ。我ら拓跋の遠き故郷である、魏（北魏）の都であった平城の近くに雲崗というところがあり、多くの石窟寺院がございます。そこには魏の五人の皇帝を写した石仏がございます。そればかりか同じく魏の皇帝五代の帝身を写した丈六の仏像を寺に安置しております」

「そうか、仏像とは釈迦とその弟子たちを形にしたものと思うていたが」

「厳密な仏教ではそうでございますが道教では聖人の像を作り、それを寺院・宮に祀って拝しております」

「なるほど。ならば厩戸天皇の残った妃や子供たちに言いつけて厩戸天皇の浄土での安らかな生活を祈るべく写し仏像を作らせよう。鞍作りの止利に作らせれば良いだろう」

（注）厩戸天皇を写した仏像は現在法隆寺金堂にある釈迦像の外に夢殿の秘仏「救世観音像」がある。釈迦像に関しては法隆寺金堂釈迦三尊像光背銘に「王后王子等及與諸臣深懐愁毒共相發願仰依三寶當造釋像尺寸王身」とあり、厩戸天皇を写した釈迦像であることが分かる。

中国の雲崗の石窟は一九〇二年に東京大学の工学部教授（建築史学）の伊東忠太が大同（平城）の寺院などを調査している時に発見したものである。雲崗の石窟には、雲崗の石窟を作ることを進言し、『帝身』を模して釈迦像を作ることを条件に許可を得た曇曜が最初に造った有名な曇曜五窟（第十六窟〜第二十窟）があり大仏が彫りだされている。これらは雲崗の五大仏と称されるもので第二十窟から順に、道武帝、明元帝、太武帝、景穆帝、文成帝の姿を写して大仏を作っている。法隆寺金堂釈迦三尊像光背銘中の「尺寸王身」がこの魏（北魏）における「帝身」と一致することに注目せざるを得ない。これは皇帝が「生き仏」として現世に降臨したのだという魏（北魏）の思想が背景にある。また、平城の五級大寺には太祖以下五帝を供養するために丈六の釈迦物五体を鋳造し安置した。釈迦の姿を借りて北魏歴代皇帝の五像を祀ったのである。

雲崗石窟の仏像について写真を例示する。

厩戸天皇死去の報は百済や新羅にもすぐに伝わった。厩戸天皇死去の直後には新羅は任那と共

魏の皇帝を写した雲崗の石仏（大村泉氏撮影）

に倭国に朝貢使を送り、仏像や金塔などを貢物として持ってきた。即ち倭国に従っていたのだが偉大な倭国王の死の知らせは新羅の離反という状況を生み出した。息長帯媛以降の新羅人の、隙あらば手を突っ込み、弱いと見れば攻め、強いと見れば平身低頭してにじり寄るという民族性は一貫して変化がない。何と新羅は任那を攻め、併合してしまったのである。廐戸天皇の死で倭国は半島にまで手が出ない、そのどさくさにとの行動が顕著だ。

その非常事態に廐戸天皇の後継天皇を決めることなどできずに、蘇我大臣が天皇に代わってすべてを取り仕切った。

「新羅が廐戸天皇崩御の混乱に乗じて任那に攻め込みこれを従わせてしまった」

蘇我大臣の言葉に田中臣が答えた。

「だからと言ってすぐに新羅を攻めるべきではありません。まずは状況を調べ、確認し、それからでも討つことはできます。とりあえずは使者を送り現状を調べさせるのが良いかと思います」

これに対し、中臣連國が反論した。

「相変わらず、決して心からは従わず、常に相手の様子を見て態度を変える、新羅とは百済とはまったく異なる輩ですな。任那は古来倭国の屯倉（内宮家）としてきたところです。新羅が今奪い取ったとのことまことに怪しからぬ行いです。兵を送り新羅を討って任那を取り返し百済に付ける方が良いでしょう」

それを聞いた田中臣が慌てて言った。

「なりませぬ。百済は言うことがころころ変わる国ですぞ。そんな百済を応援してはなりませぬ」

泰氏、漢氏、拓跋（高向）氏などの中国系、新羅、百済、高句麗などの半島系が国民のかなりの部分を占めるだけでなく時を経たこともあり、倭国の枢要な地位のものにも渡来人の影響が出ていた。新羅を攻めるべしと攻めるべからずの対立した強硬な意見の前に結局は決めることができず、使者を派遣して現状を調べ、新羅、任那の考えを問うことにした。

新羅に向かった使者は吉士磐金（きしのいわかね）、任那への使者は吉士倉下（きしのくらじ）だった。それを知った新羅は八人の大夫を派遣して吉士磐金と吉士倉下とに説明をしたうえでこう言ったのである。

「任那は小さな国ではあるが倭国の天皇がずっと支配しているところだ。新羅がたやすく自分のものになどできるところではない。今まで通り倭国の屯倉（内宮家）としておくので心配ご無用に」

どさくさに紛れて任那を掠め取ろうとしたくせに、ばれたと見るや奪うつもりなどもとからありませんと平気な顔で言い訳をする、新羅とは既に何百年もそのようにしてきた国なのだった。

口だけでは信じてもらえぬと、新羅は新羅と任那の貢物を用意して倭国の使者それぞれに差し出した。

使者はその貢物を持って倭国に帰ろうと港で船待ちをしていた。その時だ。港の見張りが大声を出した。

「お～い。多くの船がやってくるぞ～。あれは軍船だぞ～」

「何処の軍船だ」

「倭国の船のようだ」

このやり取りを聞いた倭国の使者は高見に登って海上を見晴るかした。

「ん、何と。本当に倭国の軍船が攻め寄せてきている。それも海が船で一杯になるほどの船数だ」

一緒に見ていた新羅のものたちは一目散に新羅に逃げ帰っていった。

新羅と任那に派遣した使者の報告も聞かずに倭国の一万人を超す兵の派遣には事情があった。対新羅強硬派の征新羅論が強くなったのである。背景には新羅から多額の賂を受け取っていた境部臣や阿曇連が、それが露見せぬようにと新羅を攻めることを強く進言したことがあったようである。

その新羅は大量の倭国兵の上陸と進軍に恐れをなし、戦わずして降伏を申し出た。倭国軍の将軍はその申し出を倭国に伝えた。そして何度も新羅に騙され続けているのにもかかわらず、倭国は今度もそれを受け入れたのであった。

新羅（朝鮮）がずるく立ち回り、倭国（日本）が騙されるという構図は千数百年前から今に至るまで変わらぬようである。

蘇我馬子宿禰の遺言

甘樫の丘にある蘇我大臣の屋敷の奥の部屋で蘇我大臣馬子宿禰は横になっていた。そばには息子の蝦夷しかいない。

「ワシも年老いた。起き上がっているのも辛くなってきたからそれほど先は長くはない。そこでお前に言い残しておかなければならぬことを伝えるから必ず守り、蘇我の世を開くように」

「分かりました」

「蘇我氏が偉大なアテルヒの神であったニギハヤヒの命の末であることは存じているな」

「勿論存じております」

「つまり倭国をも支配していた日の本の国の大王の血を引くものだ」

「はい、心得ております」

「長らく百済系、新羅系の天皇が続いた後ようやく日の本系のオホド（継体）天皇となった。以来蘇我氏は大臣となり、同じくニギハヤヒの末である物部大連と共に日の本系の天皇を支えてきた」

「はい」

「その物部守屋と争いになり殺してしまった。それを今になって悔やんではいるのだが。ともあれ蘇我色の薄い崇峻天皇を立てたが、崇峻は天皇の権力を笠に着て勝手なことをしたためやむを得ず暗殺した。そしてその後に妃の一人がワシの娘である厩戸を選んで天皇にしたのだ。しかし厩戸も自分が信じる道を突き進んでしまった。というより大臣であるワシを無視して隋との外交などを行った。そこでやむを得ずこれも暗殺した」

「しかし直接手を下したのは」

「直接手を下したのは古足とその弟、高向道足だ。そのためにワシ、というより蘇我氏は古足兄弟に大きな恩がある。その暗殺を頼んだ時に望みは何でもかなえると約束してある。ワシ亡き後、その望みを聞いて必ず叶えることだ」

「分かりました」

「それだけではなく何事も彼らに相談せよ。今まで随分知恵を借りた。これからも良い知恵を出してくれることだろう」

「そのように」

「ワシの名の由来を知っているか」

「確かニギハヤヒ大王の長男の名前、ウマシマデから採ったとか」

「そうだ。だからウマシ宿禰と名乗ったのだ。そこでお前の名だが」

「何と名乗れば良いと」

「ニギハヤヒの命が日の本の国の多賀を離れこの大和に降臨したとき、日の本の国全体をおさめるアテルヒの神という名に対して国を治める神としてエビス尊という名前を使った。国生みの前に蛭子(えびす)を生んだとあるそのことだ。天皇をかつて大君(アワキミ)と呼んだがさらにその前はエビス尊と呼んでいたのだ。だからニギハヤヒの末であるお前は恵比寿(エビス)と名乗るが良い」

「そのようにいたします」

「そしてお前が天皇としてこの国をおさめよ」

「と申しましても……」

「すぐにそうできぬ時は古足と相談して傀儡となる名ばかりの天皇を作れ。崇峻、厩戸で失敗したのだから今度は権力を持たせぬことだ。完全な飾りにせよ。何から何まですべてお前の許可なくしてはできぬようにするのだ」

「分かりました」

「そしてお前の子、入鹿の代には傀儡もない本当の天皇となるようにせよ。それからは蘇我氏の長が代々天皇になるのだ」

「心得ました」

「何事も古足とその一族に相談すればうまくいくはずだ」

「はい」

「時に天皇家の支配になっている倭の六縣のうちの葛城の縣を蘇我のものにすべく図ったのだが反対が多くて実現できなかった。お前の代でそれを成し遂げよ」

「分かりました」

それからさして時を経ずに蘇我大臣馬子宿禰は死んだ。

キングメーカーであるばかりかキングキラーでもある蘇我大臣馬子宿禰の力は絶大であった。その力に相応しく、馬子の墓は壮大であった。造成に数年以上の時を要した規模だった。

（注）蘇我馬子の墓の所在地は桃原、奈良県高市郡明日香村嶋の庄であり、石舞台の古墳と呼ばれるものである。

　石室の長さ七・七メートル、幅三・五メートル、高さ四・七メートル、羨道の長さ約十一メートル、幅二・五メートル、という巨大なものだ。封土がなく大きさがはっきりしないが発掘の結果、周囲に外堤とさらに空堀があったことが判明している。外堤は南北約八十三メートル、東西八十一メートルというスケールであった。

蘇我馬子の墓と言われる石舞台古墳

舒明天皇と后、寶皇女

壇山宮に蘇我大臣蝦夷が訪ねてきた。季節は秋に向かい少し涼しくなってきた。ところが壇山宮は御破裂山に近い山の中、飛鳥の地と比べて一段気温が低い。

「ここでは秋が早そうだな」

「はい。山の中でございますから。それにしても山の中までお運びをいただきまして申し訳ございません。こちらから甘樫の丘のお屋敷まで参上いたしますものを」

「いやいや、桃原での父上の墓づくりの様子を見に来た序じゃよ」

「通るたびに見ておりますがかなり捗っているように」

「うむ。何しろ一族総出でという取り組みようだからな」

「それにしても巨大な墓でございますな」

「うむ。蘇我氏の力を天下に示す狙いもあってあのような大きなものにしたという訳だ」

「まずは冷たい飲み物でも」

古足は召使に目配せした。

やがて湯呑と飲み物が入った大きな器が運ばれてきた。

「まずは私が毒見を」

古足はそう言うと湯呑に飲み物を注ぎ、飲んだ。

「さてご安心戴いて……」

「古足。お前を疑ったりせぬぞ」

「ありがたいことですが疑ってください。大臣はこの国にとってかけがいのないお方でございます。そしてそれを良く思わぬものもおります」

「それはそうだが」

「かくいう私も厩戸天皇に、ど……」

「言うな。それ以上言うな。それは我ら蘇我のためにしたことだ」

「それで本日お越しの目的は。涼みにいらしただけではございますまい」

「勿論相談があってきた」

「お役にたつ意見が述べられれば良いのですが」

「まずは空位になっている天皇のことだが。誰を天皇にすべきか」

「厩戸天皇が亡くなってから空位の期間が数年経ました。偉大な天皇であっただけに民の衝撃も大きくそれがある程度癒えるのを待つ必要がございましたし、なぜ急に厩戸天皇が……と訝るものもいましたのでそれの収まるのも待つ必要がございました。ちょうど新羅が任那を占拠したりしたのは却って好都合でした」

「いまだに厩戸天皇の死に疑念を抱くものはいるか」

「いるでしょう。表向きは何も言わなくても疑問に思っているものは多いはずです。何しろ病気でもないのに急に亡くなってしまったのですから。しかも妃とほぼ一緒に」

「蘇我氏を疑っているのだろうな」

「それは致し方のないことです。厩戸天皇が蘇我氏の意向を確かめることなく外交を進めたのは事実ですし、馬子様がそれに不満を述べていたのを皆が知っていますから」

「そうだな」

「だからこそ厩戸天皇の後継天皇をすぐに決めなかったのが幸いしていると思います」

「しかしもう決めねばならぬ時期であろう」

「そうです。あまりに長い空位は外国から見ても奇異に感じます」

「それで。どうしたら……」

「形の上では蘇我氏からの天皇ではない天皇を置き、実質的には恵比寿様が天皇となる。それがよろしいのではないかと」

「名実ともにというのは」

「お気持ちは良く分かりますが、崇峻天皇、厩戸天皇と二代の天皇を暗殺してしまいました。またその前には大連で義理の兄でもある物部守屋様を討ってしまいました。厩戸天皇暗殺は確証はございませんが疑っているものは多く、権力を得ようとすればするほどその疑いは濃くなりましょう」

「そうであろうな」

「しかし、二代の天皇の暴走を見ればしっかり天皇をコントロールしなければとのお考えになるのも無理からぬこと」

「候補となるのは厩戸天皇の子、山背大兄の王と敏達天皇の孫の彦人大兄皇子の子の田村皇子の二人だろうが」

「順当にと考えれば厩戸天皇の子である山背大兄王が天皇となるのでしょう」

「何、山背大兄王を天皇にするのが……」

「そうではございません。それが順当だと申し上げているのです。あれだけ諸卿や民の支持が強かった厩戸天皇が道半ばにして急死したのです。同情の念は国中に満ち満ちています。それは崩御から数年経過した今も変わっていません」

「ではどうするのだ」

「順当ではあってもそうしてはなりません。山背大兄王自身も恐らく厩戸天皇の死に疑問を抱いているはずです。天皇となれば厩戸天皇の死について詳しく調べることでしょう」

「調べても分かるまい」

「いや、そうとも言い切れませんぞ。『震畏四知』という言葉をご存知ですか」

「いや、知らぬが」

「かつて漢（後漢）に楊震という人がいました。出世して東萊（とうらい）の太守となって都に行く途中昌邑（しょうゆう）というところを通りかかった時に、かつて楊震の推薦により荊州の茂才（もさい）となった王密が昌邑の令となっていて挨拶に来た。暗くなってから金十斤を取出し、今日あるは楊震のお陰と言い、手渡そうとした。楊震は『お前を推挙したのはお前の人物を見込んでいたからだ。見誤ったか』と嘆いた。王密は『もう暗く、誰も見てはいませんから』となおも金を渡そうとした。その時楊震が言った言葉が『天知る、神知る、我知る、子知る、なんぞ知る者なしと謂わんや』なのです。後世これを『四知』と呼んで戒めの言葉にいたしております」

（注）四知の出典は『後漢書　楊震傳』で、
「至夜懷金十斤、以遺震。震曰、故人知君、君不知故人、何也。密曰、暮夜無知者。震曰、天知、神知、我知、子知、何謂無知。密愧而出」

とある。しかし、『十八史略　東漢　孝安皇帝』では若干異なって、「天知、地知、子知、我知」となっているとのこと。


「確かに天、神ではなくとも知るものは少なくはない」

「山背大兄王が天皇にならなくてもいずれ真相を知る可能性がありますが、天皇になれば厩戸天皇の敵を討つことを考え、実行するやもしれません。ですから天皇にしてはいけないのです。それどころか生きていることさえ問題なのではないでしょうか」

「むむ。山背大兄王を天皇にしないどころか殺せというのか」

「禍の芽は早めに摘むのが上策にございましょう」

「分かった。具体的な行動はゆっくり相談しよう。その時はまた力添えを頼む」

「我らは既に企てに参加しております。今更抜けることなどできませぬ。どこまでもお供をいたしますぞ」

「うむ。何とも心強い言葉だ。時に、その『四知』の楊震だが楊氏と言えば隋の皇帝と同じではないか」

「その通りでございます」

「ではお前たち高向氏と同じく元は鮮卑族か」

「鮮卑語で普六茹（ふりくじょ）、つまり柳を表す姓であったのです」

「なるほどなぁ。詳しいと思えば先祖の逸話のようなものなのだな」

「はい」

「時に何か願いのことがあると亡き父、馬子宿禰から聞いているのだが……」

「それは……、到底無理なお願い故……」

「無理でも聞くぞ。蘇我の今日あるのは陰で働いてくれたお前たちのお陰なのだから。それに父も願いを聞いてやれと言っていたから」

「では申し上げますが……。もしも田村皇子が天皇になった場合ですが」

「何だ。大連にでもなりたいというのか」

「いや、もっと大それたことかもしれません」

「一体なんなのだ」

「田村皇子が天皇となればお后を選ぶことになりますね」

「当然だ。今いる夫人以外に正式な皇后を選ぶのが普通だ」

「その皇后に寶皇女を……」

「何と。寶皇女と言えばお前の子、鎌子の妃にしたものではないか。それに既に漢皇子という子供もいるではないか」

「ですから鎌子とは別れさせて」

「天皇の后は処女をもって選ぶのがしきたり」

「そうではない例がございますぞ。眉輪王の話をご存じでしょう。大草香皇子を殺した穴穂天皇は大草香皇子の妻の中帯姫に眉輪王という子供がいるのにもかかわらず后にしていますぞ」

「古足。お前は倭国の歴史まで詳しいのか」

「知識がなければ良い助言などできませんからな」

「何故寶皇女を皇后にしたいのだ」

「寶皇女が皇后となれば連子とはいえ漢皇子は天皇の子となるのです。我らにとってこの上ない名誉です」

「ただそれだけで良いのか。連子では天皇になる可能性などないのだぞ」

「そのことですが、田村皇子が田村天皇となった時に蘇我の娘を妃にし、男の子を作り、将来天皇にすることを考えた方が良いと思います。蘇我の血を引く天皇であれば蘇我氏は先々安泰でございます」

「それは良い考えだ。しかし田村皇子は皇子と言っても既に三十六歳だ。子供ができるかどうか」

「そう言えば后にしてほしいとお願いした寶皇女は何と三十七歳、子供を作るどころか妃と言っても形だけと誰にも分かる年齢です」

「皇位を狙ってのことでないことは良く分かる。そのことは十分考えに入れておこう」

「よろしくお願いいたします」

「では、新しい天皇を作るとしよう」


この会談の後蘇我大臣蝦夷は直ぐに動いた。甘樫の丘にある蘇我の大きな屋敷に諸卿を招いて大宴会を催したのである。会は大いに盛り上がり皆蘇我大臣蝦夷を持ち上げることを忘れなかった。

いざ散会が近づいた時、

「皆、聞いてくれ」

と、蘇我大臣蝦夷の意を受けた安倍臣が呼びかけた。諸卿は皆安倍の臣の方を向いた。

「厩戸天皇が亡くなって既に数年が経過した。このまま天皇不在のままにしておくこともできまい。厩戸天皇が亡くなる前に田村皇子を呼んで『天下をおさめるということは大きな役なのだ。簡単にものを言うべきではない。田村皇子よ、はっきりものを言え』と言い、次に山背大兄王を呼んで『独断で物事を決めるな。必ず諸卿の言うことを聞いてその意見に従え』と言ったとのことだ。言わばこれが厩戸天皇の遺言だ。誰を次の天皇とすべきか」

「……」

誰も答えない。沈黙が流れる。

「誰を次の天皇にすべきか」

安倍臣は重ねて皆に問いかけた。

「……」

それでも誰も声を挙げない。

さらにもう一度安倍臣が問いかけた時、大伴鯨連が前に少し出て言った。

「厩戸天皇の遺言通りにすればいいだけではないか」

「遺言通りとは具体的にはどういうことか」

安倍臣が大伴鯨連に問いかける。

「天下の事は大任である。のんびりしているべからず、と厩戸天皇が田村皇子に向かって言ったというのだから次の天皇は既に決まっているではないか。異議を言うものなどいまい」

その時、采女臣摩禮志、高向臣宇摩、中臣連彌氣、難波吉士身刺の四人が次々に発言した。その内容はほぼ同じであった。まとめれば、

「大伴連の言ったのにおかしなことはない」

と言ったのだ。

それを聞いてそれまで黙っていた巨勢臣大麻呂、佐伯連東人、紀臣鹽手の三人がキッと見返しながら、

「何を言うか。厩戸天皇の皇子、山背大兄王こそ天皇となるべき人だ」

と言った。

蘇我倉麻呂はただ一人、

「今はどちらとも言えない、もう少し考えてから言うことにする」

と答えた。

……う〜む。やはり意見は割れたか。特に日の本系の氏族は厩戸天皇の太子が次の天皇になるべきだと考えている。彼らは裏でワシが策動しているのに気付いているのかもしれぬ。これでは今結論を求めることなどできぬ……

蘇我大臣蝦夷はここで一気にというのが無理と悟った。

この蘇我大臣蝦夷の謀は斑鳩宮にいた山背大兄王にすぐに伝わった。意外な蘇我大臣蝦夷の行動に山背大兄王は使いを出すことにした。選ばれたのは三國王と櫻井臣和慈古の二人である。

「蘇我の大臣は我が母とは姉弟、つまり叔父である。使者として行き、わが言葉を伝えよ」

この命に二人の使者は蘇我大臣蝦夷の許を訪ねて大兄王の口上を伝えた。

「聞くところによれば、叔父上は田村皇子を天皇にしようと画策しているとか。立っているときも座っているときもずっと考え続けたがなぜそうしたいのかが理解できない。はっきりした理由をお聞かせ願いたい」

「……」

蘇我大臣蝦夷はその口上を聞いて絶句して返事ができない。返事ができないのを知って使者は帰っていった。

……天下の大臣が皇子の詰問に応えることができなかったと知れては世間の笑いもの。大臣としての威厳が保てぬ。すぐに対処しなければ……

蘇我大臣蝦夷は焦っていた。すぐに、安倍臣、中臣連、紀臣、河邊臣、高向臣、采女臣、大伴連、巨勢臣たちを呼んだ。

「良いか。この間の甘樫の丘での会合を漏れ聞いた山背大兄王が話が解せぬと言ってきた。お前たちはそろって斑鳩宮に出向き、山背大兄王に我が意を伝えよ」

一同はそろって斑鳩宮に山背大兄王を訪ねた。

「蘇我大臣からの口上をお届けにまいりました」

「そうか。それにしても八人以上もの臣、連が揃って口上を伝えに来るとは随分大げさだな。数で威圧しなければならぬような口上なのか、ともかく述べて見よ」

山背大兄王は蘇我大臣の口上なるものが無理やり説き伏せようとするものであるとすでに見抜いていた。

使者を代表して三國王と櫻井臣が前に出た。

「我々は天皇の位をとても重いものだと認識しております。いい加減に世継ぎを決めようなどという考えは毛頭ありません。ただ天皇の遺言を諸卿に告げただけなのです。それを聞いた皆が天皇の遺言は田村皇子を次の天皇とするということだと申します。誰もそれがおかしいとは言いません。繰り返しますがこれは私の意見ではありません。諸卿の意見なのです。この蝦夷の個人的な考えは直接お目にかかった時にお話しいたします」

嘘である。甘樫の丘の会合の席では山背大兄王こそ次の天皇だとする意見が出ていたのだが、そのことにはまったく触れなかったのである。

じっと耳を澄ませて聞いていた山背大兄王が口を開いた。厩戸天皇の血を引くだけあって澄み切った眼の動きが頭の良さを感じさせる。

「従っただけという厩戸天皇の遺言とはいかなるものであったのか」

山背大兄王は言葉は軟らかいが厳しさ溢れる態度で質問をした。

「我々は詳細を存じませぬが、蘇我大臣から聞くところでは、厩戸天皇が御病気の時田村皇子を呼んで『軽々に将来の国の政について言うものではない。田村皇子よ、謹んで発言せよ。のんびりしている時ではないぞ』と仰せになり、次に山背大兄王を呼んで、『お前はまだまだ未熟だから独断でものを言ってはならぬ。諸卿の言うことに従うべきだ』と仰せになったとか。このことは近くにいた多くの皇子、皇女、それに采女たちが知っているし、そういう場で天皇が仰せになったのであると聞いています」

（注）江戸時代の尾張藩士、河村秀根とその子、殷根（しげね）と益根（ますね）三人の共著の日本書紀注釈書である書紀集解では、「天皇臥病之日、詔田村皇子曰『非輕輙言來之國政。是以、爾田村皇子、愼以言之、不可緩。』次詔大兄王曰『汝肝稚、而勿諠言、必宜從群臣言。』是乃、近侍諸女王及采女等、悉知之、且大王所察」の「非輕輙言來之國政」の部分について、「文意険渋有疑」と書いている。また平田篤胤の門下の飯田武郷が一八九九年に著した『日本書紀通釈』では脱字や誤字があるのではないかとしている。とにかく意味が取りにくい文であり、意図的にそのような記述にしたのではないかとも考えられる。

「そうか」

山背大兄王は深く息をしてから続けた。

「その厩戸天皇の遺言とやらを聞いたものは誰か」

「その遺言が機密であるとは聞いておりません」

使いのものは頓珍漢な答えをしてはぐらかした。実は良く知らなかったのである。

……このものどもは本当のことを知らないで蘇我大臣の言うことをそのまま話しているに過ぎないな……

聡明な山背大兄王は彼らの知識も心の中も読み取っていた。

山背大兄王はゆっくりと落ち着いた声で話す。やや慇懃無礼とも取れる態度だ。

「敬愛する叔父上様が一介の使者で済む所を立派な方たちを大勢派遣して種々教えてくださるのはとても有り難いことです」

山背大兄王の丁寧な言葉に使者たちは頭を低くせざるを得なかった。

「しかしながらお聞きした厩戸天皇のお言葉というのは私が直接聞いたものと少し違っているようです」

使者たちの顔に不安の色が浮かんだ。山背大兄王は当事者だから当然厩戸天皇の言葉を直接聞いているのに対して蘇我大臣蝦夷が派遣した使者の中にはその遺言の場に居合わせたものがいないのである。これでは山背大兄王の発言に誰も異を唱えられない。使者たちは困惑しながら発言を聞く外なかった。

「厩戸天皇が病気になった時に心配になり宮の門のところまで行った。そうしたら中臣連彌気が中から出てきて『天皇のお召である』と言った。そこで中に進むと、大庭に栗隅采女黒女がいて大殿に案内した。天皇の傍には栗下女王を筆頭に采女など八人、計十数人がいた。田村皇子もそこにいた。栗下女王が『お召しになった山背大兄王がまいりました』と天皇に言った。天皇は起き上がって『病気には勝てぬ。そろそろ終わりが近いように感じる。国家を経営することは大変なことだ。山背大兄王よ、お前を慈しんできたがその心は他と比較できぬくらい強かった。国家を経営することは大変なことだ。お前は未熟だが、謹みを持って言えば良い』と仰せられた。周りにいたものは全員そのことを承知している。このことは重要なことであるので機会を得て叔父上にも話そうと思っていた。ところがその機会がなく今に至っているのだ。かつて叔父上の病気見舞いに豊浦宮に行ったことがあったが、その時に天皇が八口采女鮪女を派遣してきた。その采女が伝えたのは、『お前の叔父の大臣がいつもお前のことを考えて言うのだ。百年後には天皇の位はお前に回るのではないかと。だから体を労わるのだぞ』とのお言葉であった。だから何が正しいかはすでに明らかであろう。しかし私は天皇の位が欲しくてこう言っているのではない。ただこの耳で聞いたことを伝えているだけだ。天の神、地の神共に既に証明したのだ。そこでお前たちの言う天皇の遺言がどのようなものかを知ろうとしたのだ。ここに来た諸卿は何時も神との仲立ちをしているものたちではないか。神ではない人間との仲立ちならもっと簡単であろう。叔父上によくよく話を通じさせよ」

そして泊瀬仲王、さらに中臣連、河邉臣を呼び、山背大兄王は言った。

「厩戸天皇とワシの親子は共に蘇我氏のものである。そのことは天下遍く知るところだ。蘇我氏のことをとても頼りにしているのだ。決して天皇の日嗣問題には簡単に触れてほしくないのだ」

また、「返事を聞きたいものだ」と言って、三國王、櫻井臣を帰る諸卿に付けて行かせた。

蘇我大臣蝦夷は山背大兄王が返事を受け取るために二人を差し向けたことを知り、また派遣した諸卿の報告を聞いて、待機している三國王と櫻井臣の許に紀臣、大伴連を差し向け、返事を伝えさせた。

「前に説明した通りだ。さらに付け加えることもない。しかし私はどの王を重んじ、どの王を軽んずる気持ちもない」

数日後、山背大兄王は櫻井臣を再び蘇我大臣蝦夷の許に差し遣わした。その口上は、

「先日申し上げたことは実際に聞いたことを伝えただけです。叔父上は聞き間違えているのではありませんか」

というものだった。

その当日病気のためと言って櫻井臣に直接会わなかった蘇我大臣蝦夷は翌日、櫻井臣を呼び、そして阿倍臣、中臣連、河邉臣、小墾田臣、大伴連をも呼んで山背大兄王への口上を与えた。即ち、

「欽明天皇の時から今に至るまで、諸卿は皆優秀です。私は大したものではなく、諸卿の上にただ乗っかっているようなものなのです。歳を取り、疲れているのですがはっきり申しましょう。厩戸天皇の遺言を聞き間違えたり、理解し間違えたりなどしていません。私心で言っているのではないのです」

と。

蘇我大臣蝦夷は古足を呼んだ。甘樫の丘の蘇我の屋敷に古足と高向鎌子の二人がやってきた。

「おお、鎌子か。随分立派になったな」

「すでに子が何人もいるのですから。それに、私も年老いました。動くのにも支障が出てきました。もうお役には立ちたくても立ちません。そこで今後はこの鎌子にご相談ください。高向の跡を継ぐものとして道教をはじめ十分に教育をしてございますれば必ずお役にたつと存じます」

「そうか。ではそうしよう。今日の相談から鎌子の意見を聞くことにしよう」

するとと鎌子が蘇我大臣蝦夷の方に向かって一礼すると、

「今、父古足が申しましたようにこれからは高向の一族を代表してこの鎌子が相談にあずかります。何なりとご下問くださりませ」

と挨拶した。

蘇我大臣蝦夷は高向鎌子を頼もしげに見ながら、

「早速だが、田村の皇子と山背大兄王の厩戸天皇の継承問題だが……」

と、言い、経緯を説明した。そして、

「この件はどう決着させれば良いか」

と鎌子に聞いた。古足は鎌子がどう答えるかを見守っている。しかし心配している様子は見えない。古足にとって鎌子は自慢の、そして驚くほど優秀な跡継ぎだったのである。

「山背大兄王は厩戸天皇の嫡男であり、存命中の厩戸天皇の言葉（遺言）も山背大兄王の言う通りであったことは多くのものが聞いていることであり、山背大兄王が天皇となるのが順当でしょう」

聞いていた蘇我大臣蝦夷の顔がみるみる赤くなった。

「何、それでは……」

「いや、お待ちください」

「理屈はそうでも厩戸天皇の嫡子である山背大兄王に天皇を継承させるわけにはいかない」

「そうだ。既に厩戸天皇の遺言まで変えてしまっているのだ」

「そうであればこそ、このまま推し進める外はございますまい」

「だが、このまま進めれば山背大兄王が納得せず、厩戸天皇の一族や従う氏族を糾合して戦となるかもしれぬ。そうなれば我らの言う遺言を怪しむものは多いのだから味方が思いの外少ない可能性がある」

「心配には及ばないと思います」

「何故だ」

「厩戸天皇は自ら毒をあおって亡くなったと聞き居ります。十七条の憲法の第一条を『以和為貴』とした精神を山背大兄王が尊重しないとは考えられません。例え、田村皇子が天皇になったとしても自分から騒乱を起こすような方ではありますまい」

「泣き寝入りをするというのか」

「泣き寝入りではございません。権力欲がそもそもないのでございます」

「そのような……。金と力を求めぬ男などいるだろうか」

「それがブッダの教えではございませんでしょうか」

「それはそうだが。現実にそういう考えの人間がいるなどとは……」

「いるのです。それが山背大兄王なのです」

「それが本当なら山背大兄王を天皇にした方が良いように思えてくるが……」

「もはや手遅れでございます。大臣として後継天皇に田村皇子を押して、しかもそう諸卿に発言してしまった以上元に戻ることなどできません。それでは大臣の権威、威厳がなくなってしまい今後の力を失いかねません」

「う～む。一々もっともな意見だ。若いがしっかりしている。古足も良い跡継ぎを持ったな」

「お褒めを戴きありがたく」

古足が蘇我大臣にお礼を言った。その顔には自慢気な笑みがあった。

「しかし念のためにいつでも大臣様の警護に駆けつけられるように騎馬の武者を用意しておきましょう」

「それは有り難い。ワシが兵を集めたりすれば大臣は山背大兄王を滅ぼすつもりだとみて、彼らの結束は強まり、何かの拍子で本当に戦になるかもしれぬからな」

「山背大兄王についてはそのままにしておくのが良いと思います。どう動いてもそれは蘇我氏のためにしていることだと思われますから。何もしないことで蘇我大臣が蘇我氏のために蘇我の一族である山背大兄王を利用しようとしていると勘ぐられなくとも済みます」

「その通りだ」

「では田村皇子に即位をお勧めください。それもできるだけ多くの氏族の長を集めて一緒に」

「総意という形をとるのだな」

「その数が多ければ多いほど山背大兄王側は動くことができなくなります」

「よし早速皆を集めて田村皇子に神璽を奉ることにしよう」

「中国では厩戸天皇二十六年に隋が滅び、唐が大帝国としてできました。使いを出す方が良いと思われます」

「分かった。田村皇子を天皇としたらそれにも取り掛かろう」

「田村皇子を天皇とするのですがあくまでも実質的な天皇は蘇我大臣蝦夷様です。崇峻天皇や、厩戸天皇の時のようにならぬためにも田村皇子にはしっかりとその点を話し、確認しておいた方が良いと思います」

「言うなれば飾りだと言い聞かせるのだな」

「そうです。あとになってからでは聞かなくなるかもしれませんから」

「おお、ついでに古足から聞いた願いのこともそのついでに話した方が良いな」

「あの寶皇女を后にということでしょうか」

「そうだ。それをどうしてもという願いであったはず」

「田村皇子は聞き届けてくれますでしょうか」

「否やは言わせぬ。天皇にしてやるという姿勢を示すためにも后もワシの言う通りにさせる。その方が薬になり、未来も言うことを聞くようになるであろう」

「よろしくお願い申し上げます」

「寶皇女がすでに生んだ皇子、漢皇子と言ったかな、それは宮に住まわせるのか」

「はい、宮に住まわせたく存じますが時折我らが手許でいろいろ教えたいと思っています」

「田村皇子は既に三十六歳、后にする寶皇女はそれより年上の三十七歳だ。子供などできぬばかりか、妹背の間柄になれるとも思えぬ歳だ」

「良いのでございます。連子である私の子、漢皇子が天皇の子となれば。時にさらに次の天皇を考え、田村皇子の蘇我から妃をという計画はどのように」

「ワシの異母妹である法堤郎女（ほていのいらつめ）を妃にしようと思っている。これはまだ子を産める歳だ」

「蘇我の子が生まれれば先々天皇家は蘇我氏のものでございます。是非とも皇子を生んでいただかねば……」

「ワシもそう願っている」

この話し合いの後、正月を期して蘇我大臣蝦夷は諸卿を伴って田村皇子を訪れ、神璽を奉って即位を願った。

田村皇子は型通り何回か固辞の姿勢を見せたがやがて願いを聞き入れ即位して舒明天皇となった。そして飛鳥岡本の宮を建てた。

その頃壇山宮で高向鎌子が夫人の一人である寶皇女と向き合っていた。

「近々お前には我が屋敷から宮に移ってもらうことになる」

「宮とは」

「天皇の住まうところだ」

「えっ、何故私が」

「お前は田村皇子が天皇になったことを知っているだろう」

「それに何か関わりでも」

「大ありなのだ。実はお前はその天皇の后になるのだよ」

「えっ、何ですって。私はあなたの妻の一人ではありませんか」

「そうだ。そのことはこれからも変わらない」

「そんな……。第一私は既に三十七歳で子どもを持つ身ですよ。皇后になどなる資格もありませんし、そんなものになりたくもありません」

「分かっている。何、形だけだ」

「形だけの皇后になるのですか」

「そうだ。これは我らのためなのだ」

「私たちのため」

「お前が皇后になればお前の子供は皇子となる」

「でもその子はあなたと私の……」

「そうだ。しかし、かつて眉輪皇子というものもいた。連子であったが皇后の子というので皇子と呼ばれた」

「では、あの子が皇子と呼ばれるように」

「運があれば天皇になることもあるかもしれんのだ」

「えっ、天皇になる可能性もあるとのことですか」

「それだけではない。その子を仲立ちとして我が高向氏は天皇と姻戚の関係になるのだ」

「ではあの子のためだけでなく貴方のお役に……」

「そうだ。別に夫婦のことなどなくて良い。時々はここに戻ってくれれば良い」

「私はこの檀山宮がとても好きです。道教の教えも気に入っています。ここからは離れたくありません」

「苦労を掛けるがこの頼み、聞いてくれ」

「でも、そんなことができるのですか」

「できる。既に蘇我大臣蝦夷様が田村（舒明）天皇に話してくれている」

（注）寶皇女は三十七歳だったから常識的に子供を産める年齢ではない。日本書紀では舒明天皇との間に葛城皇子、間人皇女、大海皇子の三人の子をもうけたとあるが、三十八歳で一人目を生み、二年に一人ずつ子を産んでいったとして三人目は四十二歳での出産となる。江戸時代の大奥では三十歳になると「お褥辞退」といって、閨の勤めから身を引く習慣があった。これはその年代になると出産のリスクが大きくなることを考慮してできた習慣とも言われている。余程の恋愛関係があれば例外も存在するのであろうが、三十七歳で子持ちという寶皇女を相手に三人の子供を作ったとは考えられない。まして蘇我氏の子を作らせようと蘇我大臣

蝦夷が異母妹を田村天皇に差し出している最中に、である。この三人の子供は全て鎌子と寶皇女との間のものとみて間違いはないだろう。

（注）「大兄」は大王（おおきみ）（天皇）の子の中での長兄、すなわち皇位継承順位一位のものに付ける敬称というのが普通の解釈である。日本書紀が伝える「大兄」は計八人。仁徳天皇の子「大兄去来穂別皇子」（履中天皇）、継体天皇の子「勾大兄皇子」（安閑天皇）、欽明天皇の子「箭田珠勝大兄皇子」、敏達天皇の子「押坂彦人大兄皇子」と敏達天皇の異母兄弟である「大兄皇子」（用明天皇）、厩戸天皇（〝聖徳太子〟）の子「山背大兄王」、舒明天皇の子「古人大兄皇子」、そして最後が「中大兄皇子」（天智天皇）である。中国系渡来人が権力を握るにつれ中国化が進み、「大兄」は使われなくなり「太子、皇太子」に取って代わられたようだ。「中大兄王」は個人名が付いていない。日本書紀では第一子（長男）の葛城皇子としている。しかし「中大兄」では長男であるわけがない。実は兄がいるにもかかわらず皇位継承資格一位だったことを示すようであり、その兄が天皇になれぬ事情が隠されているようだ。この辺りの事情についてては次作品で追及する。

厩戸天皇（聖徳太子）を「大兄」ではなく「太子」としたのは時代的に奇異であり、「大兄」と記述したくなかった編者の意図が感じられる。論考「厩戸（聖徳）天皇考」を参照。

さて厩戸天皇の後継を巡る山背大兄王と田村皇子だが、山背大兄王という呼び方からしても厩戸が天皇であり、その皇位継承者であったことは明白なようだ。そして「大兄」が呼称に付かない田村皇子は本来皇位継承資格者ではなかったようだ。そういった関係からは山背大兄王の言い分が正しいように思われる。

第一回遣唐使の派遣

「厩戸天皇二十二年（六一四）に犬上君三田耜を隋に派遣して以来中国との往来が途絶えていましたがその後隋が滅び、中国は唐という国に統一されました。そろそろ使節を送った方が良いのではないかと……」

甘樫の丘の蘇我の屋敷で大和盆地を吹き抜ける風を頬に受けながら高向鎌子が蘇我大臣蝦夷に向かって言った。鎌子の髪がその風にそよいでいる。

「今年は田村天皇二年（六三〇）だ。かなり長い間使者を送っていないな、確かに」

「いろいろございましたから仕方なかったのですが」

「隋が唐に代わったことでもあり挨拶に使者を行かせなければなるまい。誰を遣るか」

「国が代われば役人も新しくなりましょう。長安を知っているものの方が良いと思います。大分歳を取ってきましたが大仁犬上三田耜を派遣するのが良いのではございませんか」

「そうだな」

「二回目以降のために今回副使として少し若いものを加えておけばよろしいのでは」

「そうだな。そうするとしよう」

田村天皇にはもうほとんど相談も報告もなくすべては進んでいく。田村天皇の方もそのことは良く承知しているので、近隣に出かけたり、有馬の湯や伊予の道後の湯に出かけたりと『飾り』としての生活を楽しんでいた。

高向鎌子も田村天皇の許には報告に行かなくなっていた。

犬上三田耜の一行は長安に至り、唐の太宗に拝謁した。太宗は、

「倭国は遠くその道は険しい。毎年の朝貢はせずとも良い」

と言うばかりでなく、高表仁を倭国に派遣することを決めた。

田村天皇四年の八月に犬上三田耜は唐の使者高表仁を伴って倭国に向かった。ちょうど時期が同じになった新羅の倭国への朝貢使と一緒に海を渡った。そして十月に難波の津にまでやってきた。

倭国側は飾り船三十二艘を出して高表仁の乗った船の周りを囲み、鼓を打ち、鐘を鳴らし、笛を吹き、色とりどりの旗を飾りたてて歓迎の意を表した。

その様子に高表仁も甲板に姿を現し、

……まるで唐の国の歓迎式そっくりだ。規模はかなり劣るが……

飾り船のうちの一艘が近づいてきた。そこには出迎え役に任ぜられた大伴連馬養(うまかい)が乗っていた。大伴連馬養は甲板の中央で高表仁に向かって大きく腰を折り、中国式のお辞儀をした。それに応えるように高表仁も大きくお辞儀をした。

折あしくその日は風が強く船が揺れた。甲板で転げぬようにと大伴連馬養も高表仁も足を踏ん張っていた。どちらも国を代表しての務めなのだからそれこそ真剣である。

船の飾りの旗がそれこそ、ばたっ、ばたっと風にあおられて音を立てる。その音にかき消されまいと大伴連馬養は声を張り上げた。

「大唐の天子のお言葉を持ちきたった使いが我が国の難波に着いたと聞き、お出迎えに参上いたしました」

脇にいる通訳がこれまた大声を張り上げた。

それを聞いた高表仁が今度は大声で答えた。

「この大風の日に飾り船をもってのお出迎えに感謝いたします」

その後上陸した高表仁を難波吉士小槻、大河内直矢伏が先導して迎賓館にまで案内し、今度は伊岐史乙（おと）等、難波吉士八牛（やつし）が代わって高表仁等を迎賓館の中に案内した。

そして天皇との対面の儀の打ち合わせが行われた。天皇は表向き田村天皇だが実際には蘇我大臣蝦夷が既に天皇として振る舞っていた。甘樫の丘の蘇我の屋敷は御門と呼ばれ、百官は岡本の宮ではなく甘樫の丘に出仕していたのである。即ち蘇我蝦夷が天皇、その子入鹿が皇子として権力を握っていたのである。

唐の使者高表仁はその打ち合わせを皇子蘇我入鹿と行った。

難波の迎賓館を蘇我入鹿が訪ねてきた。

高表仁はにこやかだが毅然とした態度をとっている。大唐の皇帝の使者なのだからそれなりの威厳を保たねばならないのだ。それに対し、蘇我入鹿もへりくだらない。対等は無理だとしても属国ではないとの態度である。そのお互いの置かれた立場が摩擦を生むのにさして時間はかからなかった。

「唐の皇帝の使者、高表仁でございます」

「唐の長安から遠いところを、さぞ長旅でお疲れでしょう」

　最初の挨拶はまずまずの滑り出しだ。

「倭国王との面会のことですが、私は高宗皇帝の使い、すなわち代理のものです。倭国は唐に従い、朝貢をなす国です。したがって唐の太宗皇帝から倭国王に言葉を伝達するに際しては私を上座に、倭国王を下座に置くように配置が必要です」

「それはおかしいのではないか。倭国王は倭国王であって唐の官職など持たぬ。太宗皇帝から倭国王に任じられているわけではない」

「何を言うのですか。唐の長安に来た倭国の使者は皆皇帝にひれ伏していますぞ」

「それは唐に使者として行ったからだ。高表仁とやらも倭国に来たならば倭国王の前にひれ伏すのが当たり前ではないか」

「何という無礼なことを……。唐の皇帝の使者をひれ伏させるということは唐の皇帝にひれ伏せというのと同じことなのですぞ」

「使者などというものはそうあるものではないか」

「そのようなことならば皇帝のお言葉など伝えられぬ」

「構わぬ。頼んで来てもらったわけではない。それならさっさと唐に帰れば良いだろう」

「何という話の分からぬ男だ。支度ができ次第唐に戻ることにする」

かくして高表仁はわざわざ長安から長旅の末に倭国にまで来たのに帰国することになった。十月に難波の津に着いたのに、翌一月には帰国の途についた。送使となったとなった吉士雄摩呂、黒麻呂らも対馬にまで送っただけですぐに引き上げた。隋から裴世清が来た時には送使は隋の都長安まで送っていることを考えれば国境まで送って別れたというそっけない態度と言えよう。

この争いが尾を引いたのであろう、これから長い間にわたって新羅を通じて表を奉った外は唐への使者は送られていない。次に唐への使いが派遣されるのは永徽四年（六五三）のことになる。

（注）この遣唐使のことは旧唐書に簡略な記述があるのみである。引用すれば、

『舊唐書　巻一九九上　東夷伝　倭國　日本』

「貞觀五年　遣使獻方物　太宗矜其道遠　勅所司無令歳貢　又遣新州刺史高表仁　持節往撫之　表仁無綏遠之才　與王子争禮　不宣朝命而還

至二十二年　又附新羅奉表　以通起居」

唐の皇帝の正式な印（節）を持って高表仁は倭国に至ったが、王子と禮を争い、朝命を述べずに帰朝した、とある。日本書紀のこの頃の蘇我蝦夷父子の記述から蝦夷が天皇として、そして入鹿が皇子として振る舞っていたことが見て取れる。入鹿の性格からも唐の使者と争ったのは想像できるだろう。

『唐会要』なる書物がある。『会要』、『続会要』の続編として作られたもので、唐の制度、

沿革を記録したものである。『舊唐書』にも『唐会要』に基づく多量の記述があるとのことだ。その『唐会要　倭国　日本傳』には以下の記述がある。

「貞観十五年十一月。使至。太宗矜其路遠、遣高表仁持節撫之。表仁浮海、數月方至。自云路經地獄之門。親見其上氣色蓊鬱。又聞呼叫鎚鍛之聲。甚可畏懼也。表仁無綏遠之才。與王爭禮。不宣朝命而還。由是復絶。」

これには高表仁の旅の感想が含まれている。「地獄の門を通り、上空は暗く鬱々として、おどろおどろしい音響が響いた」と、想像するに、関門海峡を通るときに雷を伴う嵐に遭遇したということか。

『舊唐書』では「與王子争禮」となっていたところが「與王爭禮」となっている。後の山背大兄王を殺した入鹿の行状を考えればここはやはり「與王子争禮」の方が正しいのではないかと思う。

もう一つの問題は遣唐使が来たのを、貞観十五年としている点である。『新唐書　日本傳』では、

「太宗貞觀五年、遣使者入朝、帝矜其遠、詔有司毋拘歳貢。遣新州刺史高仁表往諭、與王爭禮不平、不肯宣天子命而還。久之、更附新羅使者上書。」

とあり、貞観五年となっているので、日本書紀との年号も一致するところから『唐会要』の方が間違いなのだろう。

永徽五年の遣唐使についての『舊唐書』の記述もそっけない。『舊唐書　巻四　本紀第四

高宗上　永徽五年』には、

「十二月癸丑　倭國獻琥珀・碼瑙　琥珀大如斗　碼瑙大如五斗器」

とだけ記述されている。斗とは十升のことであるが、その容量は時代とともに変化している。隋、唐の時代では五・九四リットルであったから、仮に立方体とすれば一辺が十八センチほどの大きさのものだったと言えよう。また『唐会要』には、

「永徽五年十二月。遣使獻琥珀瑪瑙。琥珀大如斗。瑪瑙大如五升器。高宗降書慰撫之。仍云。王國與新羅接近。新羅素為高麗百濟所侵。若有危急。王宜遣兵救之。倭國東海嶼中野人。有耶古。波耶。多尼三國。皆附庸於倭。北限大海。西北接百濟。正北抵新羅。南與越州相接。頗有絲綿。出瑪瑙。有黄白二色。其琥珀好者。云海中湧出。」

とある。

但し、この記述は孝徳天皇が白雉四年（永徽四年）に派遣したとされる遣唐使に関するものと思われる。白雉五年（永徽五年）出発の高向玄理を押使とする遣唐使は唐にてその多くが死亡しており、実態に合わない。遣唐使の派遣年を日本書紀では意図的に変えて記述したようだ。詳しくは次作品で考察する。

暗雲世を覆う、異変の予兆

田村（舒明）天皇が「名ばかり天皇」であり、実際は蘇我大臣蝦夷がすべての権力を握っていることは皆が理解していたことだろうが形式的にはそれは著しく道を外れた行為であり状態であった。日本書紀は蘇我氏の悪行をことさら述べるとともに、天がそれを指摘していることを強調するために天象・気象などが示す異変などの兆候を記述している。例えば、

田村天皇六年秋八月：長き星、南方に見ゆ。時の人箒星といふ。
田村天皇七年春三月：箒星廻りて東に見ゆ。
田村天皇七年秋七月：瑞蓮（ずあやしきはちす）、劒池に生いたり。
田村天皇八年春正月：日蝕（ひは）えたり。
田村天皇八年夏五月：霖雨（ながめ）して大水あり。
田村天皇八年：是歳、大きに旱（ひでり）して、天下飢（いひうゑ）す。

田村天皇九年春二月：大きなる星、東より西に流る。便ち音有りて雷に似たり。時の人曰く、「流れ星の音なり」といふ。
田村天皇九年春三月：日蝕えたり。
田村天皇九年：是歳、蝦夷叛きて朝でず。
田村天皇十年秋七月：大きに風吹きて……。
田村天皇十年秋九月：霖雨して……。
田村天皇十二年春二月：星、月に入れり。

そして田村天皇十三年冬十月に田村天皇は亡くなった。この間田村天皇はこれといったことはしていない。天候不順、すなわち長雨や大風で不作続きだったにもかかわらず、十年の冬十月に有馬の湯に出かけ、十一年の正月八日に戻っている。正月は天皇としての行事、儀式が多い時にもかかわらずにである。ここからも天皇の実態がなかったことがうかがえる。

そして十一年の冬十二月に伊予の温泉（道後温泉）に出かけた。戻ってきたのは夏四月の十六日のことだ。天皇としての仕事をまったくしていない。実際は蘇我蝦夷がその名の如く天皇、すなわちエビス尊となっていたのである。いや前に説明したが、エビス尊になっていたからこそ蝦夷（えみし）と呼ばれたのであろう。悪字を用いたのは蘇我蝦夷を悪人として扱った日本書紀編纂者の意図の反映であろう。この蘇我蝦夷の本当の名前は消されてしまっているのである。

その後も天象・気象に異常が続いた。

（皇極天皇）元年夏六月：是の月に、大きに旱る。

（皇極天皇）元年秋七月：客星月に入れり。（雨乞い）

（皇極天皇）元年秋九月：地震り雨降る。地震り風吹く。雲無くして雨降る。

（皇極天皇）元年冬十月：大雨ふり雷なる。

（皇極天皇）二年春正月：五つの色の大きなる雲、天に満み覆いて、寅に闕けたり。一つの色の青き霧、周に地に起る。

（皇極天皇）二年春二月：雹ふりて草木の花葉を傷せり。是の月に風ふき、雷なりて雨氷ふる。

（皇極天皇）二年春三月：霜ふりて草木の花葉を傷せり。是の月に風ふき雷なりて雨氷ふる。

（皇極天皇）二年夏五月：月蝕えたること有り。

これらはこの後の山背大兄王の悲劇を引き起こす蘇我氏の陰謀を天が知っていたことを示そうとの意図があって記述されたのではないかと思われる。

（注）皇極天皇についてはカッコつきで表した。本当は皇極即ち田村（舒明）天皇の后、寶皇女は皇位に就いてなどいなかったのではないかと思えるからだ。皇極天皇の時代の以下の状況・動きを見てみよう。日本書紀の記述を追う。

皇極天皇元年：「以蘇我臣蝦夷爲大臣如故。大臣兒入鹿更名鞍作。自執國政。威勝於父。由是、盗賊恐懾、路不拾遺。」

すなわち、蘇我蝦夷の子、入鹿が国政をとっていた。

皇極天皇元年夏四月：「夏四月丙戌朔癸巳、太使翹岐、將其從者拜朝。乙未、蘇我大臣、於畝傍家、喚百濟翹岐等。親對語話。仍賜良馬一匹・鐵廿鋌。唯不喚塞上。」

即ち田村（舒明）天皇の弔いに来た百済の使いを甘樫の丘の蘇我の屋敷に呼んで面会し、物を与えている。

皇極天皇元年冬十月：「甲午、饗蝦夷於朝。丁酉、蘇我大臣、設蝦夷於家、而躬慰問。」

即ち蝦夷(えぞ)を蘇我氏の屋敷に呼び自ら労(ねぎら)っている。

皇極天皇元年冬十一月：「丁卯、天皇御新嘗。是日、皇子・大臣、各自新嘗。」

元年の新嘗祭だから天皇即位にかかわる大嘗祭である。神祇令に大嘗祭を「仲冬下卯」と定めているがもし三の卯がある年であれば中卯とする。この丁卯はその中卯に相当する。問題は「是日、皇子・大臣、各自新嘗」との記述だ。大臣や皇子が個別に大嘗祭をすることなどない。それをしているということは大臣が自ら天皇であるとして執り行っていることを意味するのではないか。

皇極天皇元年冬十二月：「甲午、初發息長足日廣額天皇喪。是日、小德巨勢臣德太、代大派皇子而誄。次小德粟田臣細目、代輕皇子而誄。次小德大伴連馬飼、代大臣而誄。乙未、息長山田公、奉誄日嗣。辛丑、雷三鳴於東北角。庚寅、雷二鳴於東、而風雨。壬寅、葬息長足日廣額天皇于滑谷岡。」

田村（舒明）天皇の喪に際して、大派皇子、輕皇子、蘇我大臣蝦夷のいずれも来ないですべてが代理のものの誄で済ますのはいかにも奇妙である。田村（舒明）天皇がいかに軽んぜられていたかが明らかである。もし田村（舒明）天皇の皇后であった寶皇女が寶（皇極）天皇となっていたならば先帝であり、夫である田村（舒明）天皇の喪に姿を見せないはずはなかろう。

皇極天皇元年：「是歳、蘇我大臣蝦夷、立己祖廟於葛城高宮、而爲八佾之儛。」

蘇我大臣蝦夷が中国風の祖廟を葛城高宮に建て、その前で八佾之儛（やつらのまひ）を行った。八佾之儛は中国の雅楽の舞の一種で、八人が八列になって、すなわち六十四人が方形に並んで行う舞であり、天子が行う儀式だけに許されたものだった。明らかに蘇我蝦夷が天皇であることを誇示している。さらに、

「又盡發擧國之民、幷百八十部曲、預造雙墓於今來。一曰大陵、爲大臣墓。一曰小陵、爲入鹿臣墓。望死之後、勿使勞人。更悉聚上宮乳部之民、乳部、此云美父。役使塋垗所。於是、上宮大娘姫王、發憤而歎曰、蘇我臣、專擅國政、多行無禮。天無二日、國無二王。何由任意悉役封民。自茲結恨、遂取倶亡。」

とある。即ち、国中の民を動員して将来のために雙墓（ならびのはか）を造った。大陵は蘇我蝦夷のための墓であり、小陵は蘇我入鹿のための墓である。そして上宮家の乳部（みぶ）の民も動員した。このように民を動員できるのは天皇だけである。さらにこれに異を唱えた厩戸（聖徳）天皇の娘、

上宮大郎姫王を殺してしまった。

皇極天皇二年二月：「國內巫覡等、折取枝葉、縣掛木綿、伺候大臣渡橋之時、爭陳神語入微之說。其巫甚多、不可悉聽。」

巫(かんなぎ)等が、蘇我蝦夷が橋を渡るのに合わせて集まり、耳に心地良い言葉をささやいた。その巫の数はとても多かった。

皇極天皇二年冬十月：「蘇我大臣蝦夷、緣病不朝。私授紫冠於子入鹿、擬大臣位。復呼其弟、曰物部大臣。」

(病と称して出仕しないばかりか)子の入鹿に紫の冠を授け、大臣の位になぞらえた。実際には大臣に任命したということなのだろう。そして入鹿の弟を物部大臣と呼んだ。

皇極天皇三年冬十一月：「蘇我大臣蝦夷・兒入鹿臣、雙起家於甘檮岡。呼大臣家曰上宮門、入鹿家曰谷宮門。谷、此云波佐麻。呼男女曰王子。家外作城柵、門傍作兵庫。毎門、置盛水舟一、木鉤數十、以備火災。恆使力人持兵守家。大臣、使長直於大丹穗山造桙削寺。更起家於畝傍山東、穿池爲城、起庫儲箭。恆將五十兵士、繞身出入。名健人曰東方儐從者。氏々人等入侍其門、名曰祖子孺者。漢直等、全侍二門。」

蘇我蝦夷と蘇我入鹿の親子は甘樫の丘に家を並べて建てた。蘇我蝦夷の家を「上の宮門(みかど)」、蘇我入鹿の家を「谷(はさま)の宮門」と言い、男女の子を「王子(みこ)」と呼んだというのである。

これらの状況から案ずるに、皇極天皇は後に古事記日本書紀編纂の時に蘇我蝦夷が天皇であった事実を消すために作り上げられた虚構ではないかと思われる。蘇我蝦夷が天皇であれ

ば甘樫の丘の蘇我の屋敷がミカドと呼ばれたことも、天皇記・国記がそこに存在したことも
すべてが無理なく理解できる。

山背大兄の王の死と上宮家の断絶

壇山宮に鎌子と大海そして身内からは葛城と呼ばれる漢皇子(中大兄皇子)の三人が集まっていた。秋も深まり葉の色を変える木と、葉が落ちる木とが混じる山に肌寒い風が吹くようになった。冬は間近に迫っている。

「この一年、天象・気象に妖しき徴が多く表れました」

大海がまず口を開いた。

「道教を知らぬ民もこれだけ箒星が現れたり、旱魃に見舞われたりすれば天下に何かあると薄々感づいているだろう」

高向鎌子はそう答えた。

「この兆候は異変の近いことを意味しているに間違いないでしょう」

「そうだ。現実に蘇我蝦夷の天皇としての振る舞いが露骨だ」

葛城(中大兄皇子)は年少のためかあまり口を利かずに聞き役になっていることが多い。会話は鎌子と大海で進行していく。

「蘇我蝦夷の高圧的な治世には諸卿も民も反発しています。先日も厩戸天皇の娘の上宮大郎姫王が上宮家の乳部を蘇我親子の墓づくりに勝手に動員したのに抗議したところ蘇我のものに殺されてしまいましたぞ」

「困ったことだが、それは我らが描いた筋書き通りに事が運んできたことを示しているのだ」

「蘇我氏を天皇にし、それに悪政をさせ、不満を嵩じさせ、民意を背景に正義の形で蘇我氏を滅ぼし、そしてこの葛城を天皇にする。その時に我ら拓跋部の血を引く天皇が誕生するわけです。大拓様以来の夢が現実となる日も近づいてきたように感じます」

「近づけば近づくほど慎重に行動せよ。気づかれれば我らが滅ぼされることになる。倭国を手に入れるのはもうすぐなのだ」

大海が葛城を見た。

葛城は頷いた。

「良いか葛城。道教などの勉強だけではいかん。体を鍛え、胆力を養い、いざという時に戦えるだけの準備をしておくのだ。お前が直接行動する時は近い」

「そうだ。蘇我を滅ぼすときにその大役を担うのは葛城、お前でなくてはならぬ。父も兄も直接は手を下せぬ。お前が蘇我を倒せばこそ諸卿や民の支持が集まり天皇即位が可能になるのだ」

「分かっています」

葛城は小さな声で答えた。

「それにしても厩戸天皇の治世を懐かしむ声は国中に満ち、山背大兄王の即位を願う声が渦巻いています」

「それだけに山背大兄王の命が危ない。山背大兄王だけでなく上宮家一族が根絶やしにされる危険がある」

「人望のある山背大兄王を本当に殺したりするでしょうか」

「崇峻天皇も、田村（舒明）天皇も、そして厩戸（聖徳）天皇も既に三代の天皇が暗殺されたのだぞ。蝦夷はまだそれほどでもないがあの入鹿は手に負えぬ。蝦夷と違って我らに相談などせぬ。唐の使者高表仁と争いをして追い返してしまったほどの思い上がりものだ。何をしでかすか分かったものではない。逆にだからこそ我らが思った通りになってきたのだが」

「では山背大兄王は近々……」

「どのような事態にも対応できるように準備だけは常にしておくことだ」


甘樫の丘の蘇我の屋敷では蘇我入鹿が巨勢徳太臣と土師娑婆連を密かに呼んでいた。

「良いか。お前たちは兵を率いて斑鳩の宮に行き山背大兄王を討ち果たしてこい」

「今すぐに、でございますか」

「そうだ。世には山背大兄王を待ち望む声が日増しに大きくなってきている。その声がもっと大きくなれば山背大兄王を待ち望む声が今度は蘇我氏の失脚を望む声にと変化しよう。そうなる前に始末をしなければならんのだ」

「事は重大でございます。蝦夷様のお考えを伺った方がよろしいのでは」

「うるさい。父上もだんだん年老いてきた。昔の父上ならいざ知らず今の父上では山背大兄王を斑鳩の宮に襲うなど決断できまい。構わぬ。すぐに斑鳩の宮を襲うのだ」

「それが入鹿様のご命令とあれば」

二人は近くにいた兵を集めると斑鳩宮に向かった。その様子は斑鳩宮に急報された。

「何、蘇我入鹿の手のものが攻め寄せてくると。その目的は山背大兄王様か」

「この斑鳩宮を攻めるのに他に何の目的がございましょう」

「山背大兄王様はここで静かにお暮しになっているだけ。何もしていないのになぜ蘇我入鹿に襲われるのか」

「山背大兄王様の人望が高く、蘇我親子の評判が悪いためでしょう」

「とにかく敵の人数を探れ」

「三十人ほどかと思われます」

「宮にいる舎人を集めよ。武器を持たせてな」

大声で命じたのは奴三成（やつこみなり）だった。斑鳩宮の門の前に扇型に陣を張り、襲撃者を待ち受けた。襲い来る敵の数が多いにもかかわらずこの奴三成はまったく臆することなく自慢の弓を手に斑鳩宮の門の中央に陣取っている。

土師娑婆連が前に出た。

「その物々しい出で立ちは何だ。ここは斑鳩宮。厩戸天皇の宮にして今は山背大兄王の住まうところだ。早々に立ち去れ」

　奴三成が大声で先に声をかけた。

「我らは大臣蘇我入鹿様の命で来た。そこをどけ」

「そう言うおまえは誰だ。名を名乗れ」

「土師娑婆連だ。お前は誰だ」

「斑鳩宮の大舎人、奴三成だ。ここより先には何者も入れぬ」

「やむを得ん。押し通れ」

　土師娑婆連は部下に命じた。部下は一斉に斑鳩宮の門に殺到する。いや殺到しかけた。しかし先頭を走った二人三人が奴三成の矢に倒れた時、殺到は止まり、退却しようかと迷う兵の姿になった。すっかり腰が引けてしまっている。

「何を躊躇う。突っ込むのだ」

　土師娑婆連はそう叫ぶと先頭に立って進んだ。が、その端娑婆連の胸板を奴三成の矢が射抜いた。土師娑婆連は声を発することなくその場に崩れた。即死したのだ。それを見た兵たちは反転して逃げ出した。

　その状況に許勢徳太臣もなす術もなく、一旦退却した。

「あのような一騎当千のものがいるのでは正面から戦っても無理だ。斑鳩宮に火を放とう」

　巨勢徳太臣は作戦を変更した。斑鳩宮を守る舎人の数が少ないことを知ったので周りを囲み火を付けるという、人数が有利を導く方法を選んだのである。

舎人たちは各所に上がる火を消すのに追われた。手の足りなさは消せない火が増えることで明らかだった。

巨勢徳太臣は勝利を確信した。そして火は斑鳩宮全体に広がり、やがて宮は焼け落ちた。

「中を探せ。山背大兄王の遺骸を探すのだ」

巨勢徳太臣の部下たちはまだ煙を上げ、くすぶり続けている宮の中に入り、そして宮の奥で骨を見つけた。

「遺骸ははっきりしませんがすでに焼けてしまった骨が見つかりました」

その報告を聞いた巨勢徳太臣はその骨が山背大兄王のものだと思った。そして蘇我入鹿の命を果たしたと引き上げた。

しかしその時、山背大兄王とその一族、さらに三輪文屋君、舎人田目連とその娘などが竜田川沿いに山に向かって逃げていた。そして生駒山の中に隠れた。四、五日が過ぎた。斑鳩宮をやっとの思いで脱出したのはいいが食料を用意するいとまなどなかった。水は沢の水で間に合ったのだが食料が無いのに困った。

「このままではここで飢え死にいたします。山を下りざるを得ません」

三輪文屋君が言った。

「山狩りがない所からは蘇我のものは我らが斑鳩宮で焼け死んだと思っているのだな」

「そのように思われます」

「それで山を下りて何処に向かう」

「まずは深草の屯倉に行き、そこから馬で東国に逃れ、乳部の民を動員して軍を興し、戻れば蘇我のものどもに負けるとは思えません。とりあえず深草にまいりましょう」

山背大兄王は沈黙した。じっと考えている。

時が流れた。誰も口を利かない。冬の寒風が木々を揺らし、枝を鳴らす。そのぴょ～という音だけが聞こえる山中は寒さが募る。

漸く山背大兄王は口を開いた。

「文屋の言う通りにすれば確かに戦いには勝てると思うが、民を戦に巻き込みたくないのだ。戦をすれば必ず死人が出る。勝ったとしても戦で父を失うものが悲しむのは心苦しい。それよりこの身を捨てて国がまとまるのであればその方が役立ったということではないのか」

「では進んで命を蘇我入鹿に差し出すと仰せられるのですか」

「我が父、厩戸天皇は斑鳩宮で亡くなったが、ほとんど時を同じくして膳夫人も亡くなっている。病気でもなかったのに」

「流行り病で急死したと言われていますが」

「それはおそらく嘘であろう。流行り病であろうと具合が悪くなれば医者を呼ぶだろう。しかし誰も呼ばれていないのだ。噂では厩戸天皇は刺客に殺されかけた時に、かつて物部守屋様を殺しているから何時かはこうなるものと思っていたと言い、自ら毒を飲んで果てたとのことだ。恐らくそれが本当のところであろう」

「だからといって山背大兄王様は誰も殺してなどいませんし、恨まれるようなことは何一つしていないではありませんか」

「父王から教わった慈悲の心を全うしたいのだ。皆が死ぬことはない。皆逃れて生きてくれ。蘇我入鹿も全員を殺そうとしているわけでもあるまい」

「ではどちらに」

「斑鳩宮は焼け落ちてしまったが幸い斑鳩寺（旧法隆寺、若草伽藍）は健在だ。とりあえず斑鳩寺に行こうと思う」

つき従ってきたものは涙を流しながら、

「では我らも一緒に」

と、口々に言った。

「ならば斑鳩に戻る」

山背大兄王は立ち上がった。


ちょうどその頃、生駒山の山中で山背大兄王を見たものがいるとの報告が甘樫の丘の蘇我の屋敷に届いた。

「何だと、山背大兄王たちが生きていると。死んだと報告したではないか、斑鳩宮の焼け跡で山背大兄王の骨を見つけたと言ったのは何だったのだ」

蘇我入鹿は怒りより驚きの方が大きかった。

……まずい。死んだと思って安心していた。人気のある山背大兄王が生きていると知れば多くの氏族、それだけでなく多くの民が味方に付くことだろう。皆に知れ渡る前に山背大兄王の息の根を止めなければ……

焦りに声を上ずらせながら蘇我入鹿は近くにいた甘樫の丘の蘇我屋敷、すなわち天皇の宮の守護に派遣されていた高向臣國押に向かって言った。

「急いで生駒の山に行って山背大兄王を捕まえてこい」

高向臣國押は静かに答えた。

「私はこの御門の警備のために派遣されているものです。御門を離れる仕事を引き受けるわけにはいきません」

高向臣國押は蘇我入鹿の部下ではない。蘇我蝦夷の部下でもない。高向古足に命じられて御門に詰めているのである。

入鹿は激高しかけたがとどまった。ここで大騒ぎを興せば蘇我蝦夷に内緒で山背大兄王を殺そうとしていることが露見してしまうと気が付いたのだ。

……自分が生駒の山に行き、山背大兄王を捕え、殺してしまうのが一番確実だ。斑鳩宮と同じようにごまかされる心配がある……

蘇我入鹿はそう思い、自ら出かけようとした。その時古人大兄皇子が追いかけてきた。

「入鹿殿、いずれにお出かけか」

相手が古人大兄皇子では振り切るわけにもいかず、入鹿は事情を説明した。

「ご用心なさる方が良い。ネズミは穴に隠れて生き、穴を失いて死ぬのだから」

と古人大兄皇子は冷静に語った。

蘇我入鹿は深呼吸をした。

「その意味は」

「言葉通り。ネズミは穴から出ぬ方が良いと、生きるためには」

「分かった。兵を生駒の山に派遣しよう」

蘇我入鹿は部下に命じて生駒の山を探索させた。しかし山中にはだれもいなかった。

……逃げられたか……

蘇我入鹿が愕然としていた時、山背大兄王たちが斑鳩寺にいるとの報告が届いた。そこで大急ぎで斑鳩寺を兵で囲んだ。今度こそ逃げられないようにと厳重にした。ところが様子がおかしい。斑鳩寺にこもった山背大兄王の舎人たちに戦う様子が見られないのだ。様子をうかがっていると三輪文屋君が門から現れた。

「山背大兄王様のお言葉を伝える。畏まって聞くが良い」

蘇我氏の兵も厩戸天皇が立派な人だったことやその子の山背大兄王が優れた人であることを知っている。斑鳩寺を囲んだ兵たちは静まり返った。

三輪文屋君は大声で取り囲む兵士全てに聞こえるように叫ぶように言った。

「兵を興し闘えば蘇我入鹿に勝てることは間違いない。しかしわが身を助けるために多くの民を犠牲にすることなどしたくない。したがって欲しいというのならわが命を蘇我入鹿にくれてやる」

「おお」

というどよめきが起こった。

三輪文屋君は、

……勝った。これが本当の勝利なのだ。山背大兄王様は何とも偉いお方だ。これで蘇我入鹿が何の罪もない山背大兄王様はじめ多くの皇子、皇女たちを殺したことが世に知れ、蘇我の世など長くは続くわけがない。民の血を一滴も流さずに敵に勝つとはこういうことなのか……

と思っていた。そして斑鳩寺の門内に入り、塔の中にいる山背大兄王に報告に戻った。

戦わぬ相手は、無抵抗なるがゆえに殺しにくい。斑鳩寺を取り囲んだ兵は独断では何もできず、蘇我入鹿に報告し、指示を仰いだのである。

「斑鳩寺に山背大兄王以下上宮家のものたちが集まっておりますが戦うつもりはないと言っていいます。命は要らぬ、好きなようにせよと。武器を持たぬものを攻めるというのも何とも力が入りません。ご指示をいただきたいのですが」

いわゆる戦における拍子が合わぬという状況なのだ。

「よし。ワシが行く」

蘇我入鹿はそう答えると、腹心の部下数人を引き連れて斑鳩寺に向かった。

斑鳩寺の前まで来た。蘇我の兵たちは相手が戦わぬというので緊張感なくだらだらと囲んでいる。

「これだけの兵が見ております。無抵抗の山背大兄王を殺しては悪名が広まりましょう」

巨勢徳太臣が苦しそうな顔をして蘇我入鹿に言った。

「その通りだ。しかし、何か方法があるか。このまま許してしまうわけにもいかぬ。そんなことをすれば負けたも同然。次の天皇を山背大兄王にすると公言したようなものだ。ここまで来てしまった以上無抵抗であろうが殺してしまうより外はない」

「上宮家の一族は如何いたしますか」

「皆まとめて殺してしまおう。半端なことをすればかえって混乱を招く」

「では、皆殺しに」

「やむを得ん」

そう言うと蘇我入鹿は斑鳩寺の中に入った。門を入ると目の前に塔が立っている。塔の前の礼拝石の辺りに上宮家の一族がいる。皇女もいる。

……若い皇女なども殺すのか……

蘇我入鹿と雖も気が滅入ることだった。

蘇我入鹿が来たというので山背大兄王は塔から出てきた。そして蘇我入鹿の前に立つと、

「我らがいては何か都合の悪いことでもあるのか。戦えというものもいたが我らは戦わぬことにした。命が欲しいというなら奪うが良い。父厩戸天皇もお前たちに殺された。我が一族は蘇我より出でて、蘇我によって滅ぼされる運命なのであろう。一つ頼みがある」

「何だ」

「この斑鳩寺（若草伽藍）は物部守屋の菩提を弔うために建てた寺だ。その寺を血で汚しては父厩戸天皇に申しわけない。回廊の外で殺してもらえないか」

「良かろう。ならば回廊を北側に出ろ。懐かしき斑鳩宮の焼け跡を見ながら死ねば良い」

山背大兄王とその一族、そして舎人たちは斑鳩寺の回廊を出た。まだ火事場の焦げ臭いにおいが充満している。

「この辺りで良いだろう」

蘇我入鹿ではなく山背大兄王がそう言った。

山背大兄王と一族を囲むように蘇我の兵が並んだ。誰も何も言わない。この皇女を含む無抵抗の一団を殺すということに誰もが気が進まないのだ。

「よし。全員を殺せ」

蘇我入鹿が命じた。

しかし誰も剣を抜かない。明らかにみんな尻込みしている。

「やむを得ん。ワシが山背大兄王を刺す。巨勢徳太臣たちはその他のものを刺せ」

そう言うと蘇我入鹿は剣を抜き、山背大兄王の胸を突いた。

吹出す血で衣服がみるみる赤く染まる。山背大兄王は声も上げずにその場に崩れた。

「ああ」

という叫びが皇女たちから上がった。

それを合図にしたかのように巨勢徳太臣たちが次々に皇子、皇女たちと舎人たちを刺した。斑鳩宮の西側、斑鳩寺の北側、つまり現在の法隆寺の辺りに約五十人ほどの血まみれの死体が折り重なるように横たわった。

皆その光景を呆然と見ている。声を出すものがいない。

沈黙を破るように蘇我入鹿が大声を出した。

「二つの大きな穴を掘れ。一つには山背大兄王と上宮の一族の遺骸を入れよ。もう一つには舎人たちの死体を入れよ。急げ、この様子を誰にも見られてならぬ。他のものは見張りに立て」

その日のうちに遺骸は全て穴に入れられ埋められた。

「良いか。山背大兄王を慕うもの、敬うものは数多い。その遺骸や持ち物を手に入れようとするものが必ず現れる。何人もここに近づけてはならぬ。墓を造ることも許さぬ。これより昼夜にかかわらず見張りの兵を置き警戒するように」


この騒ぎは蘇我蝦夷の知るところとなった。蘇我蝦夷は怒っていた。しかし入鹿に対して何も言わなかった。

高向鎌子はこの頃では鎌足と称していた。その鎌足を蘇我蝦夷は壇山宮に訪ねた。甘樫の丘の蘇我屋敷に呼びださずに壇山宮での面談を望む時は必ず内々の話がある時だった。

「わざわざのお越しをいただきまして……」

鎌足はすっかり貫禄が付いてきている。

「何、麓の馬子様の墓に参っての、報告とお詫びを申し上げてきたついでじゃよ」

「報告とお詫び」

「そうだ。蘇我氏の命運も尽きるかもしれぬ。ワシの力が足りず、入鹿をきちんと教育できなんだことを詫びてきたのだ」

「蝦夷様が詫びることなどございますのでしょうか」

「ある」

「もしやこの間の山背大兄王とその一族皆殺しの……」

「そうだ。入鹿の馬鹿め。とんでもないことをしでかしおって」

「そんなことをしなくても蝦夷様は既に天皇でありましたものを。入鹿様は次の天皇位の継承の時に山背大兄王様と争いになるとでもお考えになったのかもしれませんが」

「山背大兄王はまったく抵抗せず、一族の皇女までもがなされるままに入鹿の手勢に剣で刺されて死んだという。これで上宮王家は断絶してしまった。しかも蘇我氏が殺したことをすべての人が知っているのだ」

「せめて争い、戦いであれば……」

「仏教の守護者だと公言し、多くの寺を建てたがこれでは三宝に帰依していると言っても誰もが嘘だと思うであろう」

「……」

「山背大兄王たちが死んだ時に斑鳩寺の上に天女が現れて舞い、五色の旗がなびいたというぞ。それではまるで山背大兄王が神の意にかない、入鹿が神に背く大罪を犯したと言っているようなものだ」

「天女が舞ったというならば山背大兄王たちは神のいる天に昇ったということです」

「我らには必ず天罰が下る。思えば馬子様は義理の兄である大連の物部守屋様を殺してしまった。この蝦夷は蘇我から出た厩戸天皇を殺した。そして入鹿がその厩戸天皇の太子、山背大兄王を殺した。

これだけ罪を重ねた血塗られた蘇我氏がこのまま繁栄、いや存続できるわけがない。蘇我氏は早晩滅ぶとみて良い。入鹿など必ず非業の死を遂げるであろう」

「何をいたしますれば……。何かできることが……」

「頼みたいことがあった」

「何なりと仰せください」

「入鹿は横暴な性格だ。唐の使者高表仁にも無礼を働き、高表仁は怒って唐に帰ってしまった。当然だが唐との関係は良くない。あのような男を天皇になどしてはならぬ」

「でもせっかく蘇我氏が天皇の位に……」

「あのバカが自分でそうしてしまったのだから仕方あるまい。もしワシが死んだら入鹿が次の天皇にならぬようにしてほしいのだ」

「何を仰せですか」

「いや、これ以上この国に不幸を招くようなことは避けねばならぬ。それが天皇たるこの蝦夷の責任だと思う」

「と申しましても、天皇にしない方法などございますまい」

「一つ方法がある」

「えっ」

「そうだ。入鹿を殺すのだ」

「蝦夷様の子ですぞ」

「だからこそ父親であり天皇であるワシが鎌足に頼むのだ」

「そこまでの御決意ですか」

「入鹿の性格、態度、行動、全てが天皇には相応しくないがあの勢いにはワシとて手が出せぬ。かといっていずれ遠くない将来に彼が滅ぶのは目に見えている。国中、いや外国にも反感を買っているのだからな」

「蘇我氏の将来は」

「石川麻呂を鎌足に協力させよう。大臣などにしなくても良い。蘇我氏が途絶えなければそれで良い」

「なぜそのようなことをこの渡来のものである私に」

「お前たちはこの国の表も裏も知っている、唐の国の上層部もお前たちの親戚だ。知識も技術もあれば、大量の馬を養い、騎馬を得意とする兵も持つ、つまり力も巨大だ。今やお前たちを無視して倭国を経営することなどできぬのだ。それに寶皇女を田村（舒明）天皇の皇后としたことですでに鎌足、お前は天皇とも親戚関係にあるのだ」

「だからと言って」

「我が子を始末しなければ国も氏族も救えぬとは。我ら蘇我氏は悪いことをしすぎたのだ」

この嘆きを聞いて、鎌足は、

……その蘇我氏をそのようにしたのは全て我らが策謀。一番悪いのは我らだ。だが中国ではそのようなことは日常茶飯事、皆そうして天下をとってきたのだ。いよいよ蘇我を滅ぼし天下を手にする日が近づいてきた……

と思っていたがそんなことはおくびにも出さず、神妙な顔をして蘇我蝦夷の言うことを静かに聞いていた。

深刻な話をしているうちに日はとっぷり暮れて辺りが暗くなってきた。

「蝦夷様。暗い山道は危険です。今日はここにお泊りください。明日夜が明けてからお戻りいただければと存じます」

「ではそうするか。あまりに暗く重い話をしてしまった。そのためか疲れた」

「では秘伝の薬膳などを召し上がっていただき、元気を取り戻してもらいましょう」

その夜壇山宮の上の夜空に大きな星が流れた。赤みを帯びたその色は何か異変が起きるのを暗示しているようだった。蘇我氏の滅亡が近づいているのを天が示したものか。

いよいよ飛鳥時代は蘇我氏滅亡の、乙巳の変に向かって大きく動き始めた。

（注）山背大兄王たちの死に関する記述は『日本書紀』、『上宮聖徳法王帝説』、『上宮聖徳太子傳補闕記』にある。それぞれをまず引用しよう。

『日本書紀』

「十一月丙子朔、蘇我臣入鹿、遣小德巨勢德太臣、大仁土師娑婆連、掩山背大兄王等於斑鳩。或本云、以巨勢德太臣、倭馬飼首爲將軍。於是、奴三成、與數十舍人、出而拒戰。土師娑婆連、中箭而死。軍衆恐退。軍中之人、相謂之曰、一人當千、謂三成歟。山背大兄、仍取馬骨、投置內寢。遂率其妃、幷子弟等、得間逃出、隱膽駒山。三輪文屋君・舍人田目連及其女・菟田諸石、伊勢阿部堅經、從焉。巨勢德太臣等、燒斑鳩宮、灰中見骨、誤謂王死、解圍退去。由是、山背大兄王等、四五日間、淹留於山、不得喫飮。三輪文屋君、進而勸曰、請、移向於深草屯倉、從茲乘馬、詣東國、以乳部爲本、興師還戰、其勝必矣。山背大兄王等對曰、如卿所導、其勝必然。但吾情冀、十年不役百姓。以一身之故、豈煩勞萬民。又於後世、不欲民言由吾之故喪己父母。豈其戰勝之後、方言丈夫哉。夫損身固國、不亦丈夫者歟。

有人遙見上宮王等於山中、還噵蘇我臣入鹿。入鹿聞而大懼、速發軍旅、述王所在於高向臣國押曰、速可向山求捉彼王。國押報曰、僕守天皇宮、不敢出外。入鹿卽將自往。于時、古人大兄皇子、喘息而來問、向何處。入鹿具說所由。古人皇子曰、鼠伏穴而生。失穴而死。入鹿由是止行。遣軍將等、求於膽駒。竟不能覓。於是、山背大兄王等、自山還、入斑鳩寺。軍將等卽以兵圍寺。於是、山背大兄王、使三輪文屋君謂軍將等曰、吾起兵伐入鹿者、其勝定之。然由一身之故、不欲傷殘百姓。是以、吾之一身、賜於入鹿、終與子弟妃妾一時自經俱死也。于時、五色幡蓋、種々伎樂、照灼於空、臨垂於寺。衆人仰觀稱嘆、遂指示於入鹿。其幡蓋等、變爲黑雲。由是、入鹿不能得見。蘇我大臣蝦夷、聞山背大兄王等、總被亡於入鹿、而嗔罵曰、噫、入鹿、極甚愚癡、專行暴惡、儞之身命、不亦殆乎。」

『上宮聖德法王帝說』

「飛鳥天皇御世　癸卯年十月十四日　蘇我豐浦毛人大臣兒入鹿臣■■林太郎　坐於伊加留加

宮　山代大兄及其昆第等　合十五王子等悉滅之也」

『上宮聖德太子傳補闕記』

「癸卯年十一月十一日丙戌亥時　宗我大臣并林臣入鹿　致奴王子兒名輕王　巨勢德太古臣大臣大伴馬甘連公　中臣鹽屋枚夫等六人　發惡逆至計太子子孫　男女廿三王無罪被害【今見計名有廿五王】

山代大兄王　殖栗王　茨田王
乎末呂王　菅手古女王　春米女王
近代王　桑田女王　礒部女王
三枝末呂古王　財王　日置王
片岳女王　白髪部王　手嶋女王
孫　難波王　末呂古王　弓削王
佐保女王　佐々王　三嶋女王
甲可王　尾張王

于時王等皆入山中　經六箇日　辛卯辰時　弓削王在斑鳩寺　大狛法師手殺此王　山代大兄王子率諸王子　出自山中　入斑鳩寺塔内　立大誓願曰　吾暗三明之智　未識因果之理　然以

佛言推之　吾等宿業于今可賽　吾捨五濁之身　施八逆之臣　願魂遊蒼旻之上　陰入淨土之蓮　擎香爐大誓　香氣郁烈　上通雲天上　三道現種々仙人之形　種々伎樂之形　種々天女之形　種々六蓄之形　向西飛去　光明炫燿　天華零散　音樂妙響　時人仰看　遙加敬禮　當此時　諸王共絶　諸人皆歎未曾有曰　王等靈魂天人迎去而滅　賊臣等目唯看黑雲微雷掩于寺上　賊臣滅太子子孫　後乃告於大臣　大臣大驚曰　聖德太子子孫無罪　奴等專輙奉除　我族滅亡其期非遠　未幾大臣合門被誅　亦如其言　可何奇

壬辰年三月八日　東方種々雲氣飛來覆斑鳩宮上　連於天良久而消　又有種々奇鳥　自上下自四方飛來悲鳴　或上天或居地　良久即指東方去　又池溝瀆川魚鼈咸自死也　天下生民皆悉哭愴　又池水皆變色水大臭矣　又同年六月海鳥飛來居上宮門　又十一月　飽波村有虹　終日不移　人皆異之　又王宮有不知草　忽開青華須臾而萎　又有二墓　如人立行　又有二赤牛如人立行　又無量蛙匍伏王門　有小子　造弓射蛙爲樂　有童子相聚　謠曰

「盤上爾　子猿居面【二字以音】燒　居面太邇毛　多氣天【已上八字以音】今核　鎌宍乃伯父」

又曰

「山代乃　菟手乃氷金爾　相見己世禰　菟手支」

此二謠皆有驗　預言太子子孫滅亡之讖　斑鳩寺被災之後　衆人不得定寺地　故百濟入師率衆人　令造葛野蜂岡寺　令造川内高井寺　百濟聞師　圓明師　下氷君雜物等三人合造三井寺

家人馬手　草衣之馬手　鏡中見　凡波多　犬甘弓削　薦何見等　並爲奴婢　黑女蓮麻呂爭

論麻呂弟万須等　仕奉寺法頭家人奴婢等根本妙教寺令白定　麻呂年八十四　己巳年死　子足人　古年　十四年壬午八月廿九日出家大官大寺　麻呂者聖徳太子十三年丙午年十八年始爲舍人　癸亥年二月十五日始出家爲僧云云」

即ちこれら三種の資料には若干の相違がみられる。それらをまとめれば、

	日本書紀	上宮聖徳法王帝説	上宮聖徳太子傳補闕記
年月日	皇極二年十一月	癸卯年十月十四日	癸卯年十一月十一日
場所	斑鳩寺	斑鳩宮	斑鳩寺
自殺／他殺	終與子弟妃妾一時自經倶死也（自ら首を括っての死）	入鹿が悉く滅した（他殺）	無罪被害（罪なくして害さる、他殺）
死者数	與子弟妃妾（人数記載なし）	山代大兄及其昆第等合十五王子等	發惡逆至計太子子孫男女廿三王

なお、『上宮聖徳太子傳補闕記』には殺された二十三人の皇子と皇女の名前が記載されている。さらに、襲ったおもなものの名前も書き遺している。（引用本文参照）

諸王が亡くなった時の様子を『上宮聖徳太子傳補闕記』は、

「香氣郁烈　上通雲天上　三道現種々仙人之形　種々伎樂之形　種々天女之形　種々六蓄之形　向西飛去　光明炫燿　天華零散　音樂妙響　時人仰看　遙加敬禮　當此時諸王共絶　諸人皆歎未曾有曰　王等靈魂天人迎去而滅」

即ち読み下せば、「香気は郁烈として、上は雲天上に通い、三道に種々の仙人の形、種々の伎楽の形、種々の天女の形、種々六蓄の形現れ、西に向かいて飛び去る。光明は炫燿として、天華は零散し、音楽は妙響す。時の人仰ぎ看て、遥かに敬禮を加う。當にこの時に諸の王共に絶えぬ。諸人みな未曽有を嘆きて曰く、王等の霊魂は、天人迎え去りて滅びぬ」と表現している。

仙人、天女が現れ、伎楽が演じられ、六蓄（牛、馬など六種の家畜）などが現れ西方に飛び去ったとあるところから仏教の浄土というより道教の天の国が現れたとみるべきではないか。仏教でいう浄土とは明らかにそのイメージが異なる。道教の无寿國（天寿國繡帳は无寿の「无」を「天」と間違えたのであろうとされている）を示しているように感じる。『日本書紀』では自ら括りとあるが自分で首を絞めて死ぬのは昔も今も難しい。入鹿たちに殺されたとするのが妥当であろう。殺したことを隠そうとしての操作だと思う。

こうして上宮家一族が滅び去り、飛鳥時代は蘇我氏の滅亡という次のフェーズに移行していく。

参考資料：年表

（筆者による歴史解読に基づく年表であって一般に流布している年表とは内容が異なる部分がある）

西暦	和暦	出来事
五〇七	継体元年	崇神天皇、垂仁天皇という百済系天皇の後、息長帯姫皇后からは新羅系の天皇が倭の五王時代を通じて悪政、虐政を行い大倭（倭国）は乱れた。日の本系の氏族の総意で日の本の国が治める越の国のオホド王を迎え継体天皇として即位させた。しかし新羅系の抵抗が強く大和入りができず、山背の国の楠葉などに二十年間とどまらざるを得なかった。
五一二	継体六年	百済が任那の上哆唎、下哆唎、娑陀、牟婁の四郡の割譲を求める。大伴大連金村、これを聞き入れる。
	継体七年	六月、百済が五経博士段楊爾を貢る。百済が己汶の返還を願う。 八月、百済の太子、潤陀王死す。 十一月、百済に己汶を賜る。
	継体十年	百済が五経博士漢高安茂を派遣し、段楊爾と交代させる。

	継体十二年	弟國に遷都。 年月不詳：北魏系渡来人が帰化。
五二三	継体十七年	五月、百済の武寧王死す。
五二三	継体十八年	百済の聖明王即位。
	継体二十年	大和の磐余の玉穂に遷都。
五二七	継体二十一年	新羅と気脈を通じた筑紫の磐井が反乱を起こし、新羅征討軍派遣を妨害する。
五二八	継体二十二年	物部麁鹿火大連が磐井の乱を平定。
五三一	（継体二十五年？）	継体天皇暗殺。 百済本記：「日本の天皇および太子、皇子倶に崩薨りましぬ」 日本書紀：「男大迹天皇、大兄を立てて天皇としたまふ。即日に、男大迹天皇崩りましぬ」
五三一	欽明元年	欽明天皇即位（安閑、宣化は継体と共に暗殺されていた？） 欽明天皇即位は日本書紀の記述通りなら五三九年となる。 継体天皇のとき、泰大津父（本書での元大拓）を重用したこと、欽明天皇が「あつく寵みたまふこと日に新なり」と寵臣としたこと、大蔵を任せたことが日本書紀に記述されている。

		元大拓（大津父）は拓跋氏のものだが、日本書紀では出自を泰氏の如く偽って書いているようだ。 大連：大伴金村、物部尾輿 大臣：蘇我稲目宿禰 七月、磯城嶋金刺宮に遷都。 八月、泰人（中国系渡来人全体を指す）の戸数が七千五十三戸。大蔵掾を泰伴造とする。 九月、欽明天皇が「新羅を討ちたい」と言う。
	欽明二年	記述：「帝王本紀に、多に古き字ども有りて……」
	欽明五年	十二月、佐渡の島の北の岬に粛愼人が来る。
	欽明六年	九月、百済が天皇のために丈六の仏像を造った。 是歳、高句麗で内戦あり。安原王薨去。
	欽明七年	高句麗の内乱つづく。
	欽明九年	百済に三百七十人の援軍を派遣。
	欽明十一年	百済に矢、三十具（千五百本）を賜う。
	欽明十二年	百済に麦種一千斛を賜う。 百済の聖明王が軍を率いて高句麗を攻め、漢城を奪還し、さらに平壌まで進撃した。

五三八	欽明十三年	百済の聖明王が、釈迦仏金銅像、経論などを献上。欽明天皇がこれを敬うべきか下問す。蘇我大臣稲目宿禰「諸国は皆敬っている。わが国だけが敬わぬという訳にはいかぬ」。物部大連尾輿、中臣連鎌子「我が国の神をこそ祀るべきだ」と論争有。（ただし、中臣鎌子なる名は中臣系図に見当たらない） 蘇我大臣稲目宿禰に仏像を預ける。疫病が蔓延、仏教の為と物部大連尾輿と中臣連鎌子が主張し、寺を焼き、仏像を難波の堀江に流す。 是歳、百済は漢城と平壌を放棄、新羅が漢城に入る。
	欽明十四年	百済に、馬二匹、同船二艘、弓五十張、矢五十具を賜う。 交代時期が来た醫博士、易博士、暦博士を交代させる。百済に卜書、暦本、薬を依頼。
	欽明十五年	百済からの易博士、暦博士、醫博士、五経博士などが交代。 十二月、倭国、百済連合軍が新羅と交戦。百済の聖明王が新羅との戦の中で死す。 聖明王の子、恵を佐伯連、安倍臣などが百済に送る。筑紫の兵を以て守る。
	欽明十八年	聖明王の王子、余昌が即位して威徳王となる。
	欽明二十一年	新羅がようやく朝貢する。
五六二	欽明二十三年	一月、新羅が任那を滅ぼす。併せて十国。それなのに七月に、新羅から朝貢の使者が来る。その間の事情から使者は帰国せず。 大将軍紀男麻呂宿禰を派遣して新羅を攻撃させる。新羅の奸計に苦戦。

		八月、大将軍大伴連狭手彦、大軍を率いて高句麗を攻め、勝利し、戦利品を持ち帰る。
	欽明三十一年	三月、蘇我大臣稲目宿禰が死去。
	欽明三十二年	四月、欽明天皇薨去。
五七二	敏達元年	四月、敏達天皇即位。 大連：物部弓削守屋 大臣：蘇我馬子宿禰
	敏達六年	十二月、百済から経論と共に、律師、禅師、比丘尼、呪禁師、造仏工、造寺工が献上される。
	敏達七年	三月、菟道皇女を伊勢の斎王とするも池邊皇子に犯され、斎王を辞す。
	敏達八年	十月、新羅が仏像を献上。
	敏達十年	二月、日の本の国との境で衝突が起きる。
	敏達十三年	九月、百済から鹿深臣が弥勒の石像一体を、佐伯連が仏像一体を持ち帰る。蘇我馬子宿禰がその二体の像を得た。馬子の屋敷の東に仏殿を建て、その石像を安置した。馬子は石川の屋敷にも仏殿を建てた。「仏法の初め。茲より作れり」と日本書紀にある。

西暦	年	事項
	敏達十四年	二月、蘇我馬子が大野丘の北に塔を建てる。鞍部村主司馬達等の持つ仏舎利を塔の柱頭に蔵む。蘇我馬子病になる。国中に疫病が蔓延する。 三月、物部弓削守屋大連と中臣勝海大夫とが「疫病の流行は蘇我大臣が仏法を興し行うためなり」と奏上し、天皇が「仏法を断めよ」と命じる。物部弓削守屋は塔を倒し、燃やし、仏像、仏殿も焼いた。そして焼いた仏像などを難波の堀江に捨てた。すると天皇と大連が急に疱瘡にかかった。それどころか国中に蔓延した。 六月、蘇我馬子宿禰の願いを聞き入れて「馬子に限り仏法を行うべし」と許しが出る。 八月、敏達天皇崩御。
	敏達十四年	九月、用明天皇即位。磐余に池邊雙槻宮をつくる。 大連：物部弓削守屋 大臣：蘇我馬子宿禰 用明天皇の皇女、酢香手姫皇女を伊勢の斎王とする。
	用明元年	五月、穴穂部皇子の殯宮事件。
五八七	用明二年	四月、新嘗。（元来大嘗祭は十一月に行うはずなので異常） 用明天皇が病気になり、「三寶に帰らむ」と発言。蘇我馬子宿禰（拝仏派）と物部弓削守屋（拝神派）の争い勃発。物部大連は阿都に戻り、兵を集める。

		四月、用明天皇崩御。 六月、用明天皇の皇后を天皇の代わりにして、穴穂部皇子と宅部皇子を殺せ」と詔する。（北魏の馮太后の故事に類似） 七月、蘇我馬子宿禰と同調氏族軍が澁川（現在の八尾市）の物部弓削守屋の陣（屋敷）を攻撃。物部弓削守屋戦死。物部氏滅亡。 八月、崇峻天皇即位。（日本書紀には「天皇を勧めて」とあるが「誰に」が書かれていない）
	崇峻元年	百済から仏舎利献上。また、僧、寺工、露盤博士、瓦博士、書工などを献上。 蘇我馬子宿禰が法興寺を建てる。
	崇峻二年	東山道、東海道、北陸道に日の本の国との境の調査のために人を派遣する。 八月、「任那を再興したい」と崇峻天皇が言う。 十一月、筑紫に二万余の兵を終結させる。
五九二	崇峻五年	十月、崇峻天皇が「いつかこの猪の頸を断るが如く、朕が嫌しと思ふところの人を断らむ」と発言。（蘇我馬子宿禰のことを言っている） 十一月、蘇我馬子宿禰が東漢直駒に命じて崇峻天皇を殺させる。殯などなく、その日のうちに倉梯岡に埋葬する。 筑紫に終結した兵を解散させる。

		十二月、敏達天皇の皇后、額田部皇女が豊浦宮で即位。（日本書紀は、豊御食炊屋姫天皇と書き始めているが、その幼名とされる（皇后）額田部皇女に請して、令践祚らむとす）と記述している。豊御食炊屋姫は伊勢の斎王の職名だろう。要注意）実際には厩戸天皇が即位したのだろう。
	厩戸四年	十一月、法興寺完成。
六〇〇	厩戸八年	二月、新羅と任那が交戦。これを受け、境部臣、穂積臣に万余の兵を預けて新羅を攻撃させた。船を直接新羅に着けて上陸し、五の城を攻め抜き、新羅を降伏させた。しかし兵を引いた途端に新羅はまたも任那に攻め込んだ。 小野妹子を隋に派遣。（第一次遣隋使、日本書紀に記載なし。隋書の開皇二十年の項を参照）
六〇一	厩戸九年	二月、斑鳩の宮を建てる。 三月、高句麗と百済に「任那を救え」と命じる。 九月、新羅の間諜が対馬に潜入。
	厩戸十年	二月、來目皇子を将軍として二万余の新羅征討軍を組織す。 六月、來目皇子病のため渡海できず。 十月、百済の僧、観勒が、暦、天文地理、遁甲方術の書を持ち来る。

六〇三	厩戸十一年	二月、新羅征討軍の将軍、來目皇子が筑紫で死去。 四月、來目皇子の兄、當摩皇子を新羅征討軍の将軍とする。しかし、妻が明石で死去したからと遂に軍を発せず戻ってしまった。 十月、小墾田宮に遷る。 十二月、冠位十二階を定める。
六〇四	厩戸十二年	四月、十七条の憲法を作る。
	厩戸十三年	四月、銅と繍の丈六の仏像各一体を作る。銅二万三千斤、金七百五十九両を費やす（元興寺縁起）。高句麗の大興王（嬰陽王）がこれを聞き黄金三百両を献上。 十月、斑鳩宮に遷る。
	厩戸十四年	四月、丈六の銅の仏像が完成。元興寺の金堂に安置する。 七月、厩戸天皇が勝鬘経を講義す。 ?月、岡本宮で法華経を説く。 播磨国の水田百町を斑鳩寺（旧法隆寺、若草伽藍）にいれる。（法隆寺縁起資材帳、聖徳法王帝説、日本霊異記それぞれ田の面積が異なる）
	厩戸十五年	二月、壬生部を定む。 七月、小野妹子を隋に派遣。（第二回遣隋使）

	厩戸十六年	四月、小野妹子が隋から、随使裴世清を伴って帰国。 八月、裴世清が「皇帝問倭王」に始まる王言という種類の書を持参、厩戸天皇に奉呈す。（小野妹子が百済で紛失した隋の国書なるものはもともと存在せず。この王言こそ隋からの「国書」である。国書は使者自らが所持し、相手国の王に直接渡すものである） 九月、隋に帰る裴世清の送使を兼ねて小野妹子らを隋に再び派遣する。（第三回遣隋使）
	厩戸十七年	九月、小野妹子、隋より帰国。
	厩戸二十一年	十一月、難波から都までの大道を造る。（難波道などか？）
六一四	厩戸二十二年	六月、犬上君御田耜を隋に派遣。（第四回遣隋使）隋の煬帝の時、大業十年。 八月、蘇我馬子宿禰が病に臥す。
	厩戸二十三年	九月、犬上君御田耜が帰国。
	厩戸二十四年	七月、新羅が仏像を献上。
	厩戸二十六年	八月、高句麗が朝貢す。曰く、「隋の煬帝、三十万の衆(いくさ)を興して我を攻む。返りて我が為に破られぬ……」。その戦利品を献上。
	厩戸二十八年	十二月、赤いほうき星が現れる。 是歳に、天皇記、国記、臣連伴造国造百八十部の本記を録す。（推古に献上との記載なし）

六二二	厩戸三十年	二月二十二日、厩戸天皇が膳夫人と共に暗殺される。 二月中に磯長（科長）陵に埋葬する。（法隆寺西円堂の位置に葬ったのが真実ではなかろうか） 橘大郎女が「天寿国繍帳」（中宮寺）を作る。
	（厩戸三十一年）	新羅が任那を攻略。その状況調査中に万余の軍を派遣、新羅に攻め寄せる。（厩戸暗殺後の混乱が見える）これに驚き新羅王が降伏を願い出る。 法隆寺金堂釈迦三尊像を厩戸天皇の「王身」を写して制作（鞍作鳥）。
	（厩戸三十二年）	九月、寺の縁起を記録させる。また僧尼の出家の記録を作る。この時、寺数四十六、僧数八百十六人、尼数五百六十九人。 十月、蘇我馬子宿禰が葛城縣をとろうとするが失敗。
六二六	（厩戸三十四年）	五月、蘇我大臣馬子宿禰が死去。 田村皇子と山背大兄王との即位争いの混乱。蘇我蝦夷が策をめぐらす。 摩理勢臣は蘇我馬子の墓づくりを拒否。蘇我蝦夷が山背大兄王に引き渡しを要求。山背大兄王の言葉「摩理勢はもとより聖皇の好したまふ所なり。……」、続いて摩理勢に「汝、先王の恩を忘れずして……」の言葉、先王は聖王と呼ぶ厩戸天皇だったことを示す。（日本書紀）
六二九	舒明元年	舒明（田村）天皇即位。

六三〇	舒明二年	一月、寶皇女（高向王の夫人、漢皇子という子供有）三十七歳が皇后となる。なお舒明天皇は三十六歳。 八月、犬上御田耜を唐に派遣。（第一回遣唐使）
六三二	舒明四年	八月、犬上御田耜、唐の使者高表仁と共に帰国。 十月、高表仁が難波に到着。蘇我入鹿と面談し、論争となり、高表仁は唐の国書を示すことなく帰国を決める。（唐書参照）
	舒明五年	唐の使者、高表仁が帰国の途に。送使は対馬まで送って戻る。
	舒明六年	是歳から天象、気象に異常現れ十一年まで継続す。
	舒明九年	蝦夷が朝貢せず。上毛野君形名に命じ蝦夷を討たしめるも反撃を受ける。しかし結果的に蝦夷側を打ち負かす。
	舒明十年	十月、舒明天皇が有馬湯に行く。
	舒明十一年	一月八日に有馬の湯から帰る。（新年の儀式などをしていない。実質的に天皇ではない） 一月十一日に本来前年に行うべき新嘗を行った。（天皇の役目を果たしていない） 十二月、舒明天皇が伊予の湯の宮（道後温泉？）に行く。

	舒明十二年	四月、伊予の湯の宮から舒明天皇が帰る。（前年十二月からこの年の四月まで天皇が留守をすることなどあり得ない。実質的に天皇が蘇我蝦夷であったことは明白） 十月唐から高向玄理が帰国する。
	舒明十三年	十月、舒明天皇崩御。
六四二	（皇極元年）	一月、皇極天皇即位。（実際は蘇我蝦夷が天皇だった。皇極天皇は日本書紀での作文では？） 蘇我蝦夷の子、蘇我入鹿が国政を自由にして、その勢いは甚だしかった。 四月、蘇我蝦夷が百済の使者に謁見し、馬などを賜った。（天皇としての行為） 是歳から二年まで天象、気象に異常が続く。 五月、百済の使者を河内の依網屯倉の前に招待し、射猟を見物させる。（天皇としての行為） 十一月、丁卯（中の卯の日）に蘇我の大臣が新嘗（大嘗祭）を行う。（蘇我蝦夷が天皇であることを示す） 十二月、舒明天皇の喪を発す。大派皇子の代わりに許勢臣徳太が、軽皇子の代わりに粟田臣細目が、蘇我大臣の代わりに大伴連馬飼が誄す。（すべて代理が、という対応は如何に舒明天皇が飾りであり、軽んじられていたかを物語る） 蘇我蝦夷は葛城の高宮に祖廟を建てたばかりか、そこで天皇にしか許されない八佾の舞を行った。（蝦夷が天皇であったことを示す）

		蘇我蝦夷は百八十部曲を使って蘇我蝦夷、入鹿の墓である雙墓を造った。 （百八十部曲を使役できるのは天皇の証拠）
	（皇極二年）	十月、蘇我蝦夷（天皇）紫冠を蘇我入鹿に授け、大臣の位とする。入鹿の弟を物部大臣と呼ぶ。 蘇我入鹿が古人大兄を天皇にしようと考えた。 十一月、蘇我入鹿は巨勢徳太臣、土師娑婆連に命じて斑鳩宮の山背大兄王を襲わせた。山背大兄王等斑鳩宮が燃える間に脱出、生駒の山中に隠れる。山背大兄王等食料なく、四、五日後に斑鳩寺に戻り、蘇我入鹿の兵に悉く殺される。
六四五	（皇極三年）	一月、中臣鎌子連を神祇伯とする。（中臣鎌子は欽明十三年に蘇我大臣稲目宿禰が仏教を受容することを主張した際に反対したものとして記載がある。五三八年のことだからまったくの別人のはず。ここでの鎌子の父は中臣美気古とされているが、鎌足を無理やり中臣氏のものとするための操作が行われたとみるべきだろう）

（注）年代の確かなところを勘案すれば、日本書紀での編年が正確でないことが容易に分かる。日本書紀の記述におおむねしたがってこの年表を作成したので西暦とは天皇の在位期間などに整合性がないことに注意されたい。

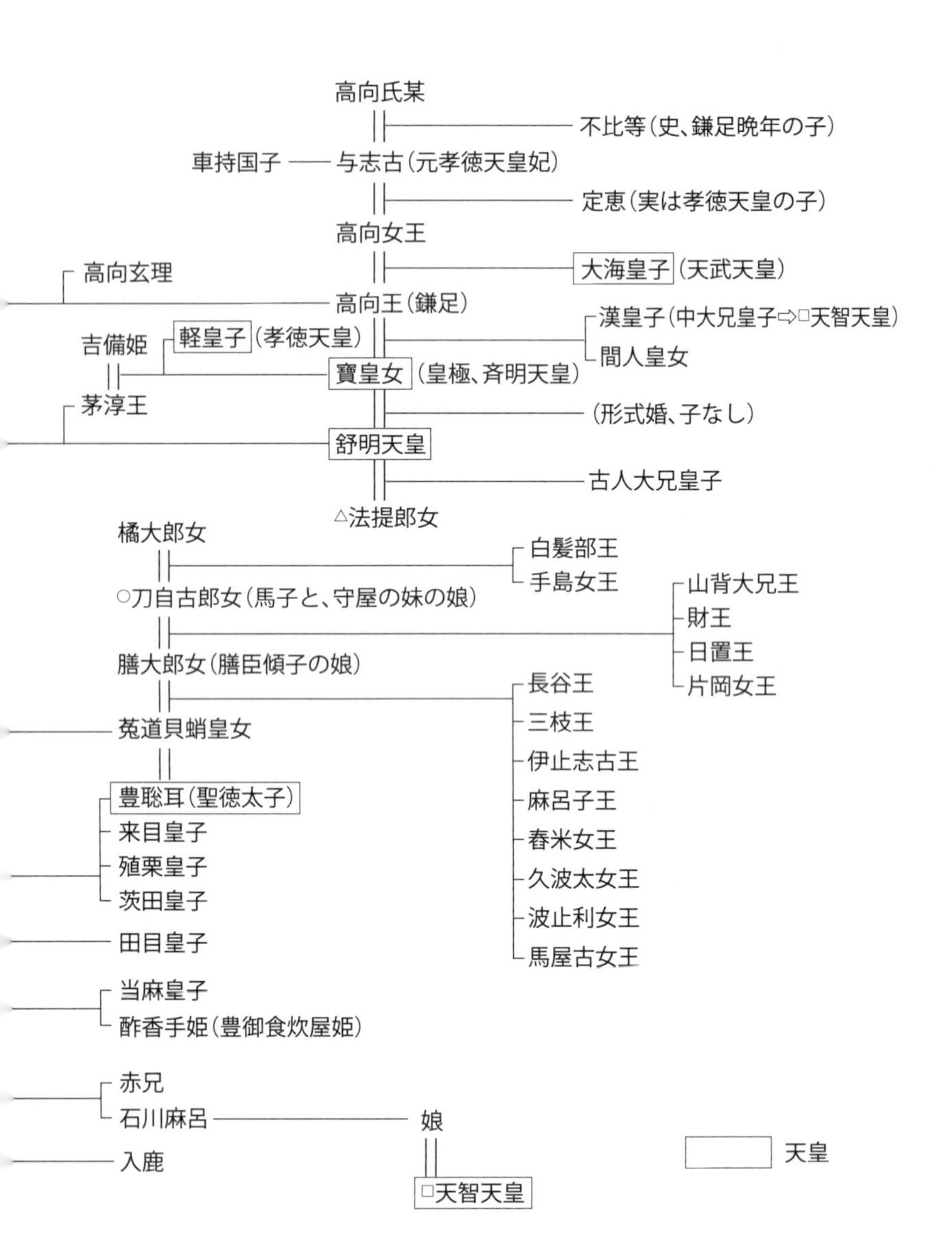

※道足は著者が想定した人物で
文献上には名前は残っていません。

◆参考系図（著者解釈による）

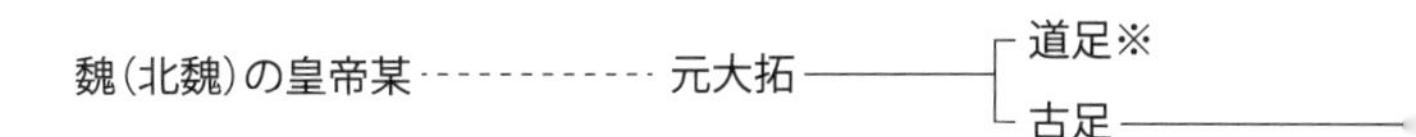

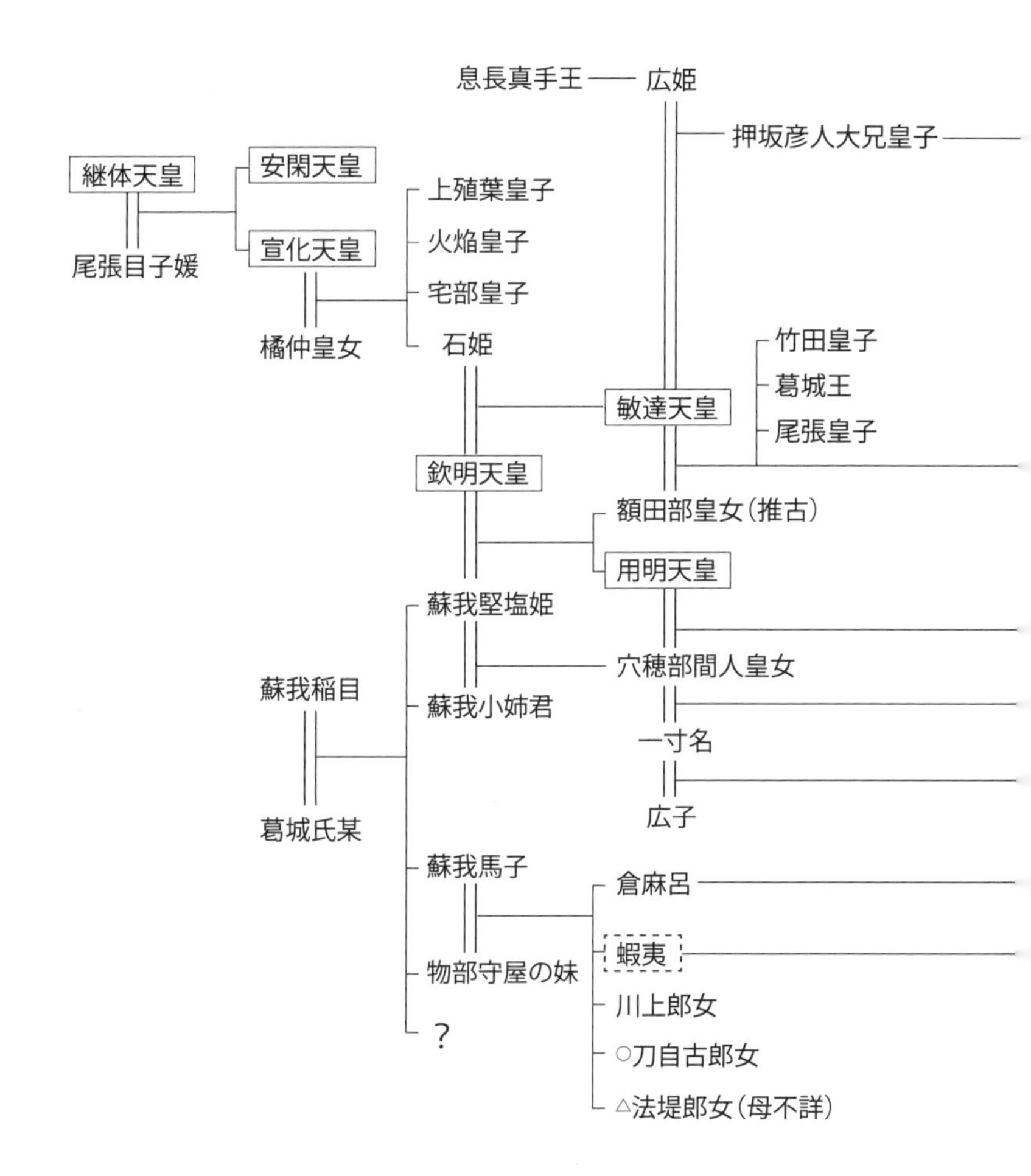

園田豪の「漢家本朝考」

「漢家本朝」とは『太安万侶の暗号』シリーズの第五巻以降のサブタイトルとした言葉である。
四十代の頃、当時読んでいた北畠親房著の『神皇正統記』の中に以下の記述を認めた。

『巻二　第十六代　十五世　応神天皇の項の一部』

「……この国に経史及び文字を用ゐることは、これより始まれりとぞ。異朝の一書の中に、『日本は呉の太伯が後なりと云ふ』と云へり。返々当たらぬことなり。

昔日本は三韓と同種なりと云ふ事のありし、かの書をば桓武の御代に焼き捨てられしなり。『天地開けて後、素戔烏尊、韓の地に至り給ひき』（日本書紀）など云ふ事あれば、彼等の国々も神の苗裔ならん事、あながちにくるしみなきにや。それすら昔より用ゐざることなり。天地神の御末なれば、なにしにか、代下れる呉の太伯が後にあるべき。

三韓・震旦に通じてより以来、異国の人多くこの国に帰化しき。秦の末、漢の末、高麗・百済の種、それならぬ蕃人の子孫も来たりて、神・皇の御末と混乱せしによりて、『姓氏録』と云ふ文を作られき。それも人民にとりてのことなるべし。

異朝にも人の心まちまちなれば、異学の輩の云ひ出だせる事か。後漢書よりぞこの国の事をばあらあら記せる。符合したることもあり、また心得ぬこともあるにや。唐書には、日本の皇代記を神代より光孝の御代まで明らかに載せたり。」

この文の中で、問題は「異朝の一書の中に、『日本は呉の太伯が後なりと云ふ』と云へり。返々当たらぬことなり。」というところにある。日本書紀の一書に曰くというものにスサノオが新羅に渡り、その王になったという記述があるが「呉の太伯が後」という記述は見当たらないようだ。呉の国には春秋時代の呉と三国時代の呉があるが、日本書紀では中国南部を呉と呼んでいるようでもある。いずれにせよ呉は三韓ではなく中国だから、北畠親房の時代、即ち建武の親政から室町幕府の時代に朝廷が中国由来のものだとの認識なり、風評があったことになろう。

この異朝の一書とは恐らく『魏略』のことだろう。魏略（逸文）には、

「女王之南又有狗奴國　以男子爲王　其官曰拘右智卑狗　不属女王也　自帯方至女國万二千余里　其俗男子皆黥而文　聞其旧語　自謂太伯之後　昔夏后小康之子　封於会稽　断髪文身　以避蛟龍之害　今倭人亦文身　以厭水害也」

とあり、「太伯の後と言っている」となっているだけで「呉の」という文字はない。太伯とは、中国の周の後の春秋時代の呉（紀元前五八五年ごろ〜。当初は句呉と呼んだ）を興した人で、全身に入

れ墨があったという。

呉の太伯では時代があまりにも古すぎるのだが、ともかく北畠親房の時代に天皇家は中国系だという理解が普通だったのだろう。

このことは長らく腑に落ちなかったのだがふとしたことで分かった。建武式目を高等学校の日本史資料で見ると、冒頭のところが□□□で表してあった。□□□で表記するのは金石文などでの欠字や不読文字を表すのだが、調べていくうちにそれは欠字でもなんでもないことが分かったのである。その冒頭には「漢家本朝」の文字が書かれていた。意味は文字の通り、「漢家の本朝」すなわち日本の天皇家というのは中国系という意味だ。

神代から万世一系の天皇、と言っている北畠親房も困るし、皇国史観で国民を洗脳した明治政府もこの記述には困ったと思われる。学校教育の場で教えないようにし、資料としても国民の目に触れぬようにしたのであろう。しかし明治が遠くなった戦後の日本でもなお、建武式目の冒頭の部分が高校の日本史資料では欠字扱いになっているのに驚く。

さて建武式目の冒頭の部分を引用し、かつ写真を載せて参考に供しよう。

鎌倉元のごとく柳営たるべきか、他所たるべきや否やの事
右、漢家本朝、上古の儀遷移これ多く、羅縷に遑あらず。季世に迄り、煩擾あるによつて、移徙容易ならざるか。なかんづく鎌倉郡は、文治に右幕下はじめて武館を構へ、承久に義時朝臣天下を并呑す。武家に於ては、もつとも吉土と謂ふべきか。ここに禄多く権重く、驕を極め欲をほしいままにし、

悪を積みて改めず。果たして滅亡せしめ了んぬ。たとひ他所たりといへども、近代覆車の轍を改めずば、傾危なんの疑ひあるべけんや。それ周・秦ともに崤函に宅するなり。秦は二世にして滅び、周は八百の祚を闡く。隋・唐おなじく長安に居するなり。隋は二代にして亡び、唐は三百の業を興す。しからば居処の興廃は、政道の善悪によるべし。これ人凶は宅凶にあらざるの謂なり。ただし、諸人もし遷移せんと欲せば、衆人の情にしたがふべきか。

その幻の如き二行、すなわち「漢家本朝、上古の儀遷移これ多く、羅縷に遑あらず。季世に迄り、煩擾あるによつて、移徙容易ならざるか」の意味は、

「中国系（渡来人）による我が国の朝廷は、上古の時代に宮をあちこちに遷してきた。末世に至り（時が移り）遷都の煩わしさからか、移動が容易でなくなってきたものか。」

といったものである。

（注）「漢家」：中国の帝室、羅縷：羅は網の事、縷は糸のこと、合せて網の目のように細かくの意、季世：末世のこと、煩擾（はんじょう）：煩わしく乱れること、移徙（いし）：移り動くこと

ウェブサイトでこの建武式目を調べるとそのほとんどに以下のような記述が出てくる。

「鎌倉元の如く柳営たる可きか、他所たる可きか否かの事。

就中、鎌倉郡は文治右幕下、始めて武館を構へ、承久義時朝臣天下を併呑し、武家に於ては尤も吉土と謂ふべき哉、居所の興廃は政道の善悪によるべし。これ人凶は宅凶にあらざるの謂なり。但し諸人若し遷移を欲せば、衆人を情に随ふべし。」


ウェブサイトだけではない、笹山晴生、五味文彦、吉田伸之、鳥海靖編の『詳説　日本史資料集』（山川出版社、一九八九）においても、

鎌倉元の如く柳営たるべきか、他所たるべきや否やの事
…………就中、鎌倉郡は（以下略）

とあり、「漢家本朝」で始まる二行ほどを載せていない。

これが端折った文であることは文章が「就中」から始まるという奇妙さからすぐに分かるであろう。

実は意図的に冒頭の「漢家本朝」を記載しない説明が多いのである。

建武式目のその部分の写真を見ていて、「漢家本朝」には「漢家ガ本朝」と「ガ」の字が記入されている例があるのに気付いた。その部分の写真は学研（学習研究社）の「歴史群像シリーズ⑩　戦乱南北朝」（一九八九）の六十一ページに掲載されている。但し内容の記述ではその冒頭部分が省略されている。この写真及び解説は「足利尊氏、政権獲得への深謀遠慮」と題する記事の中にある。著者

は百瀬明治氏だ。この文章中の写真や資料にはすべてにその出典が記されているのだが不思議なことに「建武式目」の最初のページ部分のこの写真には何故か出典の記載がないのである。書き忘れたとは考えられないので記載できない何らかの理由があったのだろう。しかしこの写真にはその『建武式目』の蔵書印が写っている。それは『日本政府図書』というものだった。蔵書印の確認は篆書の専門家にお願いした。恐らくは日本公文書館に保管されているものであろう。

学研に掲載された写真が入手できないので、ここでは国会図書館所蔵の建武式目の冒頭部分の写真を掲載しておく。

さて、これは何を意味するか。室町幕府が成立する頃の、少なくとも源氏を中心とする武家社会では日本の朝廷というのは中国からの渡来系だと認識されていたことを示しているのであろう。

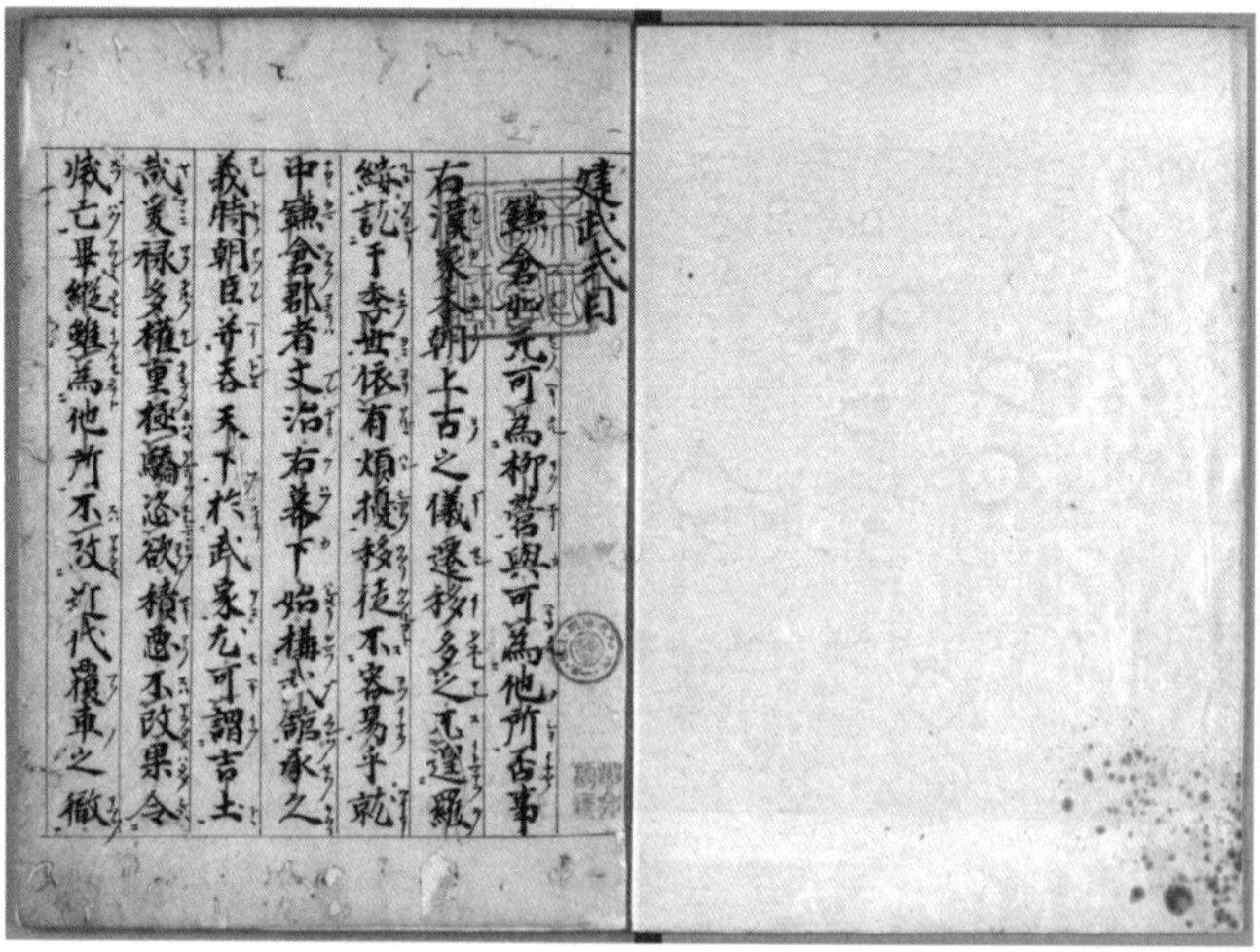
建武式目
鎌倉如元可為柳営歟可為他所否事
右漢家本朝上古之儀遷移多之不遑羅
縷迄季世依有煩擾移徙不容易乎就
中鎌倉郡者文治右幕下始構武館承久
義時朝臣并呑天下於武家尤可謂吉土
哉爰祿多権重極驕恣欲積悪不改果令
滅亡畢縦雖為他所不改近代覆車之轍

建武式目の冒頭部分（国立国会図書館）

建武式目は聖徳太子の十七条の憲法、御成敗式目、武家諸法度などと並ぶものである。聖徳太子の十七条の憲法を意識してかこれも十七条からなる。また、建武式目は私家本の類ではなく公文書である。一人二人の私的な意見を書いたものではない。それだけにこの「漢家本朝」は当時の朝廷というものに対する認識を表すものと判断される。

足利尊氏は建武の中興を果たした後後醍醐天皇に背いた朝敵とされ、皇国史観に基づく教育の中では悪人とされてきた。しかし、彼らが天皇家を中国渡来民のものだと認識していたとすれば、今でいう朝敵なる意識などなかったのではあるまいか。むしろ異国民、渡来人を抑え込むことに〝正当な日本人〟として誇りを持っていただろう。

このことが分かってくると、武家政権が鎌倉時代から江戸時代に至るまで六波羅探題、京都所司代などを設けて朝廷を監視したことがなるほどと理解できるのである。

神皇正統記の内容に関するちょっとした疑問と建武式目にあった隠された言葉、「漢家本朝」、これが、私が古代史を再考するきっかけ、原動力になったことは否めない。

さて他にも「漢家本朝」と書いた文献資料があるだろうと探してみた。平治物語の中に見つけた。『校註　日本文学大系　第十四巻「保元物語　平治物語　平家物語」（誠文堂）の平治物語、巻之一「信頼、信西不快の事」の段中である。部分的に引用すれば、

「信頼などが大将になりなば、たれかのぞみをかけ候はざらん。君の御政は、つかさめしをも（つ）てさきとす。叙位除目にひが事いできぬれば、かみ天のぎゞにそむき、しも人のそしりをうけて、世

のみだる〵はしなり。其例漢家・本朝に磐多なり。さればにや、阿古丸大納言宗通卿を、白河院、大将になさんとおぼしめしたりしかども、寛治の聖主御ゆるされなかりき」

すなわち『漢家・本朝』と書いている。しかし京都大学デジタル図書館で公開している「平治物語」を見ると、

「其れい漢家ほんてうにはんた也」

とあり、「・」など存在しない。わざわざ原文にない「・」を加えるところに疑問を感じる。

もうひとつ例を挙げておこう。『平家物語（城方本、八坂系）巻第一』の『春宮立』の段を引用する。

「きよねんしんわうのせんじかうぶらせたまひたりしわうじおなじき八ぐわつ十かのひとう三でうどのにしてとうぐうにたたせたまふとうぐうとまをすは

「平治物語」（京都大学デジタル図書館）

つねはていのみこなりまたたいしとまをしてしゆじやうのおんおととのまうけのきみにそなはらせたまふことありこれをばたいていともまをすしかるにしゆじやうおんをひ三さいとうぐうおんをぢ六さいぜうぼくあひかなはせたまはずただし一でうゐん七さい三でうゐん十一さいにしてとうぐうにたたせたまふされればせんれいなきにはあらずやとぞひとまをしけるしかるにしゆじやう二さいにてみくらゐにつかせたまひ五さいとまをししにんあん三ねん二ぐわつ十五にちにみくらゐをさらせたまひていつしかひとしんゐんとぞまをしけるいまだごげんぷくもなくしてだ［い］じやうてんわうのそんがうかんかほんてうにこれやはじめなるらん六でうゐんのおんことなりおなじき三ぐわつ十かのひしんていだいこくでんにてごそくゐありこんねんは八さいにならせおはしますおよそこのきみのてうかをしろしめされけることは一かうへいけのはんじやうとぞみえしなかにもへいだいなごんときただのきやうはみかどのごぐわいせきにておはしければかのやうきひがさいはひしときやうこくちうがさかえたりしがごとしにんあん四ねん六ぐわつ十四かにかいげんあつてかおうぐわんねんとぞまをしける」

同じ平家物語でも『流布本、元和九年本』の「東宮立」は、

「さるほどに、そのとしはりやうあんなりければ、ごけいだいじやうゑもおこなはれず。けんしゆんもんゐん、そのーときはいまだひがしのおんかたとまうしける。そのおんはらに、いちゐんのみやのごさいにならせたまふのましましけるを、たいしにたてまゐらさせたまふべしときこえしほどに、おなじきじふにんぐわつにじふしにち、にはかにしんわうのせんじかうぶらせたまふ。あくればかいげ

んありて、にんあんとかうす。おなじきとしのじふぐわつやうかのひ、きよねんしんわうのせんじかうぶらせたまひしわうじ、とうさんでうにてとうぐうにたたせたまふ。とうぐうはおんをぢろくさい、しゆしやうはおんをひさんざい、いづれもぜうもくにあひかなはず。ただしくわんわにねんに、いちでうのゐんしちさいにてごそくゐあり。さんでうのゐんじふいつさいにてとうぐうにたたせたまふ。せんれいなきにしもあらず。しゆしやうはにさいにておんゆづりをうけさせたまひて、わづかごさいとまうししにんぐわつじふくにちに、おんくらゐをすべりて、しんゐんとぞまうしける。いまだおんげんぶくもなくして、だいじやうてんわうのそんがうあり。かんかほんてう、これやはじめならん。任安さんねんさんぐわつはつかのひ、しんていだいこくでんにしてごそくゐあり。このきみのくらゐにつかせたまひぬるは、いよいよへいけのえいぐわとぞみえし。こくもけんしゆんもんゐんとまうすは、にふだうしやうこくのきたのかた、はちでうのにゐどののおんいもうとなり。またへいだいなごんときただのきやうとまうすも、このにようゐんのおんせうとなるうへ、うちのごぐわいせきなり。ないげにつけてしつけんのしんとぞみえし。そのころのじよゐじもくとまうすも、ひとへにこのときただのきやうのままなりけり。やうきひがさいはひしとき、やうこくちうがさかえしがごとし。よのおぼえ、ときのきらめでたかりき。にふだうしやうこくてんがのだいせうじをのたまひあはせられければ、ときのひと、へいくわんばくとぞまうしける。」

となっていてかなり相違がある。しかし、「かんかほんてう」に関しては同様で、「かんか」と「ほんてう」の間に読点は存在しない。

ところが、『日本古典文学全集』（小学館）になると、その肝心の部分は、

「主上は二歳にて御禅をうけさせ給ひ、纔かに五歳と申す二月十九日、東宮践祚ありしかば、位をすべらせ給ひて、新院とぞ申しける。いまだ御元服もなくして、太政天皇の尊号あり。漢家、本朝、是やはじめならむ」

となり、「漢家本朝」が「漢家」と「本朝」に分けられ、現代語訳も、「中国にもわが国にも」とされ、「中国（渡来人）の本朝」と理解されぬように手が加えられているようである。およそ中国の事など関係ないようであるにもかかわらず、と言うところに無理がある。『日本古典文学全集』などは底本が「カナ書き」主体であるのに、カナを漢字に改め、句読点を加えと手を加えた結果であり、原文と称するものがすでに原文ではない。意図をもって手を加えた結果など本当の原文ではない。読解に細心の注意が必要であろう。

いずれ中世の歴史も見直す必要があろう。意図的に目に触れぬように隠されたり、手が加えられたりした資料は他にも数多くあるのかもしれない。

また、かなり古い時代から「漢家本朝」という言葉は「中国系渡来人による我が国の朝廷」を意味する成句として用いられてきたように思われる。追跡する必要があろう。

ともかく、このようなことがあって「漢家本朝」をサブタイトルとした次第である。

園田豪の「談山神社考」

(一) 道教の聖地

談山神社の祭神は藤原鎌足だ。談山神社発行のパンフレットの説明を引用しよう。

「『多武峰縁起』によれば、「中大兄皇子、中臣鎌足連に言って曰く、鞍作（蘇我入鹿）の暴虐をいかにせん。願わくは奇策を陳べよと。中臣連、皇子を将いて城東の倉橋山の峰に登り、藤花の下に撥乱反正の謀を談ず。」と記されています。……（中略）……多武峰はこの後、談峰、談い山、談所が森と呼ばれるようになり「大化改新談合の地」の伝承が残りました。現在の社号の「談山神社」もここからきています。」

私が小学校の遠足で談山神社と石舞台古墳に来た時もこの説明を聞いた。その時も日本の神社にしては朱塗りのその派手さに疑問を感じていた。これから種々論じ、考察を加えるがそういう「伝承が残った」のではなく「そういう伝承を作り、残した」というのが正しいように思う。

多武峰とは奈良県桜井市南西部にある標高六百十九メートル（資料により異なる。談山神社のパンフレットでは六百七メートル）の御破裂山のことである。日本書紀、斉明天皇二年には、

「於田身嶺、冠以周垣田身山名、此云大務、復於嶺上兩槻樹邊起觀、號爲兩槻宮、亦曰天宮。時好興事、廼使水工穿渠自香山西至石上山、以舟二百隻載石上山石順流控引、於宮東山累石爲垣。時人謗曰、狂心渠。損費功夫三萬餘矣、費損造垣功夫七萬餘矣。」

（読み下し文）
「田身嶺（たむのみね）に、冠らしむるに周（めぐ）れる垣を以てす。田身は山の名、これを大務（たむ）と云う。また、嶺の上の両つの槻の樹のほとりに觀（たかどの）を起つ。名付けて両槻宮とす。亦は天宮と曰ふ。（略）」

とあり、多武峰（田身嶺）に周垣を巡らせたことが分かる。それはその地が道教の聖地であることを示している。また霊力が強いとされる槻、すなわち欅の二本の大木の傍に道觀を建てたというのである。そしてそれを両槻宮と号したという。〇〇宮というのは道教寺院の名前である。仏教寺院は〇〇寺という。例えば台湾の高尾にある有名な三凰宮は道教寺院だ。そしてその両槻宮の別名を「天宮」であったと書いている。これは道教寺院であることを明言しているに等しい。

談山神社の或る多武峰は道教の聖地であったのだ。

斉明天皇は道教思想に基づいての大土木工事や石像制作で有名な人だ。斉明天皇は寶（皇極）天皇と同じ人である。寶天皇は三十七歳で田村（舒明）天皇の后となった。日本書紀には、

「天豐財重日足姫天皇、初適於橘豐日天皇之孫高向王而生漢皇子、後適於息長足日廣額天皇而生二男一女、二年立爲皇后、見息長足日廣額天皇紀。十三年冬十月、息長足日廣額天皇崩、明年正月、皇后卽天皇位。改元四年六月、讓位於天萬豐日天皇、稱天豐財重日足姫天皇曰皇祖母尊。天萬豐日天皇、後五年十月崩。」

との記述がある。

つまり寶皇女（皇極、斉明天皇）は前夫、高向王がいてその間に漢皇子なる男児がいた。それが舒明天皇の皇后となり、舒明天皇が死去するや、代わって皇極天皇となり、その後、孝徳天皇に譲位し、さらに斉明天皇として再度天皇になったというのである。この記述がなければ皇極、斉明天皇に前夫がいて、それが高向氏の王と呼ばれるもので、漢皇子がいたなどということは誰にも分からなかったことである。そんな書く必要もないことを……と考えてはいけない。都合の悪いことを書かず、改変した部分も多い日本書紀で不必要なことを書くわけがないと考えるのが妥当である。

表向きの歴史・来歴を他の書、例えば藤氏家伝などで補強するだけでは魏（北魏）からの渡来民が漢家本朝となった経緯が分からぬから、意図的にこのヒントとなることを書き残したものと考えるべきだろう。古事記、日本書紀にはそういった表向きの歴史書という面だけでなく、権力を得た一族の歴史を見るものが見れば分かるようにと言わば暗号を埋め込んだものという面をも持っているようだ。

序にもう少し筆を進めれば、その寶皇女（皇極）の前夫の高向王だが、もちろん高向氏の王である。

子供が漢皇子だから中国渡来系の匂いがプンプンする。それどころではなく、高向氏は魏の曹操の末と自称したらしい。魏（北魏）は曹操の魏（曹魏）と同じ国名で建国したことからもその関係が濃いことが分かる。それについては小説の中で語らせたのでぜひ参照願いたい。そして魏（北魏）は道教の発展を助け、国教とした国である。その中心的人物は寇謙之。寇の意味は「歯向かう」と言ったものだから「向」に通じる。「謙之」の字を見て「鎌子」を連想するのは筆者だけではあるまい。これは何か関係があると直感する。

さて話を本論に戻そう。

多武峰は何故「多武」の峰と名付けられたのか。これは道教の聖地なるがゆえに「道（タオ、タフ）」の峰という意味だったのではないか。現代の中国語でも「知らない」は「不知道（プーチータウ）」と言う。

「道の峰」の頂に周垣を巡らして聖地であることを示し、道観を建てたとすれば……、「多武峰」の謎は解けたのではないだろうか。

『多武峯縁起』という絵巻物がある。上下二巻よりなるものだがその中に短冊状の言葉書きが幾つもある。その中に大化元年六月十四日のこととして、

「中臣連を以て大錦冠を授く。あはせて内臣を授く。年三十一。内臣は准大臣の位也。又二千戸を封じ、軍国機要の公処分を任ず。又懐妊の寵妃を賜ふ。車持夫人と号す。然るに其れ孕むこと已に六箇月なり。詔して曰ふ、「生まれる子、若し男ならば臣の子と為せ。若し女ならば朕の子と為す」と。堅く守りて四箇月を送り、生まれたる子男也。定恵和尚是れ也」

とあり、また、

「父・中臣連潜かに告げて云ふ。「和州談峯は勝絶の地也。東、伊勢高山、天照太神、和国を防護す。西、金剛山、法喜菩薩、利生を説法す。南、金峯山、大権薩捶、慈尊出世に侍り。北、大神山、如来垂跡、黎ろの民を抜き済ふ。中、談峯、神仙霊崛。豈に五台と異ならんや。墓所此の地に点めば、子孫大位に昇らん」と。和尚、斯の言を聞きて、五台を拝さんと為し、天智六年丁卯入唐す」

とある。

孝徳天皇が寵妃、車持夫人を鎌足に賜った。その夫人は既に孝徳天皇の子を身ごもっていた。生まれる子がもし男子ならば鎌足の子とし、女子ならば天皇の子とすると約束していたところ生まれたのが男子であったので鎌足の子とした。それが定恵である。即ち鎌足と血が繋がる子ではない。

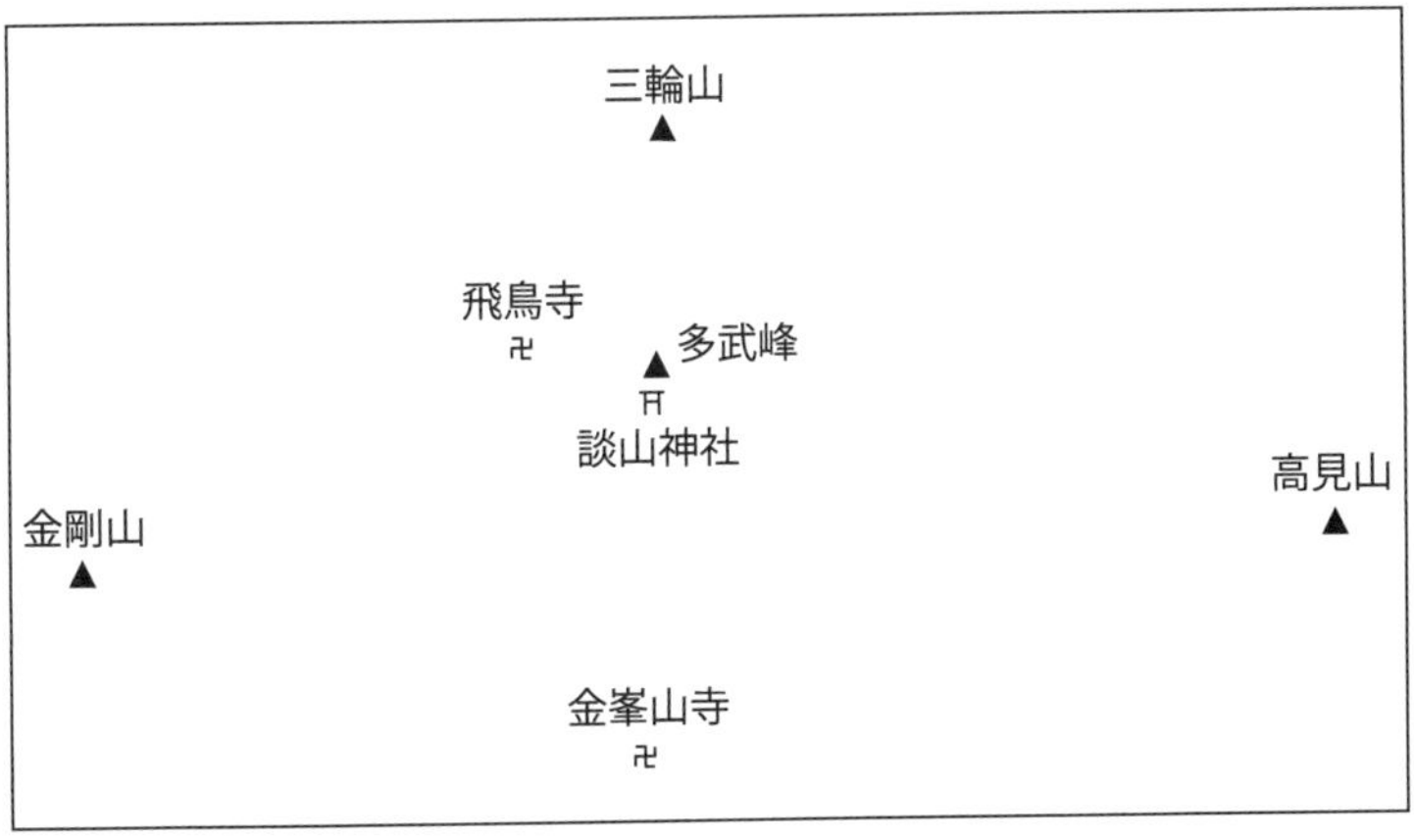

三輪山
飛鳥寺
多武峰
談山神社
高見山
金剛山
金峯山寺

多武峰の位置。東に伊勢高山（高見山）、西に金剛山、南に金峯山、北に大神山（三輪山）、中に談峯との配置を五台山になぞらえる

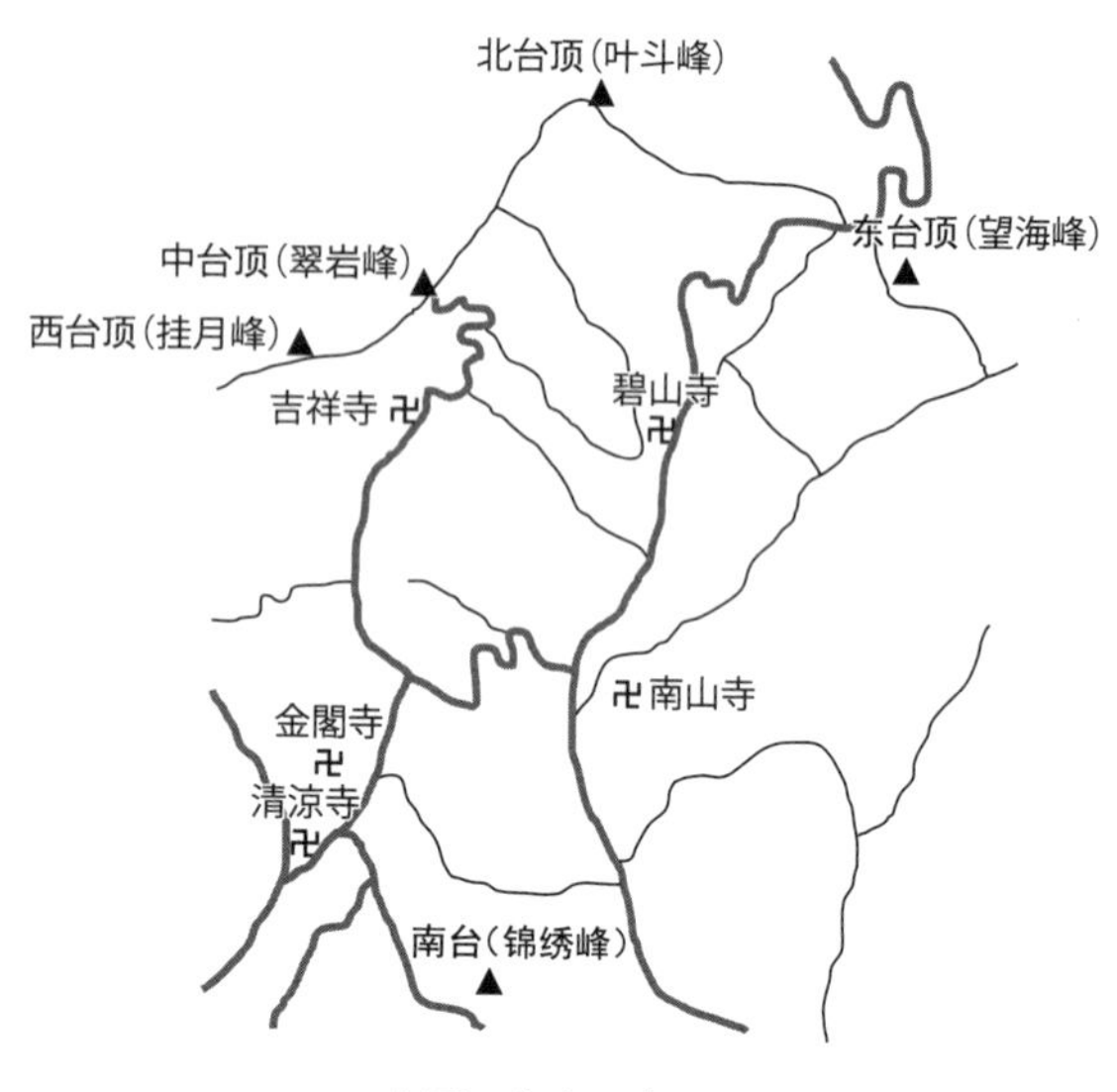

中国五台山 の概要図

その定恵に「談峯は中国の五台山に匹敵するような場所だ。そこに我が墓を建ててくれ」と鎌足は言ったという。中国山西省の五台山（別名清涼山）は仏教の聖地として有名だが実は魏（北魏）の頃道教の聖地として開けた。その当時に大浮図寺が建立され、以後仏教、道教の聖地として多くの山岳寺院が建てられた。その中の金閣寺には道教の最高神「玉皇大帝」が祀られている。

「談山」の名は、乙巳の変の相談を鎌足と中大兄皇子が山中でしたとの「物語」が元のように語られているがそれは事実ではないだろう。魏（北魏）の都平城（現在の大道）には四二五年に太武帝が大道壇を置いた。大道壇は道教の壇の大規模なものである。壇は天を祀る際の祭壇となる土を盛ったところだ。それは道教での聖地となる。四三一年には国教である道教の聖堂たる静輪宮を建てている。これから考えれば「談山」は本来「壇山」

だったと考えるほうが妥当だろう。

但し、実際には親子であった鎌足と中大兄皇子（後の天智天皇）がこの壇山で諸々の打ち合わせをし、もちろん乙巳の変の計画もしたことは本当だろう。

中臣鎌子なる人物が中臣氏にいないなど、中臣鎌子、高向王、漢皇子……などおよそ北魏系の大拓に始まる歴史は何重にも手が加えられているようである。これらについては次の作品で「藤原鎌足考」（仮題）として書こうと考えている。

（二）談山神社の道教寺院的特徴

多武峯に鎌足の墓を整備したのは定恵だった。その経緯は『多武峯縁起』絵巻物上下二巻に書いてある詞書きの一部から分かる。

定恵和尚、在唐時、夢云、吾身忽居談峯、父大臣告言、吾今上天、汝此地建寺塔、修浄業。吾降神当嶺、擁護後葉、流布釈教。

定恵和尚、為起塔婆先公墳墓之上、攀登清涼山、移取宝池院十三重塔、以霊木一株或云、栗木云々為其材木。

定恵和尚、調儲十三重塔材木瓦等、欲帰朝処、依乗船狭、一重之具、留棄渡海。

定恵和尚帰朝、謁弟右大臣不比等、問言、大織冠聖霊御墓所何地哉。答摂津国嶋下郡阿威山也。和尚言、平生有約契。即具大織冠御約言、并在唐問夢状。大臣聞之、信伏稽首、涕泣不已。

和尚引率廿五人、参阿威山墓所、掘取遺骸、手自懸頚、即落涙言、吾天万豊日天皇太子、宿世之契、為陶家子。役人荷土、共攀登談峯。

和尚攀躋談峯、奉鶴御骨、其上起塔。歎言、材瓦不備、所願何遂。漸及十二重、歎息無措。夜半雷電霹靂、大雨大風、忽然天晴。明朝見之、材瓦積重、形色無異。知飛来也、和尚感然伏地。見聞奇異。

経年之後、塔南建三間四面堂、号妙楽寺。此乃定恵和尚之所建也、今講堂是也。以之為多武峰寺之草創耳。

〈定恵和尚唐に在る時、夢に云ふ、「吾が身忽ち談峯に居り、父大臣告げて言ふ、『吾、今天に上る。汝、此の地に寺塔を建て、浄業を修めよ。吾、当峯に降神し、後葉を擁護し、釈教を流布せしめん』」と。

定恵和尚、塔婆を先公の墳墓の上に起こさん為、清涼山に攀登し、宝池院十三重の塔を移し取る。

霊木一株を以て　或いは云ふ、栗の木云々　其の材木と為す。

定恵和尚、十三重の塔の材木瓦等調へ儲け帰朝を欲する処、乗船狭きに依りて、一重の具、留めて棄て海を渡る。

定恵和尚、帰朝し弟、右大臣不比等に謁へ問ひて言ふ、「大織冠の聖霊御墓所、何れの地哉」と。答へていふ、「摂津国嶋下郡阿威山也」と。和尚言ふ、「平生、約し契ふこと有り。即ち大織冠の御約言ならびに唐に在りし間の夢の状に具ふ」と。大臣之を聞き、信じ伏して稽首し、涕泣して已まず。

和尚、廿五人を引率して阿威山の墓所へ参り遺骸を掘りて取る。手自り頚に懸け、即ち、涙を落として言ふ、「吾、是れ天萬豊日天皇の太子なり。宿世の契りをし、陶ひ家の子と為る」と。役人土を荷なひ、談峯を攀登す。

和尚、談峯に攀躋し、御骨を鶴め奉りて其の上に塔を起こす。歎ひて言ふ、「材瓦、備はらず。所

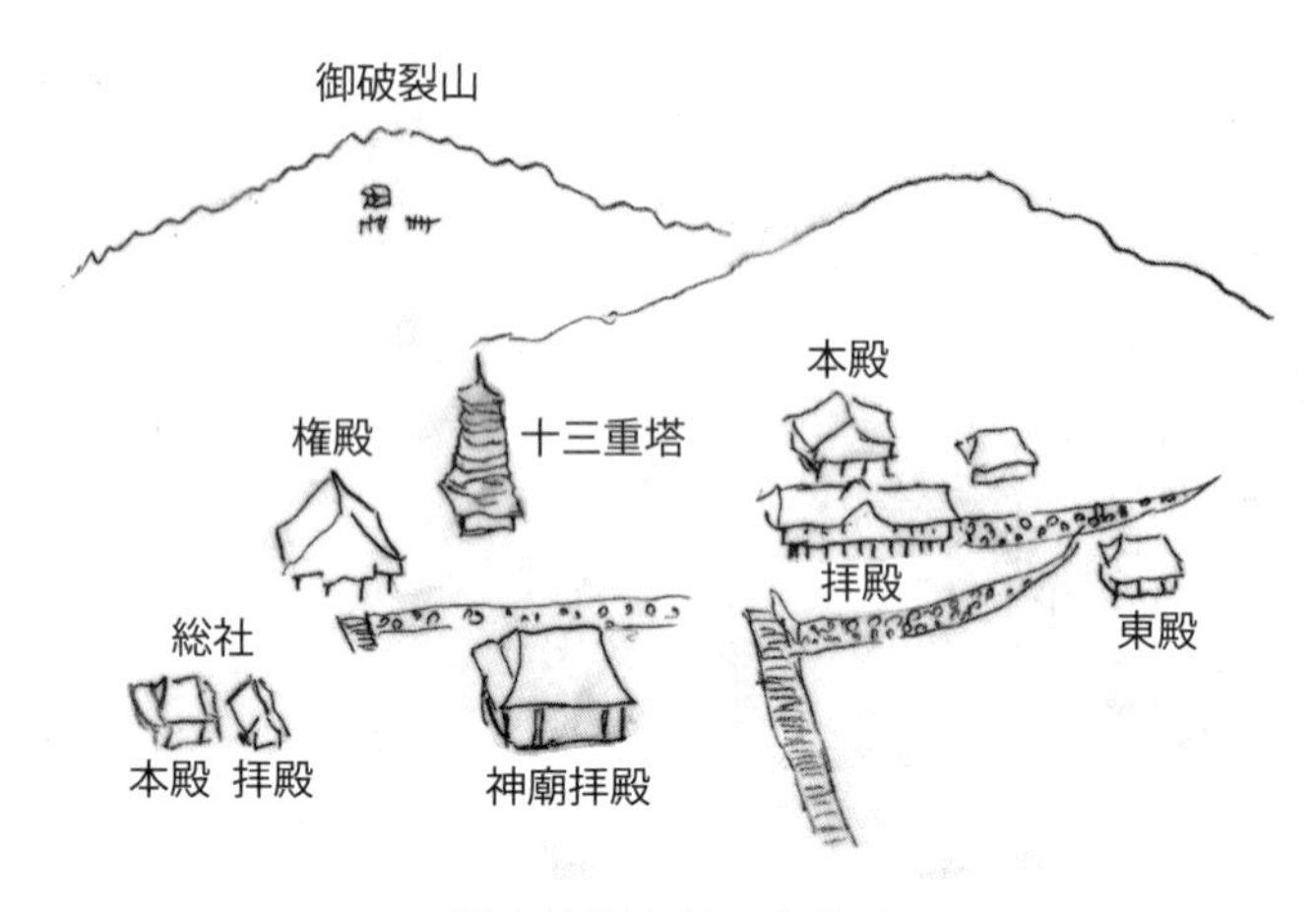

談山神社境内及び周辺図

願何遂」と。漸く十二重に及ぶ。歎息して措くこと無し。夜半、雷電霹靂して、大雨大風あり。忽然天晴れり。明朝之を見るに、材瓦積み重なり。形色、異なること無し。飛び来たることを知る也。和尚、咸な然りとして地に伏す。見聞奇異なり。

経年の後、塔の南に三間四面堂を建て、妙楽寺と号く。此の定恵和尚の建てし所、今の講堂、是れ也。之を以て多武峯の創建と為すのみ。〉

清涼山というのは中国山西省の五台山のことである。そこの宝池院にある十三重塔と同じものを、鎌足を埋めたところに建てたというのである。一重分の資材が不足のところ一夜にして届いたなどという奇跡のような話は別として、方三丈の講堂を建てて妙楽寺としたという。

さて、順にみていこう。

境内に入るとすぐのところに総社拝殿がある。そこには大きな福禄寿の像が飾られている。頭の大きな、宝船の絵に描かれている男性の姿が思い浮かぶだろう。七福神の中の寿老人なのだ。この福禄寿は実は道教と密接な関係がある。道教での三つの願い、すなわち三徳、幸福（蝙蝠で表す）、封禄（財産、鶴で表す）、長寿（松で表す）を具現化したもので、南極星の化身である、つまり南極老人のことなのである。

次に神廟拝所を見てみよう。これが鎌足の墓所でもある十三重塔（神廟）を拝するところで、定恵が作った方三丈の講堂に対応するものだ。

内部の正面に祀られているのは如意輪観音像である。如意輪観音があるのを見て仏教と単純に思ってはいけない。道教を深く信じ廃仏を行った魏（北魏）は文成帝に至って仏教復興の詔勅を発する。その結果道教と仏教の融合が進んでいくことになる。

さて観世音菩薩だが、仏教の六道に対応する観音がある。

談山神社総社拝殿の福禄寿

地獄道―聖観音
餓鬼道―千手観音
畜生道―馬頭観音
修羅道―十一面観音
人道―准胝観音
天道―如意輪観音

道教が一番大切にする「天」そしてその「天道」に対応する観世音菩薩が「如意輪観音」なのである。その如意輪観音の写真を示しておく。

同じ神廟拝所の中には藤原鎌足像も安置されている。北魏の都、平城の五級大寺には道武帝、明元帝、太武帝、景穆帝、文成帝の五皇帝を写した丈六（一丈六尺）の鋳造釈迦仏が安置されている。雲崗の石窟にも同じ五皇帝の石仏がある。文成帝は「帝身」（皇帝の姿）の如くせよと命じた。皇帝は現世に降臨した生き仏だという思想による。

道教寺院（道觀）に行くと道教における三清、すなわち『太元』の神格化である「元始天尊」、『道』の神格化である「霊宝天尊（太上道君）」、そして『老子』の神格化である「道徳天尊（太上老君）」の像を祀る三清殿というものがある。道教では人間を神格化して像を作り安置することが行われる。この藤原鎌足像もそういった種類の思想のもとに造られたのではないだろうか。

談山神社神廟拝所の如意輪観世音

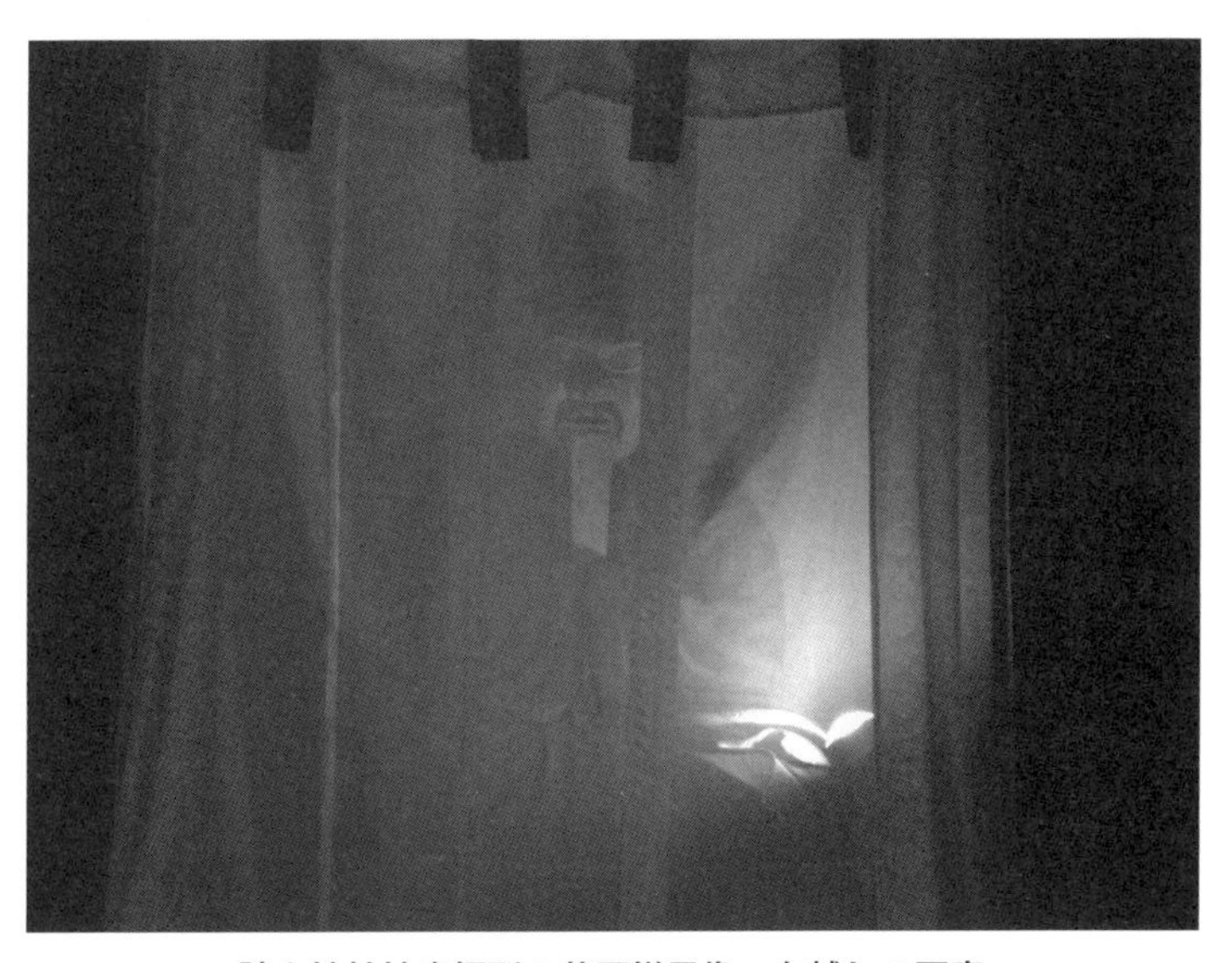

談山神社神廟拝所の藤原鎌足像、布越しの写真

さて、この神廟拝所の中の壁を見上げると壁画の存在に気付く。天女が描かれている。何人もの男性が描かれている。人の脇には虎が侍り、ある人は書物を広げている。「羅漢」と記述しているものもあるようだが、これは天の国の情景ではないか。男性の顔、特に耳に注目すれば誰もが大きく、かつ垂れ下がった耳を持っている。道教において耳が大きく、垂れ下がっているのは頭脳明晰の徴である。道教の祖と仰がれる三清のひとりである老子の耳は大きく、垂れ下がっていた。それゆえに老子の名前は『耳』という。

次に拝殿に移る。この拝殿は斜面の傾斜を利用した、清水寺の舞台のミニチュアのような感じの建物だ。実際は五台山にある投げ入れ堂のような寺がモデルになっているのではないかと思う。

その南側の外廊下に吊り灯篭が並んでいる。台湾の九汾にある道教寺院にも金色の吊り灯篭が多数ぶら下がっていた。道教寺院の特徴なのではないか。ちなみに同じく藤原氏の神社である春日大社でも回廊におびただしい数の吊り灯篭が並んでいる。共通の特徴と言えるだろう。

談山神社神廟拝所内の壁画：天女

談山神社神廟拝所内の
壁画：聖人たち

談山神社神廟拝所内の
壁画：書を持つ聖人

老子像、文献より

談山神社拝殿の
吊り灯篭

道教寺院の吊り灯篭
埼玉県坂戸市「聖天宮」

春日大社回廊の
吊り灯篭

そして拝殿の中には藤原鎌足の人形が置かれていた。その様子は如何にも道教的である。

参考のために談山神社の位置図を示しておこう。石舞台の古墳から東に山を登っていったところに談山神社はある。

談山神社拝殿内の藤原鎌足像

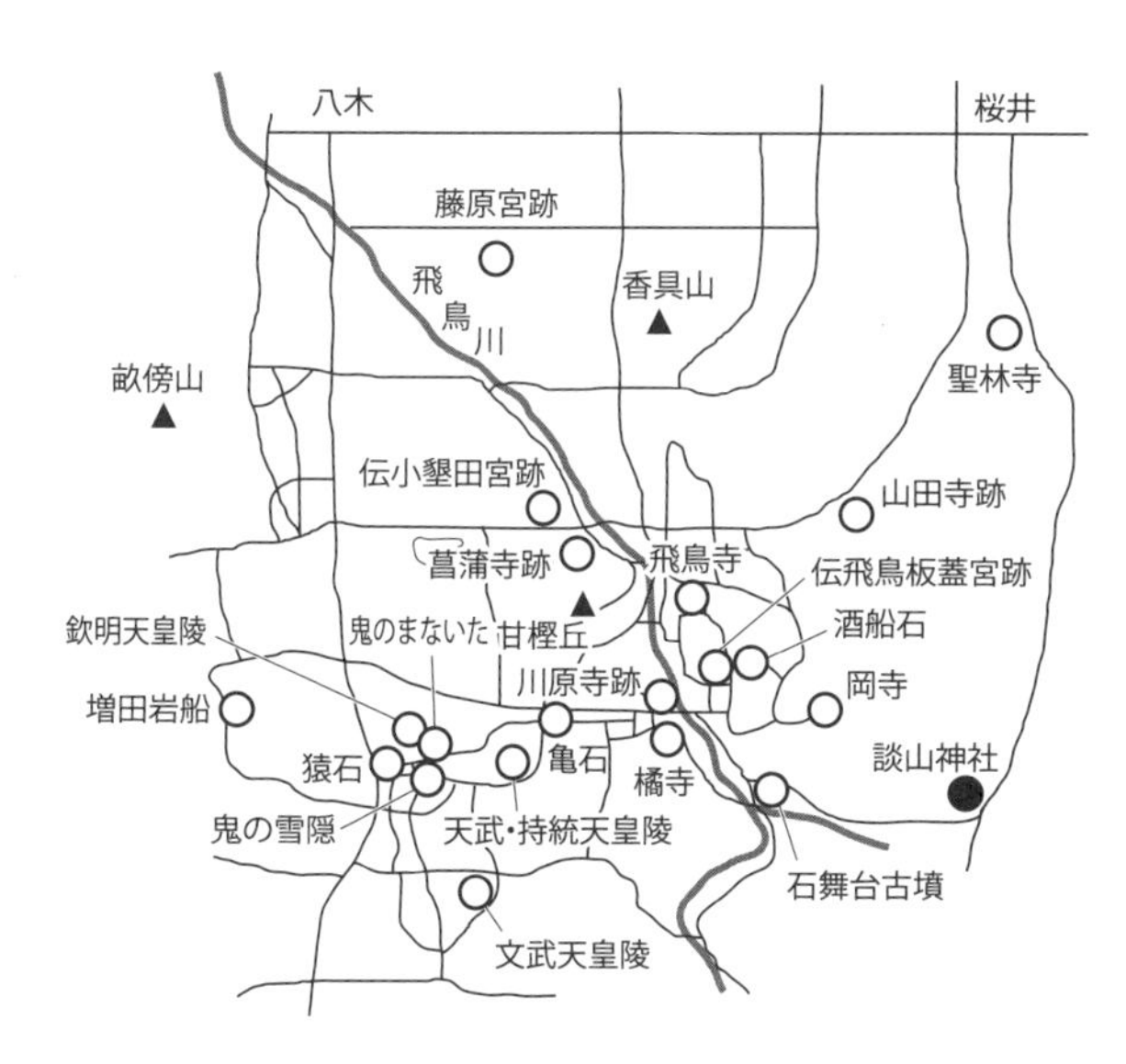

飛鳥地区における石舞台古墳と談山神社

園田豪の「厩戸（聖徳）天皇考」

（一）豊御食炊屋媛は天皇にあらず

推古天皇の和風名称は豊御食炊屋媛、これを「とよみけかしきやひめ」と読む。どこかで聞いたことがあるような名前だと感じる人が多いのではないか。『太安万侶の暗号（三）～卑弥呼（倭姫）大倭を『並び立つ国』へと導く～』の中で伊勢神宮の外宮の祭神に関する考察のところに書いた内容を覚えているだろうか。

内宮に祀る天照日神に毎日食事を差し上げる倭姫を外宮に祀るときに、食事を扱うのだから「食(け)」の神なのだがそれだけでは威厳がないので大の字を加え、さらに豊の字も加えて「豊大食大神(とようけ)」または「豊受大神」としたのである。即ち推古天皇の和風名称の「豊御食」と同じである。この場合はさらに「炊屋姫」と付随しているのでまさしく「食事を作る姫」という意味になる。到底個人名とは考えられないものだ。いや、「飯炊き係の姫」など天皇の名前であるはずがないのだ。

そしてこれは伊勢の外宮の祭神と同様に斎王を表す役職名だと考えるのが自然である。この役職名にふさわしい女性が実は存在する。それは用明天皇の皇女、酢香手姫皇女である。この皇女は用明天皇の御代から推古天皇三十年までの実に三十七年間伊勢の斎王を務めていた。そして推古三十年に突然その勤めを退き、葛城に戻り死んだ。推古三十年は聖徳太子が死んだ年である。父である用明天皇崩御の時にも伊勢から戻らなかった皇女が聖徳太子が亡くなったら直ちに伊勢での仕事を辞め、聖徳太子の後を追うように死んでいる。二人の間に何かがあったのは確かだと思う。幼き時より二人は約束を交わしていた間柄だったのではないかと考え、小説では淡いが強い恋心として描いた。

さて、豊御食炊屋姫が伊勢の斎王であったのではないかと考えるもう一つの理由は敏達天皇の殯の宮に、皇后であった炊屋姫を犯そうと穴穂部皇子が押し掛けたという日本書紀の記述である。読み飛ばしてしまえば気が付かないのだが、殯の宮というものを考えた時、そのようなことなど起こり得ないのに気が付くはずだ。

殯場というのは貴人の遺骸を隔離し、その肉体を鳥に食わせ、虫に食わせて浄化を図り、骨だけの清浄なものにする場である。その途上で肉体は腐り、爛れ、鳥についばまれ、むごい様子になる。少なくとも数か月、長ければ三年に及ぶ殯の期間中は何人も殯場に入れず、人の目にさらさぬのが大原則である。古事記に殯場を覗いたと思われる記述が一か所だけある。伊弉諾のヨミの国訪問の場面だ。そこでは愛しい妻イザナミの肉体が「蛆たかれころろきて」という状態になっていた。

そのような凄惨と言うか、穢れだらけのような殯場に皇后が入っていて、そういう場でその皇后を犯すために男が押し入るなどということはあり得ない。

ところが伊勢の斎の宮に勤める斎王を犯したという記述はかなり存在するのである。これはおそらくは伊勢の斎宮に斎王、すなわち豊御食炊屋姫を犯そうと押し掛けた時の話であったのではないか。つまり敏達天皇の皇后とはまったく関係のない話を無理やり引っ付けたものと考えられる。

穴穂部皇子はその場面の後段では、「密かに天下に王たらむ事を謀りて、口に詐りて逆君を殺さむということを在てり」と記述されている。炊屋姫を犯そうとした話と反逆の話を無理につなげた形跡が残っているのだ。

これらから敏達天皇の皇后の名前は豊御食炊屋姫ではなかったことは明白である。また推古天皇と呼ばれる女性も豊御食炊屋姫とはかかわりのない女性であるといえる。

(二) 聖徳太子と道教

聖徳太子と道教の密接さを一番物語るのがその名前である。厩戸というのは本来の名前ではないのではないか。厩で生まれたという程度のことだろう。岡倉天心は我が曾祖母の叔父にあたる人だが本名を覚三(かくぞう)と言った。何でも蔵の隅(角)で生まれたからそう名付けたと聞いた。既に産屋を別に建てることをしなくなっていたので厩を出産場所にしたのではないだろうか。出産に伴う出血の関係もあり、母屋での出産をしない習慣は近世でも普通だったようだ。

さて、聖徳太子の本名は「豊聡耳」である。「豊」も「聡」も美称だからその名の幹部分は「耳」である。「耳」が名前と驚くかもしれないが「天忍穂耳」なる人物も神代の頃に存在したので不思議ではない。『日本霊異記』の中の「第四　聖徳皇太子示異表縁」には聖徳太子の三つの名前、すなわち厩戸、豊聡耳、そして聖徳の由来が書いてある。その部分を引用しておこう。

「聖徳皇太子者、磐余池邊雙欟宮御宇、橘豊日天皇之子也。小墾田宮御宇天皇代、立之為皇太子。太子有三名。一號曰、廏戸豊聰耳、二號曰、聖徳、三號曰、上宮也。向廏戸產、故曰、廏戸。天年生知、十人一時訟白之狀、一言不漏能聞之別、故曰、豊聰耳。進止威儀、似僧而行、加以制勝鬘法華等經疏、弘法利物、定考績功勳之階、故曰、聖徳。從天皇宮住上殿、故曰、上宮皇也。」

つまり、「耳」という名前は十人の人の言うことを同時に聞いて聞き分けたからつけられたものだとしている。あとからの理由づけに良く用いられる話の典型である。

話が飛ぶが道教の祖と仰がれる老子という人がいた。道教では三清のひとり、太上老君と呼ばれる聖人である。この老子の姓は「李」、名は「耳」である。老子は母の胎内に長期間いたため生まれてきた時には髭は白髪混じり、耳たぶが大きく垂れ下がっていたという。耳たぶが大きく垂れ下がっているのは道教では賢い人の特徴とされている。恐らくその耳の特徴から「耳」なる名がつけられたのであろう。

聖徳太子の名が「耳」であったことはその記録以外からでも推測できる。法隆寺には西円堂という八角堂がある。夢殿と瓜二つの建物だ。法隆寺西院の普通の観光コースから外れた西の端にある。有名な「柿食えば鐘がなるなり法隆寺」の句に詠まれた鐘はこの西円堂の脇の鐘楼にある。

その西円堂で売っているのは錐だ。この錐を耳に当てると「耳」の病気が治るという。西円堂の中には薬師如来が祀られている。また、この西円堂は「峯の薬師」と呼ばれている。一般には小高い丘

法隆寺西円堂

法隆寺夢殿

の上に西円堂が建つからであろうとしているが、ほんのわずかに高い丘を「峯」と呼ぶのは奇異である。本当は「耳」の薬師であったのだと思う。これも聖徳太子が「耳」という名を持っていたことを暗示するものだ。

さて、老子の名「耳」を聖徳太子に付けたものは誰だろう。当然ながら老子のこと、つまり道教に詳しいものがいたはずである。日本書紀の巻第十九「天國排開廣庭天皇　欽明天皇」の冒頭部分に、

「天國排開廣庭天皇、男大迹天皇嫡子也、母曰手白香皇后。天皇愛之、常置左右。天皇幼時、夢有人云「天皇、寵愛秦大津父者、及壯大必有天下。」寐驚、遣使普求、得自山背國紀郡深草里、姓字果如所夢。於是、忻喜遍身、歎未曾夢、乃告之曰、汝有何事。答云「無也。但臣向伊勢、商價來還山逢二狼相鬪汙血、乃下馬、洗漱口手、祈請曰『汝、是貴神而樂麁行。儻逢獵士、見禽尤速。』乃抑止相鬪、拭洗血毛、遂遣放之、倶令全命。」天皇曰、必此報也。乃令近侍優寵日新、大致饒富。及至踐祚、拜大藏省。」

との記述がある。

泰大津父を「近くに仕へしめて、厚く恵み給ふこと日々に新たなり」とある。つまり大津父なくしては夜も日も明けぬ状態だったのだ。泰氏はその名の通り秦の後裔である。道教の信奉者ではない。道教と言えば北魏の国教であり、北魏で仏教に並ぶものに成長したものだ。その北魏から拓跋氏の一部が継体朝に渡来してきた。騎馬民族である。大津父（おおつち）は恐らくは大拓だったのであろう。拓跋氏の拓

は大地を意味するからである。この寵臣の系譜も業績も日本書紀は語らない。語らせなかった理由があるはずだ。これらはいずれ「藤原鎌足考」という論考で詳しく検討することとして今は省く。

泰大津父ならぬ「拓跋の大拓」が欽明天皇、用明天皇の傍近くに侍っていて、用明天皇の皇子である聖徳太子誕生の時に「耳」という名とその神聖ないわれを伝えたのではないだろうか。道教というものを意識する時、老子と同じ名を持つことは偶然とは思えないのである。

それに関連するが、老子の三清としての名は「道徳天尊」である。「聖徳太子」「聖徳法王」などの「聖徳」と老子の「道徳」が似ているではないか。まして聖徳の「徳」は道教での教え、徳、仁、禮、信、義、智のトップに位置するものであり、仁、禮、信、義、智の五つをすべて合わせたものという。つまり「聖徳」は半端な称号ではない。

また、聖徳なる言葉そのものが老子の『道経（道徳経）』にある。『聖徳第三十二』を引用しよう。

「道常無名樸。雖小、天下不敢臣。侯王若能守之、萬物將自賓。天地相合、以降甘露、民莫之令而自均。始制有名。名亦既有、夫亦將知止。知止所以不殆。譬道之在天下、猶川谷之與江海。」

この中の「道は常に無名の樸なり。小なりといえども、天下あえて臣とせず。侯王もしよくこれを守れば、万物まさにおのずから賓せんとす。天地は相合して、もって甘露を降し、民はこれに令することなくしておのずから均し。」の部分から何故「聖徳」という名前を用いたのかが理解できるようではないか。

次に「太子」だが、これを普通は皇太子の意味にとる。しかし違うのかもしれない。道教で崇められている少年神に「哪吒太子」がいる。托塔天王（毘沙門天）の三男なので哪吒三太子とも呼ばれる。聖徳太子の太子も皇太子の意味ではなく道教での少年神の意味なのかもしれない。そうであれば「聖徳太子」が長じて「聖徳法王」となるのも理解しやすい。

豊聡耳の念持仏は如意輪観音であった。「談山神社考」にも記したが、仏教の六道にはそれぞれ対応する観世音菩薩（観音）がある。地獄道には聖観音が、餓鬼道には千手観音が、畜生道には馬頭観音が、修羅道には十一面観音が、人道には准胝観音が、そして天道には如意輪観音が対応するのである。道教が一番大切にする天の道には如意輪観音が対応するので豊聡耳の念持仏が如意輪観音であるところからは豊聡耳は道教を信仰していたのではないかと思われる。文成帝の仏教復活により、北魏では道教と仏教の融合が進んだ。また寇謙子が仏教のシステムを道教に取り入れたため教団組織なども似たものになった。釈迦像があるからと言ってそれを純粋な仏教と判断するのは適当ではない。「談山神社考」に書いた通り、談山神社の神廟拝殿に祀られている仏像は如意輪観音である。つまり、拓跋氏の北魏の系譜に連なる大拓の子孫たる藤原鎌足の廟である談山神社に祀られる仏像が如意輪観音なのである。道教の影響が深いのが理解できよう。

さらに、法隆寺夢殿には、岡倉天心とフェノロサが覆っていた布を取り去るまで秘仏として誰も姿を見たことがなかったという救世観音がある。その詳細は「法隆寺考」（未執筆）に書く予定だが、この救世観音は実は如意輪観音であるらしい。

みれば、

天平宝字五年（七六一）の寺主隣信等による『法隆寺縁起并資財帳』（東院に関するもの）に「瓦葺八角仏殿壱基」と記されている。

これには欠落部があるので、延久二年（一〇七〇）の法隆寺別当公範による『東院縁起』で補ってみれば、

小治田天皇即位廿九年春二月廿二夜半。太子生年四十九。在於斑鳩宮遷化シ玉ヒヌ矣。爰ニ人歴二千古。世移万年。定観殿毀而無余基。……（略）……於是大僧都師位行信。観斯荒墟流涕感歎。遂奏聞春宮坊。以天平十一年夏四月十日即令河内山贈太政大臣敬造此院。則八角円堂安置太子在世所造御影、救世観音像。幷御経蔵奉納シ玉フ妹子臣請来御持法花経石鉢等。又書写安置数部大乗経等。（一部の文字を省略）

となる。（小山満「敦煌第六一窟『五台山図』に関する一考察」を参照した）

救世観音とは観世音菩薩普門品中の「観音妙智力、能救世間苦」に由来するようだが、先の『法隆寺縁起并資財帳』では「上宮王等身観世音菩薩木像壱軀金薄押」と記述している。しかし『太子伝私記』ではそれに続けて、

或云二臂如意輪此則當寺之僧之、即講堂安持之、是叶轉輪聖王経説之以之佛師奉採造二臂像、其佛師造畢不久死畢、不知其所者也

とあるとのことだ。さらに、上宮王院の条には、

但当寺工匠、奉採所造如意輪形像者、以左手仰臆前、上安宝珠、以右手覆其宝珠上、其相似梵筺、此叶転輪聖王経説。

ともあり、その仕草も如意輪観音に合致しているとしている。

即ち夢殿の救世観音は実は聖徳太子の等身の如意輪観音であったという訳である。二臂であるのは聖徳太子を写したからで、まさか六臂にするわけにはいかなかったのであろう。

ともあれ、救世観音が実は如意輪観音であるということは聖徳太子と道教の結びつきをさらに補強するものと言えよう。

法隆寺に行くと中門や講堂には寺紋を染め抜いた暖簾状のものがある。その寺紋は多聞天紋だ。この紋は法隆寺金堂内にある多聞天の光背の六か所にある紋なるがゆえにそう呼ばれているらしい。ところがこの多聞天紋が使われ始めたのはごく新しく、法隆寺の寺紋はそれこそ長い間鳳凰紋だったとのことだ。その鳳凰紋だが単に図柄とかデザインだと考えてはいけない。鳳凰というものに注意が必要だ。鳳凰は想像上の鳥で山海経などに記載がある。仙人が住むという崑崙の山に棲息し、頸には「徳」、翼に「義」、背に「礼」、胸に「仁」、腹に「信」の紋があるとされる。「詩経」「春秋左氏伝」「論語」などには『聖天子の出現を待ってこの世に現れる霊鳥』とされ、霊泉だけを飲み、百年に一

度花を咲かせ、実を結ぶという竹の実だけを食べ、梧桐にしか栖まないと言われるほどだ。だから、明らかに道教に関連した鳥だ。「聖天子の出現を待ってこの世に現れる」など「聖徳天皇」（聖天子）に相応しいものだと言える。聖徳太子と道教の関連は非常に濃いと言える。

　伊予風土記には聖徳太子が伊予の温泉に出かけた時の碑文についての以下の記述がある。伊予風土記そのものはなく、釈日本紀に伊予風土記逸文として載っている。

「以上宮聖徳皇為一度。及侍高麗慧聡僧。葛城臣等也。于時立湯岡側碑文記云。　法興六年十月、歳在丙辰。我法王大王與、慧聡法師及葛城臣。逍遙夷與村。正觀神井。　歎世妙驗。欲敍意。聊作碑文一首。　惟夫日月照於上而不私。神井出於下無不給。萬所以機妙應。百姓所以潜扇。若乃照給無偏私。何異于壽国。隨華臺而開合。沐神井而瘳疹。詎升于落花池而化溺。窺望山岳之巖崿。反冀子平之能往。椿樹相廕而穹窿。實相五百之張盖。臨朝啼鳥而戯吐下。何曉亂音之聒耳。丹花卷葉映照。王果彌葩以垂井。經過其下可優遊。豈悟洪灌霄庭意與。才拙實慚七歩。後定君子幸無蚩咲也。」

　この部分の読み下し文を、岩波文庫『風土記』（竹田祐吉編、岩波書店、二〇一〇）から引用すれば、

「上宮聖徳皇子を一度と為す。及、高麗の慧慈僧、葛城臣等侍ひき。時に、湯の岡の側らに碑文を立てて記しけらく、

「法興六年十月、歳は丙辰に在り。我が法王大王、恵慈の法師及葛城臣と、夷與の村に逍遙し給ひ、

正しく神井を觀て世の妙驗を歎じ、意を敍べまくして、聊か碑文一首を作り給ふ。

惟ふに、夫れ、日月は上に照りて私せず。神井は下に出でて給へずといふことなし。萬機は所以に妙應し、百姓は所以に潛扇す。若乃ち、照給して偏私なし。何ぞ、壽國に異ならむ。華臺に隨ひて開合し、神井に沐して痾を瘳す。何ぞ、落花の池に升りて弱きを化溺せざらむ。山岳の巖崿を窺ひ望みて、反りては子平の能く往くことを冀ふ。椿樹は相廕りて穹窿し、實に五百の張蓋を想ふ。臨朝に鳥啼きて戯れさへづる。何ぞ亂音の耳に聒しきを曉らむ。丹花葉を卷ねて映照し、玉菓葩に彌ちて井に垂る。其の下を經過して優遊すべし。豈、洪灌霄庭を悟らんや。意と才と拙くして、實に七歩に慚づ。後定の君子、幸に嗤咲することなかれ。」

逸文であるためか、本文や句読点に至るまで資料により異なるという。それにしても難解であり、その解釈もまたいくつもあるようだ。また、この温泉を道後温泉と簡単に比定するわけにもいかないらしい。その一字一句の検証は本論考の目的ではないので省くが、おおむねは道教的である。特に「法王大王」と「寿国」が道教を感じさせる。

有名な「天寿国繍帳」の中の文字は一匹の亀の甲羅に四文字ずつ、百匹の亀で四百の文字が書かれているのだが、亀の甲羅に文字を書くというところにも何やら道教の雰囲気が漂う。その「天寿国」だが、これは「无壽国」という道教の言葉の「无」を「天」と見間違ったのであろうと言われている。

伊予風土記のいわゆる湯岡碑文の最後の部分にある「七歩」なる言葉はこれだけでは分からないので説明を要しよう。

「七歩詩」というものがある。

煮豆持作羹　漉叔以爲汁
其在釜下燃　豆在釜中泣
本自同根生　相煎何太急

というものだ。

作者は曹植（一九二〜二三二）、魏の曹操の三男である。曹操の死後兄の曹丕と皇位を争ったが敗れた。その争いが原因でその後曹丕から種々の迫害を受けた。曹丕が皇帝の帝位に就いた時の祝いの席に曹植が遅れた。その曹植に対し曹丕は「七歩歩むうちに兄弟という語を用いずに兄弟を詠んだ詩を作れ。できなければ罰を与える」と命じた。その時に作った詩がこの「七歩詩」である。兄弟間の争いの悲しさを喩を使って詠んでいる。曹植は唐以前で最も評価の高い漢詩人と言われる。

なお、本文中の「子平」は魏（北魏）の時代の人、『後漢書逸民傳』に以下の記述がある。

「逸民列傳。向長字子平、河內朝歌人也。隱居不仕、性尚中和、好通老、易。貧無資食、好事者更饋焉、受之取足而反其餘。王莽大司空王邑辟之、連年乃至、欲薦之於莽、固辭乃止。潛隱於家。讀易至損、益卦、喟然歎曰、「吾已知富不如貧、貴不如賤、但未知死何如生耳。」建武中、男女娶嫁既畢、敕斷家事勿相關、當如我死也。於是遂肆意、與同好北海禽慶俱遊五嶽名山、竟不知所終。」

なお、「建武」は魏（北魏）の北海王（元顥）が建てた元号で五二九年から。

厩戸に『耳』という名をつけ、道教とそれに融合した仏教を教え、魏（北魏）の故事をも教えた魏（北魏）系のものの存在を強く示唆している。

もう一つ道教的な話を書いておこう。『日本霊異記』には五台山で聖徳太子が山頂にいた比丘に頼み、仙薬の玉を一旦卒去した大伴屋栖古連に飲ませ、比丘の指示するように文殊の名号を三回唱えさせると、連は息を吹き返したとの話がある。

「仙薬の玉」を飲ませるとは道教の世界そのものであり仏教の世界ではない。聖徳太子と道教の密接さが表れた話である。

さて、この『日本霊異記』を読む機会などあまりないのが普通だから「第五　信敬三寶得現報縁」の本文を以下に引用しておこう。

「大花位大部屋栖野古連公者、紀伊國名草郡宇治大伴連等先祖也。天年澄情、重尊三寶。案本記曰、敏達天皇之代、和泉國海中、有樂器之音聲、如笛箏琴箜篌等聲。或如雷振動。晝鳴夜耀、指東而流。大部ー屋栖古連公聞奏。天皇嘿然不信。更奏皇后。聞之詔連公曰、「汝往看之。」奏詔往看、實如聞、有當霹靂之楠矣。還上奏之、「泊乎高腳濱。今屋栖。伏願、應造佛像焉。」皇后詔、「宜依所願也。」連公奉詔、大喜、告嶋大臣、以傳詔命。大臣亦喜、請池邊直、冰田雕佛、造菩薩三軀像、居于豐浦堂、以諸人仰敬・然、物部一弓削守屋大連公、奏皇后曰、「凡佛像、不可置國內。猶遠退。」皇后聞之、詔屋栖古連公曰、「疾隱此佛像。」連公奉詔、使冰田直藏乎稻中矣。弓削大連公、放火燒道場、將佛像流難破堀江。然、徵於屋栖古言、「今國家起災者、依鄰國客神像、置於己國內。可出斯客神像、速忽棄流乎豐國也。」客神、佛神像也、國史略作蕃神、固辭不出焉。弓削大連、狂心起逆、謀傾竊便。爰天亦嫌之、地復惡之。當於用明天皇世、而挫弓削大連。則出佛像、以傳後世。今世、安置吉野比蘇寺、而放光阿彌陀之像是也。

皇后、癸丑年春正月、即位小墾田宮、卅六年御宇矣。元年夏四月、庚午朔己卯、立廐戶皇子為皇太子、即以屋栖古連公、為太子之肺脯侍者。

天皇、推古。代十三年乙丑夏五月、甲寅朔戊午、勅屋栖古連公曰、「汝之功者、長遠不忘。」賜大信位。十七年己巳春二月、皇太子詔連公、而遣播磨國揖保郡內二百七十三町五段餘水田之司也。廿九年辛巳春二月、皇太子薨于斑鳩宮。屋栖古連公為其欲之出家、天皇不聽。四八年甲申、四八年者、推古三十二年也。夏四月、有一大僧、執斧毆父。連公見之、直奏之曰、「僧尼撿校、應中置上座、犯惡使斷是非。」天皇勅之曰、「諾也。」連公奉勅而撿之、僧八百卅七人、尼五百七十九人也。以觀勒僧為大僧正、以大信、大伴屋栖古連公與鞍部、德積為僧都。卅三年乙酉冬十二月八日、連公居住難破而忽卒之。屍有異香而馝馥矣。天皇勅之、「七日使留、詠於彼忠。」逕之三日、乃蘇甦矣。語妻子曰、「有五色雲、如霓度北。自而往其雲道、芳如雜名香。觀之道頭、有黃金山。即到炫面。爰、薨聖德太子待立。

登山頂。其金山頂、居一比丘。太子敬禮而曰、『是東宮童矣。自今已後、逕之八日、應逢銛鋒、願服仙藥。』比丘環解一玉、授之、令呑服而作是言、『南無妙德菩薩。』令三遍誦禮、自彼罷下。皇太子言、『速還家、除作佛處。我悔過畢、還宮作佛。』然從先道還、即見驚蘇也。」時人名曰、還活連公。孝德天皇世六年庚戌秋九月、賜大花上位也。春秋九十有餘而卒矣。贊曰、「善哉大部氏、貴仙儻法，澄情效忠、命福共存、逕世無夭。武振萬機。孝繼子孫、諒委、三寶驗德、善神加護也。」

今惟推之、逕之八日、逢銛鋒者、當宗我入鹿之亂也。八日者、八年也。妙德菩薩者、文殊師利菩薩也。令服一玉者、令免難之藥也。黃金山者、五臺山也。東宮者、日本國也。還宮作佛者、勝寶應真聖武太上天皇、生于日本國、作寺作佛也。爾時並住行基大德者、文殊師利菩薩反化也。是奇異事矣。」

道教と関係のある部分に限定して読み下し文を示しておく。

「（略）……、三十三年の乙酉の冬の十二月八日に、連の公難破（難波）に居住て、忽に卒りぬ。屍に異香ありて酚馥れり。天皇勅して七日留めしめ、彼の忠を詠ばしむ。經ること三日にして、乃ち蘇め甦きたり。妻子に語りて曰はく、『五つの色の雲あり。霓の如くに北に度れり。其の雲の道よりして往くに、芳しきこと名香を雑ふるが如し。観れば道の頭に黄金の山有り。即ち到れば面炫く。爰に、薨りましし聖徳太子待ち立ちたまふ。共に山の頂に登る。其の金の山の頂に、一人の比丘居り、太子、敬礼して曰さく、『是は東の宮の童なり。今より已後、經ること八日にして、応に銛き鋒に逢はむ。願わくは仙薬を服せしめよ』といふ。比丘、環の一つの玉を解きて授け、呑み服せしめて、是の言を作さく、『南无妙徳菩薩と三遍誦礼せしめよ』といふ。彼れより罷り下る。皇太子言はく、『速やかに家に還りて、仏を作る処を除へ。我悔過し畢らば、宮に還りて作らむ』とのたまふ。然して先の道を投りて還る。即ち見れば驚き蘇めたり』といふ。時の人名付けて、還り活きたる連の公と曰ふ。孝徳天皇の御代六年の庚戌の九月に、大花上の位を賜ふ。春秋九十余にして卒りき。

賛に曰く、『善きかな、大部（おおとも）の氏。仙を貴び、法に儻（かたちは）ひ、情を澄まし忠を効し、命福（みようぶく）共に存（たも）ち、世を經て夭（なかなは）になりぬること无し。武は万機に振ひ、孝は子孫に継がる。諒に委（し）る。三宝の験徳、善神の加護なりといふことを』といふ。

今惟（おも）ひ推（たず）ぬるに、經ること八日にして、銛き鋒に逢はむと者（い）へるは、宗我入鹿の乱に当たる。八日とは八年なり。妙徳菩薩とは文殊師利菩薩なりけり。一つの玉を服せしめると者へるは、難を免れしめむ薬なりけり。黄金の山とは五台山なり。東の宮とは日本の国なりけり。宮に還り、仏を作らむと者へるは、勝宝応真聖武天皇の日本の国に生まれたまひ、寺を作りたまふなりけり。爾の時に並に住む行基大徳は、文殊師利菩薩の反化なりけり。是れ奇異しき事なり。」

この中で、「仙を貴び、法に儻ひ」の「仙」とは道教のことである。仏教より先に言及していることに留意すべきだ。「命福」とは、長命と福禄、乃ち福禄寿となり、道教が求めるものである。なお、「行基」は、本来は「ぎょうぎ」と濁音で読むのが正しいそうだ。

道教と仏教が混在というか、融合していたことが理解できると思う。

（三）聖徳天皇を示唆するもの

何といっても最初に書くべきは隋書の遣隋使などに関する記述だろう。

『隋書巻八十一　列傳四十六　東夷　倭国』には、

開皇二十年、倭王姓阿毎、字多利思比孤、號阿輩雞彌、遣使詣闕。上令所司訪其風俗。使者言倭王以天為兄、以日為弟、天未明時出聽政、跏趺坐、日出便停理務、云委我弟。高祖曰、此太無義理。於是訓令改之。王妻號雞彌、後宮有女六七百人。名太子為利歌彌多弗利。

（中略）

大業三年、其王多利思比孤遣使朝貢。使者曰、聞海西菩薩天子重興佛法、故遣朝拜、兼沙門數十人來學佛法。其國書曰、日出處天子致書日沒處天子無恙云云。帝覽之不悅、謂鴻臚卿曰、蠻夷書有無禮者、勿復以聞。明年、上遣文林郎裴清使於倭國。度百濟、行至竹島、南望□羅國、經都斯麻國、迥在大海中。又東至一支國、又至竹斯國、又東至秦王國、其人同於華夏、以為夷洲、疑不能明也。又經十餘國、達於海岸。自竹斯國以東、皆附庸於倭。倭王遣小德阿輩臺、從數百人、設儀仗、鳴鼓角來迎。後十日、又遣大禮哥多毗、從二百餘騎郊勞。既至彼都、其王與清相見、大悅、曰、我聞海西有大隋、禮義之國、故遣朝貢。我夷人、僻在海隅、不聞禮義、是以稽留境内、不即相見。今故清道飾館、以待大使冀聞大國惟新之化。清答曰、皇帝徳並二儀、澤流四海、以王慕化、故遣行人來此宣諭。既而引清就館。其後清遣人謂其王曰、朝命既達，請即戒途。於是設宴享以遣清、復令使者隨清來貢方物。此後遂絶。

とある。

開皇二十年のところに「倭王姓阿毎、字多利思比孤、號阿輩雞彌」とあり、また「王妻號雞彌、後宮有女六七百人。名太子為利歌彌多弗利」とある。「阿毎、字多利思比孤」は「天照日子」であるからこれは王の役職名である。「號阿輩雞彌」は「アワ君」と号す、というのだから通常は「アワ君」すなわち「大君」と呼んでいるのである。その後の文章では、王の妻を「君」と呼び、後宮に女が六、七百人いるという。妻がいて、さらに後宮に女多数を持つ女王などいないからこの時の王は男王であったに違いない。

「名太子為利歌彌多弗利」の部分を「太子の名は……」と読んでいる例がほとんどだがそれはおかしい。「太子の名は……」であれば「太子名……」と書かねばならない。「名は太子為利歌彌多弗利」すなわち、「太子入り神、タフリ」とするのが妥当ではないだろうか。崇神天皇の「ミマキ入り彦、イニェの命」や「垂仁天皇の「イクメ入り彦、イサチの命」と比較すると分かりやすいのではないか。

さてこのことはさて置き、大業三年に小野妹子を派遣したときには裴世清が大和までやってきた。そして天皇に会っている。しかし何処にも女王だったとの記述がない。当時もそれ以前も実際の女王国など存在しなかった。魏に使いを送った卑弥呼（倭姫）の記憶が記録上あるかもしれないがその時の魏の使いは筑紫まで来てそこに留まっている。つまり女王になど会っていない。
そんな珍しい女王に会えば必ずやその旨の記載があるはずである。これらのことから考えれば推古天皇など存在せず厩戸、つまり豊聡耳こそが天皇であったと言えよう。
厩戸或いは豊聡耳を天皇としたものにはいくつかがある。それらを紹介しておこう。

『日本書紀』
舒明天皇即位前記に、

爰大兄王答曰「摩理勢、素聖皇所好、而暫來耳。豈違叔父之情耶、願勿瑕。」則謂摩理勢曰「汝、不忘先王之恩而來甚愛矣。然、其因汝一人而天下應亂。亦先王臨沒謂諸子等曰、諸惡莫作諸善奉行。余承斯言以爲永戒。是以、雖有私情忍以無怨。復我不能違叔父。願、自今以後、勿憚改意、從群而無退。」

とある。この中の「聖皇」、「先王」は文意から見て聖徳太子のことである。

『伊豫国風土記』
「上宮聖德皇」と「法王大王」という言葉が見える。（湯岡碑文を参照）
「天寿国繍帳」は聖徳太子の后である橘大郎女が推古天皇に願い出て作ったという「天寿国」を表現

した刺繍帳で、説明書きは全て百匹の亀の甲羅に四文字ずつ書かれている。その中に、

「……二月廿二　日甲戌夜　半太子崩　于時多至　波奈大女　郎悲哀嘆　息白畏天　皇前曰敬　之雖
恐懐　心難止使　我大皇與　母王如期　従遊痛酷　无比我大　王所告世　間虚假唯　仏是真玩　味其
法謂　我大王應　生於天壽　國之中而　彼國之形　眼所叵看　悕因圖
像　欲觀大王　往生之状……」

とあり、聖徳太子のことを「大皇」あるいは「大王」と書いている。『隋書倭国伝』における天皇を「號阿輩雞彌」とした「アワキミ」は「おおきみ」すなわち「大王」、「大皇」、「大君」などと書き表されるものであり、いわゆる聖徳太子が天皇であったことを示している。

次に『上宮聖徳法王帝説』を見てみよう。内容を見る前にこの書のタイトルが既に「聖徳法王」となっているし「帝説」とも書かれている。本文冒頭も、

「伊波礼池邊雙槻宮治天下橘豊日天皇　娶庶妹穴穂部間人王　爲大后　生児　厩戸豊聰耳聖徳法王
次久米王　次殖栗王　次茨田王……」

となっていて、兄弟が「久米王」、「茨田王」と記述されるのに「厩戸豊聰耳聖徳法王」と称される

のだから天皇であったに違いない。また、

「聖徳法王娶膳部加多夫古臣女子　名菩岐々美郎女　生児　舂米女王　次長谷王　次久波太女王　次波止利女王　次三枝王　次伊止志古王　次麻呂古王　次馬屋古女王【已上八人】

又聖王娶蘇我馬古叔尼大臣女子　名刀自古郎女　生児山代大兄王【此王　有賢尊之心　棄身命而愛人民也　後人　与父聖王相濫非也】次財王　次日置王　次片岡女王【已上四人】

又聖王娶尾治王女子　位奈部橘王　生児　白髪部王　次手嶋女王　合聖王児十四王子也

山代大兄王娶庶妹舂米王　生児　難波麻呂古王　次麻呂古王　次弓削王　次佐々女王　次三嶋女王　次甲可王　次尾治王」

という部分からは、「聖徳法王」及び「聖王」との呼称が使われていることが分かる。そして聖徳太子の長男が「山背大兄王」と「大兄王」つまり皇位継承の位置にある皇子とされていることも聖徳太子が天皇であったことを強く示唆する。

また引用している『法隆寺金堂坐釋迦佛光後銘文』には、

「……法興元世一年　歳次辛巳十二月　鬼前大后崩　明年正月廿二日　上宮法王枕病弗悆　干食王后仍以労疾　並著於床　時王后王子等　及与諸臣　深懐愁毒　共相發願　仰依三寶　當造釋像尺寸王身　蒙此願力　轉病延壽　安住世間　若是定業　以背世者　往登浄土　早昇妙果　二月廿一日癸酉王

后即世　翌日法王登遐　癸未年三月中　如願敬造釋迦尊像　并侠待　及荘厳具竟　乗斯微福　信道知識　現在安隠　出生入死　随奉三主　紹隆三寶　遂共彼岸　普遍六道法界含識得脱苦縁　同趣菩提使司馬鞍首　止利佛師造」

とあり、「當に釋像の尺寸王身を造る」という文が含まれている。これは魏（北魏）で皇帝五代の「帝身」を写して釈迦仏を鋳造し、また雲崗の五大仏として彫り出したのと同じ行為である。即ち、「王身」＝「帝身」、聖徳太子を天皇（魏での皇帝）と扱っているのが分かる。

『上宮聖徳法王帝説』には歌も採録されている。

例を挙げれば、

上宮薨時臣勢三杖大夫歌

伊加留我乃　　斑鳩の
止美能乎何波乃　　とみの小川の
多叡婆許曾　　絶えばこそ
和何於保支美乃　　我おおきみの
弥奈和須良叡米　　御名忘らえめ

美加弥乎須　　御神をす
多婆佐美夜麻乃　　たばさみ山の
阿遅加氣尓　　あぢ蔭に
比止乃麻乎之志　　人のまおしし
和何於保支美波母　　我が大君はも

伊加留我乃　　斑鳩の
己能加支夜麻乃　　この垣山の
佐可留木乃　　下がる木の
蘇良奈留許等乎　　虚空（そら）なることを
支美爾麻乎佐奈　　君に申さな

これらの歌に「おおきみ」と呼ばれているのは聖徳太子である。「おおきみ」は天皇の呼称であれば、聖徳太子は天皇であったということになる。

『元興寺伽藍縁起并流記資財帳』では丈六の仏像の銘に関する記述が、

「丈六光銘曰　天皇名廣庭在斯歸斯麻宮時　百濟明王上啓　臣聞　所謂佛法既是世間無上之法　天皇亦應修行　擎奉佛像經教法師　天皇詔巷哥名伊奈米大臣　修行茲法　故佛法始建大倭　廣庭天皇之子

多知波奈土與比天皇在夷波禮濆邊宮　任性廣慈　信重三寶　損棄魔眼　紹興佛法　而妹公主名止與彌擧哥斯岐移比彌天皇　在櫻井等由羅宮　追盛濆邊天皇之志　亦重三寶之理　揖命濆邊天皇之子名等與刀禰〻大王　及巷哥伊奈米大臣之子名有明子大臣　聞道諸王子教緇素　而百濟惠聰法師　高麗惠慈法師　巷哥有明子大臣長子名善徳爲領　以建元興寺」

とあるが、ここでは聖徳太子のことを「等與刀禰〻大王」（とよとみみ大王）と記している。

以上から見て、厩戸豊聡耳は「おおきみ（大王）」すなわち天皇であったとみるのが正しいだろう。豊御食炊屋姫という、伊勢の内宮の天照日神に食事を用意する「炊屋姫」、俗っぽく言えば、「飯炊き女」などという名の天皇などいるわけがないと承知で、意図的に推古天皇を作り上げた日本書紀編纂勢力が消しに消したが消し残った聖徳天皇の名が各所に見えると見たほうが良いと思う。

また豊聡耳は厩戸よりも聖徳太子の名で呼ばれることが多い。皇位継承資格者たる皇子は大兄王と呼ばれるのが普通だ。聖徳太子の子も山背大兄王と呼ばれているし、そののちの古人大兄の王もいる。豊聡耳（厩戸）だけが聖徳太子と漢風に呼ばれたのはやはり天皇となったのを記紀編者が上の指示で意図的にそう使わざるを得なかったためだろう。倭の五王時代にも歴史（記録）から抹消された天皇がいたが聖徳太子も天皇であったにもかかわらず抹消されてしまったように思われる。そしてさらに実際には存在しない天皇を作り上げてもいるのである。

我々は日本書紀の編纂者が、読者がわざわざ疑問を感じ、気づくように埋め込んだ「炊屋姫」といった暗号に気付くべきなのである。それにより本当の歴史が眼前に現れると信じる。

あとがき

和銅五年（七一二）に完成した『古事記』だが、できたという割には大きな欠陥がある。欽明天皇以降推古天皇までの記述がほとんどと言って良いほどないのだ。何時の世でも遠い昔の記録は少なく、最近の出来事に関しては資料も多く、まだ実体験として記憶しているものすら存在するものだ。それ故、歴史書は昔ほどあやふやで記述が少なく、現在に近づくほど内容が豊富になるのが自然であり、当然である。しかるにこの古事記の状況は何だ。資料が大量にあるのに書けない。いや、書けない理由があって『書かなかった』というのが実態だろう。養老四年（七二〇）に完成した『日本書紀』には欽明天皇以降を詳細に記述している。たった八年の間に資料が飛躍的に増えたなどということがあるはずはない。古事記と日本書紀の間の八年間は、歴史のシナリオ作りの期間だったと考えるのが一番妥当だ。つまり欽明天皇以降は特に「作られた歴史ストーリー」を軸に記述されたとみて良い。

日本書紀の持統天皇五年（六九一）には、

「八月己亥朔辛亥、詔十八氏大三輪、雀部、石上、藤原、石川、巨勢、膳部、春日、上毛野、大伴、紀伊、平群、羽田、阿倍、佐伯、采女、穂積、阿曇、上進其祖等墓記。」

との記述がある。日の本系と思われる十八氏族にそれぞれが持つ氏族の歴史書を提出させた。これらの墓記を氏族に返還したとの記録はなく、またいずれも、逸文さえ存在しない。漢家本朝に都合の良い歴史を作り、残すために有力氏族の伝える歴史を消し去ったのである。これが日本版焚書の初めである。

「漢家本朝」は併録した論考、「園田豪の『漢家本朝考』」に詳しく書いたが、明治政府の皇国史観というわば政治的国民洗脳のために不都合だとして意図的に隠されてきた言葉である。それも足利尊氏の有名な「建武式目」、つまり当時の公文書に明記されている言葉である。それが現在に至るまで誰も触れぬタブーのように、隠され続けている。中世の歴史を専門とするものがこの建武式目を知らぬわけがない。恐らくは知っていながら知らぬふりをしているのだろう。歴史を科学として取り扱えない歴史屋の限界がそこに見えているようだ。そんなことをしていたら歴史屋の言うことなど信用がなくなるだろうに。考古学屋さんの旧石器遺跡捏造も日本の考古学の信用を落としたが、歴史屋さんの資料隠蔽も科学からはほど遠い世界であることを示している。

もう一つ重大な焚書の存在を教えるものがある。北畠親房の『神皇正統記』を「漢家本朝考」で引用しているが、その中に「異朝の一書の中に、「日本は呉の太伯が後なりと云ふ」と云へり。返々(かへすがへす)当たらぬことなり。昔日本は三韓と同種なりと云ふ事のありし、かの書をば桓武の御代に焼き捨てられしなり。」

「日本は呉の太伯の後なり」との記述が異朝、つまり外国の書の中にあると言っている。呉の太伯も中国人だから、その記述の内容は「漢家本朝」と同じだ。（漢家は狭義の漢ではなく、中国という意味で使われていた。漢籍、漢字と言った言葉から理解できるだろう）

「昔日本は三韓と同種なり」と記述した書はそのままにしておいて、「日本は呉の太伯が後なり」と書いた書は何と、桓武天皇が焼き捨てたと、神皇正統記に北畠親房が明記しているのである。「持統の焚書」ほど大規模ではないが「桓武の焚書」と呼ぶべきものがあったのは確実に思える。

では、「昔日本は三韓と同種なり」と記述した書は焼き捨てず、「日本は呉の太伯の後なり」と記述した書だけを焼き捨てたのはなぜか。その心は、建武の式目の「漢家本朝」を隠しておこうとする明治政府以来今日までの対応と同じであろう。即ち「漢家本朝」であることを隠そうとの行為だと思われる。

だとすれば、それは何故、との新たな疑問がわく。それは、本当に中国系渡来民が倭国の政権を奪取したからに他ならない。

仏教伝来の時期は百済の聖明王が仏像、経典を倭国に奉じた時とされている。五三八年または五五二年と言われる仏教公伝だ。だが応神天皇の時から秦の一族が、漢の一族がそして継体天皇のときには北魏の一族が集団で渡来し、帰化している。その数は欽明天皇元年二月に「秦人、戸數總七千五十三戸、以大藏掾、爲秦伴造。」とあるから、一戸四人と仮定すれば全体で約三万人となる。欽明朝での大蔵は北魏系の渡来帰化人集団である拓跋部のものが担当していたからここでの秦人とは中国系渡来者全般を指すとみて良いだろう。

これだけ多くの中国からの渡来人が仏教を持ち込まなかったはずがない。仏教伝来は全て朝鮮半島からという先入観が目を曇らせているように感じる。いや、中国系渡来人が伝えたという事実を消すために、むしろ朝鮮半島からの伝来のみを記録に残すという「洗脳策」をとったのではないかと思う。

北魏は道教の国であった。飛鳥時代以降における道教の影響は凄まじいものがある。皇極天皇、斉明天皇の道教〝狂い〟は際立っているが聖徳太子や後の律令制に至るまで仏教よりもはるかに道教の方が重要視されていたと感じられる。聖徳太子の名前「耳」が道教の祖、老子の名前と同じであることも当時の状況を強く暗示する。詳しくは別の論考で纏めるつもりだが、「天皇」という言葉の由来、寺院の北魏様式、法隆寺の建築上の特徴、北魏起源の均田制、冠位十二階の最高位は徳であること、陰陽寮を設けたこと……などなど、北魏と道教が飛鳥以降の朝廷の背骨になっている。

そしてどうやら政権奪取に成功した北魏系渡来人は、その事実を分からなくするために既存の歴史書を焼き、歴史そのものを消し去り、自分たちに都合の良いストーリーを考え、それに基づく歴史書を編纂したらしい。キツネが尻尾で足跡を消すと俗に言われる行為だ。しかし、完全な偽歴史では自分たちさえも政権奪取の歴史が分からなくなるから所々に矛盾点などの形でヒントを組み込んだ。それが「太安万侶の暗号」と筆者が呼ぶものである。本当の歴史を残すための口伝が伝承されていたに違いないだろうがすでに伝承者は存在しないようだ。しかし、口伝を書きとめたものがいたかもしれない。何時かそんなものが発見されないとも限らない。伊勢神宮が所有する文書を公開しないように、隠された歴史資料はまだ多く存在するのではないだろうか。宮内庁も多くの資料を収集、所有していると聞く。

意図的な資料の隠蔽、捏造はサンプリングの歪みを生ずる。自然数というものがある。1から始まる正の整数列だ。これをランダムにサンプリングすればサンプル数が大きくなるほど偶数と奇数の割合が等しくなっていく。しかし1から一つ飛びにサンプリングすれば得られた数列は奇数のみとなる。それからは自然数とは奇数であるとの結論が出かねない。2から一つ飛びにサンプリングすれば得られる数列はすべて偶数で構成される。データを意図的に操作してはいけないだけでなくサンプリングはランダムでなければならないことが理解できよう。ある歴史資料をある意図を持って消し去った時には、または捏造した時には、結果的に歴史の解釈は間違ったものとなる。だからこそ「焚書」なるものが行われたのである。日本にもあった「焚書」、そして現在も行われている建武の式目の「漢家本朝」の隠蔽、「歴史を科学に」する道は遠い。

本書では北魏系の渡来者、元大拓が構想し、数代が受け継いだ、壮大にして遠大な倭国奪取の企みを背景に、様々な事件が起きていく様を描いている。「漢家本朝」成立への流れを理解すれば飛鳥、平城、平安時代の歴史は理解しやすくなる。政治的意図を持った教育で植えつけられた先入観を排せば、歴史はその姿を歪みのない形で眼前に現れるだろう。お楽しみいただければと思う。

北魏系渡来人たちの本当の歴史は隠されたままだ。藤氏家伝など、真実を隠した「表向き」の創話のように見える。拓跋部なのに泰氏の如く繕い、中臣の姓を盗用し、高向の姓も別の家系として扱っている。その系譜は正確には解き明かせない状況にある。本書では高向古足の弟、道足を登場させて話の流れをスムーズにした。

さて、平成二十六年六月下旬に、奈良への取材旅行に出かけた。(株)郁朋社の佐藤聡社長にいつものように御同行戴いたばかりでなく、同社の三輪映二氏にはドライバーも引き受けていただいた。

厚く感謝の意を表する。

まずは談山神社に向かった。小学校時代に遠足で訪れて以来だった。道教寺院だと思っていたのでその確認が大きな目的の一つだった。天気は雨ではないが曇り空、写真の出来が気になるコンディションである。最初に大きな福禄寿の像を見て、やはり道教寺院だと安堵した。神廟拝殿（元妙楽寺講堂）の如意輪観音を見て、なるほどと感じ、壁の神仙図を見て道教寺院であることを確信した。

時間を考えて、飛鳥の中の立ち寄り先、板葺の宮、甘樫の丘、橘寺などなどはすべて省いて法隆寺に向かった。天気はさらに悪化した。今にも雨粒が落ちてきそうな雰囲気である。

法隆寺では、中門手前の大湯屋前の道路上の囲いに直行した。昭和五十八年に発見された法隆寺三伏蔵の一つである。物部守屋の頸切りの太刀や腹巻などが収められているという。看板も説明もないので事前知識がなければまったく気が付かな

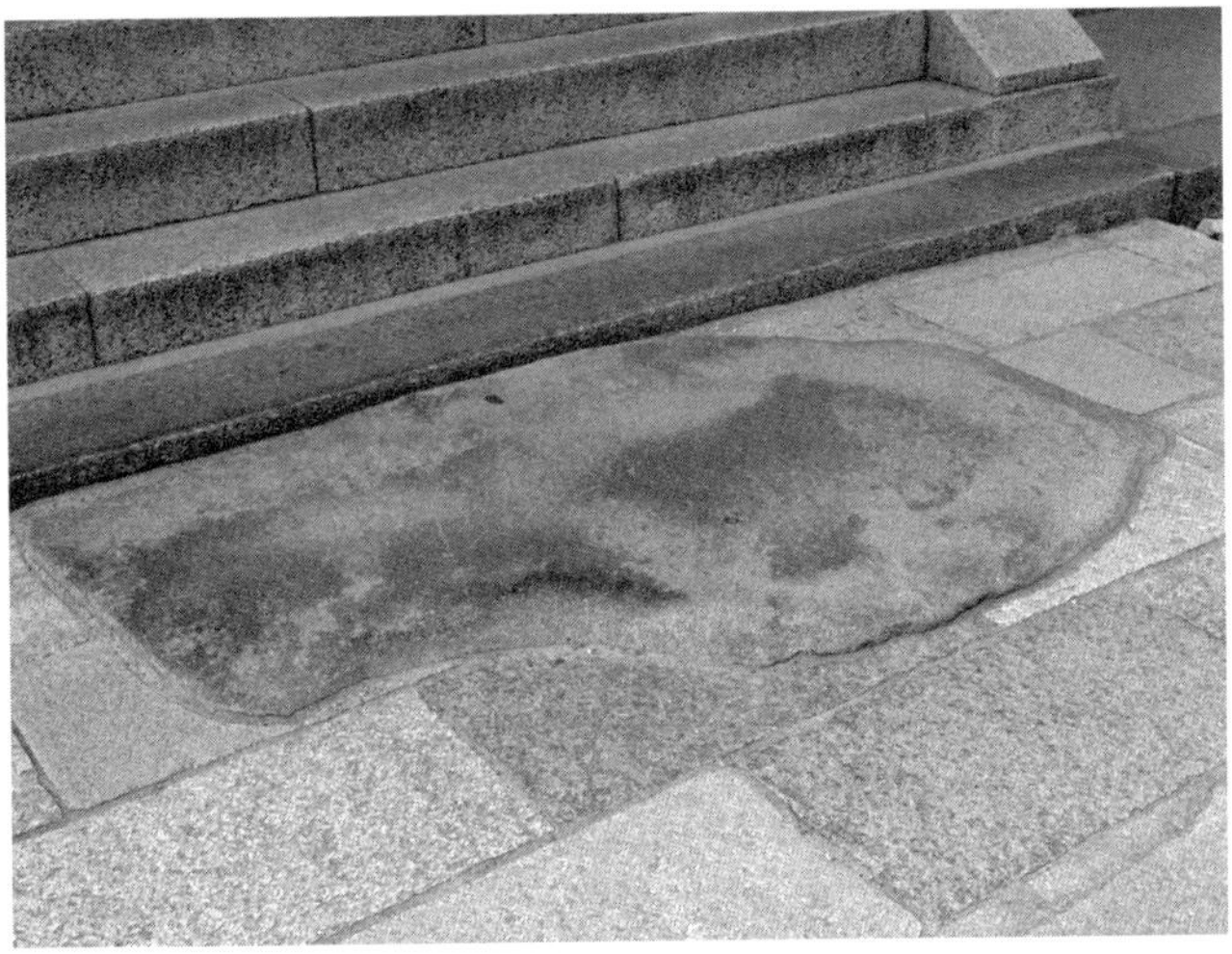

法隆寺南大門前の鯛石。結界石であろう

いはずだ。これから法隆寺に行く人は見逃さないようにした方が良いだろう。

少し戻るが南大門の前に鯛石と呼ばれる石が埋め込んである。いろいろな解釈がなされているが、伊勢神宮内宮の荒祭りの宮に向かう途中にある「踏まずの石」、外宮の多賀宮に向かう途中の橋である「亀石（神石?）」と同様の結界石であろうと私は考えている。


回廊の内側を見て東回廊を出ようとした時、そこの係り員は明らかに東院の夢殿に誘導しようとしていた。我々は観光コースを外れた西院の西側の西円堂に向かった。西円堂と言いながら夢殿と同じ八角堂が立っていた。中を覗いて驚いた。薬師如来像の前には鏡があったのである。そして「柿食えば鐘が鳴るなり法隆寺」との正岡子規の句で有名な西円堂脇の鐘が鳴った。観光客も来ない場所なのになぜか茶店があった。それもいかにも無愛想な店員が座っているだけで、にこりともしない。まるで西円堂に行くものを観察でもしているような雰囲気だった。

途中から雨が降ってきた。東院の夢殿に着いた時には本降りになっていた。この法隆寺についてはかなり謎が解けてきた。それらをまとめて次作に、そして論考に反映させたいと考えている。

かつて夢殿の中の決して見てはいけないと言い伝えられ、それが守られ、誰ひとり見たことがなかった救世観音の覆いを取り去ったのはフェノロサと岡倉天心だったという。その岡倉天心は曾祖母、岡倉富貴の叔父に当たる。今夢殿と同じ八角堂である西円堂について考えているのに不思議な縁とある種の感動を感じざるを得ない。

さて翌日は春日大社と春日山の磨崖仏を見に行った。『太安万侶の暗号（ゼロ）～日本の黎明、縄文ユートピア～』の論考中の「遷宮」の項で書いたように春日大社の御霊社（祟り封じの宮）の性格を再確認した。そして平城京の傍に小規模と雖も磨崖仏があったのは驚きだった。北魏の平城に近い磨崖仏が雲崗の石窟の石仏なのだから。

もう一人お礼を言うべき人がいる。それは我が友、大村泉東北大学名誉教授だ。中国の精華大学に職を得ている関係で中国の資料探しや写真撮影に大いに力を貸してくれている。特に大同（北魏時代の平城）や雲崗の石窟、さらには五台山などに関する情報を集めてもらった。ここに記して感謝の意を表したい。

平成二十六年二月に白内障の手術をした。眼内レンズを挿入したのだ。術後合併症として右目に黄斑浮腫ができた。そのため右目で見ると字が歪んで小さ目のものは読み取れない。それでも手術前と比べれば驚くほど見えるようになった。資料を読む速度が格段に早くなった。眼の疲れも減少した。それに加えて、ラップトップパソコンに、もう一つモニターを加えてデュアルモニターにしたら作業能率が大幅に改善した。おかげで執筆速度は大きく向上した。

仙台の生活にもかなり慣れた。我が体内の東北（仙台）ＤＮＡが快適さを感じているようだ。九月からはスイミングを再開した。これからの人生に向け体力を養っていくつもりである。

さて、この作品で乙巳の変（大化の改新）前夜までを書き終えた。最終的に東北の日の本の国のアテルヒ（天照日神）が坂之上田村麻呂に滅ぼされるまでを書き上げるにはもう二～三巻ほど必要かと思う。坂之上田村麻呂は漢家本朝の完成に寄与した中国系渡来人（東漢氏）ということも含め、いわゆる歴史屋の語らぬこともきっちり書いていこうと考えている。

ただ、歴史は真実であるべきだが、その内容を政治利用しようとするものが国の内外にいる。私はこのシリーズが政治利用されることを望まない。一部だけを取り上げることも望まない。ひたすら歴史が科学であることを望むものである。

「漢家本朝」という「隠されてきた、そして現在も隠されている」ショッキングな言葉をとうとう世に出してしまった。この国の歴史にとっての重大なキーワードの一つだと思う。諸氏の理性的な読書を期待して筆を擱く。

平成二十六年九月

仙台市、広瀬川河畔にて　　　園田　豪

著者プロフィール

一九四八年静岡県生まれ。

伊達政宗公以来の伊達藩士の家系であり、岡倉天心の姪を曾祖母に持つ。曾祖父は「徳川制度史料」「大阪城誌」「天文要覧」などの著者。

東京大学大学院理学系研究科修士。一九七三年石油会社に入社し、サハリンの「チャイヴォ」「オドプト」油・ガス田の発見・評価や中東オマーンの「ダリール」油田の評価・開発に携わった石油開発専門家。東京大学の資源工学部の講師として「石油地質」を教えたこともある。種々雑多な情報の中から有意の情報を摘出・総合して油田を探し当てる情報分析の手法を用いて、また漢文読解力、古文書解読力などを駆使して日本の古代史の謎ときに力を注いでいる。石油開発会社を早期退職して著述の道に転身したのは、明治時代に内務省を辞して赤貧のうちに著述一筋に生きた曾祖父の生き方に似る。

なお、著書には「グッダイパース」（郁朋社）などオーストラリア紀行三部作、「魅惑のふるさと紀行」（経済産業省、ウェブ作品）、アクション小説「オホーツクの鯱」「白きバイカル」「キンバリーの淵」「キャメルスパイダー」「カスモフ」、歴史小説「かくて本能寺の変は起これり」「真田幸村見参！」古代小説「太安万侶の暗号（ゼロ）―日本の黎明、縄文ユートピア―」「太安万侶の暗号―日輪（アワ）きらめく神代王朝物語―」、「太安万侶の暗号㈡―神は我に祟らんとするか―」、「太安万侶の暗号㈢―卑弥呼（倭姫）、大倭を『並び立つ国』へと導く―」、「太安万侶の暗号㈣―倭の五王、抗争と虐政、そして遂に継体朝へ―」などがある。

太安万侶の暗号（五）——漢家本朝（上）陰謀渦巻く飛鳥——

2015年1月15日　第1刷発行

著　者 —— 園田　豪

発行者 —— 佐藤　聡

発行所 —— 株式会社 郁朋社

〒101-0061　東京都千代田区三崎町2-20-4
電　話　03（3234）8923（代表）
ＦＡＸ　03（3234）3948
振　替　00160-5-100328

印刷・製本 —— 壮光舎印刷株式会社

落丁、乱丁本はお取り替え致します。

郁朋社ホームページアドレス　http://www.ikuhousha.com
この本に関するご意見・ご感想をメールでお寄せいただく際は、
comment@ikuhousha.com　までお願い致します。

 ISBN978-4-87302-592-6 C0093